MANUELA INUSA

Walnusswünsche

Autorin

Manuela Inusa wurde 1981 in Hamburg geboren und wollte schon als Kind Autorin werden. Kurz vor ihrem dreißigsten Geburtstag sagte die gelernte Fremdsprachenkorrespondentin sich: »Jetzt oder nie!« Nach einigen Erfolgen im Selfpublishing erscheinen ihre aktuellen Romane bei Blanvalet. Nach der »Valerie Lane«-Reihe lassen nun die »Kalifornischen Träume« die Leserherzen schmelzen und erobern nebenbei die Bestsellerlisten. Die Autorin lebt mit ihrem Ehemann und ihren beiden Kindern in ihrer Heimatstadt. In ihrer Freizeit liest und reist sie gern, außerdem hat sie eine Vorliebe für Duftkerzen, Tee und Schokolade.

Von Manuela Inusa bereits erschienen

Jane Austen bleibt zum Frühstück
Auch donnerstags geschehen Wunder

Die Valerie Lane

1 Der kleine Teeladen zum Glück
2 Die Chocolaterie der Träume
3 Der zauberhafte Trödelladen
4 Das wunderbare Wollparadies
5 Der fabelhafte Geschenkeladen
6 Die kleine Straße der großen Herzen

Kalifornische Träume

1 Wintervanille
2 Orangenträume
3 Mandelglück
4 Erdbeerversprechen
5 Walnusswünsche

MANUELA INUSA

Walnusswünsche

ROMAN

blanvalet

Sollte diese Publikation Links auf Webseiten Dritter enthalten, so übernehmen wir für deren Inhalte keine Haftung, da wir uns diese nicht zu eigen machen, sondern lediglich auf deren Stand zum Zeitpunkt der Erstveröffentlichung verweisen.

Penguin Random House Verlagsgruppe FSC® N001967

2. Auflage

in der Penguin Random House Verlagsgruppe GmbH,
Neumarkter Str. 28, 81673 München
Redaktion: René Stein
Umschlaggestaltung und – motiv: © Johannes Wiebel | punchdesign,
unter Verwendung von Motiven von Shutterstock.com
(Richard Cavalleri; Gary C. Tognoni; Eddie J. Rodriquez;
Anton-Burakov; Dionisvera; Bthnronic; Tawin Mukdharakosa;
2M media; Kenneth Keifer)
LH · Herstellung: sam
Satz: KompetenzCenter, Mönchengladbach
Druck und Bindung: GGP Media GmbH, Pößneck
Printed in Germany
ISBN: 978-3-7341-0977-5

www.blanvalet.de

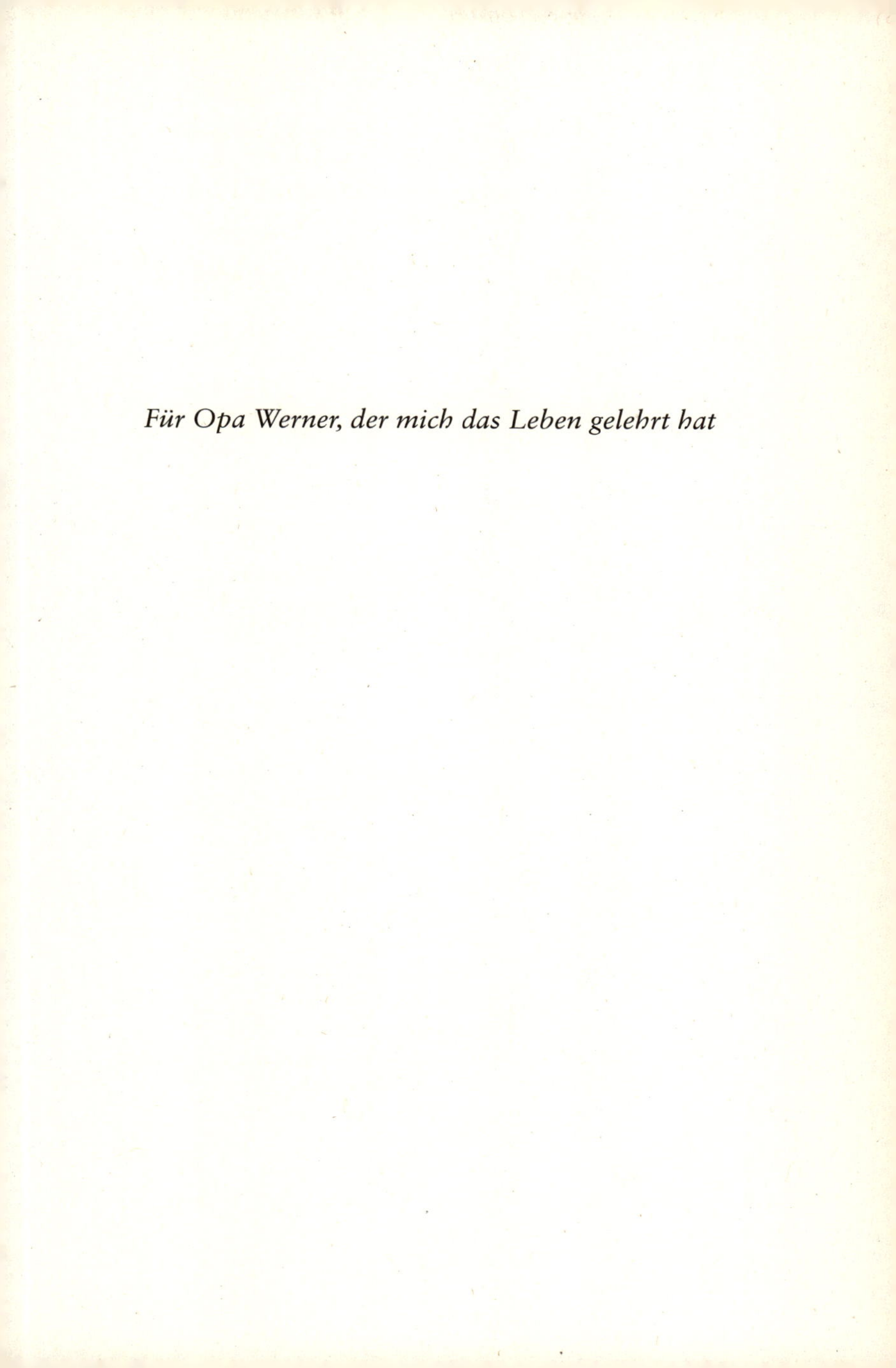

Für Opa Werner, der mich das Leben gelehrt hat

Prolog

Juli 2011, Riverside, Kalifornien

»Ist das dein Ernst?«, fragte Victoria aufgebracht und starrte ihre Schwester an. Abigail war vor knapp einer Woche volljährig geworden.

Abigail antwortete, ohne aufzublicken. »Natürlich ist es mein Ernst. Ich sag doch seit Jahren, dass ich von hier wegwill, sobald ich achtzehn bin und für mich selbst entscheiden kann.«

»Verdammt, Abby! Ich dachte, das wäre nur leeres Gerede, genauso wie wir immer gesagt haben, dass wir nach Hollywood gehen und unser Glück in der Filmbranche versuchen wollen.«

Jetzt hielt ihre Schwester mit dem Packen inne und drehte sich zu ihr um. »Für mich war das kein leeres Gerede. Ich will noch immer nach Hollywood. Und wenn es da nicht klappt, dann irgendwo anders hin – wenn ich nur nicht hierbleiben muss!« Sie stopfte noch den Rest der T-Shirts, die in einem Haufen auf dem Bett lagen, in ihre Reisetasche. Dann ging sie zum Schrank, riss alle Kleider von den Bügeln und ließ sie in den blauen Koffer fallen, der offen auf dem Boden lag. Vicky konnte ihr nur verzweifelt zusehen.

»Aber, Abby … wie willst du denn ganz allein zurechtkommen? Du kennst doch niemanden in Hollywood. Wovon willst du leben? Wo willst du wohnen?«

»Es wird sich schon was finden. Vielleicht angle ich mir einen großen Star wie Bradley Cooper und komme bei ihm unter.« Abby lachte, drehte sich wieder zu ihr um und strahlte sie an. »Mach dir keine Gedanken. Ich komme schon klar.«

Jetzt spürte Vicky Tränen aufsteigen. Ihre Schwester meinte es anscheinend wirklich ernst. Ihre einzige Verbündete, ihre beste Freundin wollte sie verlassen.

»Oh Mann, Vicky! Wieso heulst du denn jetzt? Ist ja nicht so, dass wir uns nie wiedersehen. Du kannst mich in Hollywood besuchen kommen. Bradley hat bestimmt nichts dagegen.« Sie zwinkerte ihr zu.

Okay, Abby musste den Verstand verloren haben. Oder es war alles nur ein böser Albtraum. Doch als ihre große Schwester jetzt auch noch ihre Schminktasche und ihr heißgeliebtes Glätteisen einpackte und die Box unterm Bett hervorholte, in der sie ihren gefälschten Personalausweis, laut dem sie bereits zweiundzwanzig war, eine Kopie ihrer Geburtsurkunde, ein paar hundert Dollar vom Kellnern in Mary's Diner und alle Kinoeintrittskarten der letzten zehn Jahre aufbewahrte, wusste sie, dies war realer als alles andere. Zuletzt griff Abby nach der Spieluhr, die ein Weihnachtsgeschenk von Grandma Sue gewesen war, und Vicky brach völlig in Tränen aus.

»Lass mir wenigstens die Spieluhr, sie war ein Geschenk an uns beide«, schluchzte sie. Sie hatten sie bisher immer abwechselnd in ihren Zimmern stehen gehabt.

»Okay, hast recht. Behalte du sie.« Abby reichte sie ihr, und sie nahm sie und drückte sie an sich, als wäre sie ihr wertvollster Besitz. Und vielleicht war sie das auch.

»Wie kannst du mich einfach so zurücklassen, Abby?« Die Tränen rannen ihr unaufhörlich die Wangen hinunter. Sie konnte gar nicht glauben, dass ihre Schwester ihr das antun wollte. Auch wenn sie sich in letzter Zeit mehr stritten als vertrugen, konnte sie sich ein Leben ohne sie überhaupt nicht vorstellen.

Abby nahm sie in die Arme. »Du kannst doch nachkommen. Nächstes Jahr bist du auch achtzehn. Bis dahin hab ich uns was aufgebaut, du wirst schon sehen.«

»Ich will doch aber gar nicht weg von der Farm. Und von Mom und Dad. Oh mein Gott, was ist mit Mom und Dad? Wirst du dich wenigstens von ihnen verabschieden?«

Abby sah sie an, als wäre sie ein kleines Kind, das nichts von der Welt verstünde. »Was denkst du denn, warum ich meine Sachen mitten in der Nacht packe?«

»Und was soll ich ihnen sagen? Sie werden sich voll die Sorgen machen.«

»Ach, das glaub ich eigentlich nicht. Sag ihnen einfach, ich mach mich auf in ein besseres Leben.«

Abby nahm nun ihr Gepäck, ihre Lederjacke und ihre Handtasche und verließ das Zimmer, das sie achtzehn Jahre lang ihr Zuhause genannt hatte.

Vicky rannte ihrer Schwester hinterher. »Bitte, geh nicht, Abby!«

»Pssst! Jetzt sei doch still, sonst wachen sie noch auf.« Abby blieb an der Haustür stehen. »Wir werden uns bald wiedersehen, versprochen. Und ich werde mich ganz oft melden. Alles wird gut, okay?«

Sie fiel ihrer Schwester um den Hals, drückte sie noch einmal, sog den Geruch ihres Erdbeershampoos ein und strich ihr über das geglättete braune Haar. Eigentlich hatte Abby genau solche wilden Locken wie sie, doch die hatte sie noch nie gemocht. Sie hatte sich noch nie mit dem zufrieden gegeben, was ihr im Leben geschenkt worden war, und schon immer mehr gewollt. Vicky hätte es wissen müssen. Hätte darauf vorbereitet sein müssen, dass ihre Schwester tatsächlich fortging.

Abby löste sich von ihr. »Wünsch mir Glück«, sagte sie und lächelte sie ein letztes Mal an, bevor sie zu ihrem alten Ford lief und ihre Sachen hineinwarf.

»Viel Glück«, flüsterte Vicky und sah Abby in der Dunkelheit nach, wie sie davonfuhr in eine ungewisse Zukunft. »Ich werde dich vermissen, große Sis. Pass gut auf dich auf.« Sie schloss ihre Augen, aber die Tränen ließen sich davon nicht abhalten, flossen unaufhörlich weiter.

Sie zog die Tür zu, setzte sich auf die Verandatreppe und wischte sich über das Gesicht. Dann sah sie zu den vielen Walnussbäumen, von denen sie im Dunkeln nur die Silhouetten erkennen konnte, und legte die Arme um ihre Knie. Sie fragte sich, wann sie ihre Schwester wohl wiedersehen würde, und wünschte sich, sie hätte ihr die Spieluhr doch mitgegeben. Sie selbst hatte wenigstens noch ihr Zuhause, ihre Eltern und die Walnüsse, die ihr jederzeit ein Gefühl von Geborgenheit schenkten. Die arme Abby würde in der Ferne gar nichts haben, auch wenn sie selbst jetzt noch nicht erkannte, dass man Heimat und Familie durch nichts ersetzen konnte.

Kapitel 1

Victoria

Heute

»Fährst du mich nachher zum Clubhaus?«, fragte ihr Vater, und Vicky sah auf.

Sie saßen zusammen an dem kleinen Verandatisch und frühstückten. Vicky hatte Bagels aufgebacken und dazu Spiegeleier und Bacon gebraten – wie ihr Dad es am liebsten mochte. Er hatte schon immer etwas für eine deftige Morgenmahlzeit übriggehabt, da er so Kräfte tanken konnte für einen langen Tag auf der Walnussfarm. Dass er heute wegen seines kaputten Knies nicht mehr allzu viel mit anpacken konnte, vergaß er manchmal, oder er schien sein Gebrechen absichtlich zu ignorieren. Glücklicherweise hatte er vor zwei Jahren Riversides Clubhaus für sich entdeckt, wo sich tagtäglich die älteren Herren der Gegend trafen, um miteinander Zeit totzuschlagen. Und Vicky war sehr dankbar dafür, denn so musste sie nicht mehr ständig mit ihrem lieben, aber äußerst sturen Vater streiten.

»Klar«, antwortete sie und beschmierte eine weitere Bagelhälfte mit Frischkäse. »Was habt ihr denn heute vor?

Spielt ihr wieder Schach oder Shuffleboard? Oder lest ihr ein Buch?«

»Leider nicht. Ich wünschte, ich könnte die anderen davon überzeugen, einen Buchclub zu gründen. Die wissen ja gar nicht, was sie verpassen, wenn sie nicht Steinbeck, Faulkner oder Fitzgerald lesen.«

Vicky musste schmunzeln. Ihr Dad war schon immer ein Literaturfanatiker gewesen. Im Haus gab es sogar ein Zimmer, das nur mit Bücherregalen vollgestellt war – seine ganz eigene Bibliothek. Und dort hielt er sich auch am allerliebsten auf, seit er seine Tage nicht mehr draußen auf den Feldern verbrachte.

»Eine Schande!«, sagte sie.

»Allerdings!«, stimmte er ihr zu, nahm ein Stück Bacon und hielt es Betty hin. Die Hündin, die zu seinen Füßen lag, schnappte es sich und leckte ihm zum Dank die Hand.

»Also, was habt ihr denn nun geplant für heute?«

»Joe und Carl wollen sich draußen vors Café setzen und Skat kloppen. Und dabei hübschen Frauen hinterherpfeifen.« Er rollte mit den Augen.

Sie musste lachen. Ja, die beiden Freunde ihres Dads waren wirklich noch auf Zack, was die Damenwelt anging. Und dabei hielten sie sich sogar meist an diejenigen in ihrem Alter und nicht etwa an junge, sexy Frauen, die an ihnen vorbeiflanierten. Sie hatte es selbst ein paarmal gesehen, und sie hatte auch vernommen, wie geschmeichelt sich die älteren Damen gefühlt hatten. Die gute Mrs. Edison aus dem Schreibwarengeschäft errötete jedes Mal und lachte nervös wie ein Teenager. Vicky fand es süß. Warum sollten Menschen gehobenen Alters nicht auch noch flirten dürfen?

»Wobei *du* natürlich niemals mitmachen würdest«, sagte sie und zwinkerte ihrem Dad zu.

Anthony Lloyd setzte sich aufrecht und sah sie empört an. »Aber selbstverständlich nicht! Ich werde deiner Mutter immer treu bleiben, auch wenn sie nicht mehr bei uns ist. Denn eines Tages werden wir uns wiedersehen, und ich weiß jetzt schon, dass sie mir die Hölle heißmachen würde, wenn ich sie hier unten betrogen hätte.«

Ihr Vater glaubte fest an ein Leben nach dem Tod, an den Himmel und die Hölle und an so gut wie alles andere, was in der Bibel stand. Jeden Sonntag ging er in die Kirche, und vor jedem Essen sprach er ein Dankesgebet. Und sie wusste auch, dass er abends vor seinem Bett niederkniete – trotz immenser Schmerzen – und für die Seelen seiner verstorbenen Frau und seiner verlorenen Tochter betete.

»Ach, Dad. Ein bisschen flirten ist doch nicht gleich betrügen. Ich bin mir sicher, Mom hätte nichts dagegen, wenn du dich ein bisschen amüsieren und auch mal einer netten Lady hinterherpfeifen würdest.«

»Oh, ich will es lieber nicht riskieren«, sagte er und strich sich eine weiße Haarsträhne zur Seite, die ihm ins Gesicht gefallen war. Und dann warf er ihr wieder mal diesen ganz bestimmten Blick zu, den sie an ihm fürchtete, weil dann nie etwas Gutes folgte. »Wie sieht es denn bei dir aus? Hast du in letzter Zeit jemanden kennengelernt?«

»Wie denn, wenn ich meine Tage von morgens bis abends auf der Farm verbringe?«, entgegnete sie.

»Na, ab und zu fährst du doch auch mal in den Ort, oder du triffst dich mit Alexandra.«

Sie atmete einmal tief durch. »Wenn der Richtige kommt, dann kommt er. Ich werde aber nicht verzweifelt nach ihm suchen, okay?«

»Du und deine Sturheit!«

Ha! Das musste er gerade sagen!

»Dad, bitte …« Sie sah ihm eindringlich in die Augen und hoffte, er verstand, dass das kein Thema war, über das sie reden wollte. Jetzt oder überhaupt jemals.

»Na, ich mein ja nur. Es wäre schön, wenn wenigstens ich meine Enkel kennenlernen würde, bevor ich das Zeitliche segne. Deiner Mutter ist das ja leider nicht vergönnt gewesen.«

Sie seufzte, füllte ihnen beiden Kaffee nach, gab einen Löffel Zucker in ihren Becher und rührte. »Okay, ich werde die Augen nach netten Männern offen halten.«

»Das ist alles, was ich will«, sagte ihr Dad zufrieden und lehnte sich im Stuhl zurück. Er wischte sich mit seinem Stofftaschentuch, das er ganz altmodisch immer in der Hosentasche trug, über die Stirn. Es war erst kurz nach acht, aber das Thermometer zeigte jetzt schon knapp dreißig Grad an. Die Sommer in Riverside waren stets heiß, dieser August jedoch schien der heißeste aller Zeiten zu sein. »Wir müssen um zwei los, gleich nach dem Mittagessen. Bis dahin gehe ich mal schauen, was auf der Farm so anfällt.«

Vicky nickte und spielte das Spiel mit. Ihr Dad tat nämlich so, als wenn er immer noch für alles verantwortlich wäre. Vicky hatte ihm den Titel und die Aufgaben eines Vorarbeiters übertragen, als sie die Farm übernommen hatte; insgeheim wussten sie aber beide, dass die eigentliche Vorarbeiterin nach wie vor Inès war. Inès arbeitete seit zehn Jahren für sie, war Ende dreißig, geschieden und kinderlos und hatte alles fest im Griff. Auf sie konnte Vicky sich verlassen, und sie war zudem im Laufe der Jahre zu einer echten Freundin geworden. Das Beste jedoch war: Sie spielte das Spiel mit.

»Dann viel Spaß. Ich muss mich noch um ein paar Kunden kümmern und komme dann ebenfalls nach draußen.«

»Apropos Kunden… Wir sollten darüber nachdenken, unsere Preise auch zu erhöhen, wie alle Farmer der Gegend es diese Saison tun«, meinte ihr Dad.

Sie seufzte erneut und nickte widerwillig. »Ja, du hast recht. Über kurz oder lang sollten wir da mitziehen. Es wird jetzt schon eng. Das Wasser wird immer teurer, die Erntehelfer sind in zwei Wochen wieder im Einsatz und wollen bezahlt werden … Ich glaube, wir kommen nicht drum herum, dieses Jahr achtzig Cent oder mehr zu verlangen.«

Sie boten ihre Walnüsse der Sorte Chandler mitsamt der Schale an und hatten Abnehmer überall im Land – von Supermärkten über Bioläden bis hin zu Privatkunden war alles dabei. Im vergangenen Jahr hatten sie das Pfund noch für fünfundsiebzig Cent verkauft, doch dieses Jahr war es fast unumgänglich, die Preise anzuheben – da hatte ihr Vater leider recht. Mit über fünftausend Plantagen stammten neunundneunzig Prozent der US-Walnussernte aus Kalifornien, und so gerne sie bei der großen Konkurrenz die Preise auch niedrig gehalten hätte, befürchtete sie, dass es auf lange Sicht einfach nicht mehr möglich war.

»Ich werde es einmal durchrechnen«, versprach sie, erhob sich von ihrem Stuhl und begann, den Tisch abzudecken. Ihr Dad humpelte derweil von der Veranda, die drei Stufen hinunter und hinüber aufs Feld, Betty immer an seiner Seite.

Noch waren kaum Arbeiter anwesend. Lediglich Inès war da und bereitete zusammen mit Rodrigo und Thiago alles für die Ernte vor, die in knapp zwei Wochen beginnen würde. Hier im Süden Kaliforniens waren die ersten Walnüsse im Gegensatz zu den nördlicheren Anbaugebieten bereits Anfang September erntereif. Die schönste Zeit des Jahres, wie Vicky fand. Endlich wieder frische Walnüsse, mit denen sie ganz wunderbare Kuchen und die köstlichsten Kekse backen konnte. Und erst der Duft frisch gerösteter Walnusskerne … Allein der Gedanke zauberte ihr ein breites Lächeln ins Gesicht.

Sie kümmerte sich schnell um den Abwasch, schrieb dann ein paar Großkunden an, um sich zu vergewissern, dass sie auch dieses Jahr wieder auf sie zählen konnte, und trat aus dem Haus. Schritt über die Erde, die ihre Bäume seit hundertfünfzig Jahren nährte. Bereits ihre Ururgroßeltern hatten Walnüsse angebaut, tatsächlich galt die Lloyd-Farm als die älteste Walnussfarm in Kalifornien, die noch in Betrieb war. Worauf die Familie natürlich mächtig stolz war, allen voran ihr Dad, Anthony Lloyd. Vor ein paar Jahren war sogar ein Interview mit ihm in einer Zeitung erschienen, mit einem Bild, das ihn unter einem seiner geliebten Bäume zeigte, die Hände voll reifer Walnüsse. Diesen Artikel trug er stets bei sich und zeigte ihn jedem, der ihn noch nicht kannte – und auch denjenigen, denen er ihn schon zig Mal gezeigt hatte. Anthony hatte nicht mehr viel außer seinen Erinnerungen an eine bessere Zeit, doch die konnte ihm keiner nehmen.

Vicky sah hoch zu einem der Bäume, an denen die Walnüsse in ihren Schalen heranreiften. Die grünen Außenhüllen begannen bereits, sich zu spalten. Bald würden sie sich ganz öffnen und die Walnüsse freigeben beziehungsweise zusammen mit ihnen herabfallen. Und bei denen, die nicht von allein herunterkommen wollten, würden sie nachhelfen. Die Ernte war nah, und Vicky fühlte sich gesegnet, trotz allem ein weiteres Jahr dabei sein zu dürfen, wenn der Herbst hereinbrach und die Walnüsse alles andere in den Schatten stellten. Die schönste Zeit des Jahres, am wohl schönsten Ort der Erde – nach wie vor konnte sie sich zum Leben keinen besseren vorstellen.

Kapitel 2

Liam

Liam saß an seinem Schreibtisch und recherchierte. Die halbe Nacht lang hatte er im Internet nach Fakten und Daten zum Hintergrundthema seines neuen Romans gesucht und sich seitenweise Notizen gemacht. Und doch war er noch kein Stück weiter. Das Thema lautete: Walnüsse.

Klar, Fakten waren wichtig, doch sie waren nicht genug. Vor allem ging es bei einer Geschichte doch immer um das Besondere, was die Leser noch nicht wussten. Und ja, wahrscheinlich hatten drei Viertel von ihnen keine Ahnung davon, dass die Walnuss seit weit über neuntausend Jahren als Nahrungsmittel genutzt wurde oder dass spanische Missionare sie 1770 erstmals nach Amerika brachten. Dass die Walnuss als Symbol der Fruchtbarkeit galt und sogar Josef auf vielen Hochzeitsbildern neben Maria mit einem Walnusszweig in der Hand abgebildet war.

Doch wen interessierte all das schon?

Er wollte Dinge erzählen, die einzigartig waren, von denen eben noch niemand wusste, Dinge mit dem »Oooh-Effekt«, auf die er selbst so gerne stieß, wenn er ein Buch las. Und er las sehr viel, war schon seit frühester Kindheit eine Leseratte, wie seine Mom ihn immerzu nannte. Liam war ihr dankbar ohne Ende, dass sie seine Leidenschaft stets gefördert und damals, als sie noch mittellos waren, jeden Cent zusammengekratzt hatte, um ihm immer wieder neue Bücher zu besorgen. Selbstverständlich hatte er als kleiner Junge auch einen Büchereiausweis besessen, doch es hatte für ihn nichts Schöneres gegeben, als am Weihnachtsmorgen ein Geschenk auszuwickeln und daraufhin ein Buch in Händen zu halten. Niemals hätte er gedacht, eines Tages selbst welche zu schreiben. Denn trotz seiner Leidenschaft für Bücher hatte er immer vorgehabt, Tierarzt zu werden. Er war auch schon dabei gewesen, seinen Traum zu verwirklichen, als das Schicksal ihn schwer getroffen und sein Leben in andere Bahnen gelenkt hatte.

Er gab erneut ein paar Wörter in die Suchmaschine ein und stieß auf einige Fakten, die er noch nicht gewusst hatte. In alten mitteleuropäischen Gräbern waren Walnussschalen als Beigaben gefunden worden … Früher hatte man die Walnuss zum Schutz gegen schwere Krankheiten wie die Pest zu sich genommen … Die Walnuss war sehr häufig in den Märchen der Gebrüder Grimm erwähnt worden … Liam schloss die Augen und atmete ein paarmal tief durch. Das war nicht das, was er suchte. Das war es einfach nicht.

Er hörte es an seiner Bürotür klopfen.

»Herein!«, rief er, beinahe froh über die Ablenkung.

Seine Mutter öffnete die Tür und lächelte ihn an. Sie trug ihr rotes Lieblingskleid, das ihrer noch immer schlanken Figur schmeichelte. »Junge, hast du Hunger?«

Liam sah auf die Uhr und musste zu seinem Schrecken feststellen, dass es bereits halb drei am Nachmittag war. Er hatte überhaupt nicht mitbekommen, wie die Zeit verflogen war.

»Ich sollte wohl wirklich mal was essen.«

Seine Mutter kam ins Zimmer und legte ihm eine Hand auf die Schulter. »Du arbeitest zu viel. Du solltest ein bisschen besser auf deine Gesundheit achten, Liam.«

»Ich weiß. Allerdings muss ich das Manuskript Ende Dezember abgeben, und ich habe noch nicht einmal angefangen mit dem Schreiben.«

»Ende Dezember, das ist doch noch gut vier Monate hin. Setz dich selbst nicht so unter Druck.«

Ja, das war so leicht gesagt. Doch wie sollte man sich nicht unter Druck setzen, wenn sein Erstlingswerk ein größerer Erfolg gewesen war, als man sich je erträumt hätte? Wenn es alle Rekorde gebrochen, die Bestsellerlisten erklommen hatte und inzwischen in dreiundzwanzig Sprachen übersetzt worden war? Sein zweiter Roman hatte da schon nicht mehr mithalten können. Wenn der dritte nun noch mehr floppte, war es aus mit seiner Schriftstellerkarriere, das war so sicher wie das Amen in der Kirche.

»Ich versuche es, okay?«, sagte er, drehte sich mit seinem Stuhl herum zu seiner Mom und lächelte.

Wie froh er war, dass er sie hatte. Und vor allem, dass sie zusammen waren. Dass er ihr jetzt ein schönes Leben bieten konnte, das Leben, das sie verdient hatte. Sie hatte so viel durchgemacht all die Jahre; sie jetzt im Ruhestand zu erleben und zu sehen, wie sie die Blumen oder das Gemüse in ihrem eigenen Garten pflegte und endlich einmal Zeit hatte zu entspannen, erfüllte ihn mit Stolz und Glück. Nachdem sein Debüt ihm die erste Million beschert hatte, hatte er sich ein Haus gekauft, das groß genug war, um auch seine Mutter zu sich zu holen. Diesem Haus, das in einem ruhigeren Stadtteil von Seattle lag und sogar über einen Wintergarten verfügte, von dem seine Mutter immer geträumt hatte, war er sofort verfallen. Außerdem gab es diesen großen Garten, in dem man sein eigenes Obst und Gemüse anbauen konnte, und neben den beiden Schlafzimmern ein weiteres Zimmer, das er als Büro nutzen konnte. Es war groß genug, um all seine Bücherregale aufzustellen, und es hatte eine dieser Bänke am Fenster, auf die er sich am Abend setzen und der Sonne dabei zusehen konnte, wie sie unterging. Liam hatte Sonnenuntergänge schon immer gemocht, sie bedeuteten für ihn neue Chancen. Der Tag war vorbei, und egal was an diesem einen Tag auch geschehen war, man wusste, es würde ein weiterer folgen, an dem man es besser machen konnte.

»Gut«, sagte seine Mutter beruhigt. »Und was darf ich dir nun zu essen machen?«

»Wie wäre es mit einem Nudelauflauf? Nur wenn es dir nicht zu viele Umstände bereitet.«

»Aber gar nicht. Ich hätte selbst Lust drauf.« Sie sah ihn schmunzelnd an. »Mit grünen Nudeln?«

Er nickte. Die aß er noch immer am allerliebsten, warum, konnte er gar nicht genau sagen. Vielleicht, weil Rudy sie so gerne gegessen hatte. Weil sie ihn an ihn erinnerten.

»Dann mache ich mich an die Arbeit. Komm in einer Stunde runter, ja?« Sie küsste sein Haar und ging aus dem Zimmer.

Kurz schloss er die Augen. Seine Mom. Sie bedeutete ihm alles. Er wusste, dass viele Leute das falsch verstehen könnten, wenn man mit dreißig Jahren noch mit seiner Mutter zusammenwohnte. Doch die wenigsten Menschen hatten so eine innige Beziehung zu ihren Müttern wie er, und die wenigsten hatten eine Vergangenheit wie sie beide hinter sich. Ehrlich gesagt war es ihm ganz egal, was andere dachten. Er wusste, er tat das Richtige. Sie hatten genug verloren, da war es doch schön, dass sie wenigstens noch einander hatten.

Er recherchierte weiter und stieß auf einen Zeitungsartikel, der circa zwei Jahre alt war. Er berichtete von einer Walnussfarm in Riverside, die wohl die älteste der Gegend war. Nein, anscheinend sogar die älteste in ganz Kalifornien! Sie existiere nun schon seit über hundertvierzig Jahren, erzählte der Besitzer in dem Interview. Anthony Lloyd hieß er. Vielleicht sollte Liam ihn einfach mal kontaktieren, womöglich würde er auch ihm ein Interview geben. Es könnte doch sein, dass er derjenige war, nach dem er so dringend suchte, die Person, die eben mehr über die Walnuss zu erzählen hatte als die lahmen Fakten, die in den Lehrbüchern und auf Wikipedia standen.

Er brauchte nicht lange, bis er die Website der Farm gefunden hatte, auf der man auch direkt Walnüsse bestellen konnte. Er kopierte die E-Mail-Adresse, fügte sie in die Adressleiste einer neuen Mail ein und begann, eine Anfrage zu formulieren. Dann jedoch löschte er alles wieder und starrte auf die Website. Es waren Bilder von der Plantage abgebildet, sie waren wirklich toll. Es gab Tausende Bäume, vollbehangen mit Walnüssen, im Hintergrund ein paar Erntehelfer, die Sonne hoch am Himmel. Ihm wurde klar, dass er sich das mit eigenen Augen ansehen, diese Atmosphäre einfangen musste, um sie in seine Geschichte einarbeiten zu können. Er hatte zwar sowieso vorgehabt, im Laufe der Schreibarbeiten eine Reise nach Kalifornien und auf ein paar Walnussfarmen zu machen, doch jetzt fragte er sich: Warum noch damit warten? Viel besser wäre es doch, wenn er gleich losfahren und so viele Informationen und Eindrücke sammeln würde wie möglich, ehe er sich an sein Manuskript setzte. Ja, er war sich sogar sicher, dass er nur dann das Beste aus der Story herausholen konnte.

Als er eine Stunde später seiner Mutter beim Essen gegenübersaß, schaute er ihr in die Augen und sagte: »Ich glaube, ich muss für eine Weile weg.«

»Zu den Walnüssen?«, fragte sie, weil sie ihn oft besser kannte als er sich selbst.

Er nickte. »Ja. Ich denke, dass ich vor Ort recherchieren muss, um dieses Buch schreiben zu können. Ich muss mir die Gegenden ansehen, die Farmen, die Besitzer und die Erntehelfer. Vielleicht kann ich mit einigen von ihnen sprechen und Dinge erfahren, die man von Google, Bibliotheken oder naturwissenschaftlichen Instituten eben nicht erfährt.«

»Das ist eine sehr gute Idee, Junge«, sagte seine Mom zu seiner Verwunderung.

»Ja? Findest du?«

»Das tue ich. Ich habe nämlich das Gefühl, du hast dich selbst ein wenig verloren und brauchst einfach auch mal einen Ortswechsel, um einen klaren Kopf zu bekommen.«

Es konnte schon stimmen, was sie sagte. Er pikste ein paar grüngefärbte Nudeln mit der Gabel auf. Sie waren mit Käse überbacken und schmeckten köstlich. Dann sah er seiner Mom wieder ins Gesicht. »Es könnte sein, dass ich länger weg sein werde.«

Seine Mutter schenkte ihm ein Lächeln. »Das ist kein Problem. Ich werde mich gut um dein Haus kümmern. Und solange du mir versprichst, an Thanksgiving zurück zu sein, soll es mir recht sein.«

An Thanksgiving? Er musste lachen. Das war ja noch drei Monate hin!

»Also, da brauchst du gar keine Sorge zu haben, ich habe nicht vor, *so* lange weg zu sein.«

»Wer weiß? Man kann vorher nie erahnen, wann und wo eine Reise endet.«

Er nickte. Ja, da sprach sie aus Erfahrung. Sie beide hätten ja auch nie gedacht, einmal in Seattle zu stranden.

»Okay, dann werde ich mal schauen, wo ich unterkommen könnte, wenn ich in Südkalifornien bin. Und ich muss einen Flug buchen.«

»Warum fährst du nicht mit dem Auto? Du könntest den Roadtrip die Küste entlang machen, von dem du schon so lange sprichst.«

Die Idee war gar nicht schlecht. Und die Vorstellung, mit seinem alten Mustang, den er selbst restauriert hatte, den Highway No. 1 entlangzufahren, war großartig.

»Was würde ich nur ohne dich tun, die immer weiß, was das Beste für mich ist?«, fragte er und sah seine Mom liebevoll an.

»Du würdest sicher auch ohne mich ganz gut zurechtkommen«, widersprach sie.

»Nein, das glaube ich nicht.« Er legte eine Hand auf ihre. »Ich werde dich sehr vermissen.«

»Du wirst mir auch fehlen, Junge.«

»Versprichst du mir eins? Wirst du dann und wann Blumen für mich auf sein Grab legen?«

»Ich verspreche es.« Seine Mom sah traurig aus, und es tat ihm schon leid, dass er das Thema erwähnt hatte. Doch dann lächelte sie auch schon wieder und fragte: »Wirst du Sniffy mitnehmen?«

In dem Moment trottete sein Cockapoo in die Küche und legte sich auf die Decke neben der Verandatür.

So sehr Liam seinen Hund liebte, wusste er doch, dass seine Mom ihn dringender brauchen würde als er. Er würde sich einfach besser fühlen, wenn er wusste, dass sie nicht allein in diesem großen Haus war.

»Damit ich mir den lieben langen Tag lang sein Gejaule

anhören muss, weil er dich so vermisst? Nein, ich lass ihn lieber hier bei dir.« Er zwinkerte ihr zu und nickte dann. »Na gut. Dann gehe ich gleich mal nach oben und kümmere mich um alles.« Er schaufelte die letzten Happen Nudelauflauf in sich hinein, stellte seinen Teller in die Spüle und eilte die Treppe hinauf. Er war richtig aufgeregt. Er würde auf einen Roadtrip gehen und hatte noch dazu ein cooles Ziel vor Augen: die älteste Walnussfarm Kaliforniens. Wenn das keine Reise wert war!

Kapitel 3

Abigail

»Mommy?«, hörte sie es im Halbschlaf.

Sie vergrub ihr Gesicht ins Kissen.

»Mommy, ich hab Hunger.«

Widerwillig drehte sie den Kopf zur Seite und öffnete die Augen. Bella grinste sie an.

»Ich komm ja schon. Gib mir eine Minute.«

»Das hast du schon vor zehn Minuten gesagt, Mommy«, erwiderte ihre Tochter. Sie hatte gerade gelernt, die Uhr zu lesen, worauf sie mächtig stolz war.

Abby stöhnte. »Okay, okay.« Sie schlug die Bettdecke zurück und stand mit wackeligen Beinen auf. Sie hasste das Aufstehen am frühen Morgen, ebenso wie sie es hasste, sich um andere Menschen zu kümmern. Sie fand es ja schon schwer genug, sich um sich selbst zu kümmern, und kriegte nicht mal das auf die Reihe.

Sie schlüpfte in die Jeans vom Vortag, sah an sich herunter und zog das weiß-grau gestreifte T-Shirt glatt. Ja, das konnte noch als sauber durchgehen. Sie fuhr sich durchs Haar und rieb sich dann die Augen.

Bella lachte. »Du siehst ganz verwuschelt aus.«

»Ach ja?« Sie schlurfte in die Küche. Wie gern wäre sie einfach wieder zurück ins Bett gegangen, doch sie wusste, sie musste Bella etwas zu essen geben. Die Kleine hatte Hunger, das hatte sie doch gesagt. Sie fragte sich, ab welchem Alter sich Kinder morgens das Frühstück selbst machen konnten. Bella war inzwischen sechs Jahre alt, eine Weile würde es wohl noch dauern.

»Pop Tarts oder Honey Loops?«, fragte sie.

»Froot Loops«, antwortete die Kleine, die ein Abbild von ihr selbst war: die gleichen braunen Locken, die gleiche Stupsnase.

»Die sind alle. Glaube ich.«

»Okay, dann Honey Loops. Kannst du wieder Froot Loops kaufen, bitte?«

Nun musste sie doch lächeln. Ihre Tochter war wirklich höflich, hängte immer schön ein »Bitte« an jeden geäußerten Wunsch dran. Irgendwas schien sie doch richtig gemacht zu haben. Obwohl das alles nicht geplant war, ja, obwohl sie an so manchen Tagen das Muttersein und ihr ganzes Leben verfluchte …

Es war zehn Jahre her, dass sie die Walnussfarm in der Hoffnung auf ein besseres Leben verlassen hatte, ein aufregenderes Leben, eines, für das andere sie beneiden würden. Seit sie denken konnte, hatte sie mehr von ihrem Dasein auf Erden erwartet, und sie war sich sicher gewesen, dass das Schicksal auf ihrer Seite war. Als sie in dieser schwülen Julinacht im Sommer 2011 Riverside für immer hinter sich ließ, hatte sie sich direkt auf nach Hollywood gemacht. Sich ein Zimmer in einer WG gemietet, Freunde gefunden, die genauso auf eine Schauspielerkarriere aus waren wie sie. Die tagtäglich zu Castings gingen und schon ein paar Dinge vorweisen konnten: hier einen TV-Werbespot, da eine Statistenrolle, hier eine Stunde auf der Couch eines Filmproduzenten, da eine Line Koks mit dem Regisseur. Sie selbst weigerte sich, so weit zu gehen, hatte sie doch immer ihre Mutter im Kopf, die ihr liebevoll sagte: »Abigail, du bist so viel mehr wert, als du denkst. Eines Tages wirst du es erkennen.«

Alles, was sie also nach drei Jahren Hollywood in ihrer Vita stehen hatte, waren ein paar Komparsenrollen, einen winzigen Auftritt in einem Werbespot für Damenrasierer und eine gebrochene Nase, die ihr eine Mitstreiterin zugefügt hatte, als sie beide in der letzten Castingrunde für einen B-Movie auf die Antwort der Produzenten warteten. Und die andere bekam auch noch die Rolle! Später hatte Abby gehört, dass die Dreharbeiten wegen Geldmangels eingestellt worden waren, und dennoch wäre es schön gewesen, überhaupt mal ausgewählt zu werden.

Alles, was Hollywood ihr jedoch eingebracht hatte, war eine schiefe Nase und ein Braten in der Röhre.

In ihrem dritten Jahr in L.A. lernte sie Larry kennen. Zu der Zeit hatte sie aus Geldnot längst ihren Ford verkauft und jobbte im Diner an der Ecke, um wenigstens die Kosten für das Zimmer und ab und zu was Warmes zu essen aufbringen zu können. Dass sie wirklich Karriere in Hollywood machen würde, hatte sie längst abgehakt. Doch Larry schenkte ihr wieder ein wenig Hoffnung. Er war Kameramann und versprach ihr, sich bei den Produzenten einer bekannten Serie für sie einzusetzen. Und selbst wenn es nur für eine Rolle als Leiche reichen würde, wäre das schon der Wahnsinn, denn es handelte sich immerhin um *The Mentalist,* eine der zu der Zeit angesagtesten Crime-Serien überhaupt! Vielleicht würde sie Simon Baker kennenlernen, wenn schon nicht Bradley Cooper. Vielleicht würde sie als Leiche so überzeugen, dass man ihr danach eine vielversprechendere Rolle gab.

Gedreht wurde in Burbank, gleich außerhalb von Los Angeles. Larry erzählte ihr jeden Abend, wie cool es war, all die Stars um sich zu haben, und das war es, was sie auch wollte. Genau das! Doch jedes Mal, wenn sie Larry fragte, ob er schon etwas erreicht hatte, hielt er sie hin. Sagte, er wäre noch nicht dazu gekommen nachzufragen, er müsste den richtigen Zeitpunkt abwarten. Also ging sie weiterhin zu Werbe-Castings für Fleischersatzprodukte, Schuppenshampoos oder Damenrasierer. Und dann eines Tages, als sie im Warteraum mit den hundert anderen Frauen saß, wurde ihr speiübel. Sie schaffte es gerade noch zur Toilette, und danach machte sie sich auf nach Hause, um das Magen-Darm-Virus auszukurieren. Als sie sich nach einer Woche immer noch nicht besser fühlte, ging sie in eine Drogerie und kaufte einen Schwangerschaftstest.

Es war der größte Schock ihres Lebens, und Abby zweifelte keine Sekunde, dass sie das Baby wegmachen lassen würde. Was sollte sie mit einem Kind? Sie wollte berühmt werden!

Als sie Larry von der Schwangerschaft erzählte, war er schneller weg, als sie gucken konnte. Empört sagte er noch, dass das Kind nicht von ihm stammen könne, da er gar nicht dazu in der Lage wäre, Nachwuchs zu zeugen. Doch er war der Einzige gewesen, und Abby musste sich mit der Tatsache abfinden, dass sie allein dastand.

Sie sammelte jeden Cent zusammen, bat Freundinnen, ihr etwas zu leihen, ließ sich von dem ekligen Typen im Erdgeschoss ihres Wohnhauses fotografieren, der einen Katzenfetisch hatte. Als sie das Katzenkostüm wieder ausgezogen und das Geld zusammenhatte, machte sie sich auf zu ihrem Termin in der Klinik. Doch als sie auf dem Behandlungsstuhl lag, wurde ihr plötzlich bewusst, dass da Leben in ihr heranwuchs – sie fühlte sich wie eine Mörderin, und das wollte sie auf keinen Fall sein. Ihre tiefreligiösen Eltern würden sie für immer verstoßen. In dem Moment dachte sie an ihre Familie – ihre Eltern, die sie seit mehr als drei Jahren nicht gesehen hatte, und ihre Schwester, die sie mehr vermisste, als sie sich je hätte vorstellen können. Und dann dachte sie sich, dass sie wenigstens nicht mehr ganz so allein wäre, wenn sie das Baby bekommen würde.

Das war jetzt sechs Jahre und zehn Monate her. Allein war sie zwar nicht mehr, doch ihr Leben war ein Trauerspiel. Ihre Wohnung war ein Loch, ihr Job das Allerletzte, und der Traum von einer Karriere als Schauspielerin schon so lange ausgeträumt, dass sie sich nicht einmal mehr daran erinnern konnte.

Sie öffnete den Küchenhängeschrank, nahm die letzte saubere Schüssel heraus, schüttete Honey Loops hinein und nahm den Milchkarton aus dem Kühlschrank. Er fühlte sich ganz leicht an, zu leicht, und als sie ihn schüttelte, erkannte sie, dass er leer war.

»Milch muss ich auch erst noch besorgen. Kannst du sie so essen?«, fragte sie, und Bella nickte.

»Okay.« Die Kleine nahm sich einen Löffel aus der Schublade, ging mit ihrer Schüssel ins Wohnzimmer und setzte sich auf den kuscheligen Teppich vor dem Fernseher.

Die Versuchung, zurück unter die Bettdecke zu schlüpfen, war groß, und doch nahm Abby die Honey-Loops-Packung in die Hand und suchte nach einer weiteren sauberen Schüssel. Es war hoffnungslos, das ganze Geschirr stapelte sich in und neben der Spüle. Sie zuckte die Achseln, beschloss, einfach aus der Packung zu essen, setzte sich zu Bella und sah sich *Die Simpsons* mit ihr an.

Kapitel 4

Victoria

In ihrem navygrünen Jeep fuhr sie ins Zentrum von Riverside und überquerte dabei den Santa Ana River, nach dem die Stadt benannt war. Sie hatte ein paar Besorgungen zu machen, musste zur Post und zur Apotheke und danach in den Supermarkt, da nicht nur der Orangensaft und die Aufbackbagels ausgegangen waren, sondern auch Zahnpasta und Toilettenpapier zur Neige gingen. Außerdem wünschte sich ihr Dad Tacos zum Dinner, und dafür brauchte sie einige Zutaten wie frische Tomaten, Kidneybohnen und Reibekäse.

In weniger als einer Viertelstunde erreichte sie den Ortskern und fuhr durch die Straßen der Stadt, in der sie ihr ganzes bisheriges Leben verbracht hatte. Hier war sie zur Schule gegangen, mit Freunden ins Kino oder in die Mall, hier hatte sie sich ihr Kleid für den Abschlussball gekauft und die ersten Kondome, als sie in der zehnten Klasse ihren ersten festen Freund hatte. Nun, eigentlich hatte Abby sie für sie besorgt, sie selbst hatte peinlich berührt draußen vor der Drogerie gewartet und sich dann von Abby auslachen lassen, weil sie so ein Angsthase war.

Die Sonne stand hoch über den Bergen, die die Stadt umrahmten. Vicky musste lächeln. So oft sie diesen Anblick schon hatte genießen dürfen, war es doch immer wieder eine Wohltat. Sie konnte es nicht anders sagen: Sie *mochte* Riverside. Hatte es immer gemocht. Fand es schön, wie idyllisch alles wirkte, obwohl die Stadt knapp über dreihunderttausend Einwohner hatte. Doch es gab im Gegensatz zu den meisten anderen größeren Städten Kaliforniens so gut wie keine Hochhäuser, alles war flach und hell gehalten. Die Gebäude waren weiß oder beige gestrichen, hier und da ein paar rote und braune Farbtupfer, und die Straßen waren sauber, von unendlich vielen Palmen gesäumt und immer mit diesem gewissen Glitzern auf dem Asphalt, das die kalifornische Sonne nicht nur an heißen Tagen hinterließ.

Sie musste lächeln, als sie eine der riesigen Orangen passierte, die seit 2016 die Straßen von Riverside schmückten. In der ganzen Stadt waren die insgesamt zweiunddreißig von lokalen Künstlern bunt bemalten Früchte aus glasfaserverstärktem Kunststoff aufgestellt; sie waren etwa kleinkindgroß und erfreuten Touristen wie Bewohner.

Vicky machte an der Post Halt, holte das Rezept für ihren Dad beim Arzt heraus und parkte dann den Jeep auf dem Parkplatz der Riverside Plaza Mall. Sie spazierte durch das offene Einkaufszentrum, gönnte sich einen Rote-Bete-Ananas-Smoothie bei Juice It Up!, löste das Rezept in der CVS-Apotheke ein und ging dann zu Trader Joe's, um die Lebensmittel einzukaufen. An der Kasse lächelte sie ein nett aussehender Mann freundlich an, und sie lächelte zurück. Denn auch wenn man nicht auf eine feste Beziehung aus war, durfte man doch trotzdem ein bisschen flirten, oder?

Das Lächeln lag noch immer auf ihren Lippen, als sie mit den Einkaufstüten zum Wagen ging. Gerade hatte sie alles verstaut, als sie jemanden lachen hörte. Sie drehte sich um und entdeckte Jeff, einen vollgefüllten Einkaufswagen schiebend, seine Frau Clara an seiner Seite, der kleine Sohn Justin auf ihrem Arm. Sofort verflog Vickys Lächeln, und sie versteckte sich hinter ihrem Jeep, damit er sie nicht sah.

Sie hasste es, ihm und seiner glücklichen Bilderbuchfamilie zu begegnen. Und obwohl man doch denken sollte, dass das in der zwölftgrößten Stadt Kaliforniens mit all ihren Einwohnern nicht allzu häufig vorkam, tat es das leider doch.

Irgendwann lugte sie um den Kotflügel und atmete auf. Die drei waren weg, nach Hause gefahren oder zum Krabbelkurs, zum Babyschwimmen oder sonst wo hin, wo man mit einjährigen Kindern an einem Mittwochnachmittag so hinfuhr.

Sie stieg in ihr Auto, kurbelte das Fenster herunter und setzte aus der Parklücke. Und dann stand dummerweise plötzlich Jeff vor ihr, der den Einkaufswagen zurückbrachte.

Er wirkte genauso verlegen wie sie. Es war eine unangenehme Begegnung – wie jedes Mal, wenn sie aufeinanderstießen.

»Hi, Vic«, sagte er und lächelte nervös.

»Hi, Jeff.«

»Wie geht's dir?«

»Ganz gut, danke«, antwortete sie. »Und dir?«

»Auch gut.«

»Die Ernte beginnt bald«, meinte sie, weil ihr nichts Besseres einfiel.

»Ja, schon bald.« Er sah in die Ferne. Ob er sich wohl vergewissern wollte, dass Clara ihn nicht mit ihr sah?

»Also, ich muss dann weiter. Schönen Tag noch«, sagte sie, um die angespannte Situation zu beenden.

Jeff war die Erleichterung anzusehen. »Danke, dir auch.« Er wartete, bis sie davongefahren war, dann sah sie ihn im Rückspiegel seinen Wagen in Richtung Supermarkt zurückschieben.

Sie biss sich auf die Unterlippe. Verdammt! Warum mussten sie nur immer wieder in diese Lage kommen? Warum sich ständig über den Weg laufen, wenn sie ihn doch einfach nur vergessen wollte?

Juli 2015

»Ich freue mich, Sie endlich persönlich kennenzulernen«, sagte Jeff, der frisch gekürte Geschäftsführer der Nuts for Everyone Company. Er hatte gerade erst das College beendet und den Job seines Onkels übernommen, der seine eigene Firma aufbauen wollte. Onkel Marty und Jeffs Vater, Jeffrey Senior, hatten so lange gewartet, bis Jeff seinen Abschluss in der Tasche hatte, und dann war an alle Kooperationspartner eine Mail rausgegangen mit der Ankündigung, dass es von nun an einen neuen Geschäftsführer geben würde. Ein paar Tage zuvor hatte Vicky eine persönliche Einladung erhalten, und jetzt stand sie im Büro ihres größten Kunden.

Sie hatte ihn sich anders vorgestellt. Alles, was sie über ihn wusste, hatte sie von ihrer besten Freundin Alex erfahren, deren Tante Zelda die größte Tratschtante der Stadt war. Alex hatte gemeint, Jeff sei ein arroganter, von seinen Eltern seit seiner Geburt verwöhnter Schnösel, der aussehe wie ein Nerd, mit Brille und Seitenscheitel und was sonst noch alles dazugehörte. Nun, Jeff trug wirklich eine Brille, so eine mit einem dünnen silbernen Rahmen, und er hatte einen Scheitel, doch er sah keinesfalls aus wie ein Nerd, und arrogant wirkte er erst recht nicht auf sie. Ganz im Gegenteil. Er schien nervös und sich seiner Sache noch überhaupt nicht sicher. Dennoch versuchte er, souverän rüberzukommen. Er schüttelte ihr die Hand und bat sie, sich zu setzen. Dann lächelte er sie an – und dieses Lächeln verzauberte sie auf den ersten Blick.

»Danke für die Einladung«, sagte sie. »Ich freue mich auch, Sie persönlich kennenzulernen. Meine Familie macht ja schon seit vielen Jahren Geschäfte mit Ihrer Firma.«

»Ja, das stimmt. Und gerade deshalb finde ich es wichtig, mich so bedeutenden Kunden wie Ihnen persönlich vorzustellen. Wie schade, dass Ihr Vater nicht mitkommen konnte.«

Sie nickte. Ihr Dad lag wieder einmal im Krankenhaus. Seine dritte Knie-OP innerhalb weniger Jahre.

»Ja, ihm tut es auch sehr leid. Ich soll aber seine besten Grüße ausrichten.«

»Danke, bitte grüßen Sie ihn zurück und lassen Sie ihm meine Genesungswünsche zukommen.«

»Das werde ich, danke.«

Jeff lächelte wieder, jetzt nicht mehr ganz so nervös. »Was halten Sie von einem Mittagessen?«, fragte er, und sie musste ebenfalls lächeln.

»Sehr gerne«, antwortete sie und freute sich darauf, diesen Nerd besser kennenzulernen.

Als sie auf der Farm eintraf, waren Inès und ihre beiden Helfer gerade damit beschäftigt, die Shaker zu inspizieren. Das war wichtig, denn es konnte sein, dass sie seit der letzten Ernte ein wenig eingerostet waren. Und die Shaker mussten ab nächster Woche einsatzbereit sein, wenn sie durch die Reihen fahren und die Walnüsse von den Bäumen schütteln mussten. Früher hatten die Erntehelfer diese Aufgabe noch übernommen. Mit Stöcken hatten sie die Nüsse heruntergeholt, daran konnte Vicky sich noch aus ihrer frühesten Kindheit erinnern. Heute jedoch übernahmen die Maschinen die schwierigsten Arbeiten, und die Helfer waren nur noch dazu da, um sie zu bedienen. Natürlich mussten sie die Nüsse auch sortieren und verpacken, aber das war weit weniger anstrengend, als den ganzen Tag lang einen Stock in die Höhe zu halten oder die Unmengen an Walnüssen aufzufegen und einzusammeln. Auch das wurde heute von Maschinen übernommen, den sogenannten Sweepern.

Sie winkte Inès zu und brachte die Einkäufe ins weißgestrichene Haupthaus. Als sie sie ausgepackt hatte, machte sie eine Kanne Tee und brachte ihrem Dad eine Tasse, zusammen mit einem Teller Kekse. Er saß in seinem Lesezimmer und sah auf, als sie es betrat.

»Hallo, Liebes«, sagte er. »Bist du schon zurück?«

»Ja, seit einer halben Stunde. Ich hab dein Medikament abgeholt und alles für die Tacos später besorgt.«

»Du bist ein Schatz.«

»Und du siehst aus, als wärst du ganz in dein Buch versunken. In welchen Welten bewegen wir uns denn?«, wollte sie wissen und stellte Tee und Kekse auf dem kleinen runden Tisch neben dem Lesesessel ab.

»Gerade befinde ich mich im Manhattan der Achtzigerjahre. Ich lese die New-York-Trilogie von Paul Auster.« Er schlug das dicke Buch zu und hielt ihr das Cover hin.

»Ist es gut?«

»Ich bin erst auf Seite achtzig vom ersten Band, *Stadt aus Glas*, aber es erscheint mir bereits sehr vielversprechend.«

»Sehr schön, das freut mich. Ich wünschte, ich hätte auch mehr Zeit zum Lesen.« Das tat sie wirklich, und sie nahm es sich immer wieder vor. Man sollte denken, dass sie wenigstens außerhalb der Saison ein wenig Zeit für solche Dinge finden würde, doch auf einer vierzig Hektar großen Farm war einfach immer etwas zu tun, selbst im Winter. Die Bäume mussten bewässert, gedüngt, beschnitten und gepflegt werden, alte Bäume, die keine Früchte mehr trugen, mussten gefällt, neue gepflanzt werden. Die Kunden mussten bei Laune gehalten, das Haus und die Lagerhalle instand gehalten, Geräte und Maschinen repariert und die Arbeiter hier und da eingesetzt werden, zum Beispiel zum Laubharken im Winter oder bei den Erntevorbereitungen. Eingelagerte Nüsse mussten das ganze Jahr über kontrolliert, verkauft und verschickt werden, Rechnungen geschrieben, Bücher geführt, die Steuer eingereicht, die Website aktualisiert, Versandmaterial bestellt und so weiter und so fort. Dazu hatte Vicky sich natürlich noch um ihren Vater zu kümmern, der mit jedem Jahr gebrechlicher wurde, obwohl er erst sechsundsechzig war, doch die harte Arbeit auf der Farm hatte ihre Spuren hinterlassen.

»Weißt du noch, wie ich dir damals immer vorgelesen habe?«, fragte er jetzt. »Vor dem Zubettgehen?«

Sie trat hinter ihn und legte ihm eine Hand auf die Schulter. »Aber natürlich weiß ich das noch. Ich habe es so geliebt. Und Abby auch.«

Das stimmte nicht wirklich. Ihre Schwester war nämlich oftmals mitten in einer Geschichte eingeschlafen, und später, als sie älter wurde, hatte sie sich einfach Kopfhörer in die Ohren gesteckt und ihrer Lieblingsmusik statt ihrem Dad gelauscht. Doch Vicky hatte die allabendlichen Vorlesestunden sehr zu schätzen gewusst. Auch dann noch, als sie schon längst selbst lesen konnte, hatten sie dieses Ritual fortgeführt. Manchmal vermisste sie die guten alten Zeiten ganz schrecklich.

Das Gesicht ihres Vaters wurde ernst. Das tat es immer, wenn sie den Namen ihrer Schwester erwähnte. Denn für ihn war Abby so gut wie gestorben. Sie hatten nun schon seit fast sieben Jahren nichts von ihr gehört, da fühlte es sich manchmal sogar wirklich so an.

»Ich würde dann gerne weiterlesen, wenn es dir nichts ausmacht«, sagte ihr Dad.

Sie lächelte traurig, ließ ihn in Ruhe zurück nach New York kehren und ging in die Küche, um nach dem Walnusskuchenrezept ihrer Mutter zu suchen. So oft, wie sie den Kuchen backte, sollte sie es eigentlich längst auswendig kennen, und doch vergaß sie immer wieder die genauen Mengenangaben. Sie entdeckte es in einem der Ordner, die neben den Backbüchern standen, und legte es bereit. Sobald die ersten Nüsse reif waren, würde sie loslegen. Sie konnte den wunderbaren Duft, der dann durch das ganze Haus strömte, schon jetzt riechen.

Kapitel 5

Liam

Er war seit gut einer Woche unterwegs. Hatte den Rat seiner Mutter befolgt, sich in seinen Mustang gesetzt und war losgefahren. Auf der Rückbank zwei Koffer, deren Inhalt hoffentlich reichen würde.

Er war die Küste entlanggefahren. Erst durch Washington State, dann durch Oregon bis nach Kalifornien, wo er es schließlich etwas langsamer angehen ließ. Wo er die Aussicht und das Essen und die vielen Eindrücke genoss, wo er mit Menschen über ihre Geschichten sprach und wo er sich mehrere Walnussfarmen ansah. Er hatte Glück, gleich zwei Farmer erklärten sich bereit, ihm ihre Betriebe zu zeigen. Die Walnüsse waren so gut wie erntereif, ein paar einzelne waren bereits von den Bäumen gefallen, und er erkannte, dass mehr Nüsse am Boden lagen, je weiter er gen Süden reiste.

Was er von den Farmern erfuhr, enttäuschte ihn jedoch ein wenig. Es war nichts Neues, nichts, was er sich nicht auch schon im Internet angelesen hatte. Und so fuhr er weiter zu seinem Zielort: Riverside.

Die Stadt befand sich knapp eine Fahrstunde entfernt von

Los Angeles, und er war gleich beeindruckt von der Stille und der Idylle, die dieser Ort ausstrahlte. Kein anderer, den er passiert hatte – nicht Portland, Mendocino, San Francisco, San José, Monterey, Carmel-by-the-Sea und ganz bestimmt nicht L.A. – hatte solch eine vollkommene Ruhe reflektiert. Es war nicht nur, dass es so schien, als verbat die Stadt sich jegliche Hektik, es war auch die Tatsache, dass er dort endlich seine Gedanken, die die ganze Fahrt über so wirr gewesen waren, ordnen konnte, weil alles um ihn herum still wurde. Mit einem breiten Lächeln, von dem er selbst überrascht war, fuhr er an diesem Freitag spätnachmittags zu dem Hotel, das er zuvor online gebucht hatte: das Mission Inn.

Das Mission Inn war einfach unglaublich. Er hatte schon gelesen, dass dort über die Jahre viele Prominente übernachtet hatten, wie etwa die Präsidenten Hoover, Kennedy, Nixon und Bush Jr., außerdem Albert Einstein, Amelia Earhart und sogar Joseph Pulitzer, was auch ein Grund dafür gewesen war, dass er sich für dieses Luxushotel entschieden hatte. Doch wie absolut fantastisch das Traditionshaus sein würde, hatte er nicht erwartet. Man betrat das Gelände durch einen steinernen Bogen, ging einen Weg entlang, der mit Blumen gesäumt war, und dann tauchte man ein in das unfassbar schöne, helle, vierstöckige Gebäude, das einen Mix aus Mission-Revival-Stil, Spanischer Gotik, Neorenaissance und einem Hauch Orientalischem in sich vereinte. Natürlich war das Ganze, wie auch der Rest der Umgebung, in hellen Farben gehalten. Hier und da gab es ein paar rote und braune Akzente, und als er sich umsah, entdeckte er Arkaden, Burgtürme, Kuppeln und Balkone. Er konnte nur sprachlos den Kopf schütteln. Was für ein Ort!

Selbstverständlich hatte Liam auch zu diesem Palast

Recherchen angestellt, der von einem Bauingenieur namens Christopher Columbus Miller eröffnet worden war. Das war im Jahre 1876 gewesen, um die Einhundertjahrfeier herum, und das Mission Inn war damals eine Art kleine Pension mit dem Namen Glenwood Hotel gewesen. Erst gut fünfundzwanzig Jahre später hatte Millers Sohn anbauen lassen und das Haus zu dem gemacht, was es heute war. Ein einzigartiges architektonisches Bauwerk, das jeden sofort in seinen Bann zog – zumindest glaubte Liam das. Um ihn war es bereits in der allerersten Sekunde geschehen.

Er checkte ein und fragte nach einem Zimmer im Spanischen Flügel. Ein einfaches für knapp zweihundert Dollar die Nacht reichte ihm, er brauchte keine Präsidentensuite, die mehr als das Dreifache kostete. Nachdem er seine Koffer aufs Zimmer gebracht hatte, machte er einen Rundgang. Als erfolgreicher Autor, der vom Personal auch gleich erkannt wurde, kam er in den Genuss einer privaten Führung. Der Hoteldirektor höchstpersönlich führte ihn herum, zeigte ihm den Garten, den Innenhof, die vier Restaurants und den Pool. Doch erst, als sie das hauseigene Museum betraten, wurde Liam so richtig bewusst, wie groß das Mission Inn wirklich war – Hotel und Museum nahmen den gesamten Block ein. Der Direktor, der auch noch den passenden Namen Mr. Holiday trug, erzählte ihm, dass in seinem Hotel sogar schon Filme gedreht wurden, als Beispiel nannte er unter anderem *Der Mann in der eisernen Maske*. Dann zeigte er ihm eine Sammlung feinster antiker Mitbringsel ferner Länder.

»Frank Miller, der Sohn des Hotelgründers, der es Anfang des zwanzigsten Jahrhunderts ausbauen ließ, bereiste gerne die Welt und brachte von überall etwas mit. Der Umbau dauerte ganze dreißig Jahre.«

Liam wusste dies bereits, doch er tat erstaunt, um dem netten und sehr bemühten Herrn nicht die Show zu stehlen. »Was Sie nicht sagen.«

»Ja, ja. Und jetzt machen Sie sich auf etwas gefasst«, sagte Mr. Holiday und brachte ihn weiter zu den Katakomben.

»Du meine Güte! Das ist ja der Wahnsinn! Ich fühle mich wie im mittelalterlichen Madrid!«

»Nicht wahr? Das war aber noch nicht alles. Sehen Sie!« Er öffnete eine Tür und geleitete ihn zu einer Kapelle, der St. Francis of Assisi Chapel.

»Wow! Sind das echte Tiffany-Mosaike?«, fragte Liam beeindruckt.

Sein Rundführer nickte stolz. »Oh ja. Und der Altar ist mit echtem Blattgold überzogen. Aber das wohl Bedeutendste ist dieses hier.« Er brachte ihn hinaus und zu einer Sammlung von Glocken, die überall, wohin man nur sah, aufgehängt und -gestellt waren. Dies musste der Garden of Bells sein, von dem er gelesen hatte. Mr. Holiday deutete auf eine bestimmte und atmete für den Spannungseffekt einmal tief ein. »Dieses gute Stück von 1247 wird als die älteste noch erhaltene Glocke des Christentums bezeichnet.«

»Das ist ja unfassbar. Darf ich das in meinem Buch erwähnen?«, fragte er, um sich zu revanchieren dafür, dass er all diese Schätze zu sehen bekam.

»Sie dürfen.« Der Mann lächelte breit, und Liam lächelte zurück. Dann bedankte er sich und wollte sich schon verabschieden, als ihm noch eine Frage einfiel.

»Sagen Sie, ist es von hier aus weit bis zur Lloyd-Farm? Sie wissen, wovon ich spreche? Die älteste Walnussfarm Kaliforniens?«

»Aber natürlich, aber natürlich. Oho, in Ihrem neuen Werk soll es also um Walnüsse gehen?«

»Unter anderem, ja. Kennen Sie die Farm?«

»Ja, das tue ich. Selbstverständlich. Sie ist nicht weit von hier. Vielleicht eine Viertelstunde südöstlich.«

»Oh, doch so nah. Haben Sie vielen Dank, Mr. Holiday. Ich werde jetzt etwas essen gehen und mich dann in mein traumhaftes Zimmer begeben.«

»Wenn ich Ihnen etwas empfehlen darf: Unser Duane's Prime Steaks & Seafood serviert die besten Escargots der Stadt.«

»Ähm. Ich bin eher nicht so der Typ für Schnecken«, gab er zu und schüttelte sich innerlich.

»Sie bieten auch ein köstliches Filet Mignon an.«

»Okay, danke für den Hinweis«, sagte er und machte, dass er wegkam. Schickimicki-Hotels, okay, aber Feinschmeckerrestaurants waren noch nie seins gewesen. Weshalb er jetzt das Gelände verließ, die Straße überquerte und beim Italiener an der Ecke eine Pizza bestellte.

Am nächsten Morgen schlief er länger als geplant. Er hatte in der Nacht einen wundervollen Traum gehabt, in dem er durch ein Feld mit Millionen von Walnussbäumen spazierte, und war nun voller Vorfreude. Er zog sich sein übliches Outfit an: eine dunkle Anzughose und ein helles Hemd, heute mal ein blaues. Das Jackett ließ er wegen der Hitze weg. Er krempelte sich die Ärmel hoch, stylte sich das kurze blondgelockte Haar und machte sich auf den Weg. Zuerst hielt er an einem Café, denn das Frühstück war ihm heilig. Er bestellte ein Müsli ohne Rosinen, wofür er von der Kellnerin einen abschätzigen Blick erntete – sie stand wohl auf Rosinen –, und einen Milchkaffee. Danach war er bereit.

Allein schon aus der Stadt heraus und durch die Landschaft zu fahren war wunderbar. Vorwiegend wurden in der

Gegend Orangen angebaut, und der Anblick der vielen Farmen weckte in ihm gleich den Wunsch, irgendwann auch einmal die Orange zur Namensgeberin eines seiner Bücher zu machen. *Orangentage* klang doch nicht schlecht, oder?

Das Glücksgefühl nahm noch zu, je näher er der Farm kam. Irgendwie spürte er, dass er dort genau das finden würde, wonach er suchte.

Als er seinen Mustang geparkt hatte und ausstieg, fühlte er sich kurz ein wenig verloren. Doch dann ging Liam einfach an dem mittelgroßen weißgestrichenen Haus vorbei und auf die vielen Bäume zu, die ganz verlassen dastanden, und musste lächeln. Denn er wusste, bald würde es hier ganz anders aussehen, es würde sehr geschäftig zugehen mit vielen Erntehelfern, die Walnüsse pflückten, mexikanische Lieder sangen und dankbar ihrer Arbeit nachgingen. Zumindest stellte er es sich so in Gedanken vor.

Auf einmal öffnete sich die hintere Tür vom Haus, dem Wohnhaus der Familie Lloyd höchstwahrscheinlich. Eine noch ziemlich junge Frau trat heraus und blieb auf der Veranda stehen. Vielleicht war sie Mitte zwanzig, älter auf keinen Fall. Sie war schlank, aber nicht dürr, und trug Jeans, eine kurzärmelige roséfarbene Bluse und trotz der Hitze Boots. Sie hatte langes, lockiges dunkelbraunes Haar, das sie zu einem Pferdeschwanz gebunden hatte, und zarte Gesichtszüge – auch wenn sie ihn jetzt eher ernst ansah.

»Kann ich Ihnen helfen?«, rief sie ihm zu und kam ihm dann entgegen.

»Ja. Ich suche die Familie Lloyd oder irgendeinen Ansprechpartner der Farm.«

»Ich bin Victoria Lloyd. Um was geht es denn?« Jetzt sah sie, wenn möglich, noch ernster aus. Oje. Was befürchtete sie denn? Dass er ein Steuereintreiber war oder Ähnliches?

»Mein Name ist Liam Sanders«, sagte er und hielt ihr seine Hand hin.

Normalerweise machte es bei den Leuten sofort Klick, wenn sie seinen Namen hörten. Schon klar, selbst als berühmter Autor war man nicht so bekannt wie etwa ein Filmstar, zumindest nicht, was das Äußere anging, weshalb viele oft nicht wussten, wen sie vor sich hatten. Sobald er sich jedoch vorstellte, sah die Sache anders aus.

Hier allerdings nicht. Überhaupt nicht.

»Mr. Sanders. Wie kann ich Ihnen helfen?«, fragte Victoria Lloyd, nachdem sie seine Hand geschüttelt hatte. Auf ihrer Stirn lagen jetzt so tiefe Falten, dass man darin sicher ein paar Walnüsse hätte verstecken können.

Er lachte. »Sie wissen nicht, wer ich bin, richtig?«

»Sollte ich?« Sie stemmte die Hände in die Hüften. Wieder musste er lachen. Sie war einfach entzückend. Und er kam sich gerade ziemlich idiotisch vor. Und eingebildet – was er doch absolut nicht war!

»Entschuldigen Sie bitte. Ich wollte Sie nicht überfallen, und auf keinen Fall wollte ich arrogant klingen. Es ist nur so, dass die meisten Menschen mich kennen. Es ist aber sehr erfrischend, dass das in diesem Fall mal nicht so ist.«

Das klang auch nicht weniger eingebildet. Er sollte einfach die Klappe halten.

»Na, und wer sind Sie denn nun?«, wollte sein Gegenüber wissen. Sie klang langsam eher genervt statt interessiert.

Höchste Zeit, sich richtig vorzustellen.

»Verzeihen Sie, ich wollte nicht ... Also, ich bin Autor. Schriftsteller. Ich schreibe Romane, und mein nächster soll auf einer Walnussfarm spielen, weshalb ich gerade auf Recherchereise bin und mir einige Farmen ansehe. Bei meinen Nachforschungen bin ich darauf gestoßen, dass Ihre die älteste Walnussfarm von ganz Kalifornien ist. Ist das richtig?«

»Ob das wirklich stimmt, weiß ich nicht. Man sagt es sich. Und mein Dad erzählt es auch gerne jedem, der es hören will.«

»Oh. Ich würde mich gerne mit Ihrem Dad unterhalten. Ist er zufällig in der Nähe?«

»Er sitzt mit seinen Kumpels vor einem Café und versucht, Frauen aufzureißen.« Sie rollte die Augen.

Wieder einmal musste er lachen. »Er tut was?«

»Na ja, eigentlich sagt er, dass er gerade das nicht tut. Im Gegensatz zu Joe und Carl, seinen Freunden. Ich bin mir da aber nicht so sicher.«

Er schmunzelte. »Wann kommt er denn wieder?«

»Ich hole ihn um halb eins ab. Dann gibt es Mittagessen.«

»Okay. Vielleicht komme ich dann am Nachmittag wieder?«

Die Frau sah ihn an. Sie hatte wunderschöne braune Augen. Warm und ausdrucksvoll. Leidenschaftlich. Man konnte so viel in den Augen eines Menschen erkennen.

»Bleiben Sie ruhig. Ich führe Sie herum.«

»Ehrlich?«, fragte er. Überrascht. Und ein wenig nervös, wenn er ehrlich war.

»Klar. Kommen Sie!« Sie marschierte los. Er folgte ihr mit schnellen Schritten. »Was genau schreiben Sie, hatten Sie gesagt? Ein Sachbuch über Walnüsse?«, erkundigte sie sich.

»Nein, einen Roman«, sagte er, obwohl er sich sicher war, das zuvor schon erwähnt zu haben. »Eine Art Liebesgeschichte. Sie spielt auf einer Walnussfarm.«

»Eine *Art* Liebesgeschichte?« Sie sah ihn von der Seite an und runzelte schon wieder die Stirn. »Eine Art Liebesgeschichte gibt es nicht. Entweder es ist eine oder nicht.«

»Es ist eine«, legte er sich fest. Zumindest sollte es eine werden, auch wenn er noch nicht mal mit der Kapitelplanung angefangen und keine Ahnung hatte, wo der Plot hinführen würde.

»Schön. Und wer sind die Hauptfiguren?«, wollte sie wissen.

Sie war wirklich neugierig. Und sie hielt sich nicht zurück. Eigentlich sprach er nicht über seine Figuren, ehe sie ausgereift waren, aber er konnte wohl mal eine Ausnahme machen.

»Also, mein Protagonist ist ein junger Mexikaner. Er ist hellfühlend. Meine Protagonistin ist eine junge Amerikanerin, die ihren Mann im Krieg verloren hat und keinen Sinn im Leben mehr sieht. Die Story spielt in den Vierzigerjahren.«

»Hört sich interessant an.«

»Ich hoffe, das ist es dann am Ende auch. Ich habe noch einiges zu tun, bevor ich überhaupt loslegen kann.«

»Warum? Wieso legen Sie nicht einfach los? Die Story scheinen Sie doch schon im Kopf zu haben.«

»So einfach ist das leider nicht. Es gibt viel zu bedenken, viel Hintergrundwissen, das man sich erst einmal aneignen muss.«

»Aha«, meinte sie, schien aber zu denken: *Ich glaube, es ist* doch *so einfach, und Sie reden sich nur ein, dass es das nicht ist.*

All das erkannte er in ihren Augen. Nun jedoch drehte sie sich wieder nach vorn und zeigte mit dem Finger auf einen der Bäume, der ein wenig abseits stand. »Das ist unser ältester Baum. Er ist hundertfünfzig Jahre alt, und mein Ururgroßvater hat ihn gepflanzt. Er trägt schon lange keine Früchte mehr.«

Ja, er hatte gelesen, dass Walnussbäume im vierten Jahrzehnt die beste Ernte brachten und nach dem achten langsam nachließen. Überhaupt trugen sie zum ersten Mal nach frühestens zehn Jahren Früchte – ein langwieriger Prozess, sich solch eine Farm aufzubauen.

»Wow, das ist wirklich alt. Wie die Farm wohl vor hundertfünfzig Jahren ausgesehen hat?«, überlegte er.

»Wir haben Bilder. Nun, ganz so alt sind sie nicht, aber aus dem frühen zwanzigsten Jahrhundert.«

Er würde gerade alles dafür geben, diese Bilder zu sehen. »Würden Sie sie mir zeigen?«, fragte er.

Sie sah auf ihre Armbanduhr. »Ich muss jetzt leider los, meinen Dad abholen. Sie können gerne morgen wiederkommen. Ich erzähle Dad von Ihnen, vielleicht hat er Lust, Sie unter seine Fittiche zu nehmen.«

»Das wäre toll, ich danke Ihnen.«

Gemeinsam gingen sie zurück in Richtung Haupthaus. Die Sonne stand heiß am Himmel und legte eine Art glimmerndes Licht über die Farm. Das alles schien kaum real, eher wie ein Traum. Und plötzlich nahm Liam aus dem Augenwinkel etwas wahr, und er glaubte fast, es könne sich dabei auch nur um einen Traum handeln. Es war ein kleines hölzernes Cottage, das sicher nur aus ein oder zwei Zimmern bestand, doch es sah so gemütlich und heimelig aus. Und das war nur der äußere Eindruck – wie mochte es erst im Inneren aussehen?

Früher, als er noch kein erfolgreicher Autor war, sondern seine ersten Schreibversuche wagte, hatte er sich manchmal vorgestellt, solch ein Häuschen als Schreibdomizil zu haben. Weit ab von allem, keine Ablenkung, nur absolute Ruhe und Einsamkeit.

»Darf ich fragen, ob dieses Cottage bewohnt ist?«, erkundigte er sich.

Victoria sah hinüber zu der Hütte. »Das war es. Wir haben früher mal ein paar Erntehelfer drin wohnen lassen, ist aber schon etwas länger her. Jetzt steht es leer.«

Er überlegte, betrachtete das Cottage. Es war verrückt, das wusste er, und doch … »Würden Sie es mir vermieten?«, fragte er aus einem Gefühl heraus.

Verwirrt sah sie ihn an. »Wie meinen Sie das?«

»Für die gesamte Erntezeit. Ich würde gerne einziehen und dort mein Buch schreiben. Meinen kompletten Roman. Ich muss ihn Ende des Jahres abgeben und brauche einen Ort der Ruhe.«

»Ab Mitte nächster Woche wimmelt es hier von Farmarbeitern. Da ist es nicht unbedingt ruhig.«

»Umso besser. Dann habe ich direkt vor Augen, worüber ich schreibe.«

»Meinen Sie das ernst?«, fragte sie, noch immer nicht überzeugt.

»Das tue ich.«

»Sie haben die Hütte doch aber noch nicht mal von innen gesehen. Sie hat keine Heizung, keine richtige Küche, die Wasserleitungen machen ständig Probleme, es gibt kein WLAN oder einen Fernsehanschluss oder …«

»Ist mir egal. Ich biete Ihnen zehntausend Dollar, wenn Sie mich bis Ende November darin wohnen lassen.«

Mit großen Augen starrte sie ihn an. »Zehntausend Dollar?«

Er nickte. Oh, wie ernst er es meinte.

»Das muss ich erst mal mit meinem Dad besprechen. Lassen Sie mir Ihre Nummer da, wir melden uns dann.«

Er holte seinen Notizblock heraus, den er selbstverständlich immer dabeihatte, und schrieb ihr seine Handynummer auf.

»Wo wohnen Sie jetzt?«, erkundigte sie sich, während sie den Zettel entgegennahm.

»Im Mission Inn.«

»Sie wollen das Mission Inn gegen unsere alte Holzhütte eintauschen? Sie müssen verrückt sein!«

»Vielleicht bin ich das«, sagte er und ging in Richtung seines Wagens. Er drehte sich noch einmal um und deutete mit Daumen und Zeigefinger einen Telefonhörer an seinem Ohr an. »Rufen Sie mich an!«, rief er und ließ Victoria Lloyd verdutzt zurück.

Kapitel 6

Victoria

Völlig baff sah sie dem Mann nach, der angeblich ein berühmter Autor war und ihre Hütte mieten wollte. Für zehntausend Dollar!!!

Das war doch wirklich verrückt. Das alte kleine Cottage, das ihre Großeltern irgendwann einmal angebaut hatten, damit Erntehelfer ohne eigenes Zuhause darin übernachten konnten, war heute zu nichts mehr zu gebrauchen. Sie hatte nicht untertrieben mit ihren Beschreibungen. Es gab tatsächlich keine Heizung, was jetzt im Sommer nichts machte, jedoch konnte es an Novembernächten doch mal kühler werden. Außerdem hatte die Hütte nur eine provisorische Küche, eine elektrische Doppelherdplatte auf einer alten Kommode und einen Wasserkocher. Man könnte eine Mikrowelle hineinstellen, vielleicht auch einen kleinen Kühlschrank, aber wer würde freiwillig in diesem abgewrackten Schuppen wohnen wollen? Sie nahm sich vor, später einmal nachsehen zu gehen, wie schlimm es wirklich um das Cottage stand. Doch jetzt musste sie sich schnell aufmachen, denn ihr Dad wartete schon. Wenn er nicht pünktlich um eins sein Mittagessen bekam, wurde er grummelig.

Eigentlich traf er sich ja meist auch erst nachmittags mit seinen Kumpels, doch heute hatte Carl einen Arzttermin um drei, und deshalb hatten sie ihren Cafébesuch auf den Vormittag verlegt. Vicky rief Betty herbei, die faul auf der Veranda lag und sich vor der Sonne versteckte, und sie fuhren los.

Als sie eine Viertelstunde später in die Pleasant Street einbog, saß ihr Dad auch schon ganz ungeduldig da. Im Wagen dann erzählte er ihr in einer Tour von den Vorfällen, die sich am Vormittag ereignet hatten. Er war richtig aufgeregt.

»Joe und Carl, die beiden Trottel, haben der netten Mrs. Robinson hinterhergepfiffen. Die Gute fuhr aber mit dem Fahrrad und hat, als sie sich nach den beiden umblickte, das Gleichgewicht verloren und ist mitten in den Stand vom Gemüsehändler gedonnert. In die Kohlköpfe!«

Vicky sah ihren Dad schockiert an. »In die Kohlköpfe?«

»Japp. Mitten rein.«

»Die Arme. Hat sie sich verletzt?«

»Nein, nein. Kohlköpfe sind anscheinend gar nicht so hart, wie man meint. Allerdings sind ein paar von ihnen auf die Straße gerollt, und ein Auto musste ausweichen. Das ist dann in die Karotten und den Brokkoli gefahren. Die Polizei ist gekommen, der Krankenwagen und der Abschleppdienst. Da war was los, das kann ich dir sagen.«

»Du meine Güte. Da hattest du ja einen ereignisreichen Vormittag.«

»Allerdings.«

»Vielleicht solltet ihr das mit dem Pfeifen lieber doch sein lassen«, riet sie ihm.

»Meine Rede. Aber sag das mal Joe und Carl. Carl hat übrigens trotz allem ein Date mit Mrs. Robinson ergattert. Er ist nämlich gleich zu ihr hin und hat ihr hochgeholfen, und da hat es zwischen den beiden wohl irgendwie gefunkt.«

»Wie romantisch.« Sie lächelte, konzentrierte sich wieder auf die Straße und musste an Liam Sanders denken.

Zwischen ihnen hatte es alles andere als gefunkt. Was sie von ihm halten sollte, wusste sie noch nicht so genau. Jedoch wusste sie, dass er ziemlich arrogant rübergekommen war. Allein schon zu denken, dass die ganze Welt einen kannte. Nur weil man ein Buch veröffentlicht hatte. Oder mehrere? Sie hatte wirklich keine Ahnung. Der Name kam ihr ja schon irgendwie bekannt vor, aber als Autor war man doch sicher nicht einmal ansatzweise so prominent wie zum Beispiel ein Schauspieler oder Sänger oder Politiker oder sonst wer. Er war immerhin nicht Stephen King oder John Grisham! Und bei den beiden war sie sich auch nicht einmal sicher, ob sie wusste, wie sie aussahen.

»Dad? Kennst du einen Liam Sanders?«, fragte sie, und ihr Herz pochte dabei schneller, obwohl sie gar nicht verstand, warum. War es vielleicht die Vorstellung, dass er bei ihnen einziehen wollte? Teil ihres Lebens sein würde, wenn sie es nur zuließ?

»Aber natürlich. Du etwa nicht?«

Sie schüttelte den Kopf. »Ich glaube nicht. Was hat er denn geschrieben?« Allzu viel konnte es ja nicht sein, der Mann war kaum älter als sie selbst.

»Na, den Weltbestseller *Pinientage*.«

Pinientage, Pinientage … Der Titel sagte ihr überhaupt nichts.

»Ist es gut? Hast du es gelesen?«, wollte sie wissen.

»Und ob! Ein wunderbares Buch. Sehr einfühlsam. Ich war selten so berührt und habe mir sogar ein paar Tränchen wegwischen müssen.«

»Du?« Überrascht blickte sie ihren Dad an. So etwas hatte sie ihn ja noch nie sagen hören.

»Nun tu doch nicht so, als wäre ich aus Stein. Ich kann auch weinen. Wahre Männer können das.«

Ja. Sie erinnerte sich gut, wie er um ihre Mutter getrauert hatte, als diese vor sieben Jahren gestorben war. Monatelang war er gar nicht er selbst gewesen, kaum ansprechbar hatte er sich in seinem Lesezimmer verkrochen. Es waren für sie alle schlimme Zeiten gewesen.

»*Pinientage* also. Und ist das sein einziges Buch?«, fragte sie nach. Natürlich hätte sie auch einfach Google befragen können, doch ihr Dad war eine Enzyklopädie, wenn es um das Thema Bücher ging. Warum also nicht ihn ausquetschen? Ein besseres Thema für die Heimfahrt könnte es gar nicht geben – außer Kohlköpfe vielleicht.

»Danach kam noch eins. *Aprikosentage.* Ist Anfang des Jahres erschienen. Es war ebenfalls gut, kam aber nicht an das erste heran.«

Sie schüttelte den Kopf und fragte sich ernsthaft, ob ihr Dad denn alle Bücher gelesen hatte, die je geschrieben wurden.

»Wieso fragst du eigentlich?«, wollte er nun wissen. »Hast du vor, die Bücher zu lesen? Du kannst sie dir gerne von mir ausleihen.«

»Ach, du weißt doch, dass ich eh nicht zum Lesen komme. Nein, deshalb frage ich nicht. Es geht darum, dass …« Sie sah ihren Vater von der Seite an, gespannt, wie er reagieren würde. »… Liam Sanders mir heute einen Besuch abgestattet hat.«

»Was?« Anthony Lloyd, dem Bücherliebhaber, fiel die Kinnlade herunter. So hatte sie sich das gedacht. »Er war auf *unserer* Farm?«

»Richtig. Er meint, er recherchiert für sein nächstes Buch, das wohl auf einer Walnussfarm spielen soll, und sieht sich dafür gerade mehrere Farmen an. Er hat gehört, dass unsere die älteste weit und breit sei, und war sehr interessiert.«

»Das ist sie ja auch!«, sagte ihr Dad sogleich in lautem, aber stolzem Tonfall.

»Niemand hat etwas anderes behauptet.«

»Ach, Mist! Und ich hab ihn verpasst!«, jammerte ihr Dad, der den Autor wahrscheinlich zu gern persönlich getroffen hätte.

»Keine Sorge, Dad. Ich habe ihn eingeladen, morgen wiederzukommen. Hab ihm gesagt, ich frage dich, ob du ihn unter deine Fittiche nehmen möchtest. Er würde gerne alte Bilder von der Farm sehen und sicherlich auch alte Geschichten hören.«

Jetzt strahlten Anthonys Augen. Er nickte überschwänglich. »Das mache ich, das mache ich. Wann kommt er?«

»Ich weiß nicht genau«, sagte sie und bog in die Einfahrt ein. Sie hatten die Farm erreicht. »Ich habe aber seine Telefonnummer. Ich kann ihn jederzeit anrufen. Er wohnt im Mission Inn.«

»Wo auch sonst?«

Sie hüpfte vom Fahrersitz, kam um den Jeep herum und half ihrem Dad beim Aussteigen. »Da ist noch eine Sache.«

»Und zwar?«

Sie gingen auf das Haus zu. Vicky machte extra langsam, weil sie ja wusste, dass ihr Dad nicht so schnell konnte.

»Er hat die alte Hütte gesehen«, erzählte sie. »Er will dort einziehen. Für die gesamte Erntezeit. Und jetzt halt dich fest: Er will uns zehntausend Dollar dafür geben.«

Die Augen ihres Vaters weiteten sich immer mehr. »Damit könnten wir uns einen neuen Pick-up anschaffen, einen gebrauchten, versteht sich! Du weißt, der alte gibt bald den Geist auf.«

Sie brauchten den Pick-up, um Waren zu transportieren.

»Ich weiß. Trotzdem bin ich mir nicht sicher. Ich meine, wir kennen den Typen doch gar nicht. Woher sollen wir wissen, ob es sich auch wirklich um den besagten Autor handelt?«

Sie hatten die Veranda erreicht, waren die drei Stufen hinaufgestiegen, und ihr Dad stützte sich an einem Balken ab.

»Guck doch mal in dein schlaues Telefon«, riet er ihr.

Eine gute Idee. Sie holte ihr Smartphone aus der Handtasche und gab »Liam Sanders« in die Suchmaschine. Ein paar Fotos erschienen.

Ihr Dad schielte aufs Display. »Und? Ist er es?«

»Ja, er ist es. Eindeutig.«

»Na, dann ist ja alles klar.«

»Meinst du? So einfach? Wollen wir ihn nicht erst mal zum Dinner einladen? Ihn besser kennenlernen?«

»Wozu? Was denkst du, was er will? Uns beklauen? Der Kerl hat Millionen, das hat der gar nicht nötig.«

»Ja, aber ...«

»Kein Aber. Wenn Ryan Gosling oder wie der Kerl heißt sich hier auf einen Film einstimmen wollen und dir dieselbe Summe bieten würde, hättest du nicht zweimal überlegt. Hab ich recht?«

Vicky musste lachen. Sie hatte sich neulich zusammen mit ihrem Dad *Wie ein einziger Tag* angesehen, und er musste erkannt haben, wie sehr sie auf den Schauspieler stand. »Also, Ryan Gosling würde ich hier sogar umsonst wohnen lassen«, sagte sie, schloss die Tür auf und ließ ihren Vater eintreten. Er setzte sich sogleich an den Küchentisch.

»Das hab ich mir gedacht. Was gibt es zu Mittag?« Er sah sich in der Küche um.

»Wir haben noch eine halbe Quiche von gestern übrig. Dazu hab ich einen Salat gemacht«, sagte sie und holte alles aus dem Kühlschrank. »Ist das okay?«

»Klingt gut.«

»Möchtest du, dass ich dir dein Stück Quiche warm mache?«

»Nein, bei der Hitze ist sie mir kalt lieber.«

Da ging es ihr genauso. Sie bereitete zwei Teller vor, stellte sie auf den Tisch und setzte sich hin.

Ihr Dad goss ihnen Wasser ein. »Ich kann es kaum erwarten, ihn kennenzulernen«, sagte er.

»Ich muss dich warnen. Er ist nicht der Bescheidenste.« Sie wusste, dass ihr Dad viel Wert auf Bescheidenheit legte.

»Ach, die Arroganz werden wir ihm schon austreiben. Was könnte dafür besser sein als drei Monate in einer alten Holzhütte?« Er lachte.

»Ich weiß gar nicht, ob die überhaupt bewohnbar ist. Ich müsste nachher erst mal nachschauen gehen. Die einzigen Schlafmöglichkeiten sind drei alte Klappbetten, da drin können wir einen Liam Sanders doch nicht nächtigen lassen.«

»Da hast du allerdings recht. Nun gut, dann müssen wir eben ein bisschen was investieren.«

»Wenn wir jetzt neue Möbel anschaffen, bleibt aber nicht mehr genug für den Pick-up«, gab sie zu bedenken.

Ihr Dad nahm ein Stück Quiche mit der Gabel auf und führte sie an den Mund. Während er kaute, überlegte er. Sie konnte quasi hören, wie sein Gehirn ratterte. »Wir könnten das Cottage ja danach weitervermieten. Nachdem Sanders ausgezogen ist. Wenn sich erst mal rumgesprochen hat, dass er hier bei uns gewohnt hat, werden die Leute uns die Bude einrennen.«

Sie seufzte. »Wenn es dir wirklich so wichtig ist …«

»Wie könnte es das nicht? Wie könnte ich Liam Sanders, dem bedeutendsten Autor unserer Zeit, solch einen Wunsch ausschlagen?«

»Jetzt übertreibst du aber ein bisschen.«

»Im *Lit.Weekly* wurde *Pinientage* zum bedeutendsten Buch des letzten Jahrzehnts ernannt«, informierte er sie.

»Echt?« Vielleicht sollte sie das Buch dann doch mal lesen.

Ihr Dad nickte. »Also. Wann rufst du ihn an?«

Erneut seufzte sie. »Gib mir wenigstens noch ein bisschen Zeit zum Nachdenken, ja?«

»Na gut. Aber überleg nicht zu lange. Nicht dass er noch auf eine andere Walnussfarm zieht.«

»Ist unsere nicht die älteste von ganz Kalifornien?«, erinnerte sie ihren Dad.

Der grinste breit. »Da hast du auch wieder recht. Wir haben ihn schon so gut wie in der Tasche.«

Kapitel 7

Abigail

»Na, mein Lieber, was hättest du denn heute gern?«, fragte Abby den moppeligen Mann, der ihr an der Theke gegenübersaß. Sie kannte ihn gut, er hieß Harold und kam mindestens dreimal die Woche in den Diner. Und sie war sich ziemlich sicher, dass sie der Grund dafür war. Leider war Harold gar nicht ihr Typ, und so musste er sich damit zufriedengeben, dass sie sich ein bisschen mit ihm unterhielt, ihm ab und zu ein Lächeln schenkte und ihm hin und wieder eine Portion Gratispommes rüberschob. Denn freundlich war sie immer und zu allen, sie war auf das Trinkgeld angewiesen.

Dass sie mit Harold nicht nach Hause ging, hieß aber nicht, dass sie das nicht hin und wieder mit einem anderen tat. Es kamen viele Durchreisende, Geschäftsmänner und auch Trucker in Randy's Diner, und wenn jemand gut aussah und charmant war, konnte es gut sein, dass sie nach Feierabend mit in sein Hotel, in sein Auto oder seinen Truck kam. Schließlich war sie auch nur eine Frau mit Bedürfnissen, und seit der Mistkerl Larry sie sitzengelassen hatte, war sie Single. Seit Bella. Seit sie Männern nicht mehr vertrauen konnte. Aber das hieß ja nicht, dass sie sich nicht trotzdem ein wenig mit ihnen amüsieren durfte.

»Bringst du mir einen Cheeseburger und eine doppelte Portion Zwiebelringe, Schätzchen?«, bat Harold.

Und obwohl sie es hasste, von den Gästen Schätzchen oder Darling oder Honey genannt zu werden, lächelte sie und sagte: »Aber natürlich. Kommt sofort!«

Sie hängte den Zettel mit der Bestellung in die Durchreiche zur Küche, nahm die wartenden beiden Schalen Bananensplit und brachte sie dem Teenagerpärchen, das in einer der hinteren Nischen am Fenster saß. Als sie die beiden turteln sah, wurde sie ganz traurig und wäre am liebsten selbst heute mit irgendeinem netten Kerl mitgegangen, doch an diesem Freitag war das nicht möglich, da jeden Moment Tiffany hier auftauchen würde, um Bella zu bringen.

Tiffany war ihre beste Freundin, seit sie in Modesto lebte. Als sie damals in die Stadt gekommen war, hatte Tiff sie bei sich aufgenommen, ihr ein Zuhause gegeben, und weil sie selbst Mutter war, hatte sie von Anfang an angeboten, Bella zu übernehmen, wenn Abby arbeiten gehen musste. Sie war ihr wirklich sehr dankbar und revanchierte sich, wann immer sie konnte. Seit einigen Monaten allerdings ging Tiffany selbst einer Nebentätigkeit nach, sie arbeitete an mehreren Abenden in der Woche als Go-go-Tänzerin im Club Mayan und ließ ihre eigenen beiden Kinder in der Zeit bei ihrer Mutter – die sie allerdings in dem Glauben ließ, sie wäre im Club nur Bardame. Natürlich konnte niemand erwarten, dass die Mutter auch Bella mit übernahm, und deshalb brachte Tiffany sie vor Arbeitsantritt zu ihr in den Diner, wo Bella sich beschäftigte, bis Abby Feierabend hatte.

Gerade als sie an Tiff und Bella dachte, betraten sie das Restaurant. Bella trug ihr Lieblingskleid mit Olaf darauf, dem Schneemann aus *Frozen*, obwohl sie Ende August hatten und es über dreißig Grad waren.

»Sorry, ich hab's eilig«, sagte Tiff. »Bin spät dran.«

»Kein Problem. Ich danke dir, dass du sie hergebracht hast.«

»Kein Ding.« Tiffany, die extrem viel Make-up im Gesicht hatte, winkte ab und lief hinaus, zurück zu ihrem Auto. Wie oft hatte sie ihr in den letzten Monaten von ihrem neuen Job vorgeschwärmt und ihr vorgeschlagen, doch auch im Club Mayan anzufangen. Mit ihrer Figur würde der Boss Paolo sie sofort einstellen, hatte Tiff gesagt. Doch Abby hatte nicht vor, sich darauf einzulassen. Denn erstens war sie jetzt eine Mom, und auch wenn sie keine gute Mom war, wollte sie nicht, dass ihre Tochter in der Schule gemobbt wurde, weil herausgekommen war, was ihre Mutter für den Lebensunterhalt tat. Und zweitens war da noch immer die Stimme ihrer toten Mutter in ihrem Ohr, die ihr einflüsterte, dass sie so viel mehr wert war. Auch wenn sie selbst schon lange nicht mehr daran glaubte, wollte sie ihre Mom doch nicht enttäuschen. Vielleicht sah sie ja vom Himmel auf sie herab – denn wenn es wirklich einen Himmel gab, war ihre Mutter ganz bestimmt dort oben – und war stolz auf sie, dass sie der Versuchung widerstand, sich für viel Geld zu entblößen. Es wäre ein einfacher Job, der gutes Geld brachte, aber das Kellnern im Diner war ja auch okay, selbst wenn sie dabei weit weniger verdiente. Und genau deshalb flirtete sie mit den Kunden, damit sie nämlich wenigstens ein bisschen was extra mit nach Hause nehmen konnte. Nächste Woche war Schulbeginn. Bella kam in die erste Klasse und brauchte dafür dringend neue Schuhe. Auch einen neuen Rucksack, Stifte und was sonst so alles nötig war, wenn man eingeschult wurde. Sie würden sicher eine lange Liste bekommen.

Bella war schon megaaufgeregt und sprach von kaum etwas anderem. Auch jetzt saß sie in ihrer gewohnten Nische auf der rotgepolsterten Bank und erzählte einer der anderen Kellnerinnen, Margie, von ihrem großen Tag.

»Dann werde ich ein richtiges Schulkind sein. Keine Vorschülerin mehr, sondern eine Erstklässlerin. Und ich werde Bücher lesen und Geschichten schreiben und ganz viel lernen«, hörte sie Bella sagen, als sie sich dem Tisch näherte.

»Das ist toll, Kleines«, erwiderte Margie, eine dreiundsechzigjährige Kettenraucherin, die sicher in der nächsten halben Stunde wieder mal »auf die Toilette« verschwinden würde. In Wahrheit stahl sie sich aber durch den Hintereingang nach draußen, um eine zu qualmen. Solange der Inhaber Randy nicht anwesend war, war das auch okay, war er aber da, hatte Margie ein Problem. »Magst du Bücher?«, fragte sie Bella jetzt.

»Ich *liebe* Bücher. Ich habe acht Stück zu Hause«, erzählte ihre Kleine mit einem strahlenden Gesicht.

Die Bücher waren allesamt vom Flohmarkt, wo Abby des Öfteren mit Bella hinging, um Klamotten oder Spielzeug zu besorgen. Drei hatte sie bereits gehabt, und nachdem sie neulich ganz begeistert in einer Bücherkiste herumgestöbert hatte, hatte die Frau am Stand gesagt, dass sie ihr fünf Stück für drei Dollar geben würde.

»Bitte, bitte, Mommy«, hatte Bella gefleht und dabei die Hände bettelnd aneinandergehalten. Außerdem hatte sie ihren Welpenblick aufgesetzt – wie hätte Abby da noch Nein sagen können? Bücher waren immerhin was Sinnvolles, oder? Sie selbst hatte zwar seit Jahren keins gelesen, aber vielleicht würde wenigstens Bella klug werden und ihren Highschool-Abschluss machen. Im Gegensatz zu ihr, die gleich nach ihrem achtzehnten Geburtstag von zu Hause abgehauen war. Dabei war es ihr völlig egal gewesen, dass sie nur noch ein Jahr bis zum Abschluss benötigt hätte. Wer brauchte denn einen Abschluss, wenn er eine Hollywood-Karriere vor sich hatte? Das hatte sie zumindest damals gedacht.

»Was willst du essen, Süße?«, fragte sie ihre Tochter jetzt, und Margie sah auf, lächelte sie an und legte ihr eine Hand auf die Schulter, bevor sie am Nebentisch Kaffee nachschenken ging.

»Krieg ich Pommes, bitte?«

Sie war so bescheiden, ihre Kleine.

»Aber klar. Bring ich dir sofort. Hier hast du mein Handy, guck dir ein paar Serien an. Ich hab dir *Dora* runtergeladen.«

»Okay, Mommy.« Bella nahm ihr Smartphone entgegen und öffnete Netflix. Sie kannte sich bereits bestens aus, es war nicht der erste Abend, den sie serienguckend im Diner verbrachte.

Abby ging die Pommes bestellen, reichte Harold seinen Cheeseburger und lehnte sich gegen den Tresen. Sie betrachtete Bella. Manchmal schien es ihr fast unwirklich, dass sie so etwas Gutes zustande gebracht hatte …

September 2014, Los Angeles

»Mom geht's immer schlechter. Der Doc sagt, sie hält nicht mehr lange durch. Du musst sofort nach Hause kommen, Abby. Sie braucht dich«, sagte ihre Schwester am Telefon, nachdem Abby nach Längerem mal wieder einen Anruf von ihr entgegengenommen hatte.

»Okay, ich versuche es, ja?«

»Nein, das reicht mir nicht. Denn das hast du bei unserem

letzten Telefonat auch schon gesagt. Und das ist zwei Monate her! Seitdem versuche ich ständig, dich zu erreichen. Warum gehst du denn nie ans Telefon, Abby? Ist dir unsere Mutter egal?«

»Natürlich nicht. Ich hab nur so schrecklich viel um die Ohren. Castings und Dreharbeiten und so weiter. Ich bin viel gefragt, musst du wissen.« Abby biss sich auf die Unterlippe. Sie hasste es, lügen zu müssen. Aber was blieb ihr denn anderes übrig?

»Ach ja? Und wie kommt es dann, dass ich dich noch nie in einem Film, einer Serie oder einem verdammten Fernsehwerbespot gesehen habe?«

»Dann guckst du vielleicht nicht richtig hin«, entgegnete sie harsch.

»Na klar …«

»Willst du mir etwa unterstellen, dass ich lüge?«, blaffte sie ins Telefon. Larry sah auf. Er saß auf der Couch und drehte sich einen Joint.

»Ist doch auch völlig egal«, meinte Vicky. »Jetzt zählt nur, dass du nach Hause kommst. Ich bitte dich. Für Mom. Bevor es zu spät ist.«

Sie musste schlucken. »Okay, ich komme, sobald ich kann.«

»Versprochen?«

»Versprochen.«

Sie beide wussten, dass auf Abbys Versprechen nicht viel zu geben war. Auch das Versprechen, Vicky einmal zu Besuch nach Hollywood kommen zu lassen, hatte sie bisher nicht eingelöst.

»Okay, dann bis bald. Pass auf dich auf«, sagte ihre kleine Schwester noch, und die Leitung war tot.

Abby fühlte sich schrecklich. Ihre Mutter lag im Sterben,

und doch konnte sie einfach nicht zu ihr. Konnte nicht nach Hause fahren und sie sehen, ihr ins Gesicht lügen oder ihr gestehen, dass ihre angebliche Karriere ein Haufen Müll war.

Vielleicht würde sie ihre Mutter niemals wiedersehen.

Larry zündete sich den Joint an und reichte ihn ihr. Mit Tränen in den Augen nahm sie ihn und zog daran.

»Wer war das?«, fragte er.

»Ach … nur meine Schwester. Sie will, dass ich nach Hause komme.«

»Wusste nicht, dass du ’ne Schwester hast.« Er schnipste mit den Fingern zum Zeichen, dass er wieder an der Reihe war.

»Ja. Ist nicht von Bedeutung. Lass uns rummachen«, sagte sie und setzte sich auf seinen Schoß.

Drei Wochen später wurde ihr übel, sie fand heraus, dass sie schwanger war, und Larry ließ sie fallen wie eine heiße Kartoffel. Plötzlich stand sie allein da. Wusste nicht, was sie machen sollte. Nachdem sie sich für das Kind entschieden hatte, saß sie ein paar Tage einfach nur in ihrem WG-Zimmer und starrte aus dem Fenster. Dann kam der Anruf. Das Display zeigte Vickys Nummer. Sie ging nicht ran, ahnte sie doch, was sie ihr sagen würde. Kurz darauf folgte dann auch schon die SMS.

Mom ist von uns gegangen. Es tut mir leid, dass du sie nicht noch mal gesehen hast. Ich melde mich in den nächsten Tagen wegen der Beerdigung. Ich hoffe, wenigstens da wirst du erscheinen.

Sie weinte, bis keine Tränen mehr kamen. Wie unfair war diese Welt doch! Einem Menschen, der das Leben so geliebt hatte, wurde es genommen, nur damit irgendwo anders neues entstehen konnte – in diesem Fall in Abbys Bauch. Ein Geschöpf, das sie nicht wollte und von dem sie nicht wusste, wie sie damit umgehen sollte. Was sollte sie für eine Mutter sein? Sie konnte doch nicht einmal aus ihrem eigenen Leben etwas machen.

An diesem Tag warf sie ihr Handy weg, packte all ihre Sachen – es waren nicht viele – und ging davon. Ließ Hollywood hinter sich. Machte sich auf die Suche nach einem Ort, an dem sie neu anfangen konnte.

Zur Beerdigung würde sie nicht gehen, konnte sich diese Demütigung nicht antun. Oder sich die Enttäuschung in den Gesichtern ihres Vaters und ihrer Schwester und den anderen Verwandten und Bekannten ansehen.

Nein, sie brauchte einen Neubeginn, irgendwo, wo niemand sie kannte. Und nachdem sie vier Wochen unterwegs gewesen, mal per Anhalter und mal mit dem Bus gefahren war, nachdem sie halb Kalifornien abgeklappert hatte nach einem passenden Ort, um ihr Baby großzuziehen, traf sie in einem Park in Modesto auf eine junge Frau mit kurzen feuerroten Haaren, die dort mit ihren Kindern spielte. Sie fragte sie frei heraus, wie sie das machte, wie sie es anstellte, dass die Kinder so wunderbar heranwuchsen. Die Frau stellte sich als Tiffany vor, lächelte und antwortete, sie würde einen Tag nach dem anderen in Angriff nehmen. Sie freundeten sich an, Abby zog bei Tiff ein, und sechs Monate später wurde Bella geboren. Es war ein sonniger Tag im Mai, fast vier Jahre waren vergangen, seit sie von der Farm weg war. Sie verliebte sich auf den ersten Blick in ihr Baby, das wohl schönste Geschöpf auf der Welt – und sie gab ihr den Namen Bella.

»Woran denkst du?«, hörte sie eine Stimme.

Margie war neben sie getreten, nahm den alten Kaffeefilter aus der Maschine und tat einen neuen hinein.

»Ach, ich denke nur über das Leben nach«, antwortete sie.

»Du hast die Kleine wirklich gut hinbekommen, mach dir keine Sorgen.«

»Findest du?«

»Aber ja.«

»Ich hab sie echt lieb, weißt du?«

»Aber natürlich hast du das.« Margie lächelte sie warm an, dann gab sie ihr den Teller Pommes, der bereits in der Durchreiche wartete. »Und nun bring dem Kind was zu essen. Ich übernehme hier.«

Sie überließ Margie Harold, der ganz traurig aussah. Vielleicht hatte er gehofft, heute Abend würde sie ihre Meinung ändern. Leider aber gab es für Abby nur noch einen Menschen, den sie bedingungslos liebte. Und dem brachte sie jetzt sein Lieblingsessen.

»Danke, Mommy«, sagte Bella und lachte ausgelassen über etwas, das Dora oder Boots oder Backpack machte.

Sie setzte sich für ein paar Minuten zu ihr, küsste sie aufs Haar und sog den wunderbaren Duft von Erdbeershampoo ein, dem sogar der immerwährende Geruch des Frittierfetts nichts anhaben konnte. Sie schnappte sich zwei Pommes und bat ihre Tochter: »Na, dann erzähl mal, was so lustig ist.«

Kapitel 8

Liam

Noch immer fragte er sich, was eigentlich in ihn gefahren war! War er denn verrückt geworden, wildfremden Menschen, die wahrscheinlich viel lieber unter sich blieben, zehntausend Dollar anzubieten, um bei ihnen einzuziehen?

Nun, er hatte ja nicht vor, zu ihnen ins Haupthaus zu ziehen, sondern wollte lediglich das kleine Cottage bewohnen, das er gestern auf der Walnussfarm entdeckt hatte. Es befand sich circa dreihundert Meter vom Haupthaus entfernt, ein wenig abseits der vielen Bäume, und nach wie vor konnte er sich keinen besseren Ort vorstellen, um sein Buch zu schreiben.

Allerdings hatte Victoria Lloyd gesagt, dass die Hütte kaum bewohnbar war. Keine Heizung, alte Wasserleitungen und was sonst noch alles … Und was tat er? Bot ihr ein kleines Vermögen, um dennoch dort einziehen zu können.

Jetzt musste er langsam mal anfangen, rational zu denken. Wenn die Hütte wirklich so eine Bruchbude war, wäre es dumm, dort wohnen zu wollen – und das für ganze drei Monate! Und noch dümmer wäre es, zehntausend Dollar dafür zu bezahlen. Allerdings hatte er – trotz allem – ein wirklich gutes Gefühl dabei, und er hatte einfach gelernt, auf sein Bauchgefühl zu hören. Es war ja auch nicht nur die Hütte an sich, nein, es war die ganze Umgebung, die Atmosphäre … Himmel, er wäre auf einer Walnussfarm! Dort könnte er direkt vor Ort recherchieren und seine Eindrücke gleich verarbeiten. Dazu hatte die Besitzerin – oder die Tochter des Besitzers oder was immer sie auch war – es ihm irgendwie angetan. Er mochte es, dass sie so direkt war und nicht schüchtern, dass sie sagte, was sie dachte. Und dass sie anscheinend noch nie von ihm gehört hatte. Dazu war sie wunderschön. Natürlich malte er sich nichts weiter aus, denn das wäre ziemlich unprofessionell, doch neben den Walnussbäumen tagtäglich noch einen hübschen Anblick präsentiert zu bekommen, konnte ja nicht schaden.

Und auf der Farm gab es einen Hund. Das Tier hatte faul auf der Veranda gelegen und nur kurz den Kopf angehoben, als er ihn entdeckt hatte. Ein Wachhund also war er nicht gerade, und sein Verhalten erinnerte Liam an Sniffy, den er jetzt schon ganz schrecklich vermisste.

Es würde also alles passen, und er hoffte sehr, dass die Lloyds sich mit guten Nachrichten bei ihm melden würden. Bisher hatte Victoria ihn noch nicht angerufen, ihn allerdings gestern zum Abschied eingeladen, heute wiederzukommen; er war ein wenig unschlüssig, was er nun tun sollte. Also genoss er erst einmal sein spätes Frühstück und blieb dann einfach noch eine Weile vor dem Café sitzen. Er musste schmunzeln, als er an das dachte, was Victoria ihm über ihren Dad erzählt hatte: dass er gerne mit seinen Freunden vor einem Café saß und netten Damen hinterherpfiff. Er fragte sich, ob es sich dabei wohl um dieses Café hier handelte, das wäre jedoch ein großer Zufall gewesen.

Ein älterer afroamerikanischer Herr vom Nebentisch, der

in den letzten Minuten schon ein paarmal zu ihm herübergeschaut hatte, wandte sich ihm zu und fragte, woher er stamme.

»Seattle«, antwortete Liam.

»So etwas hab ich mir schon gedacht. Sie sind viel zu warm angezogen für einen Kalifornier. Wir haben über dreißig Grad, falls es Ihnen noch nicht aufgefallen ist.«

Er musste lachen. »Doch, das ist es. Dies ist nur mein übliches Outfit. Darf ich fragen, woher Sie kommen? Stammen Sie von hier?« Er betrachtete den Mann von oben bis unten. Er trug ein kurzärmeliges gelbes Hemd, beigefarbene Shorts und schwarze Sandalen, dazu einen Hut und eine Sonnenbrille.

»Ich bin in San Bernardino geboren und aufgewachsen und später der Liebe wegen nach Riverside gezogen. Seit fünfundvierzig Jahren wohne ich nun bereits hier.«

Das ließ Liam aufhorchen. Der Mann hatte bestimmt eine Menge zu erzählen. »Möchten Sie sich nicht zu mir setzen, damit wir uns ein wenig unterhalten können? Ich gebe auch einen Kaffee aus oder was immer Sie wollen.«

»Da sage ich nicht Nein.« Er setzte sich zu ihm, sie stellten einander vor, bestellten beide einen Café Americano, und in den nächsten zwei Stunden erfuhr Liam mehr, als er in zwei Tagen Recherche selbst herausgefunden hätte.

George erzählte ihm von Riverside und von all den tollen Dingen, die diese Stadt vorzuweisen hatte. Nicht nur das Mission Inn, in dem bereits acht US-Präsidenten genächtigt hatten, sondern auch den Mount Rubidoux, einen Berg, der bei Touristen sehr beliebt war und von wo man laut George eine atemberaubende Aussicht hatte. Im Riverside Fox Theater war 1939 der Film *Vom Winde verweht* uraufgeführt worden, und es gab ein jährliches Filmfest: das Riverside International Film Festival. Doch das, was Liam wirklich beeindruckte und was ihn nur noch mehr dazu bewegte, sein nächstes Buch *Orangentage* zu nennen, war die Tatsache, dass alle Navelorangen, die ja heute größtenteils in Kalifornien angebaut und in die ganze Welt verschickt wurden, von den allerersten beiden Navelorangenbäumen abstammten, die kurz nach der Gründung 1870 hier in Riverside gepflanzt worden waren.

»Das ist wirklich faszinierend«, sagte er zu George, und der freute sich, dass er sein Wissen weitergeben konnte, und vor allem, dass es bei seinem Zuhörer solch eine Begeisterung auslöste.

»Ich habe noch jede Menge Geschichten auf Lager«, meinte er. »Leider bin ich um zwölf mit meiner Tochter verabredet. Wir wollen neue Schuhe kaufen und dann was essen gehen.«

»Das klingt gut. Ich will Sie auch gar nicht weiter aufhalten. Vielleicht treffen wir uns hier ja mal wieder? Ich würde mir sehr gerne noch mehr von Ihren Geschichten anhören.«

»Es wäre mir eine Freude. Ich trinke beinahe jeden Morgen meinen Kaffee hier. Und wenn Sie sich mal eine Orangenplantage ansehen möchten, bringe ich Sie hin. Mein Schwager Ernest besitzt eine gleich vor der Stadt.«

»Oh, das wäre großartig. Ich danke Ihnen.«

George machte sich auf zum Shoppen, und Liam starrte verwundert auf sein Handydisplay. Er konnte kaum glauben, dass es schon fast zwölf Uhr war. Die Zeit verging hier wie im Flug. Und doch hatte Victoria sich noch nicht gemeldet …

Er gab ein paar Stichwörter bei Google ein und schaute nach, ob George recht gehabt hatte mit seiner Geschichte und ob seine Informationen auf Fakten basierten. Das taten sie. Im Jahre 1873 pflanzte eine Dame namens Eliza Tibbets zwei Setzlinge in ihren Garten, aus denen im Laufe der Jahre die vielen Millionen Navelorangenbäume Kaliforniens hervorgingen. Einer dieser ersten beiden Bäume wurde 1903 umgepflanzt und von Präsident Theodore Roosevelt höchstpersönlich vor dem Mission Inn Hotel eingesetzt, leider ging er aber schon nach einigen Jahren ein. Der zweite Baum jedoch stand noch heute an der Ecke Magnolia und Arlington Avenue. Und ganz in der Nähe sollte es sogar eine Statue von Eliza Tibbets geben.

Er bezahlte und machte sich sofort auf den Weg. Das wollte er mit eigenen Augen sehen.

Tatsächlich! Da stand er, der älteste Orangenbaum Kaliforniens, eingezäunt und wunderschön. Am liebsten hätte Liam das Walnussbuch über Bord geworfen und stattdessen eins über Orangen geschrieben. Eins über Eliza Tibbets, die vor hundertfünfzig Jahren schon eine Feministin war und für das Frauenwahlrecht gekämpft hatte, die dreimal verheiratet und zweimal geschieden war und die ein schwarzes Kind adoptiert hatte. Heute sah man sie ja überall in den Zeitschriften und im Internet, die prominenten Frauen wie Madonna, Sandra Bullock, Charlize Theron und Angelina Jolie mit ihren süßen adoptierten dunkelhäutigen Kindern, und jeder bewunderte sie zu Recht dafür. Doch dass eine Frau so etwas im neunzehnten Jahrhundert gewagt hatte! Das war doch wirklich eindrucksvoll.

Er schüttelte den Kopf. *Jetzt fokussier dich mal wieder!*, warnte er sich selbst. *Denn ob du es willst oder nicht, zuallererst musst du jetzt ein Walnussbuch schreiben.* Walnusstage, *das Buch, für das du einen Vertrag bei einem der renommiertesten Verlage in den Vereinigten Staaten unterschrieben hast. Das Buch, das bereits für das Herbstprogramm*

2022 angekündigt ist und das von vielen deiner Fans sehnsüchtig erwartet wird. Reiß dich zusammen, Liam!

Und in diesem Moment klingelte endlich sein Handy.

Fast ein wenig ängstlich ging er ran. »Liam Sanders.«

»Ja, hallo, Mr. Sanders, hier spricht Victoria Lloyd. Von der Walnussfarm«, fügte sie hinzu, als ob es nötig gewesen wäre.

»Miss Lloyd, wie schön, von Ihnen zu hören«, erwiderte er, und sein Herz pochte schneller. An diesem Gespräch hing so viel. Seine gesamte Zukunft könnte davon abhängen!

»Also, mein Dad und ich haben Ihr Angebot besprochen. Sie können die Hütte bewohnen – allerdings unter einer Bedingung.«

Egal was!, dachte er. *Völlig egal. Ich willige ein.*

»Und die wäre?«, fragte er und versuchte, dabei so lässig wie möglich zu klingen.

»Sie müssen unsere Farm in Ihrem Buch erwähnen. In der Danksagung oder so. Das wäre gute Werbung für uns.«

Erleichtert atmete er aus. Das hätte er so oder so gemacht, selbstverständlich!

»Das ist kein Problem, das mache ich sehr gerne«, antwortete er.

»Okay, dann haben wir einen Deal. Wir möchten Sie gerne zum Dinner einladen und alles Weitere besprechen. Passt es Ihnen heute Abend um halb sieben?«

»Perfekt, ich werde da sein.«

Er hörte jemanden im Hintergrund schimpfen und daraufhin Victoria seufzen, bevor sie zu ihm sagte: »Also … Dinner gibt es um halb sieben. Sie können aber gerne schon früher kommen. Mein Dad würde Sie dann noch mal ausführlicher herumführen und Ihnen die Fotos zeigen, die Sie sehen wollten.«

»Hört sich wunderbar an. Wie wäre es gegen vier?«

»Das passt. Dann bis später.« Und schon hatte sie aufgehängt.

Liams Mund verzog sich zu einem sehr, sehr breiten Lächeln. Er war so glücklich, dass es mit der Hütte klappen sollte. Und er freute sich unglaublich auf den Nachmittag, an dem er – hoffentlich – endlich einen richtigen Zugang zu dem Thema Walnüsse bekommen sollte.

Aus lauter Dankbarkeit machte er sich auf zum Farmers Market, der sich direkt neben dem Hotel befand und samstags geöffnet hatte. Er wollte seinen beiden neuen Vermietern Geschenke kaufen und ihnen beweisen, dass sie sich richtig entschieden hatten. Sie würden sehen, er würde der perfekte Untermieter sein. Und am Ende würden sie alle ein wenig reicher sein, nicht nur finanziell, sondern vor allem um ein paar Erfahrungen.

Kapitel 9

Victoria

Sie hängte auf, schüttelte den Kopf, drehte sich um und sah ihren Dad böse an. »Was musst du denn immer im Hintergrund deinen Senf dazugeben? Das war gerade ein wichtiges Gespräch.«

»Ist mir klar. Aber wenn er erst zum Abendessen kommt, wie soll ich ihn dann rumführen und alles? Hä?«

»Das hättest du auch nach dem Essen machen können.«

»Dann ist es schon dunkel. Also umso besser, dass er jetzt schon früher kommt. So kann ich ihn schon mal ein wenig beschnuppern. Sehen, ob wir wirklich die richtige Entscheidung getroffen haben.«

Nun musste Vicky doch lächeln. Auch wenn ihr Dad sich alle Mühe gab, es nicht zu zeigen, war er doch aufgeregt wie ein kleines Kind. Er freute sich riesig, einen Schriftsteller, den er dazu auch noch verehrte, persönlich kennenzulernen. Und dass er bald bei ihnen wohnen sollte, nur dreihundert Meter vom Haupthaus entfernt, war wie die Sahnehaube auf seinem sowieso schon süßen Kakao. Die zehntausend Dollar waren die Schokostreusel, die das Ganze noch garnierten. Zehntausend Dollar, die die alte Hütte auf keinen

Fall wert war. Nicht mal verkaufen hätte man sie für diesen Betrag können.

Gleich gestern noch hatte Vicky sie aufgeschlossen und einen Blick reingeworfen – und es war schlimmer, als sie es sich vorgestellt hatte. Alles war verrottet und mit einer zentimeterdicken Staubschicht belegt. Es gab jede Menge Spinnweben, und alles roch muffig. Die Betten konnte man niemandem zumuten, ein Kleiderschrank fehlte, und die beiden Kommoden und die Regale mussten dringend poliert werden. Der Spiegel im Bad hatte einen großen Sprung, der Toilettendeckel saß schief, die alte Herdplatte funktionierte nicht mehr, und der Wasserkocher war voller Kalk. Aber dann hatte sie doch noch Glück im Unglück: Als sie den Wasserhahn aufdrehte, kam fließend klares Wasser heraus, und die Toilettenspülung sowie die Dusche funktionierten auch. Die Wasserleitungen schienen also doch noch okay zu sein, zumindest die drei Monate sollten sie durchhalten.

Es würde eine Menge zu tun sein, doch von den zehntausend Dollar würde auf jeden Fall etwas übrigbleiben, und eigentlich tat sie es ja vor allem ihrem Dad zuliebe. Denn der würde ihr niemals verzeihen, wenn sie hier nicht mitspielte. Also machte Vicky sich an die Arbeit – sie hatte ja so kurz vor der Ernte sonst nichts zu tun – und entrümpelte das Cottage. Dann begann sie zu putzen, und zwar bis spät in die Nacht hinein.

Heute sah die Hütte schon ganz anders aus. Und wenn dort erst ein neues Bett drin war, dazu etwas Küchenzubehör und einige hübsche Akzente hier und da, würde sie sogar als Ferienhaus durchgehen. Das würde allerdings noch ein paar Tage dauern, und ihr Gast würde schon heute wieder hier sein und die Hütte sicher von innen sehen wollen. Oje …

»Dad, nach dem Essen fahre ich mal los und sehe, was ich schon besorgen kann, ja?«, sagte sie ihrem Vater jetzt, der ja für den Nachmittag eh schon Pläne hatte.

»Allein?«, fragte er.

»Nein, mit Alex.« Sie hatte ihre beste Freundin am Abend angerufen und ihr von Liam Sanders erzählt. Alex kannte ihn natürlich und war meganeidisch. Sie hatte sofort ihre Hilfe angeboten, die Vicky nur zu gerne annahm.

Nachdem sie und ihr Dad jetzt also Camembert-Sandwiches gegessen hatten, fuhr sie zu Alex' Ranch, um sie abzuholen. Ihre Freundin züchtete Pferde, ihre Familie tat das seit Generationen. Sie boten auch Reitunterricht an, und so hatte Vicky schon sehr früh das erste Mal auf einem Pferd gesessen.

Alex, in Reiterhose und -stiefeln, bürstete gerade eine weiße Stute namens Honeymoon, als sie eintraf.

»Oje, ist es schon so spät?«, sagte Alex zur Begrüßung. »Ich bin hier gleich fertig, dann können wir sofort los.«

»Hat keine Eile. Ich muss nur wieder rechtzeitig zu Hause sein, um das Dinner vorzubereiten. Liam Sanders speist nämlich mit uns.« Sie grinste schief.

Ihre Freundin machte große Augen. »Wow! Bin ich auch eingeladen?«

»Wenn du willst.«

Alex grinste ebenfalls. »Du bist eine wahre Freundin. Leider habe ich aber heute Abend schon ein Date. Ein andermal würde ich ihn aber gerne kennenlernen, die Gelegenheit wird ja nicht so schnell verstreichen, wenn er erst mal für drei Monate bei euch einzieht.«

»Wenn er es überhaupt so lange aushält in dem kleinen Loch. Hey, warte mal! Du hast heute Abend ein Date? Das hast du mir ja gar nicht erzählt! Wer ist denn der Glückliche?«

Alex war Single aus Überzeugung – im Gegensatz zu ihr. Sie flirtete unglaublich gerne und hatte hin und wieder ein Date, aber etwas Festes wurde nie daraus.

»Angelo hat mich endlich angesprochen und gefragt, ob wir zusammen ausgehen. Ins Kino und danach vielleicht noch auf einen Drink.«

»Angelo? Ist das etwa der heiße Kerl aus der Autowaschanlage?« Sie sah ihre Freundin beeindruckt an.

»Ganz genau der. Er scheint endlich kapiert zu haben, dass ich auf ihn stehe. Ich meine, wieso sollte ich sonst zweimal die Woche meinen Wagen waschen kommen?« Sie verdrehte die Augen, und sie lachten, während Alex das Pferd fertig bürstete und es danach zurück auf die Weide brachte. Dann lief ihre Freundin los, um sich umzuziehen, während Vicky draußen auf sie wartete. Sie setzte sich auf einen größeren Stein und dachte daran, wie Alex damals für sie da gewesen war, als Abby einfach fortging. Und wie viel ihre Freundschaft ihr heute bedeutete. Dann wanderten ihre Gedanken zurück zu Liam Sanders. Was die Zeit mit ihm als Gast wohl mit sich bringen würde? Auf jeden Fall Publicity, denn sie hatte darauf bestanden, dass er die Farm in seinem Buch erwähnte, und das würde ihnen sicher ein paar neue Aufträge bringen, was gut war. Mehr als gut. Sie wusste nicht, wann sein Buch erschien, aber es schadete ja nicht vorzusorgen.

Liam Sanders. Ob er sich wohl heute auch wieder so arrogant verhalten würde? Ihr sollte es ja egal sein, sie würde schließlich nicht allzu viel mit ihm zu tun haben. Zumindest ging sie davon aus. Hin und wieder würde sie ihm saubere Bettwäsche und Handtücher bringen und fragen, ob alles in Ordnung war und ob die Wasserrohre mitmachten, und das war's auch schon, oder?

Oder?

»Ich bin bereit!«, sagte Alex, die plötzlich in superkurzen Jeansshorts und einem hautengen neonpinken Tanktop vor ihr stand. Dazu hatte sie ihr langes blondes Haar zu einem hohen Pferdeschwanz gebunden.

»Wow!«, war alles, was Vicky dazu einfiel. Sie selbst trug wie immer ihr Komfortoutfit: Bluejeans, eine sommerliche, lässige Bluse und ihre Lieblingsboots. Es war einfach praktisch, wenn man den Tag draußen auf einer Farm verbrachte. Und sie mochte es, wenn Menschen ihren eigenen Stil hatten. Ob dieser Liam Sanders wohl immer eine Stoffhose und dazu ein Hemd trug?, fragte sie sich. Seine schicken Schuhe würden auf der Farm sicher einiges abbekommen, denn der Boden war trocken und staubig und nicht gemacht für elegante Outfits.

»Worüber denkst du nach?«, fragte Alex, als sie an einer Ampel Halt machten.

»Ach, über dies und das.«

Alex grinste. »Ach komm, gib's schon zu! Du denkst an ihn, oder?«

»An wen?«

»Na, an wen wohl? An Liam Sanders!«

»Du spinnst ja. Wieso sollte ich an den denken?«, fragte sie.

»Hallo? Weil er so heiß ist, vielleicht?«

»Woher willst du wissen, dass er heiß ist? Weißt du etwa, wie er aussieht?«

Mit zusammengezogenen Augenbrauen blickte ihre Freundin sie an. »Natürlich weiß ich das. Über ihn wird doch ständig berichtet, und er war auch schon im Fernsehen.«

»Oh Mann, bin ich etwa die Einzige, die zuvor noch nie von ihm gehört hat?«

»Wahrscheinlich.« Alex wickelte einen Kaugummistreifen aus und steckte ihn sich in den Mund. Dann bot sie ihr einen an, doch sie lehnte dankend ab. »Süße, du arbeitest zu viel«, meinte ihre Freundin schließlich.

»Ja, das weiß ich. Aber es ist halt immer was zu tun auf der Farm. Und mein Dad ist leider keine große Hilfe mehr.« Sie seufzte. »Außerdem habe ich vor ein paar Wochen die Erntehelfer aus dem letzten Jahr angerufen und sie gefragt, ob sie wieder mit dabei sind. Sechs von zwanzig haben mir abgesagt, und seitdem versuche ich, neue und vor allem zuverlässige Arbeiter zu finden. Was gar nicht so einfach ist, wie sich herausgestellt hat. Ich habe schon eine Stellenanzeige in der *Riverside Weekly* aufgegeben und mich an eine Arbeitsvermittlung gewandt – bisher leider ohne Erfolg.« Die wenigen Helfer, die sich bei ihr gemeldet hatten, verfügten entweder über keinerlei Erfahrung, forderten einen höheren Stundenlohn oder wollten über die Arbeitszeiten verhandeln. Auf jeden Fall war niemand dabei gewesen, der Potenzial gehabt hätte. Was sie langsam wirklich stresste, denn wenn sie nicht genügend Farmarbeiter hatte, würden sie mit den Bestellungen nicht hinterherkommen. Die ersten zwei Wochen würden sie vielleicht meistern, viel länger aber nicht.

»Das ist ja blöd. Weshalb haben dir die sechs abgesagt? Weil sie auf anderen Farmen arbeiten?«

»Das weiß ich leider nicht. Eigentlich ist ja das Gute an einer Walnussfarm inmitten der vielen Orangenplantagen, dass sich die Erntezeit der beiden nicht überschneidet. Navelorangen reifen von Januar bis Juni, was bedeutet, dass viele der Arbeiter von September bis November frei sind. Dann könnte es sich höchstens um eine andere Walnussfarm handeln.«

»Oder auch um Mandeln, Feigen, Äpfel, Wein und etliche andere Sachen, die im Herbst reifen«, erinnerte ihre Freundin sie.

»Na, vielen Dank. Das macht es jetzt nicht besser.«

»Sorry. Hmmm … Wann fängt bei euch die Ernte an?«

»Direkt am ersten September, also am kommenden Mittwoch.«

»Das ist ja schon in vier Tagen!«

»Das ist mir bewusst, Alex. Ich werde einfach herumfragen müssen, ob die anderen Helfer Freunde oder Verwandte haben, die noch Arbeit suchen. Das wird schon irgendwie werden.« Zumindest versuchte sie sich das selbst einzureden.

»Und wann zieht Liam Sanders bei euch ein?«

Sie runzelte die Stirn. »Keine Ahnung, auch am Ersten? Alex, du sagst das immer so, als wenn er wirklich *bei uns* einziehen würde. Mit in unser Haus! Er zieht aber nur in die dreihundert Meter entfernte alte Holzhütte.«

»Na, wenn du meinst.« Alex zuckte mit den Schultern.

»Was soll das denn jetzt wieder bedeuten?«

»Ist dir klar, dass du gerade die Einfahrt zu Target verpasst hast?«, fragte Alex und grinste schon wieder schief.

Sie blickte sich um. Verdammt! Ihre Freundin hatte recht. Sie war einfach daran vorbeigefahren.

»Ich … ich war wohl in Gedanken …«, murmelte sie.

»Bei Liam Sanders!«, sang Alex freudig vor sich hin.

Vicky hätte ihr am liebsten ein Pflaster auf den Mund geklebt.

Zwei Stunden später hatten sie eine neue elektrische Herdplatte, eine Mikrowelle, einen Wasserkocher, ein Geschirr- und ein Besteckset, ein paar Gläser, zwei Vasen, einige

Dekoartikel, ein Bild für die Wand, neue Bettwäsche und Handtücher, einen Toilettensitz, eine Klobürste, einen Zahnputzbecher sowie einen Spiegel fürs Bad gekauft. Kurz hatte Vicky überlegt, ob sie zudem einen kleinen Fernseher anschaffen sollte und dazu einen Receiver, denn es würde sicher sehr öde werden in dem Häuschen ohne jegliche Ablenkung. Andererseits war es doch genau das, was Liam Sanders wollte, oder? Er hatte vor, sich voll und ganz auf sein Buch zu konzentrieren, und falls er sich wirklich mal langweilen sollte, würde ihr Dad ihm sicher ein paar Bücher aus seiner Bibliothek ausleihen.

Nachdem sie alles in den Jeep geladen hatten, fragte Alex, ob sie sich jetzt eine Pause genehmigen und sich dazu in einen Starbucks setzen sollten.

»Eine gute Idee«, sagte sie, und sie bestellten sich zwei eisgekühlte Frappuccinos. Es war wieder unglaublich heiß an diesem Tag. Vicky war die Hitze zwar gewohnt, denn sie war ja in Südkalifornien aufgewachsen und kannte gar nichts anderes, jedoch fragte sie sich unwillkürlich, wie es wohl war, woanders zu wohnen. Irgendwo, wo es im Winter schneite.

In Seattle tat es das, oder?

Sie schüttelte den Kopf. Was war denn heute nur los mit ihr? Als sie den Blick hob und Alex zuwandte, sah ihre Freundin sie schon wieder so merkwürdig an, dass Vicky schon glaubte, sie würde sie gleich wieder mit Liam Sanders aufziehen. Allerdings hatte Alex etwas ganz anderes auf dem Herzen.

»Ich muss dir etwas sagen. Ich hab Jeff gesehen, mit seiner Liebsten und dem Baby. Echt ätzend, wie perfekt die sind.«

Sie presste die Lippen aufeinander. Zählte innerlich bis

fünf, bevor sie antwortete. »Ja, ich habe sie auch neulich erst gesehen. Ätzend trifft es ziemlich gut.«

»Tut mir echt leid für dich.«

Sie winkte ab. »Das muss es nicht. Ich bin über ihn hinweg.«

»Da bin ich mir ehrlich gesagt nicht so sicher.«

»Doch, wirklich! Der Idiot könnte nach Alaska ziehen, und es würde mir nichts ausmachen«, versicherte Vicky ihrer Freundin.

»Na gut, wenn du meinst.«

Sie sah auf die Uhr. »Wir müssten dann weiter, ja? Ich muss noch in den Supermarkt, ein paar Lebensmittel fürs große Dinner besorgen. Die restlichen Sachen kaufe ich dann in den nächsten Tagen.«

»Das passt mir gut. Ich muss nämlich auch noch in den Supermarkt. Mir Rasierer, Sprühsahne und Kondome besorgen«, sagte Alex frei heraus, und Vicky musste lachen. Ihre Freundin nahm sich wirklich nicht zurück, und der glückliche Angelo durfte sich heute Abend auf einiges freuen.

Zurück auf der Farm, lud sie die eingekauften Sachen in der Hütte ab, parkte dann neben dem protzigen Mustang und sah sich um, ob sie ihren Dad und Liam Sanders irgendwo entdeckte. Es war bereits nach fünf, sie musste sich ans Dinner machen, sonst würden die beiden Männer um halb sieben nur leere Teller vorfinden.

Dummerweise hatte sie ihren Dad um Rat gefragt, was sie denn heute Abend anbieten könnten, und der hatte sich schon wieder mexikanisches Essen gewünscht. Tacos oder Quesadillas. Sie hatte sich für Enchiladas entschieden, briet einen Haufen Gemüse an und wickelte alles in Tortillas. Sie streute Käse drüber und schob die große Auflaufform in den Ofen.

Als ihr Dad und Liam das Esszimmer betraten, das sie nur selten nutzten, da sie meistens schlicht am kleinen Küchentisch aßen, war Vicky gerade dabei, den Tisch zu decken.

»Guten Abend, Miss Lloyd«, begrüßte Liam Sanders sie. Er stand in der Tür und trug wieder eine Anzughose und ein Hemd. Diesmal hatte er dazu sogar noch ein Sakko an – trotz der Hitze. Man sah ihm an, dass er schwitzte.

»Guten Abend, Mr. Sanders«, wünschte sie.

Ihr Dad lachte. »Warum denn so förmlich? Wir alle sind doch ab sofort Nachbarn. Liam, nennen Sie meine Tochter ruhig Vicky, das tun alle ihre Freunde.«

Sie starrte ihren Dad an. Also, Liam Sanders war ja wohl noch lange kein Freund, oder? Er sah ebenfalls ein wenig verwirrt aus und blickte wiederum sie fragend an.

»Von mir aus«, sagte sie achselzuckend. »Ich bin Vicky.«

Er kam näher und hielt ihr eine Hand hin. »Ich bin Liam.«

Sie nahm sie und spürte kleine Blitze. Schnell ließ sie wieder los.

»Ich muss in die Küche, das Essen holen«, sagte sie und eilte davon.

Liam kam ihr jedoch hinterher. »Ich helfe Ihnen.«

Sie drehte sich zu ihm um. »Das ist nicht nötig.«

»Das mache ich gerne. Ich glaube, ich muss dringend den ersten Eindruck korrigieren, den Sie sicher von mir hatten«, meinte er, und nun musste sie doch schmunzeln.

»Ach, sooo schlimm war der gar nicht«, entgegnete sie.

Er lächelte schief. »Ich glaube aber doch. Wissen Sie, es ist so: Mir liegt wirklich viel daran, in Ihr Cottage zu ziehen. Dieses Buch muss unbedingt gut werden, sonst war's das höchstwahrscheinlich mit meiner Karriere.«

»Und unser Cottage wird Ihnen dabei helfen?«, fragte sie und musste sich hüten, nicht die Stirn zu runzeln. Denn sie wollte Liam Sanders natürlich ernst nehmen.

»Da bin ich mir ganz sicher.« Er nickte. »Danke noch mal dafür, dass Sie mein Angebot angenommen haben.«

»Keine Ursache.«

»Ich habe Ihnen Blumen mitgebracht. Ich glaube, Ihr Vater hat sie in Ihr Zimmer gestellt.«

»Oh.« Sie fragte sich, ob Liam ihn wohl dabei begleitet, ob er ihr Schlafzimmer gesehen hatte. »Vielen Dank. Ich liebe Blumen.«

»Das hab ich mir beinahe gedacht.« Er lächelte, und dieses Lächeln war einfach nur atemberaubend.

Sie merkte, wie sie errötete. »Ehrlich? Wieso?«

»Na, Sie haben viele Blumen im Haus stehen, vor dem Haus sind welche gepflanzt, an den Wänden hängen Bilder mit Blumenvasen darauf, und Sie tragen stets mit Blumen bedruckte Blusen.«

»Also, *stets* würde ich jetzt nicht sagen …«

»Das werde ich dann ja bald selbst herausfinden können«, entgegnete er, lächelte sie abermals mit einem unverschämt charmanten Lächeln an und machte, dass sich noch ein paar mehr Schmetterlinge in ihren Bauch verirrten.

Schnell wandte sie den Blick ab und sah in den Ofen. »Die müssen jetzt aber wirklich raus«, sagte sie und nahm sich zwei Topflappen.

»Das riecht einfach unglaublich«, meinte Liam.

»Enchiladas. Ich hoffe, Sie mögen mexikanisches Essen?«

»Ich *liebe* mexikanisches Essen.«

Jetzt schenkte sie ihm ein Lächeln. »Dann sind Sie hier richtig.«

»Perfekt! Also, womit kann ich behilflich sein?«, fragte er.

»Können Sie die verschiedenen Salsa-Flaschen aus dem Kühlschrank nehmen?«, bat sie, und er tat es sogleich. Dann folgte er ihr zurück ins Esszimmer, und dabei war sie sich wohl bewusst, dass sie einen perfekten Blick auf ihren Hintern freigab.

Kapitel 10

Liam

»Wieso bist du denn so knallrot im Gesicht?«, fragte Anthony seine Tochter, als sie das Esszimmer wieder betraten.

»Es ist heiß in der Küche, ich hab doch gerade was aus dem Ofen geholt«, antwortete Vicky, wie er sie jetzt nennen durfte, und stellte die Auflaufform mit dem extrem lecker aussehenden mexikanischen Essen in die Mitte des Tisches. Dann füllte sie allen eine Portion auf.

»Ich finde es auch sehr heiß«, meinte er sogleich, zog sein Jackett aus und hängte es über die Stuhllehne. Er hatte sich mit seinem Outfit extra viel Mühe geben wollen für diesen besonderen Abend, nachdem er aber wahrgenommen hatte, dass sowohl Anthony als auch Vicky mehr als leger zu Abend essen wollten, hatte er sich keine weiteren Gedanken mehr gemacht. Eigentlich war er sogar ganz froh, dass es hier so locker zuging. In den letzten beiden Jahren war er zuweilen in Kreisen unterwegs, in denen er sich gar nicht wohlfühlte. Und er konnte mit absoluter Sicherheit sagen, dass jene Menschen nur die Stirn gerunzelt und die Augen verdreht hätten, wenn sie wüssten, wo er die nächsten drei Monate wohnen wollte. Sein Agent Kevin und dessen überkandidelte Frau Nancy. Einige der anderen Autoren, die sich teilweise einbildeten, dass ein Bestseller einen zu einem besseren Menschen machte. Die Talkmasterinnen Ruby Johnson und Madeleine O'Neil, die die teuersten Designerklamotten trugen, sich hinter der Bühne mit dem edelsten Champagner vollkippten und die ihm beide ganz offen verdeutlicht hatten, dass sie ihn gerne vernaschen würden. Er schüttelte sich bei dem Gedanken, denn Letztere war bereits an die siebzig! Vom Alter her hätte sie mit Anthony zusammengepasst. Allerdings hätte sie ihn mit seinen Latzhosen und dem ungepflegten Einwochenbart nicht einmal in ihre Nähe gelassen.

»Was ist los, Liam?« Der ältere Mann, der neben ihm saß, blickte ihn amüsiert an.

Er riss sich aus seinen Gedanken. »Gar nichts, wieso?«

»Schmeckt Ihnen das Essen nicht? Weil Sie sich gerade geschüttelt haben wie ein nasser Hund.«

»Oh! Nein! Oh Gott, nein, das Essen ist köstlich«, versicherte er schnell, und das war nicht gelogen. »Ich musste nur gerade an etwas denken.«

»Na, das muss ja grauenerregend gewesen sein«, lachte Anthony.

Er zuckte die Schultern und musste grinsen. »Ja, das war es schon ein bisschen.«

Jetzt sah auch Vicky ihn irritiert an. Ach, wieso sollte er es nicht preisgeben?

»Kennen Sie Madeleine O'Neil?«, fragte er also.

Beide schüttelten den Kopf.

»Das ist eine Talkmasterin«, erklärte er. »Sie ist in Ihrem Alter, Tony. Und sie hat mir vor Kurzem ganz eindeutige Avancen gemacht.«

Beide prusteten los.

»Herrje! Sie müssten Ihr Gesicht sehen!«, rief Anthony aus. »Das muss ja ein wirklich traumatisches Erlebnis gewesen sein.«

»Das war es irgendwie, ja.« Die Gute hatte sich bereits an ihn geschmiegt, und er hatte sie gerade noch sanft von sich stoßen können, bevor ihre Lippen auf seinen gelandet wären.

»Und wieso müssen Sie ausgerechnet jetzt daran denken?«, erkundigte sich Vicky, noch immer schmunzelnd.

»Ach, ich habe nur gerade gedacht, wie anders das Leben hier sein wird. Im Vergleich zu meinem normalen Alltag.«

»Womit wir auch schon beim Thema wären«, meinte Vicky. »Liam, dürfte ich Sie mal eine Sache fragen?«

»Aber sicher.«

»Mich würde interessieren, wie Sie das Leben auf unserer Farm weiterbringen soll. Ich meine, was genau wollen Sie recherchieren? Sagten Sie nicht, dass Ihr Buch zur Zeit des Zweiten Weltkriegs spielt?«

Die Frau war nicht auf den Kopf gefallen. Er räusperte sich und wollte gerade antworten, als Anthony das schon für ihn übernahm.

»Kind, das ist doch sonnenklar. Egal wann das Buch spielt, es kann doch nur von Vorteil sein, sich das Leben auf der Walnussfarm mit eigenen Augen anzusehen. Natürlich hat sich seit damals einiges verändert, aber Walnüsse sind Walnüsse, oder?«

Vicky, die gerade die Gabel an den Mund führte, hielt in ihrer Bewegung inne und starrte ihren Vater verärgert an.

»Ich … äh … dem kann ich nur zustimmen«, sagte Liam.

»Okay, ich verstehe. Aber wie wollen Sie denn herausfinden, wie genau das alles vor achtzig Jahren ausgesehen hat?«, fragte Vicky weiter. Allerdings schien es nicht so, als wenn sie interessiert wäre, sondern eher, als würde sie ihn verhören wollen.

»Ich …«

»Dazu gibt es doch das Internet!«, schnitt Anthony ihm wieder das Wort ab. »Außerdem kann *ich* ihm eine ganze Menge erzählen. Und ich hab die alten Fotos. Da fällt mir ein, die wollte ich Ihnen ja noch zeigen, Liam. Das machen wir gleich nach dem Essen, ja?«

Er nickte. »Einverstanden.«

Auf die Fotos freute er sich sehr. Jedoch hatte die Führung über die Farm vorhin länger gedauert, als er erwartet hatte. Sie waren durch die vielen Baumreihen spaziert, an Abertausenden von Walnussbäumen vorbei, von denen die ersten bereits ihre reifen Früchte abschüttelten. Hier und da hatte er auf dem Boden im Schatten der Äste grüne, zum Teil aufgeplatzte Hüllen entdeckt, in deren Mitte man eine Walnuss in ihrer unverkennbaren harten hellbraunen Schale erkennen konnte. Als er eine aufheben wollte, hatte Anthony ihn gewarnt, dass er das lieber nicht ohne Handschuhe machen sollte, weil sich seine Finger ansonsten bräunlich verfärben würden und die Farbe nur schwer wieder abgehen würde. Also hatte er fürs Erste darauf verzichtet. Während ihres Spaziergangs hatte Anthony dann noch jede Menge weitere Informationen preisgegeben, was er großartig gefunden hatte. Die Hündin, Betty, war mit von der Partie gewesen, und Liam war von dem gesamten Ambiente schwer beeindruckt gewesen.

Jetzt bemerkte er jedoch, wie Vicky ihrem Dad ein paar böse Blicke zuwarf. Sie mochte es nicht, dass Anthony auf die Fragen antwortete, die sie *ihm* stellte, das war eindeutig. Er versuchte sie wieder ruhiger zu stimmen und machte ihr ein paar Komplimente zu den köstlichen Enchiladas.

»Vicky, darf ich Ihnen sagen, dass ich selten so lecker mexikanisch gegessen habe? Haben Sie mexikanische Vorfahren?«

Sie sah ihn an und strich sich eine Haarsträhne hinters Ohr. »Nein, nein. Hier in Südkalifornien wächst man einfach damit auf. Außerdem ist eine gute Freundin Mexikanerin und bringt mir ab und zu ein paar Rezepte bei. Inès, sie ist die Vorarbeiterin auf der Farm, Sie werden sie sicher bald kennenlernen.« Er nahm den Blick wahr, den Vicky ihrem Vater bei dem Wort »Vorarbeiterin« zuwarf, der jedoch mit seinem Essen beschäftigt war.

»Du hast zu viel Mais reingetan, Vicky«, beschwerte er sich.

»Also, ich finde, es kann gar nicht zu viel Mais sein«, widersprach Liam schnell.

»Wie auch immer. Ich bin satt. Wollen wir jetzt die Fotos angucken?«, fragte Anthony.

Liam sah auf seinen Teller, der noch halbvoll war.

»Ich würde gerne aufessen, Tony. Und einen Nachschlag nehmen, wenn ich darf. Denn wie gesagt, kann ich gar nicht genug von mexikanischem Essen bekommen, erst recht nicht, wenn viel Mais drin ist.« Er zwinkerte Vicky zu und sah, wie sie schon wieder errötete. Dann füllte sie ihm nach, und er leerte brav seinen Teller. Dabei entging ihm nicht, dass sie ihn beobachtete.

»Sind Sie eigentlich verheiratet, Liam? Haben Sie eine Familie? Kinder?«, wollte sie wissen.

Bevor er ihr eine Antwort geben konnte, brachte Anthony sich – natürlich – wieder ein. »Das wissen wir doch schon, Vicky«, meinte er. »Du hast es auf Wikipedia nachgelesen, erinnerst du dich?«

Jetzt errötete Vicky erst recht, und Liam musste ein

Lachen unterdrücken. Sie sah ihn peinlich berührt an, und als er ihren Blick mit einem Lächeln erwiderte, schaute sie nervös weg.

Das gefiel ihm. Ihm gefiel, dass er das in ihr auslöste. Und er musste zugeben, andersherum war es genauso. Die Frau war einfach bezaubernd, auch wenn sie an diesem Abend eine Mischung aus Tomate und CIA-Agentin war. Erst kürzlich hatte er sich ein paar Folgen *Homeland* angesehen, Carrie Mathison hatte ihre Verdächtigen genauso in die Mangel genommen.

»Nun ja, aber Wikipedia hat ja auch nicht die Wahrheit gepachtet«, sprang er ihr zur Seite. »Aber es stimmt, ich bin nicht verheiratet und habe auch keine Kinder. Allerdings stehe ich meiner Mutter sehr nahe. Sie wohnt bei mir in meinem Haus in Seattle.« Er war froh, dass er das gleich klargestellt hatte. Denn er hatte auch schon erlebt, dass Frauen merkwürdig darauf reagiert hatten, als sie das erst später herausgefunden hatten. Bedeutungslose Dates, es war ihm egal gewesen.

»Oh«, sagte Vicky und sah ihn plötzlich mit ganz anderen Augen an. Gar nicht mehr nervös, sondern überrascht – positiv, würde er sagen. »Das ist wirklich schön.«

Er nickte und lächelte und stand dann auf, um sich zu entschuldigen. Er musste das Bad aufsuchen und ging aus dem Zimmer an Betty vorbei, die neben der Tür lag und vor sich hin döste. Kurz öffnete sie die Augen und sah zu ihm auf, dann schlummerte sie weiter.

»Sag mal, Dad, was sollte denn das?«, hörte er Vicky flüstern, als er noch im Flur war. Er blieb stehen und hörte zu, was sie ihrem Dad zu sagen hatte. Sie klang nicht gerade amüsiert.

»Was ist denn?«, fragte Anthony ahnungslos.

»Na, wieso hast du immer für ihn geantwortet? Bist du sein neuer Pressesprecher, oder was?«

»Das hab ich doch gar nicht«, gab Anthony zurück.

»Oh doch! Jedes Mal!«

»Warum hast du ihn überhaupt so ausgequetscht, hm?«

»Ich wollte ihn einfach ein wenig durchleuchten«, erklärte Vicky. »Wissen, was er für eine Art Mensch ist, bevor wir ihn bei uns wohnen lassen.«

»Na, wir haben ihm doch aber schon eine Zusage gegeben, oder? Jetzt ist es eh zu spät.«

Kurze Stille. »Shit, da hast du irgendwie recht.«

Er musste schmunzeln und ging ins Bad.

Nachdem er beim Abdecken geholfen hatte, folgte Liam Anthony in seine Bibliothek. Er war gespannt auf dessen Lesezimmer, von dem er ihm schon bei ihrem Spaziergang erzählt hatte, und jetzt, als er es vor sich sah, konnte er nur staunen. Das Zimmer, das nicht größer als zwanzig Quadratmeter sein konnte, war komplett vollgestellt mit Bücherregalen. Etliche Werke aller bekannten Autoren waren anzufinden. Er stöberte ein wenig herum, stellte sich neben eins der Regale und fuhr mit dem Zeigefinger über die Buchrücken.

»Wow, Tony. Was für eine beeindruckende Sammlung«, sagte er und konnte den Mann, der jetzt stolz in seinem Lesesessel saß, nur ehrfürchtig ansehen.

»Ja, es hat viele Jahrzehnte gebraucht, bis ich die alle zusammenhatte. Gucken Sie mal! Im zweiten Fach von oben unter S.«

Er schaute nach, fand Salinger und gleich daneben Sanders.

»Sie haben meine Bücher?«, fragte er überrascht. Ja, er

fühlte sich richtig geehrt, Teil dieser unglaublichen Sammlung zu sein.

»Habe ich«, bestätigte Anthony lächelnd.

»Und haben Sie sie auch gelesen?«

»Aber natürlich. Es gibt kein Buch in meinen Regalen, das ich nicht gelesen habe. Dort vorne auf dem Tisch stapeln sich meine noch ungelesenen Bücher.« Er deutete zu einem schmalen Tischchen an der Wand. Der Stapel bestand aus weniger als zehn Titeln.

»Das ist ja unglaublich. Wie viel lesen Sie denn, wenn ich fragen darf?«

»So zwei, drei Bücher die Woche?«, überlegte Anthony, und Liam konnte nur erstaunt den Kopf schütteln. Unglaublich, einfach unglaublich.

»Darf ich Sie um Ihre ehrliche Meinung bitten?«, fragte er.

»Sie wollen wissen, ob ich *Aprikosentage* genauso gut fand wie *Pinientage*, richtig?«

Er nickte sprachlos.

»Wenn Sie mich nach meiner ehrlichen Meinung fragen, muss ich Ihnen sagen, dass mir *Aprikosentage* zwar gefallen hat, aber nur halb so gut wie Ihr Debüt.«

»Ja, das habe ich mir gedacht.« Denn das hörte er überall. Und er hatte nicht die blasseste Ahnung, was er bei seinem zweiten Buch falsch gemacht hatte. Es ging um eine blinde Frau, die durch den Geschmack der Aprikosen die wahre Liebe fand. Oft hatte er überlegt, ob der Misserfolg vielleicht etwas damit zu tun hatte, dass er sich nicht genug in die Geschichte hatte hineinfühlen können. Zu der Zeit war ihm nämlich nach allem anderen gewesen als nach großer Liebe. Er hatte sich gerade von Jeanette getrennt, nachdem ihm klargeworden war, dass sie gar nicht mit ihm zusammen war, weil es ihr wirklich um ihn ging, sondern nur um seinen Erfolg und sein Geld. Das Fass war übergelaufen, als er ihr etwas über Rudy erzählen wollte. Sie hatte nicht einmal richtig hingehört, sondern lieber ihr neues Cartier-Armband betrachtet und irgendwann ganz dumm gefragt: »Wer ist noch mal Rudy?«

Das war es für ihn gewesen. Er hatte sie in die Wüste geschickt und seitdem keine Frau mehr in sein Herz gelassen. Und jetzt wollte er ausgerechnet wieder eine Lovestory schreiben, noch dazu eine, die zur Zeit des Zweiten Weltkriegs spielte. Was hatte er sich da nur wieder eingebrockt? Viel lieber sollte er eine Geschichte schreiben, die von einem einsamen Mann handelte, der seine Schotten zugemacht hatte und keine Frau mehr an sich heranließ. Doch das wollten die Leute sicher nicht lesen. Es würde ein ziemlich langweiliges Buch werden.

»Sie müssen sich darüber klarwerden, was *Pinientage* so außergewöhnlich gemacht hat«, riet Anthony ihm nun. »Was hat das Buch zu einem Welterfolg gemacht?«

»Wenn ich das nur wüsste …«, gestand er ehrlich.

»Ich glaube, ich habe da eine Ahnung.«

»Ja? Und die wäre?« Er wäre wirklich dankbar, endlich eine Antwort zu erhalten, nachdem er sich seit Monaten das Hirn zermarterte.

»Ich meine, ich weiß es natürlich nicht genau, aber ich könnte mir denken …«, begann Anthony. »Wissen Sie, alle großen Schriftsteller hatten die beeindruckendsten Erfolge, wenn sie über ihre wahren Gefühle schrieben. Über wahre Begegnungen. Über Erfahrungen, die sie im Leben gesammelt haben, Erinnerungen, die sie auch nach Jahren noch beschäftigten.«

Ja, da könnte was dran sein. Unsicher sah er den Mann

an, der in seinem Sessel saß und so weise Worte von sich gab. Hatte er eine Ahnung? Davon, dass er in seinem Debüt seine Erinnerungen verarbeitet hatte? Dass er das Buch überhaupt nur geschrieben hatte, um über diese eine Sache hinwegzukommen? Er war sechsundzwanzig gewesen, ein Zeitpunkt in seinem Leben, zu dem alles auseinanderzufallen schien. Das Buch hatte ihn gerettet, die Worte niederzuschreiben hatte ihm den Schmerz genommen, in dem er sonst versunken wäre.

»Ich hab recht, oder?« Anthony sah ihm nun ernst in die Augen, und er konnte nur nicken.

»Ja, Sie haben recht.«

»Na, prima. Dann haben wir doch die Lösung gefunden!«, rief Anthony aus. »Machen Sie es bei Ihrem Walnussbuch ganz genauso!«

Er lächelte matt. Der Mann hatte gut reden! Wenn das alles doch nur so einfach wäre.

Kapitel 11

Abigail

Abby sah zu Bella rüber, die auf der Bank in ihrer Lieblingsnische schlief. Sie wusste, es war nicht optimal, sie so oft im Diner zu haben, stattdessen sollte sie jetzt in ihrem Bettchen liegen, nachdem Abby ihr eine Gutenachtgeschichte vorgelesen hatte. Wie eine gute Mutter es tat. Aber was sollte sie denn machen? Sie hatte keine andere Wahl, als Bella immer wieder mitzunehmen, denn eine Babysitterin konnte sie sich bei ihrem mickrigen Gehalt nicht leisten, und allein zu Hause lassen konnte sie sie auch nicht. Sie versuchte ja schon immer, die Tagesschicht zu bekommen, denn dann konnte Tiffany Bella übernehmen, und doch teilte Randy sie ständig abends ein. Dafür hatte sie ihm schon des Öfteren heimlich in den Kaffee gespuckt, aber ändern konnte sie damit natürlich nichts.

Ein Mann betrat den Diner, ging auf den Tresen zu und setzte sich auf einen der roten Barhocker. Er war in den vergangenen Monaten öfter mal hier gewesen, und Abby war ziemlich angetan von ihm. Sie wusste, dass er Trucker war und seinen Lastwagen immer draußen parkte, außerdem trug er das typische Trucker-Outfit: Flanellhemd, Jeans und

Basecap. Er hatte einen Vollbart, der ihm wirklich gut stand, und er hatte einen Appetit, als hätte er seit Wochen nichts gegessen. Ja, er war ein richtiger Mann, darauf stand Abby, und deshalb schenkte sie ihm jetzt ihr süßestes Lächeln.

»Hallo, mein Hübscher. Was kann ich heute für dich tun?«

»Ein Kuss wäre nicht schlecht«, antwortete er lachend, und sie lachte mit. »Ich gebe mich aber auch schon mit einer Portion Rippchen und ein paar Fritten zufrieden.«

»Alles klar, kommt sofort«, sagte sie und gab die Bestellung in die Küche durch. Dann wandte sie sich wieder ihm zu, stützte sich dabei mit beiden Unterarmen auf dem Tresen ab und blickte ihm in die Augen. »Woher kommst du gerade?«

»Direkt aus Kanada.«

»Wow! Ich war noch nie in Kanada. Muss toll sein, so weit entfernte Orte zu entdecken.«

»Ist es. Manchmal. Einige Orte sind aber auch ziemlich belanglos.«

»Ich würde alles dafür geben, mal ein paar belanglose ferne Orte zu sehen. Ich bin noch nie aus Kalifornien rausgekommen, weißt du?«

»Oh. Na, dann wird es aber höchste Zeit, oder?«

»Finde ich auch.« Sie kam noch ein bisschen näher. »Wie war dein Name?«

»Morris. Und deiner?«

Sie deutete auf ihr Namensschild, das mit einer Nadel an ihrer Uniform befestigt war, einem hässlichen braunen Kleid mit rosa Schürze.

»Abigail. Schöner Name.«

»Danke. Nenn mich gerne Abby. Das tun alle meine Freunde.«

Morris grinste sie an. »Du schließt aber schnell Freundschaften.«

»Ich sehe es halt sofort, wenn ich es mit jemandem zu tun habe, der meiner Freundschaft würdig ist.«

Er grinste nur noch mehr, und am liebsten wäre sie jetzt mit ihm in seinen Truck gegangen, doch Bella schlief in der Ecke. Sie warf ihr einen Blick zu und seufzte. Ein andermal vielleicht.

Sie stellte sich wieder aufrecht und fragte: »Was magst du trinken, Morris?«

»Ein Bier, bitte.«

Sie zapfte ihm eins und reichte es ihm. Er war wirklich unglaublich attraktiv. Vielleicht Ende dreißig, groß, muskulös – das konnte sie sogar durch sein Flanellhemd sehen.

»Weißt du, du bist hier nicht mehr im kalten Kanada. Du brauchst das dicke Hemd im warmen Kalifornien nicht zu tragen«, sagte sie und spielte dabei mit einer Haarsträhne, die sie sich um den Finger wickelte.

Er lachte. »Ja, ist mir schon klar. Doch in meinem Truck läuft die Klimaanlage und in den meisten Truck-Stops ebenfalls. So wie hier. Ist dir denn gar nicht kalt in deiner süßen kleinen Uniform?«

Sie schüttelte den Kopf. Nahm eine Cocktailkirsche am Stiel aus der Schale und ließ ihre Zunge verführerisch darübergleiten. »Nein. Mir ist immer heiß«, sagte sie und steckte sich die Kirsche in den Mund.

»Uuuh«, sagte Morris. »Vielleicht magst du mal nach Feierabend mit mir ausgehen?«

»Sehr gerne«, erwiderte sie. »Heute geht es leider nicht. Aber beim nächsten Mal bekommen wir das sicher hin.«

»Ich komm am Dienstag wieder hier entlang, dann schaue ich rein.« Er sah sie jetzt mit Blicken an, die ihr ein heftiges Kribbeln im Bauch bescherten.

»Mach das, mein Hübscher«, sagte sie, stieß ihm sachte

gegen den Schirm seiner Kappe und drehte sich um, um sich um ihre Bestellungen zu kümmern. Dabei wackelte sie extra mit dem Hintern, um ihm die Vorfreude auf Dienstag noch ein wenig zu versüßen.

Um Mitternacht hatte sie endlich Feierabend. Sie verabschiedete sich von Margie und den anderen Kollegen, trug Bella zu ihrem alten Toyota, legte sie auf die Rückbank und ließ sie weiterschlafen. Dann setzte sie sich auf den Fahrersitz, verschränkte die Arme über dem Lenkrad und legte ihren Kopf hinein. Und dann begann sie bitterlich zu weinen.

Nein, das war nicht das Leben, das sie sich vorgestellt hatte. Sie wollte nicht die nächsten zwanzig Jahre im Diner schuften, für den Mindestlohn, von dem sie keinen Cent beiseitelegen konnte, weil sie ein Kind hatte, das sie versorgen musste. Sie wollte nicht von einem Tag zum nächsten leben, nicht sicher, ob sie sich die nächste Woche oder den nächsten Monat über Wasser halten konnte. Sie wollte so viel mehr. Ein anderes Leben. Und wenn sie schon keine Schauspielerin sein konnte, dann wollte sie doch wenigstens weg von hier. Weg aus Modesto. Ganz weit weg. Sie wollte auch ferne Orte entdecken, die Welt sehen. Das hatte sie doch immer gewollt! Nur deshalb hatte sie die Farm, ihre Familie, ihre Freunde und alles hinter sich gelassen, was sie kannte. Auf Morris zu treffen könnte das Beste sein, was ihr seit Langem passiert war. Wenn sie es richtig anstellte, konnten vielleicht doch noch ein paar ihrer Träume wahrwerden, bevor es zu spät war.

Sie hob den Kopf wieder, wischte sich die Tränen aus dem Gesicht und fuhr los. Fuhr zu dieser kleinen Bruchbude, die sie Zuhause nannten. Sie brachte Bella ins Bett, deckte sie zu und strich ihr über die Wange. Sie sang ihr *Can't Help Fal-*

ling in Love von Elvis Presley vor, ein Lied, das sie seit ihrer Kindheit begleitete.

»Ich hab dich lieb, Bella«, sagte sie, küsste ihr die Stirn und strich ihr über das braungelockte Haar. »Und es tut mir so leid, dass mir das hier nicht genug ist.«

Eine weitere Träne kullerte ihr über die Wange, doch diesmal wischte sie sie nicht weg. Denn es war keine Träne der Traurigkeit, sondern eine der Hoffnung. Man konnte immer noch etwas aus seinem Leben machen, wenn man nur die Hoffnung nicht aufgab.

Kapitel 12

Victoria

Vicky stand vor der Kommode und berührte die kleine Figur, die auf der Spieluhr befestigt war. Sie drehte sie auf, und *Can't Help Falling in Love* erklang. Die Tänzerin in dem rosafarbenen Kleid drehte sich dazu im Kreis.

Das Lied war das Lieblingslied ihrer Grandma Sue gewesen, und bis heute wusste sie nicht, ob diese die Spieluhr extra hatte anfertigen lassen oder ob sie tatsächlich irgendwo eine mit dem Elvis-Song gefunden hatte. Wie jedes Mal, wenn sie der Melodie zuhörte, musste sie nicht nur an ihre Grandma denken, sondern vor allem auch an Abby. Sie hätte sie die Spieluhr damals mitnehmen lassen sollen, dann hätte sie jetzt wenigstens ein Stückchen Heimat bei sich gehabt. Wieder einmal fragte sie sich, wo ihre Schwester wohl war und ob es ihr gut ging. Was sie tat, ob sie einen Mann an ihrer Seite hatte, der sie liebte. Sie wünschte ihr so sehr, dass sie ihr Glück gefunden hatte. Dennoch war sie noch immer enttäuscht darüber, dass sie so viele Jahre nichts von sich hatte hören lassen. Oh, würde sie nur den Grund dafür kennen.

Sie ging ein paar Schritte nach links zu ihrem Schminktisch und betrachtete den Blumenstrauß, der darauf stand. Die wunderschönen rosa Lilien, weißen Nelken und blassrosa Rosen machten nicht nur optisch was her, sondern verströmten auch einen zauberhaft süßlichen Duft in ihrem Schlafzimmer. Sie musste lächeln, als sie an die vergangenen Stunden mit Liam zurückdachte, den Mann, den sie anfangs einfach nur für arrogant gehalten hatte und von dem sie nie und nimmer gedacht hätte, dass er sich doch noch als so charmant entpuppen könnte.

Doch das hatte er. Während des Dinners, als ihr nerviger Vater das Gespräch ständig an sich gerissen hatte, war Liam ganz ruhig geblieben, hatte ihr des Öfteren zugelächelt und ihr zu verstehen gegeben, dass alles gut war. Nach dem Essen, das ihm anscheinend richtig gut geschmeckt hatte, denn er hatte sogar um einen Nachschlag gebeten, hatte er beim Abräumen geholfen. Und nachdem er für eine Weile mit ihrem Dad in dessen Bibliothek verschwunden war, hatte er plötzlich wieder vor ihr gestanden. Zu dem Zeitpunkt war sie in der Küche fertig gewesen und hatte sich nach draußen gesetzt, um durchzuatmen. Es war bereits nach neun und stockdunkel, nur die Lichterketten erhellten die Veranda.

»Vicky«, hörte sie ihn sagen und sah auf. »Ich wollte mich nicht auf den Weg machen, ohne mich noch einmal bei Ihnen zu bedanken.«

»Keine Ursache«, sagte sie, obwohl sie nicht genau wusste, ob er das Essen oder die Hütte meinte. »Hat mein Dad Ihnen das Cottage eigentlich schon gezeigt?«, fragte sie nach.

Liam schüttelte den Kopf. »Noch nicht. Das wollte ich Sie auch noch fragen. Darf ich vielleicht einen Blick hineinwerfen?«

»Na klar«, antwortete sie, stand auf und ging den Schlüssel sowie die große Taschenlampe holen.

Zusammen schlenderten sie über das Grundstück zu seinem neuen Domizil. Sie schloss die schwere hölzerne Tür auf, schaltete das Licht an und ließ ihn eintreten.

»Oh, es gibt mehr Platz, als ich erwartet hätte«, sagte er.

»Das wirkt jetzt nur so, weil es leer ist. Ich habe die alten Betten rausgeholt. Bevor Sie einziehen, werde ich natürlich ein neues reinstellen und mich auch noch um ein paar andere Dinge kümmern.«

Er starrte auf die Mikrowelle, die noch in ihrem Karton auf dem Boden stand. »Wann kann ich denn einziehen?«

»Ich würde sagen, Mittwoch würde gut passen. Der erste September. An dem Tag kommen auch die Arbeiter, und wir beginnen mit der Ernte.«

»Oh, am Mittwoch erst?«, meinte er und klang fast ein wenig enttäuscht. »Am liebsten wäre ich ja schon Montag eingezogen.«

»Das werde ich leider nicht rechtzeitig schaffen. Sie sehen ja, es gibt noch nicht mal eine Schlafmöglichkeit.«

»Ich könnte Ihnen dabei helfen, die restlichen Sachen zu besorgen. Morgen?«

»Sorry, aber sonntags sind wir immer beschäftigt, mein Dad und ich. Wir gehen in die Kirche und besuchen danach das Grab meiner Mutter auf dem Friedhof.«

»Oh. Davon würde ich Sie nie abhalten wollen. Wie wäre es denn dann, wenn wir gleich Montagmorgen losfahren, die restlichen Sachen beschaffen und ich an dem Tag gleich hierbleibe? Dann gäbe es auf jeden Fall schon mal ein Bett. Alles andere ist nicht so wichtig. Und wie ich sehe, haben Sie sogar schon einiges besorgt.« Er deutete auf die Sachen, die am Boden verteilt waren.

»Ja, das, was ich heute in meinem Jeep transportieren konnte.«

»Das wäre wirklich nicht nötig gewesen.«

»Nicht? Brauchen Sie keinen heilen Toilettensitz? Oder einen Wasserkocher, um sich Tee oder Kaffee zu machen?«

»Okay, Sie haben recht«, korrigierte er sich. »Ohne Kaffee bin ich aufgeschmissen.«

»Na, das hab ich mir doch gedacht.« Sie lächelte ihn an.

»Also? Was halten Sie von meinem Plan?«, hakte er nach.

Sie überlegte. Montag standen eigentlich eine Menge anderer Dinge an. Wenn Liam ihr allerdings wie angeboten helfen würde, würden sie viel schneller vorankommen.

»Na gut, einverstanden«, sagte sie. Sie nahm die Hand, die er ihr hinhielt, und schüttelte sie. Dann überreichte er ihr einen Scheck, auf dem tatsächlich eine Zehn mit drei Nullen dahinterstand. Sie konnte es noch immer nicht so richtig glauben.

»Ich danke Ihnen«, sagte sie. Dann jedoch fühlte sie sich schlecht, weil sie ihm für all das viele Geld nicht wirklich etwas bieten konnten. »Liam, ich würde Ihnen gerne vorschlagen, das Abendessen stets mit uns im Haupthaus einzunehmen. Oder ich könnte es Ihnen auch rüberbringen, das wäre überhaupt kein Problem.«

»Oh. Das ist wirklich sehr nett, ich möchte mich aber keinesfalls aufdrängen.«

»Tun Sie nicht. Mein Dad würde sich über Ihre Gesellschaft sicher freuen. Und ich finde, es ist nur fair, wenn Sie für Ihr Geld noch ein bisschen mehr bekommen als das hier.« Sie schwenkte mit der Hand von der einen Seite der kleinen Hütte zur anderen.

»Ich bekomme Logis *und* Kost? Da bin ich dabei! Vor allem, weil Ihr Essen mir wirklich ganz ausgezeichnet geschmeckt hat«, sagte er und strahlte bis über beide Ohren.

Sie freute sich wirklich, das aus seinem Mund zu hören.

Denn sicher aß jemand wie er oft in schicken Restaurants und war ganz anderes gewohnt als schlichte Hausmannskost.

»Vielen Dank für das Kompliment«, hatte sie gesagt, das Licht wieder ausgeknipst und abgeschlossen. Und dann waren sie im Dunkeln zurück in Richtung Haupthaus gegangen, wo sich Betty inzwischen einen Platz auf der Veranda gesucht hatte. Als sie Liam kommen sah, schlurfte sie auf müden Pfoten zu ihm hin und ließ sich von ihm streicheln. Und Vicky konnte nur denken, dass er wirklich einer von den Guten sein musste, denn Betty war sehr wählerisch, und dass sie Liam mochte, konnte man einfach nur als gutes Zeichen sehen.

Sie war ehrlich gespannt, was die nächsten Tage und Wochen so alles mit sich bringen würden.

Kapitel 13

Liam

Ein Sonntag in Riverside, Kalifornien. Liam Sanders saß in seinem Zimmer im Mission Inn an seinem Laptop und schrieb an seinem neuen Roman …

Wo lag da der Fehler?

Keine Frage, Bestsellerautor Liam Sanders saß tatsächlich im Mission Inn an seinem Laptop – doch von Schreiben konnte nicht die Rede sein. Seit Stunden starrte er auf die leere Bildschirmseite, doch viel mehr als einen Satz hatte er noch nicht zustande gebracht: *An einem schwülen Sommerabend im August …*

Es war zum Verrücktwerden! Wie sollte er das verdammte Buch nur rechtzeitig fertig schaffen, wenn er nicht einmal die erste Seite hinbekam?

Das Telefon klingelte, und er war froh über die Ablenkung. Ein wenig Hoffnung kam auf, dass es vielleicht Vicky sein könnte, die noch irgendwas wegen morgen besprechen wollte, doch es war nur seine Mutter. Wer auch sonst? Sie war fast die Einzige, die ihn anrief, denn sie war eine der wenigen, die diese Nummer kannten. Sein Geschäftshandy hatte er zu Hause gelassen, um seine Ruhe zu haben, während er hier unten an seinem Roman arbeitete. Er hatte seine Mutter gebeten, die Anrufe entgegenzunehmen und als seine Assistentin zu fungieren. Den Leuten zu sagen, dass er nicht zu sprechen war, sie ihm aber gern etwas ausrichten könne, wenn es etwas Wichtiges gab.

»Hallo, Mom«, ging er ran. »Alles gut zu Hause?«

»Ja, das schon. Nur dein Telefon klingelt am laufenden Band.«

»Und das ist genau der Grund, weshalb ich es nicht mitgenommen habe.«

»Eine weise Entscheidung«, lobte seine Mutter.

»Gab es denn was Wichtiges?«

»Nichts, das nicht warten könnte. Nur ein paar Anfragen von Online-Zeitschriften für Interviews und eine fürs Fernsehen. Ein alter Klassenkamerad hat sich gemeldet und würde gerne mal ein Bier mit dir trinken gehen.«

»Oh, wer denn?«

Er konnte seine Mutter vor sich sehen, wie sie sich die Brille aufsetzte und den Namen von dem Zettel ablas, auf dem sie ihn notiert hatte. »Jason Andrews.«

»Ha!«, machte er. Jason Andrews? Der Idiot war Captain des Footballteams gewesen und hatte ihn während seiner gesamten Schullaufbahn ignoriert. Aber das passierte ihm öfter. Jemand von früher sah ihn im Fernsehen und fand, dass man die alte Freundschaft wiederaufleben lassen musste. Nur leider vergaßen die meisten dabei, dass sie nie befreundet gewesen waren.

»Was ist denn?«, fragte seine Mom.

»Ach, nichts. Jason Andrews ist nur niemand, den ich gerne wiedersehen würde.«

»Gut. Wenn er noch mal anruft, richte ich ihm aus, dass du zu beschäftigt bist für ein Treffen.«

»Okay, danke. Den anderen kannst du sagen, dass ich ab Januar wieder Interviewtermine annehme.«

»Alles klar. Und nun erzähl doch mal, mein Junge. Wie geht es dir? Kommst du schön zum Schreiben? Findest du Ruhe und Inspiration?«

Er atmete lange ein und wieder aus. »Ruhe hab ich hier mehr als genug, doch die Inspiration fehlt noch ein wenig. Ich hoffe, das ändert sich, wenn ich erst auf der Walnussfarm wohne.« Eigentlich glaubte er inzwischen sogar, dass er vorher gar nichts zustande bringen würde. Zum Glück musste er sich nur noch einen Tag gedulden.

»Wann ziehst du denn in dein hübsches kleines Cottage?«, wollte seine Mutter wissen.

»Morgen schon.« Dass es im Moment noch alles andere als hübsch war, verschwieg er lieber.

»Ach, wie schön. Das freut mich für dich.«

»Ja, mich auch. Vor allem, weil die Besitzer auch so nett sind. Ich war doch gestern zum Abendessen eingeladen, und der ältere Herr, der schon sein ganzes Leben auf der Farm verbracht hat, hat mich herumgeführt. Er heißt Anthony Lloyd, aber ich darf ihn Tony nennen, hat er mir gleich angeboten. Er kann mir nicht nur viel über die Walnuss erzählen, sondern wir können uns auch über Bücher unterhalten. Er hat ein ganzes Zimmer, das ist von oben bis unten vollgestellt mit Büchern unterschiedlichster Autoren, vor allem aber Klassikern. Sogar noch oben auf den Regalen drauf stapeln sie sich. Das ist einfach unglaublich.« Er kam aus dem Schwärmen gar nicht heraus.

»Das hört sich ganz so an, als wenn du eine verwandte Seele gefunden hättest. Ist dieser Anthony denn verheiratet?«

Er musste grinsen. »Fragst du aus persönlichem Interesse, Mom?«

»Nun hör aber auf, Liam! Ich möchte doch nur wissen, wer die nächsten drei Monate deine nächsten Nachbarn sein werden.«

»Nein, Anthony ist nicht verheiratet, er ist Witwer. Seine Frau Katherine ist vor einer ganzen Weile gestorben, hat er mir erzählt. Er hat aber eine Tochter, mit der lebt er zusammen.«

»Das finde ich ja toll. So wie wir beide.«

»Ja, so in etwa. Ich glaube aber, bei ihnen ist es eher so, dass sie zusammenwohnen, weil die Tochter sich um ihn kümmert. Er hat ein kaputtes Knie und kann nicht mehr so, wie er will. Und sie kümmert sich auch um die Farm, weil Anthony es eben nicht mehr allein schafft.«

»Und wie heißt sie, diese Superheldin, die sich um alles kümmert?«

Ein Lächeln erschien auf seinem Gesicht, er konnte es nicht vermeiden und wollte es auch gar nicht.

»Victoria heißt sie. Vicky.«

»Ein hübscher Name. Findest du nicht auch?« Er konnte seine Mutter schmunzeln sehen. Sie kannte ihn zu gut.

»Ja, kann sein.« Schnell lenkte er das Thema wieder in ungefährliches Terrain zurück. »Also, wie gesagt, ich ziehe morgen ein und hoffe, dann auf der Farm bei den Walnüssen endlich so richtig in das Buch reinzufinden.«

»Das hoffe ich auch. Aber du wirst das Ding schon schaukeln.«

Er hörte ein Bellen. »Wie geht es Sniffy? Vermisst er mich schon?«

»Kann ich nicht so genau sagen. Zurzeit hat es ihm die Hündin an der Ecke der Straße angetan. Du weißt schon, die weiße Pudeldame. Jedes Mal, wenn ich mit ihm Gassi gehe, will er sich losreißen, um ihr hinterherzurennen. Wir sollten uns nicht wundern, wenn dabei irgendwann kleine süße Hundebabys herauskommen.«

»Oh, bitte nicht. Ich will es mir nicht mit den Nachbarn verscherzen. Pass bitte gut auf Sniffy auf, ja? Lass ihn keine Dummheiten machen.«

»Ich versuche es. Aber neulich habe ich ihn im Garten spielen lassen, und er war eine gute halbe Stunde wie vom Erdboden verschluckt.«

»Oh Mom!« Beinahe wünschte er sich, er hätte Sniffy doch mitgenommen. »Sei einfach extravorsichtig, ja?« Sonst würden sie den armen Sniffy nämlich doch noch kastrieren lassen müssen.

»Ich gebe mein Bestes.«

»Das habe ich ja noch gar nicht erzählt«, fiel ihm ein. »Die Familie Lloyd von der Walnussfarm hat auch einen Hund. Einen Border Collie namens Betty.«

»Wie schön. Na, dann scheint doch alles perfekt zu passen, oder?«

»Das wird sich zeigen. Ich habe aber ein gutes Gefühl bei der Sache. Auch wenn ich die nächsten drei Monate mit einer ziemlich spärlich eingerichteten Küche, ohne einen Fernseher und ohne jeden Komfort leben muss.«

Am anderen Ende der Leitung blieb es kurz still. »Fast so wie früher«, sagte seine Mutter schließlich mit einem gewissen Bedauern in der Stimme.

»Vielleicht ein bisschen, ja. Mom, die alten Zeiten waren keine schlechten Zeiten«, sagte er, um ihr zu versichern, dass sie ihm nicht geschadet hatten.

»Ja, ich weiß. Eigentlich waren es die schönsten Jahre meines Lebens.«

Eine Sekunde lang fühlte er sich fast ein wenig beleidigt, dass seine Mutter, die doch heute mit all dem Komfort lebte, den er ihr bot, so etwas sagte. Doch er wusste ja, wie sie es meinte.

»Ja, die schönsten«, stimmte er ihr schließlich sogar zu.

Nachdem sie sich verabschiedet hatten, starrte er wieder auf den Laptop und dann aus dem Fenster. Und alte Erinnerungen wurden wach …

Dezember 2017

»Kannst du mir … eine Geschichte lesen?«, bat sein kleiner Bruder ihn.

»Welche hättest du denn gern?«, fragte er und nahm den Stapel Bücher in die Hand, der auf dem Tisch neben dem Bett bereitlag.

Rudy strahlte. »Von Rudolph … Rentier mit der roten Nase«, sagte er, und Liam musste ebenfalls lächeln.

»Du weißt, dass du nach ihm benannt bist, oder?«

»Weiß ich, Liam«, kicherte Rudy und bat wie erwartet: »Kannst du erst Geschichte … von mir und mein Name erzähl'n? Biiittteee!«

»Aber klar«, sagte er und strich seinem Bruder übers Haar. »Es ist viele Winter her … An einem kalten Novembertag erblicktest du das Licht der Welt, und deine Nase war so rot wie die von Rudolph, dem Rentier mit der roten Nase und wichtigstem Helfer von Santa Claus. Als Mom mich fragte, wie wir dich nennen wollen, wusste ich, dass es nur einen Namen geben konnte. Und deshalb heißt du, wie du heißt, mein Kleiner.« Er blickte Rudy an, und seine Augen wurden feucht. Er war so tapfer, sein wunderbarer Bruder.

»Beste Geschichte … aller Zeiten, Liam.«

»Finde ich auch.« Er lächelte durch seine Tränen und nahm Rudys Hand in seine. »Ich hab dich sehr doll lieb.«

»Ich auch, Liam.«

»Das freut mich und bedeutet mir mehr als alles andere zu Weihnachten.« Er hörte jemanden eintreten und drehte den Kopf zur Tür. Seine Mutter setzte sich auf den Sessel in der Ecke und nickte ihm zu. Er solle ruhig weitermachen, hieß das. Rudy glücklich machen in seinen letzten Tagen.

Liam riss sich zusammen. »Na gut. Willst du trotzdem noch die Geschichte von Rudolph hören?«

Rudy nickte nur, jetzt zu schwach zum Sprechen. Also nahm Liam das Kinderbuch in die Hand und las seinem zwölfjährigen Bruder seine zweitliebste Geschichte vor.

Obwohl Rudy bereits nach fünf Minuten eingeschlafen war, las Liam bis zum Schluss. Kurz nachdem er das Buch zugeklappt und weggelegt hatte, hörte er seine Mutter sagen: »Ich finde es wirklich wundervoll, wie viel Zeit du mit ihm verbringst.« Er konnte die Traurigkeit in ihrer Stimme hören.

»Wer weiß, wie viel Zeit uns noch bleibt«, erwiderte er, selbst unendlich traurig.

»Dr. Frances hat angerufen und noch mal erwähnt, wie viel besser Rudy in einem Hospiz aufgehoben wäre. Irgendwann werden wir wohl nicht mehr darum herumkommen.«

»Ich fände es besser, wenn Rudy seine letzten Wochen zu Hause verbringen könnte«, sagte er und versuchte, sich nicht schon wieder über Dr. Frances aufzuregen. Der Kerl verstand einfach nicht, was Rudy ihnen bedeutete.

Sie wollten nicht, dass er in einem fremden Zimmer starb, irgendwo, wo er sich nicht zu Hause fühlte. Wo er nicht die Elefanten an den Wänden hatte, die Liam ihm daran gemalt hatte, als Rudy noch ganz klein und total besessen von den großen grauen Dickhäutern gewesen war. Das war er bis heute. Elefanten und Rentiere hatten es ihm angetan – und Bücher. Am liebsten hätte er es, wenn man ihm den lieben langen Tag nur vorlesen würde. Inzwischen hatte er sogar gelernt, selbst zu lesen, obwohl er mit seinem Down-Syndrom natürlich länger gebraucht hatte. Man musste es sich so vorstellen: Seine Entwicklung lief stark verzögert ab, in etwa halb so schnell wie die »normaler« Kinder. Und wahrscheinlich wäre Rudy sogar schon viel weiter, da er nämlich ein wissbegieriges kleines Kerlchen war, wenn er nicht so viel Schulunterricht verpasst hätte. Das Problem war Rudys Herz, immer schon gewesen.

Kinder mit dem Down-Syndrom litten leider sehr häufig unter anderen Krankheiten – bei Rudy war es eine Herzmuskelschwäche. Bedauerlicherweise hatten sie erst sehr spät davon erfahren, da sie seit jeher nicht über genügend Geld verfügt hatten, um einen Arzt aufzusuchen. Als Rudy eines Tages beim Toben auf dem Schulhof einfach umkippte und in ein Krankenhaus eingeliefert wurde, stellten die Ärzte fest, dass sein Herz sehr schwach war. Seit Jahren stand sein Name nun auf der Liste für ein Spenderherz, doch die Aussichten waren nicht sehr rosig.

Manchmal hätte Liam am liebsten sein eigenes Herz herausgerissen und es seinem kleinen Bruder geschenkt, der ihm doch das Wichtigste auf der Welt war. Rudy wurde geboren, als Liam bereits vierzehn war; er hatte sich immer als seinen Beschützer betrachtet, seinen Helden, der ihn vor anderen Kindern verteidigte, die seine Krankheit nicht verstanden. Und nun konnte er leider doch überhaupt nichts mehr tun. Diese Hilflosigkeit brachte ihn noch um den Verstand.

»Es geht darum, dass sie im Hospiz die richtigen Geräte

haben, Liam«, sagte seine Mutter nun. »Dort können sie ihn vielleicht ein wenig länger am Leben erhalten. Wenn sein Herz hier noch mal aussetzt, sieht es übel aus. Wir können dann doch gar nichts tun.«

Er drehte sich mitsamt dem Stuhl zu seiner Mutter um. »Mom, ist das wirklich das, was du willst? Was nützen Rudy ein paar Tage mehr, wenn er nicht bei seinen Liebsten sein kann, bei seinen Elefanten und seinen Büchern?«

Seine Mutter schluchzte, legte das Gesicht in die Hände und nickte. »Du hast recht, Liam. Behalten wir ihn hier bei uns. Wenn seine Zeit gekommen ist, wird der liebe Gott ihn zu sich holen.«

Er selbst musste nun auch weinen. Er ging zu seiner Mutter rüber und nahm sie in den Arm.

Zwei Wochen später, am Tag nach Weihnachten, schlief Rudy friedlich ein – bei seinen Elefanten, seinen Plüsch-Rudolph im Arm.

Und so würde Liam ihn immer in Erinnerung behalten.

Kapitel 14

Abigail

Abby weckte Bella. »Steh auf, Süße, heute machen wir uns einen schönen Tag!«

Die Kleine öffnete die Augen. »Mommy?«, fragte sie verwirrt.

»Heute ist mein freier Sonntag. Wir beide gehen ins Einkaufszentrum, Schuhe kaufen. Und danach ins Kino, du darfst den Film aussuchen. Was hältst du davon?«

Sofort war Bella hellwach. Sie setzte sich in ihrem Bettchen auf und strahlte. »Ehrlich?«

Abby konnte ihre Verwunderung verstehen. Es kam ja auch nicht allzu häufig vor, dass sie ihren Sonntag so zusammen verbrachten – oder irgendeinen Tag. Oder dass sie Schuhe im Einkaufszentrum statt auf dem Flohmarkt kauften. Doch morgen war Bellas erster Schultag, da sollte sie hübsch aussehen, außerdem hatte Abby gestern gutes Trinkgeld bekommen, allein Morris hatte ihr ganze zwölf Dollar vierunddreißig dagelassen, also konnte sie es sich endlich auch mal leisten.

Was dazukam, war ihr unglaublich schlechtes Gewissen. Die Gedanken, die sie am Abend zuvor gehabt hatte, waren einfach grausam gewesen. Noch lange hatte sie im Bett gelegen und überlegt, wie sie es am besten anstellen konnte, mit Morris mitzugehen. Sie könnte Bella bei Tiff lassen. Das würde funktionieren. Vielleicht würde sie auch gar nicht so lange wegbleiben, oder sie würde Bella irgendwann nachholen. Sie konnte einfach noch nicht sagen, was die Zukunft brachte, doch allein darüber nachzudenken, was für Möglichkeiten ihr offenstanden, war aufregend. Irgendwann war sie dann eingeschlafen, und als sie wieder aufgewacht war, hatte sie das schlechte Gewissen gepackt.

Wie konnte sie nur solche Gedanken haben? Bella war doch alles, was sie noch hatte. Die einzige Familie, die ihr geblieben war. Sie war ihre Mommy – wie konnte sie auch nur in Erwägung ziehen, sie im Stich zu lassen?

Also hatte sie Bella wachgerüttelt und sich vorgenommen, ihr den perfektesten Tag aller Zeiten zu schenken. Um ihre Schuldgefühle zu vertreiben. Um sich selbst daran zu erinnern, was im Leben wichtig war, wie wichtig Bella war. Und auch ein bisschen, um die Zeit mit ihrer Tochter zu genießen und in schöner Erinnerung zu behalten, falls doch wieder diese andere Seite ihres Selbst zum Vorschein kommen sollte. Und sie konnte nicht versprechen, dass es nicht noch mal passieren würde, sosehr sie auch versuchen wollte, die hässliche Seite zu verscheuchen.

Sie suchte Bella jetzt also etwas zum Anziehen aus dem Schrank und schlug vor, heute statt einer Schüssel Froot Loops oder Rice Krispies mal etwas Richtiges zu frühstücken.

»Wollen wir Pancakes essen gehen?«

»Mit Schokostückchen?«, fragte Bella aufgeregt, da sie Pfannkuchen schon immer geliebt hatte. Sie zog sich eins ihrer Lieblingskleider über den Kopf. Das mit dem Schneemann Olaf aus *Frozen* war in der Wäsche, also musste das Lisa-Simpson-Kleidchen herhalten.

»Klar«, antwortete Abby.

»Und Schokosauce?«

»Damit dir schon zu Beginn unseres großen Tages übel ist?«, fragte Abby mit einem Grinsen und setzte sich auf Bellas Bett.

»Nein, mir wird nicht übel, Mommy, versprochen.«

»Na, wenn du dir das zutraust?«

»Ja. Krieg ich auch eine Schokomilch?«

Jetzt musste sie wirklich lachen. »Du stehst zurzeit auf Schokolade, hm?«

»Ich lieeeebe Schokolade«, sagte die Kleine und legte sich dabei die Händchen ans Herz.

»Das hab ich früher auch, wusstest du das? Als kleines Kind. Unsere Grandma hat Vicky und mir jedes Mal welche mitgebracht, wenn sie zu Besuch gekommen ist.«

»Wer ist Vicky?«, wollte Bella wissen.

Abby erstarrte.

Wieso sie ihre Schwester erwähnt hatte, konnte sie sich beim besten Willen nicht erklären, denn das hatte sie noch nie getan. Seit Bella auf der Welt war, hatte sie keinen Kontakt zu ihrem Dad oder zu Vicky gehabt, das Handy mit den Fotos hatte sie in L.A. in die Tonne geworfen und die Handvoll ausgedruckter alter Bilder, die ihre Familie zeigten, hatte sie in der alten Box hoch oben auf dem Schrank versteckt, wo Bella nicht rankam. Sechs Jahre lang hatte sie es geschafft, sie alle aus ihrem Wortschatz zu verbannen, wenn auch nicht aus ihrem Gedächtnis, und doch hatte sich jetzt Vickys Name einen Weg aus ihrem Mund geschlichen.

Sie sah Bella an und machte ihr ein Zeichen, sich zu ihr

aufs Bett zu setzen. »Vicky ist meine kleine Schwester«, sagte sie dann mit pochendem Herzen.

»Du hast eine kleine Schwester?«, fragte Bella erstaunt.

Abby nickte.

»Wie klein ist sie? Kann ich mal mit ihr spielen?«

Sie lächelte ihre Tochter an. »So klein ist sie nicht, nur kleiner als ich. Als wir Kinder waren, war sie immer kleiner, jünger, verstehst du? Jetzt ist sie …« Sie musste kurz überlegen. »… sechsundzwanzig.« Vicky hatte im September Geburtstag, mitten während der Walnussernte, was ihren Vater natürlich immer mit Stolz erfüllt hatte.

»Wo ist deine Schwester jetzt?«, fragte Bella.

»Sie ist weit weg«, gab sie zur Antwort und wollte auch eigentlich gar nicht weiter drüber reden. Doch Bella war sechs Jahre alt und extrem neugierig.

»Können wir sie mal besuchen?«

»Nein, eher nicht, Süße.«

»Warum?«

»Sie hat viel zu tun.«

»Und wenn sie mal nicht mehr so viel zu tun hat?«

Abby seufzte. Sie wusste ja, dass ihre Tochter doch nicht lockerlassen würde. »Vielleicht eines Tages, okay?«

»Okay, Mommy. Können wir jetzt Pancakes essen gehen?«

Sie lächelte, stand auf und hielt Bella ihre Hand hin. »Na komm. Gehen wir los!«

Sie verbrachten einen fast perfekten Tag in der Shopping Mall. Aßen Pancakes, kauften hübsche rosa Schühchen für Bella, eine Packung Buntstifte, ein paar Bleistifte, einen Anspitzer und Radiergummis. Dann gingen sie sich einen Zeichentrickfilm ansehen. Bella war begeistert. Sie stellte sich den Eimer Popcorn auf den Schoß und hielt ihn ganz fest, damit er auch ja nicht umkippte, und sie lachte so herzlich bei jeder lustigen Szene, dass Abby gar nicht anders konnte, als mitzulachen.

Direkt nach dem Film jedoch klingelte Abbys Telefon, und dummerweise ging sie ran. Es war Randy.

»Abigail, wir brauchen dich im Diner«, sagte er.

»Sorry, aber ich kann heute nicht. Ich verbringe den Tag mit meiner Tochter.«

»Margie hat eine Lebensmittelvergiftung und ich sonst niemanden, der einspringen könnte. Trisha ist auf einer Hochzeit, und Claudia geht nicht ans Handy.«

Wäre sie mal so schlau wie Claudia gewesen. Sie sah hinunter zu Bella, die neben ihr stand und die Auslage in einem Spielzeugladen betrachtete.

»Ich kann wirklich nicht«, sagte sie ihrem Boss.

»Du kannst, oder du bist gefeuert«, warnte er.

»Aber …«

»Sei um sechs hier, okay?«

Sie sah auf die Uhr rechts oben auf dem Display, sie zeigte *15:46* an.

»Oh Mann, Randy, dann hab ich aber was gut bei dir.«

»Wir werden sehen.«

Sie drückte ihn weg und wagte es, Bella anzusehen. Ihre Tochter hatte diesen Ausdruck in den Augen, den sie da leider schon viel zu oft gesehen hatte. Sie ahnte, was jetzt kommen sollte …

»Süße, ich muss leider doch nachher noch arbeiten«, wagte sie es und wusste, dass sie dem schönen Tag damit ein Ende bereiten würde.

»Aber wir wollten doch noch ein Eis essen und zusammen *Simpsons* gucken«, erwiderte Bella mit zitternder Stimme, und es brach Abby das Herz.

»Nicht weinen. Das Eis gehen wir trotzdem noch essen, und *Simpsons* kannst du bestimmt mit Cookie und Brownie gucken.« Tiffanys Kinder trugen verrückte Namen. Tiff hatte sie nach der Süßigkeit benannt, auf die sie in der jeweiligen Schwangerschaft Heißhunger gehabt hatte. Da sie weder bei Cookie noch bei Brownie wusste, wer der Vater war, hatte ihr bei der Namenswahl auch keiner reingeredet.

»Ich wollte aber *mit dir* gucken.« Jetzt liefen ihr doch die Tränen.

»Ich guck ein anderes Mal *Simpsons* mit dir, ja? Versprochen!«

»Und wann?«

»An meinem nächsten freien Tag.«

»Okay.« Bella wischte sich die Tränen mit dem Handrücken von den Wangen. Sie sah wieder zum Schaufenster und betrachtete ein paar Plüschtiere darin.

»Gefallen die dir?«, fragte sie, und Bella nickte.

Abby trat näher ans Fenster und schaute nach, ob irgendwo ein Preisschild zu erkennen war. Natürlich nicht, wie es in solchen Läden immer der Fall war, weshalb sie dort auch nie etwas kaufte, sondern Spielzeug fast ausnahmslos auf dem Flohmarkt oder auch mal im Dollar Tree erstand. Doch heute wollte sie eine Ausnahme machen – noch eine –, und wenn sie sich die kommende Woche von Resten aus dem Diner ernähren mussten. »Komm mit«, sagte sie zu Bella und betrat den Laden.

Bella durfte sich eins der Kuscheltiere aussuchen. Zum Glück nahm sie sich eins der mittelgroßen und keins der riesigen Tiere für über dreißig oder sogar vierzig Dollar. Sie entschied sich für einen braun-weißen Hund, der dem ihrer Jugend unglaublich ähnlich sah. An Betty, den Border Collie, mit dem sie aufgewachsen war, hatte sie seit Jahren nicht denken müssen. Heute jedoch schienen sie sich alle irgendwie einen Weg in ihren Kopf zu bahnen.

Ob Betty wohl noch lebte?, fragte sie sich. Sie müsste jetzt vierzehn oder fünfzehn Jahre alt sein. Wie alt wurden Border Collies? Sie hatte wirklich keine Ahnung.

Während sie die neunzehn Dollar neunzig plus Steuern aus dem Portemonnaie suchte, kuschelte Bella bereits mit ihrem neuen Spielzeug. Und als sie den Laden verließen, meinte sie: »Ich weiß nicht, wie ich sie nennen soll. Weißt du einen guten Namen, Mommy?«

»Es ist ein Weibchen?«

»Natürlich!«, sagte die Kleine mit einer Selbstverständlichkeit, die nur Kinder nachvollziehen konnten.

»Dann nenn sie Betty«, schlug sie vor, auch wenn sie eigentlich etwas ganz anderes hatte sagen wollen. Sie biss sich auf die Zunge und hoffte fast, Bella würde der Name nicht gefallen.

Doch ihre Tochter lächelte nur. »Betty klingt schön. Danke, Mommy.«

»Gern geschehen«, erwiderte sie. Und dann gingen sie ein Eis essen.

Kapitel 15

Victoria

»Dad, ich fahr dann los, ja? Zum Mittagessen bin ich wieder da«, rief sie ihrem Vater zu, der mit seiner Zeitung auf der Veranda saß. Betty hockte an seinen Füßen und ließ sich von ihm kraulen. Fünfzehn Jahre war sie jetzt alt, und Vicky hoffte so, dass sie ihnen noch eine Weile erhalten bleiben würde. Ohne Betty wäre ihr Dad nämlich wirklich am Ende.

»Alles klar«, rief er zurück.

»Hast du irgendwelche Wünsche? Ich denke, ich bringe uns einfach eine Kleinigkeit mit, da ich sicher nicht dazu kommen werde, selbst etwas zuzubereiten.« Sie hatte die letzte Stunde in der Hütte verbracht und wischte sich jetzt die Hände an der Jeans ab.

»Bring doch einfach ein paar Sandwiches von Subway mit«, schlug er vor.

»Gute Idee. Dann bis später!«

»Und er kommt wirklich heute schon mit auf die Farm?«, fragte ihr Dad noch mal nach, der sich freute wie ein kleiner Junge.

Sie ging ein paar Schritte auf die Veranda zu. »Ja, das ist der Plan. Ach ja, ich hab ihn übrigens eingeladen, dass er gerne immer bei uns im Haupthaus zu Abend essen kann. Mit uns zusammen. War doch okay, oder?« Sie schmunzelte in sich hinein, da sie genau wusste, was ihr Dad davon halten würde.

Doch der versuchte, es nicht allzu sehr zu zeigen. Stattdessen antwortete er ganz cool: »Klar, von mir aus.«

»Ich muss jetzt wirklich los. Bis dann!« Sie lief zum Pick-up, da sie in ihrem Jeep sicher kein Bett transportieren konnte und Liam in seinem Mustang erst recht nicht. Und sie hoffte nur, das alte Ding machte noch so lange mit. Es war schon einmal mitten auf der Straße liegen geblieben, und sie hatten es abschleppen lassen müssen.

»Halte durch, ja?«, sagte sie, als sie sich reingesetzt hatte. Dann fuhr sie zu IKEA, das eine gute halbe Stunde entfernt lag. Doch es war weit günstiger als die Einrichtungsgeschäfte in Riverside, und sie musste natürlich auch aufs Geld achten. Sie hatte Liam eine SMS geschickt und ihn gefragt, ob er sie zu dem weiter entfernten IKEA begleiten wollte. Er hatte nichts dagegen gehabt, und sie hatten sich um zehn Uhr am Eingang verabredet.

Als sie nun geparkt hatte und auf das Möbelhaus zuging, stand Liam tatsächlich schon dort, ein breites Lächeln im Gesicht. Ja, er strahlte richtig, als wäre das Bett von IKEA sein Highlight der Woche.

»Guten Morgen, Vicky«, begrüßte er sie.

»Guten Morgen, Liam. Sind Sie bereit?«, fragte sie.

»Aber sowas von!« Sein Lächeln wurde noch breiter, dann ging er einen Einkaufswagen holen.

Sie spazierten durch die Gänge und nahmen hier und da etwas mit, wie eine Bettdecke und ein Kopfkissen, eine Wolldecke, einen Duschvorhang, neue Jalousien, ein Set Bratpfannen und einen Stiftehalter. In der Bettenabteilung warf Liam sich ungeniert auf einige der Betten und probierte die Matratzen aus.

»Zu weich«, sagte er, oder: »Zu hart.« Bis er die richtige fand, die leider auch die teuerste war. »Machen Sie sich keine Gedanken, ich zahle selbst dafür«, versicherte er und setzte sich auf. »Ich bin ja derjenige, der darauf schläft.«

»Nein, das müssen Sie nicht«, entgegnete sie sofort. »Es ist unser Cottage, und die Matratze werden wir sicher auch noch gebrauchen können, nachdem Sie wieder abgereist sind. Mein Dad und ich haben nämlich überlegt, dass wir es danach auch weiterhin vermieten könnten. Das wäre eine gute Einnahmequelle im Frühling und Sommer, wenn die Walnüsse uns nichts einbringen.« Sie bemerkte, dass Liam ein wenig komisch dreinblickte. »Sie wollen die Matratze ja wohl kaum mit nach Hause nehmen, oder? In Ihren Mustang passt sie zumindest nicht.«

»Nein, das ist es nicht …«

»Oh. Was ist es dann? Habe ich irgendwas Falsches gesagt?« Der Arme sah plötzlich richtig geknickt aus.

»Nein, nein … Ich möchte nur nicht schon jetzt daran denken, was wird, wenn die drei Monate vorbei sind. Ich meine, sie haben ja noch nicht einmal angefangen.«

»Da haben Sie vollkommen recht, tut mir sehr leid.«

»Das muss es nicht. Sie denken nur praktisch.«

»Nein, ich … es tut mir *wirklich* leid.« Jetzt legte sie sich selbst auf die Matratze, die er sich ausgesucht hatte. »Oh mein Gott, ist die bequem! Ich glaube, ich habe noch nie so gut gelegen.«

Er legte sich neben sie. »Ja, oder? Finde ich auch.«

Und als sie so nebeneinander dalagen, fühlte es sich ganz kribbelig an. Vicky wollte nicht, dass dieses Gefühl verschwand, und so blieb sie einfach liegen.

Irgendwann lachte Liam. »Ich glaube, wir sollten mal weiter, bevor wir hier noch einschlafen.«

»Das könnte tatsächlich passieren«, lachte sie mit, froh, dass Liam wieder guter Dinge war.

Sie gingen zu einer Mitarbeiterin, sagten ihr, welches Bettgestell und welche Matratze sie wollten und dass sie vorhatten, beides gleich mitzunehmen. Dann gingen sie zu den Kassen und holten alle bestellten Teile bei der Warenausgabe ab. Liam hatte sich außerdem einen günstigen, schlichten Schreibtisch und einen passenden Stuhl ausgesucht, für die er aber wirklich selbst bezahlen wollte. Dann luden sie alles auf den Pick-up. Die kleineren Teile fanden Platz in Liams Cabrio.

Vicky sah auf die Uhr. »Schon gleich zwölf. Wir brauchen eine halbe Stunde zurück und müssen noch bei Subway Halt machen.«

»Oh, haben wir es eilig? Ich hätte Sie jetzt noch auf ein Eis eingeladen.«

Sie lachte. »Auf ein Fünfzigcentsofteis aus dem Automaten?«

Er zuckte die Schultern und lehnte sich dann lässig gegen den Mustang. »Das ist lecker.«

Sie fand es richtig schön, dass er trotz seines Erfolgs so bodenständig geblieben war. Zumindest machte es den Anschein. Nun ja, wenn man von seinem eingebildeten Gestammel am ersten Tag absah und von dem Mustang und dem Zehntausenddollarscheck. Sie musste wieder lachen, weil ihr das alles immer noch so unwirklich vorkam.

»Sie scheinen aber heute guter Laune zu sein«, meinte Liam lächelnd.

»Bin ich. Diese Woche beginnt die Walnussernte. Das ist für mich die schönste Zeit des Jahres. Das war sie schon immer. Wahrscheinlich hab ich deshalb im September das Licht der Welt erblickt.«

»Sie sind ein Septemberkind? Wann genau ist Ihr Geburtstag?«

»Am siebzehnten.«

»Werde ich mir merken.« Er sah ihr in die Augen, und wieder fühlte sie dieses Prickeln im Bauch.

Verdammt! Was machte er nur mit ihr?

»Also, was das Eis angeht, hab ich zu Hause noch Selbstgemachtes. Vanille und Erdbeere, was immer Sie mögen.«

»Ich bin eher der fruchtige Typ.«

»Werde *ich* mir merken.« Sie zwinkerte ihm zu und stieg in ihren Wagen. »Fahren Sie mir einfach hinterher. Ich biege nachher noch ab, um die Sandwiches zu kaufen. Oder Sie fahren schon zur Farm – wie Sie wollen.«

»Ich bleibe bei Ihnen«, sagte er, und sie lächelte, als sie die Tür zuzog.

»Dann bis gleich. Fahren Sie vorsichtig!«, rief sie ihm durchs offene Fenster zu.

»Sie auch. Wenn Ihnen die Matratze runterweht oder so, hupe ich ganz laut«, sagte er grinsend.

»Das wäre hilfreich, danke.« Sie lachte. Dann machten sie sich auf den Weg.

Eine Stunde später erreichten sie die Farm. Ihr Dad erwartete sie schon ganz ungeduldig.

»Na, habt ihr alles bekommen?«, fragte er, nachdem er zu den Autos gehumpelt war.

Betty lief auf Liam zu, als der aus seinem Cabrio stieg, und sprang an ihm hoch. Liam begrüßte und kraulte sie, dann holte er einen Knochen hervor, über den Betty sich sogleich hermachte.

»Das ist aber nett von Ihnen«, meinte Vicky.

»Kein Problem. Ich weiß, dass mein Hund sich auch drüber freuen würde.«

»Oh, Sie haben ebenfalls einen Hund? Das hatten Sie noch gar nicht erwähnt.«

»Ja, einen …«

»Er hat einen Cockapoo«, gab ihr Dad sein Wissen weiter, bevor Liam antworten konnte.

Oje. Sollte das jetzt immer so weitergehen? Sie musste dringend mal mit ihm reden.

Trotzdem musste sie jetzt lachen. »Einen Cockapoo?«

»Eine Mischung aus einem Cockerspaniel und einem Pudel«, erklärte Liam. »Er heißt Sniffy.«

»Das wird ja immer besser. Wie sind Sie denn auf den Namen gekommen?«

»Als wir ihn aus dem Tierheim geholt haben, hat er ständig alles erschnüffelt und sich fast schon wie ein Spürhund verhalten, also hab ich ihm den Namen Sniffy gegeben.«

»Wir?«, fragte sie ganz automatisch und bereute es dann. Mist! Sie wusste nicht einmal, ob Liam eine Freundin hatte. Oder einen Freund! Scheiße, was, wenn er nun schwul war? Sie hätte lieber mal etwas ausführlicher recherchiert, bevor sie anfing, ihn so gern zu haben.

Doch er beruhigte sie gleich mit den Worten: »Meine Mom und ich. Wir wohnen zusammen, Sie erinnern sich?«

»Ja. Ich … natürlich. Ich dachte nur, vielleicht hätten Sie ihn sich mit Ihrer Freundin zusammen angeschafft. Oder Ihrem Freund. Oder was auch immer.« Irgendwie war sie plötzlich diejenige, die nur noch Unsinn stammelte.

Liam wurde ein wenig blass um die Nase. Sie wusste nicht, ob ihre Annahme, er könnte schwul sein, das auslöste, oder die Tatsache, dass ausgerechnet *sie* das vermutet hatte.

»Du spinnst ja, Vicky. Liam und *ein Freund*? Es weiß doch jeder, dass er mit Jeanette Lewis liiert war, dem Model!«

Jeder wusste das? Vicky nicht, wie es aussah. Sie warf ihrem Dad einen eindeutigen Blick zu. »Arbeitest du jetzt für ein Klatschblatt, oder woher weißt du das alles?«

»Ich hab Google gefragt«, gab er achselzuckend zur Antwort.

Als sie wieder zu Liam sah, erkannte sie, dass er schmunzelte. Das hatte er schon neulich beim Dinner getan. Die Neckereien zwischen ihr und ihrem Dad schienen ihn zu amüsieren.

»Tut mir leid«, sagte sie. »Ich hoffe, Sie verzeihen mir meine Unwissenheit? Ich habe leider nicht die Zeit, jeden zu googeln, mit dem ich es zu tun habe.«

»Ich verzeihe Ihnen«, gab er zurück.

»Danke. Also, wollen wir erst mal ausladen oder essen? Was ist euch lieber?«

»Mir ist es gleich«, sagte Liam.

»Es ist eins! Ich hab Hunger!«, rief ihr Dad aus und schnappte sich die Tüte mit den Sandwiches vom Beifahrersitz. Dann humpelte er zurück zum Haus, Betty und Liam folgten ihm.

Und Vicky, die das Ende der Schlange bildete, hatte einen perfekten Blick auf Liam und seinen süßen kleinen Hintern. Wenn Alex später anrief, um zu hören, wie der Tag mit dem berühmten Autor gelaufen war – und das würde sie sicher, da kannte Vicky ihre Freundin nur zu gut –, würde sie ihr davon berichten. Von Liam und seinem Knackarsch.

Sie musste wieder lachen. Ja, Liam hatte es ganz richtig erkannt, heute war sie wirklich guter Laune. Und sie hoffte, die würde noch eine ganze Weile andauern.

Kapitel 16

Liam

Er saß an seinem neuen Schreibtisch, den er soeben erst aufgebaut hatte. Er hätte sich passenderweise natürlich auch einen Tisch aus dem begehrten Walnussholz kaufen können, hatte sich stattdessen aber für einen schlichten hellen Tisch aus dem Möbelhaus entschieden, da er ihn ja nur für drei Monate benötigte. Der Stuhl war auch bequem, und es störte Liam gar nicht, dass er erst einmal alles hatte zusammenschrauben müssen. Eigentlich fand er es sogar richtig super, jetzt an einem Platz zu sitzen, an dem etwas von seinem eigenen Schweiß und der Arbeit seiner Hände steckte – vielleicht würde es sich ja auf sein Schreiben auswirken.

Er sah sich in seinem neuen Domizil um. Die Hütte bestand aus nur einem großen Zimmer mit einer Tür zum Bad, in dem es lediglich ein Waschbecken, eine Toilette und eine schmale Eckdusche gab. Die »Küche« war allein durch ein paar Balken vom Rest abgegrenzt, wenn er hier drinnen also kochen würde – mit Knoblauch zum Beispiel –, würde alles danach stinken. Allerdings glaubte er gar nicht, dass er viel zum Kochen kommen würde, immerhin wollte er seine Zeit zum Schreiben nutzen. Und Vicky hatte netterweise angeboten, dass er mit ihr und ihrem Dad im Haupthaus zu Abend essen konnte, wenn er wollte. Diesem Angebot würde er nur allzu gerne nachkommen. Zum Frühstück würde er eine Schüssel Müsli essen und sich zum Lunch ein Sandwich machen oder in die Stadt fahren und sich irgendwelche Salate aus dem Deli besorgen. Was hier dafür fehlte, war ein kleiner Kühlschrank, den würde er sich in den nächsten Tagen noch anschaffen, das dürfte kein Problem sein. Ansonsten hatte er alles, was er brauchte.

Seine beiden Koffer hatte er schon am Morgen mitgenommen, im Mission Inn hatte er ausgecheckt, sein Laptop stand vor ihm bereit. Was könnte er mehr verlangen? Wenn er ehrlich war, konnte er es kaum erwarten, dass die Erntehelfer am Mittwoch eintrafen und er sie bei ihrer Arbeit beobachten konnte. Etwas Inspirierenderes konnte er sich überhaupt nicht vorstellen.

Nun, Vicky hatte nicht ganz unrecht mit der Frage, wie die heutige Arbeit ihm denn bei einem Buch weiterhelfen sollte, das in den Vierzigerjahren des vergangenen Jahrhunderts spielte. Wenn er aus seinem Fenster blickte, vor das er den Schreibtisch gestellt hatte und von wo aus er die beste Aussicht auf die Farm besaß, musste er zugeben, dass er ein klein wenig enttäuscht war. Denn die romantische Vorstellung von der Erntearbeit mit ihren Pflückern, die die Stöcke schwangen, um die Walnüsse vom Baum zu holen, war schnell zunichtegemacht worden, als er die vielen Maschinen sah, die seit heute bereitstanden und nur auf ihren Einsatz warteten. Große, schwere Dinger aus Metall, wohl die Shaker und Sweeper, von denen er gelesen hatte. Doch er hatte sich entschieden, dass Enttäuschung fehl am Platz war, da er sicher auch heute noch einiges über die Vergangenheit auf solchen Farmen lernen konnte. Und später wollte Anthony ihm endlich die alten Fotos zeigen, die er am Samstagabend auf die Schnelle nicht gefunden hatte. Stattdessen hatten sie sich ewig über Bücher unterhalten, was ja auch nicht schlecht war. Doch so langsam sollte Liam sich wirklich auf das konzentrieren, weswegen er eigentlich hier war.

Sein Blick schweifte weiter zum Bett, das er mit Vicky zusammen aufgebaut hatte. Dabei waren sie sich unweigerlich nähergekommen. Er hatte ihr Parfum riechen können, das wunderbar blumig duftete. Und ein paarmal hatten sich ihre Finger berührt, als er einen Balken gehalten hatte, an dem sie die Schrauben angezogen hatte. Es hatte einen Augenblick gegeben, da hatte sie so entzückend ausgesehen, dass er sich am liebsten zu ihr rübergelehnt und sie geküsst hätte. Ein paar ihrer Haare hatten sich aus dem Zopf gelöst und hingen ihr ins Gesicht, und sie pustete sie immer wieder weg, während ihre Stirn schweißnass glänzte. Jedes Mal, wenn sie sich nach vorn beugte, gewann er einen kleinen Einblick in ihr Dekolleté – er war fast verrückt geworden.

Als sie fertig gewesen waren, hatte sie ihm das Bett bezogen und ihn gefragt, ob er zum Abendessen mit einem Süßkartoffelgratin und einem Salat einverstanden wäre. Er hatte nur nicken können und ihr dann nachgesehen, wie sie zurück zum Haupthaus gelaufen war, beladen mit Pappkartons und Plastikverpackungen. Wieder hatte sie seine Hilfe nicht annehmen wollen, das schien so ein Tick von ihr zu sein. Sie hatten sich fast gestritten, weil er Tisch und Stuhl selbst bezahlen wollte. Das Geld für die teure Matratze hatte sie aber nicht angenommen. Schon gut, dachte er sich, er würde sich auf andere Weise revanchieren. Irgendetwas würde ihm schon einfallen.

Und jetzt saß er also an seinem neuen Schreibtisch, klappte den Laptop auf und starrte wieder einmal auf die leere

Seite. Doch diesmal dauerte es nur zwei Minuten, dann machten seine Finger sich selbstständig, und er begann – endlich – zu schreiben.

Als es an der Tür klopfte, war es bereits halb sieben, und Liam stellte fest, dass er die letzte Stunde ohne Pause gearbeitet hatte. Klar, es war nur eine Stunde, doch so lange am Stück hatte er ewig nicht geschrieben. Ganze vier Seiten hatte er zustande bekommen, das war immerhin ein Anfang. Und wenn das erst so weiterging, dann konnte das mit dem Buch doch noch was werden.

»Herein!«, rief er und drehte sich zur Tür, die er halb offen gelassen hatte, um frische Luft reinzulassen. Vielleicht sollte er sich auch noch eine Klimaanlage oder wenigstens einen Ventilator besorgen. Das Cottage stand zwar unter ein paar Bäumen im Schatten, heiß war es aber trotzdem.

Vicky schob sich durch die Öffnung und lächelte ihn an. Sie hatte sich umgezogen, trug jetzt statt Jeans und Boots ein sommerliches Kleid und Ballerinas. Zum ersten Mal sah er sie mit offenem Haar. Sie sah wunderschön aus und raubte ihm beinahe den Atem.

»Hallo«, sagte er und hoffte, sie sah ihm nicht an, wie angetan er war. So sehr er sie inzwischen mochte, wollte er seinen Aufenthalt doch professionell betrachten. Sie war seine Vermieterin und er ihr Mieter, sie gab ihm die Möglichkeit, für sein Buch zu recherchieren, und er war ihr unglaublich dankbar.

Mehr nicht.

»Hallo«, erwiderte sie, und ihre Augen funkelten dabei. »Ich wollte nur Bescheid sagen, dass das Essen fertig ist. Soll ich Ihnen was bringen, oder möchten Sie mit rüberkommen zu uns?«

Da brauchte er nicht lange zu überlegen. So gern er auch weitergeschrieben hätte, war Vickys Gesellschaft doch eine zu große Verlockung. Sein Buch konnte warten, er hatte ja noch die ganze Nacht.

Er stand vom Stuhl auf. »Ich komme mit rüber. Danke.« Er blickte sich noch kurz um, hatte das Gefühl, als hätte er irgendwas vergessen, doch ihm fiel nicht ein, was es sein könnte. Dann trat er hinter Vicky aus dem Haus, zog die Tür zu und schloss ab. Denn so gering die Chance war, dass hier etwas gestohlen wurde, ließ er doch seinen Laptop im Cottage zurück, und da wollte er auf Nummer sicher gehen.

Nebeneinander schlenderten sie über das Grundstück. Vickys Gegenwart fühlte sich so vertraut an, er konnte kaum glauben, dass er sie erst vor drei Tagen kennengelernt hatte.

»Tut mir leid, dass ich Sie gestört habe, aber mein Dad hat seine festen Zeiten, zu denen er gern isst«, sagte sie.

»Das ist überhaupt kein Problem. Nach diesem Nachmittag und all dem Zusammengebaue bin ich auch schon wieder so richtig hungrig«, erwiderte er, obwohl ihm das erst in diesem Moment auffiel.

»Ich hab gesehen, Sie sind sogar schon mit dem Tisch fertig.«

»Ja, und mit dem Stuhl. Für beides zusammen habe ich keine Dreiviertelstunde gebraucht. Das war nichts im Vergleich zu dem Bett.« Daran hatten sie fast anderthalb Stunden rumgeschraubt, obwohl es nur ein simples Einzelbett war. Vielleicht war auch die Nervosität schuld daran gewesen. Die ganze Zeit hatte er nur daran denken können, wie gerne er sich wieder mit ihr auf die Matratze legen würde, wie sie es bei IKEA getan hatten. Das letzte Mal, dass er mit einer Frau das Bett geteilt hatte, war viel zu lange her. Nach Jeanette, von der er sich vor anderthalb Jahren getrennt hatte, hatte es keine Frauen mehr für ihn gegeben. Nun, von den zwei, drei flüchtigen Begegnungen mal abgesehen.

»Ich muss sagen, dass ich ziemlich beeindruckt bin. Ich hätte nicht gedacht, dass jemand wie Sie so etwas kann«, sagte Vicky.

»Jemand wie ich? Wie meinen Sie das?«, fragte er und sah sie stirnrunzelnd an.

»Sorry, war nicht böse gemeint. Ich dachte mir nur, dass Sie sonst sicher nicht bei IKEA einkaufen und Möbel selbst zusammenbauen.«

»Und warum nicht?«, fragte er und blieb stehen. Er wollte nicht, dass sie so von ihm dachte. Dass sie ihn für einen reichen Schnösel hielt, der sonst andere solche Sachen für ihn erledigen ließ.

Sie ging noch zwei Schritte weiter, bevor sie ebenfalls stehenblieb und sich zu ihm umdrehte. »Tut mir leid, wenn ich da falschgelegen hab.«

»Wissen Sie, ich war nicht immer der, der ich heute bin. In meinem früheren Leben habe ich alles allein machen müssen, und das mache ich auch heute meist noch so.« Ihm war sogar besonders wichtig, diese Einstellung beizubehalten und nicht vom Boden abzuheben.

»Ach ja? Wer waren Sie denn in Ihrem früheren Leben?«, fragte Vicky, sichtlich interessiert.

Er kaute auf seiner Lippe herum und überlegte, was er darauf antworten sollte. Dann sagte er einfach die ungeschönte Wahrheit. »Ich war der Junge, der sich auf das Spielzeug in der Frühstücksflockenpackung freute, weil er sonst keins hatte.«

»Oh. Sie waren arm?«, fragte Vicky frei heraus, wie sie es immer tat.

Er schätzte das wirklich sehr, weil man dabei sicher sein

konnte, dass man Ehrlichkeit erfuhr. Er nickte. »Ärmer als arm.«

»Das hab ich nicht gewusst.«

»Das steht ja auch nicht auf Wikipedia. Natürlich nicht.« Er zuckte die Schultern und sah zu Boden. Er hatte seine eleganten schwarzen gegen alte braune Schnürschuhe ausgetauscht.

»Das muss Ihnen nicht peinlich sein, Liam«, meinte Vicky.

»Ist es nicht. Ganz im Gegenteil, ich bin stolz drauf, im Leben so viel erreicht zu haben.«

»Das sollten Sie auch sein«, sagte sie und schenkte ihm ein verständnisvolles Lächeln.

»Bitte denken Sie nicht von mir, dass ich dieser reiche, arrogante Typ bin, als der ich oftmals dargestellt werde.«

»Tue ich nicht. Obwohl ich hin und wieder an unsere erste Begegnung denken muss …«

»Ich war nervös!«, gestand er sich ein.

»Aber warum denn?«

»Das weiß ich selbst nicht so genau. Wie ich Ihnen schon gesagt habe, war es mir ein großes Anliegen, hier bei Ihnen recherchieren zu können, da wirklich viel davon abhängt. Können wir diese erste Begegnung bitte einfach vergessen?«, bat er.

»Klar, von mir aus. Ich wollte Ihnen nämlich auch noch sagen, dass ich mir längst selbst ein Bild von Ihnen gemacht habe. Und das fällt weit weniger negativ aus als der erste Eindruck.«

»Ja?«, fragte er nach und atmete auf.

»Ja.«

»Da bin ich erleichtert, ich bin nämlich auf Ihre Hilfe angewiesen.«

»Ah ja? Inwiefern?«, fragte sie.

»Na, Sie haben wahrscheinlich die besten Fakten über die Walnuss auf Lager. Dinge, die man eben bei Wikipedia oder der Infoseite der kalifornischen Walnussfarmer nicht erfahren kann.«

»Könnte sein. Was möchten Sie denn wissen?«

»Alles!«, erwiderte er. »Ich bin für jede Info dankbar, die Sie mir geben mögen.«

»Hmmm, dann lassen Sie mich mal überlegen«, sagte Vicky, als sie ihren Weg fortsetzten. »Also, die gängigsten Fakten, wie, dass Walnussbäume bis zu dreißig Meter hoch werden, eine Lebensdauer von hundertsechzig Jahren haben und bei guter Ernte hundertfünfzig Kilo Nüsse tragen, kennen Sie sicher, oder?«

»Ja, genau das meinte ich. Das kann man überall nachlesen. Ich interessiere mich für das Außergewöhnliche an der Walnuss.«

»Wussten Sie schon, wie gesund die Walnuss ist? Sie verfügt über die Vitamine A, B, C und E, außerdem hat sie einen hohen Gehalt an Calcium, Eisen, Magnesium und Zink, und die Kombination aus Antioxidantien und Omega-3-Fettsäuren macht sie gesundheitlich besonders wertvoll.«

Er lachte. »Haben Sie das alles auswendig gelernt?«

»Nein, das hat sich mir nur irgendwie eingeprägt.«

»Dann ist die Walnuss also eine Art Wundernuss?«

»Könnte man so sagen. Denn sie schützt vor Herzinfarkt, Diabetes und zu hohem Blutdruck, und sie wirkt Prostatakrebs, Demenz und Parkinson entgegen. Nur dreißig Gramm am Tag genügen.«

»Wow!«, sagte er, ehrlich erstaunt.

»Ja, die Walnuss kann was.« Sie lächelte, fast als wäre sie stolz darauf.

»Nein, ich meinte Sie! Man sollte Sie einen Werbespot für Walnüsse drehen lassen. Ich bin mir sicher, die Verkaufszahlen würden danach in die Höhe schießen.«

Jetzt lachte sie. »Haha, sehr lustig.«

»Ich meine das ganz ernst.«

»Na klar.« Sie schüttelte den Kopf und stieß ihn leicht spielerisch an, was er wieder mal einfach nur entzückend fand.

»Für Hunde sind Walnüsse übrigens hochgradig giftig, zumindest die unreifen. Wenn sie sie fressen, kann das tödlich enden, weshalb wir lange überlegt haben, uns überhaupt einen Hund anzuschaffen.«

Ja, richtig! Das hatte er noch von seinem Studium in Erinnerung. »Na, es scheint ja alles gut gegangen zu sein.«

»Ja, zum Glück.«

Sie kamen dem Haus immer näher, und er wünschte, dieses Gespräch wäre noch nicht so bald zu Ende.

»Vielleicht können wir uns ja irgendwann noch mal unterhalten«, schlug er vor. »Über die Walnuss, meine ich.«

»Ja natürlich. Das können wir gerne mal wieder machen.« Sie lächelte ihn an und sah ihm eine Sekunde zu lang in die Augen. In seinem Innern fühlte er etwas, das er nicht beschreiben konnte.

Sie erreichten die Veranda, betraten das Haus, aus dem es ganz wunderbar duftete, und setzten sich an den Tisch zu Anthony, der schon wieder auf die Uhr sah.

»Mann, wo bleibt ihr nur so lange? Ich bin am Verhungern! Habt ihr das neue Bett eingeweiht, oder wie?« Er grinste frech.

»Dad!«, schimpfte Vicky empört.

Liam merkte, wie er rot anlief, denn Anthony schien einen Blick in seine Gedankenwelt geworfen zu haben.

»Na, wenn ich mir euch beide so ansehe, wie ihr anlauft wie rote Äpfel, dann dürfte es aber nicht mehr lange dauern, bis es so weit ist, oder?«

Wie um diese Feststellung zu untermauern, bellte Betty jetzt zweimal laut.

»Du bist unmöglich, Dad. Hör sofort auf, oder ich setze dich eine Woche lang auf Salatdiät.«

»Bin schon still«, meinte er, doch seine Blicke sprachen Bände.

Liam, der nicht wusste, was er sagen sollte, nahm einen Schluck Wasser und wagte es, zu Vicky rüberzusehen, die tatsächlich ebenso rot im Gesicht war, wie er sich fühlte. Hieß das, dass sie genauso empfand wie er? Und dass es wirklich die Möglichkeit gab, dass sie beide sich in den nächsten Wochen näherkamen?

Aber das hier war doch rein geschäftlich!, rief er sich ins Gedächtnis.

Ach, wem willst du etwas vormachen?, fragte sein Herz. *Akzeptiere doch endlich, dass du sie magst.*

Okay, antwortete sein Kopf. *Hast recht. Ich mag sie sogar sehr.*

Na also, geht doch, erwiderte sein Herz.

Ich hab Hunger!, rief sein Magen, und er nahm die Gabel in die Hand und machte sich über das köstliche Essen her, das Vicky heute wieder gezaubert hatte.

Die Frau ist ziemlich perfekt, meldete sich noch mal sein Herz zu Wort, und er konnte ihm nicht widersprechen.

Kapitel 17

Abigail

Was für ein anstrengender Tag! Nachdem Abby am Abend Bella bei Tiff abgeholt und ins Bett gebracht hatte, war sie fix und fertig.

Der Morgen hatte schon mies begonnen. An alles hatte sie gedacht, nur an einen Schulranzen für Bella nicht. Sie hatte total vergessen, einen zu besorgen. Als sie ihrer Tochter also deren Dora-Rucksack packen wollte, der eigentlich viel zu klein war, es aber zur Not tun würde, entdeckte sie, dass darin ein alter Blaubeerjoghurt ausgelaufen war.

Sie schimpfte vor sich hin und versuchte, das Ding auszuwaschen. Da sie aber eh schon spät dran waren und das Ganze bereits zu schimmeln begonnen hatte, warf sie den blöden Rucksack wütend in den Küchenmülleimer. Was wiederum Bella total austicken ließ. Sie holte ihn wieder aus dem Müll heraus und hielt ihn sich schützend vor die Brust.

»Das ist mein Lieblingsrucksack!«, heulte sie.

»Ich weiß, aber der ist völlig hinüber. Zu nichts mehr zu gebrauchen. Guck doch mal rein!«

Das tat Bella, doch es änderte nichts an ihrer Meinung. »Ich will ihn behalten. Ich lieeebe ihn«, jammerte sie.

»Jetzt hör auf, mich zu stressen, Bella!«, schrie sie die Kleine an. »Den kannst du auf keinen Fall mit in die Schule nehmen.«

»Und warum nicht?«, schrie Bella zurück, die natürlich überhaupt nicht einsichtig war. Denn sie war eine Sechsjährige, deren Mommy ihren Lieblingsrucksack entsorgen wollte.

»Weil er dreckig ist und stinkt! Willst du ehrlich damit zur Schule? An deinem ersten Schultag? Was sollen die Lehrer von dir denken? Und die anderen Kinder?«

»Dass ich eine richtig doofe Mommy hab, die vergessen hat, mir einen Rucksack für die Schule zu kaufen.« Bella sah sie wütend an, und enttäuscht. Und es stimmte ja, sie hatte es vermasselt. Wieder einmal. Sie war einfach nicht dazu geschaffen, Mutter zu sein.

Sie ließ die Schultern hängen und seufzte, wurde ruhiger. »Du hast recht. Ich hab's verbockt. Tut mir leid. Ich werde dir eine Schultasche besorgen, aber gerade müssen wir eine andere Lösung finden.«

Ihr fiel nichts Besseres ein, als in der Garderobe nach etwas Passendem zu suchen. Sie ging in den Flur, öffnete den Schrank und wühlte darin herum. Das Passendste, was sie fand, war ein alter schwarzer Rucksack mit einem großen bunten Totenkopf darauf, den sie noch von früher hatte. Sie reichte ihn Bella.

»Den will ich nicht. Der ist hässlich.«

»Entweder der oder eine Einkaufstüte. Und entscheide dich schnell, denn wir müssen los. Jetzt!«

Bella zog ein Gesicht und nahm den Rucksack. Sie steckte ihre noch leere Mappe, ihren Zeichenblock, ihre Stifte, die beiden Tetrapacks Apfelsaft und die Brotdose mit Resten vom Vortag ein. Dann zog sie sich ihre neuen rosa Schühchen an und stellte sich vor die Wohnungstür. Doch den ganzen Weg zur Schule verlor sie kein Wort mehr. Sie strafte Abby mit Schweigen.

Unglaublich, wie verletzend eine Sechsjährige bereits sein konnte.

Abby hatte heute die Nachmittagsschicht gehabt, die um eins begann. Bevor sie sich auf zur Arbeit gemacht hatte, war sie zum Billigkaufhaus gefahren und hatte Bella einen Rucksack besorgt. Einen pink glitzernden. Sie hoffte, damit würde sie es wiedergutmachen können.

An der Kasse war sie auf einen Typen getroffen, den sie aus dem Diner kannte. Er hieß Eric, und sie war hin und wieder mit in seine Bude gekommen, wenn ihr nach ein paar sorglosen Stunden gewesen war. Er war immer cool drauf, sein Kühlschrank war voll, und er hatte Bier. Außerdem war er nett zu ihr, ja sogar zärtlich, und manchmal wünschte sie sich nichts als das.

Der Himmel schien ihn ihr heute geschickt zu haben.

»Hey, Eric«, sagte sie.

»Abby! Wie geht es dir?« Er strahlte sie an, sichtbar erfreut, sie zu sehen.

»Ganz okay. Und dir?« Sie lächelte zurück.

»Ich bin befördert worden und ziehe bald nach L.A.«, erzählte er voller Begeisterung.

L.A. Die Stadt ihrer Träume, die sich dort nur leider nicht erfüllt hatten.

»Wow, das freut mich für dich«, sagte sie und versuchte ehrlich, ebenfalls ein wenig Begeisterung aufzubringen. Auch wenn es scheiße schwer war.

»Danke«, sagte Eric und fügte hinzu: »Ich bin jetzt verlobt, werde bald heiraten.«

»Oh.« Ihre Kehle schnürte sich zu. »Deine Verlobte kommt mit dir mit?«

Eric nickte.

Fuck! Nicht einmal ihr Hin-und-wieder-Lover sollte ihr vergönnt sein.

»Das freut mich für dich«, sagte sie trotz allem, auch wenn es sie innerlich zerriss. Warum hatten alle anderen so viel Glück, und ihr eigenes Leben war die reinste Katastrophe? »Tut mir nur leid für unsere netten Stunden zu zweit. Ich hatte immer viel Spaß mit dir.«

Eric sah ihr ins Gesicht und grinste. »Noch bin ich nicht verheiratet.«

Sie grinste ebenfalls. Und nachdem sie beide bezahlt hatten, fuhr Abby mit zu ihm. Sie hatte den besten Sex seit Langem, kam aber dummerweise zu spät zur Arbeit, woraufhin Randy völlig ausflippte.

»Du leistest dir zu viel Scheiß, Abigail! Das ist die letzte Verwarnung. Noch so ein Ding, und du kannst dir einen neuen Job suchen.«

»Okay, tut mir leid. Kommt nicht wieder vor«, sagte sie und band sich ihre Schürze um.

Nach Feierabend hatte sie Bella bei Tiffany abgeholt. Deren Tochter Cookie hatte ein blaues Auge.

»Oh mein Gott, was ist denn mit Cookie passiert?«, fragte sie schockiert. Sie war drei Jahre älter als Bella und auf derselben Grundschule. Tiff hatte die beiden am Nachmittag eingesammelt. Ihr Sohn Brownie war schon elf und frisch auf der Junior Highschool.

Tiff sah sie an. »Sie hat mitbekommen, wie einige andere Kinder Bella gemobbt und herumgeschubst haben und hat sich eingemischt. Das ist in eine kleine Prügelei ausgeartet.«

»Oh Shit! Weißt du, warum die Kinder Bella gehänselt haben?«

»Wegen ihres Rucksacks. Das haben die beiden mir erzählt. Abby, ich will dir wirklich nichts vorhalten, aber du kannst ein kleines Mädchen an seinem ersten Schultag nicht mit einem Totenkopfrucksack zur Schule gehen lassen. Da ist das Mobbing doch schon vorprogrammiert.«

»Ich weiß. Ist wieder mal alles meine Schuld.« Sie war den Tränen nahe. Sie machte aber auch alles verkehrt.

»Jetzt ist keine Zeit für Selbstmitleid. Du musst Bella dringend einen neuen besorgen. Ich hab schon mal geguckt, ich hätte noch einen alten von Cookie übrig. Der ist zwar nicht mehr der schönste, aber er hat Einhörner drauf. Den könnte ich Bella mitgeben, wenn du willst.«

»Nicht nötig, ich hab bereits einen neuen besorgt«, sagte sie, krampfhaft bemüht, ihre Wut nicht zu zeigen.

Jetzt ist keine Zeit für Selbstmitleid? Was dachte Tiffany sich? Als wenn sie die perfekte Supermutti wäre. Sie ging abends Go-go-tanzen, verflucht noch mal! Doch Abby wollte keinen Streit mit ihr anfangen, denn sie brauchte sie auch weiterhin. Ohne sie wäre sie nämlich aufgeschmissen.

»Das ist gut. Und jetzt fahrt nach Hause, es ist spät. Bella schläft schon auf dem Sofa.«

Sie bedankte sich bei Tiff fürs Aufpassen und bei Cookie dafür, dass sie Bella verteidigt hatte. Dann holte sie ihre Kleine, trug sie aus der Wohnung und fuhr mit ihr nach Hause. Als sie ihr den Schlafanzug anzog, öffnete sie die Augen.

»Wie war dein erster Schultag?«, wagte Abby zu fragen.

»Nicht gut«, antwortete Bella mit trauriger Stimme.

»Das tut mir ehrlich, ehrlich leid. Schau mal, ich hab dir einen neuen Rucksack gekauft. Gefällt er dir?« Sie hielt ihrer Tochter die neue Schultasche entgegen, und die lächelte im Halbschlaf.

»Der ist schön. Danke, Mommy.«

»Gerne, meine Süße.«

Sie stellte den Rucksack zur Seite, deckte Bella zu und gab ihr einen Kuss. Und sie hoffte, dass ihr zweiter Schultag besser werden würde als der erste.

Kapitel 18

Victoria

»Und? Wie ist er so?«, rief Alex ihr zu, als Vicky sie am Freitag auf dem Rückweg vom Supermarkt kurz besuchte.

»Er ist wirklich nett«, erwiderte sie.

Alex, die gerade die Pferde fütterte, kam mit ihrem Futtereimer aus dem Stall heraus und sah sie mit einem Grinsen im Gesicht an. »Wirklich nett also?«

»Ja, nett.«

»Und, findet er dich auch *nett*?«, hakte Alex nach.

»Das weiß ich doch nicht.« Sie ging ein paar Schritte auf den Stall von Princess zu, die sich gar nicht wie sonst über ihr Futter hermachte, und wunderte sich.

»Ach komm. Sowas merkt man doch als Frau. Das hat man im Gespür. Also, was sagt dir dein Bauchgefühl?«, wollte Alex wissen.

»Ja, es kann schon sein, dass er mich auch ein wenig …« Sie suchte nach den richtigen Worten.

»… nett findet?«, half Alex ihr lachend weiter.

»Ganz genau.« Sie zwinkerte ihr zu. »Du, sag mal, was ist denn mit Princess los?« Sie wusste, dass die braune Stute das Lieblingspferd ihrer Freundin war. Sie war ein Vollblut, ein American Quarter Horse, und ein wildes Ding gewesen, als Alex sie vor zehn Jahren bekommen hatte, das niemand zu zähmen wusste. Doch die sechzehnjährige Alex hatte sich ihrer angenommen, viel Zeit und Mühe investiert und Princess ausgebildet. Heute nutzte Vickys Freundin sie sogar für den Reitunterricht, den sie Kindern aus der Gegend gab.

»Ich kann's dir echt nicht sagen. So hat sie sich noch nie verhalten. Sie will nicht essen, macht zwischendurch ganz komische Laute. Ich dachte mir, dass es ihre Verdauung sein könnte, und habe ihr schon Joghurt unters Futter gemischt, was bei den anderen Pferden immer hilft. Doch auch das hat nichts gebracht. Wenn es nicht besser wird, werde ich den Tierarzt kommen lassen müssen.«

»Ich hoffe, es geht ihr ganz bald besser.«

»Ja, ich auch. Aber nun lenk nicht vom Thema ab.« Alex grinste schon wieder. »Erzähl mir von Liam Sanders. Was für ein Typ ist er? Was macht er den ganzen Tag auf der Farm? Schreibt er die Nächte durch? Bekommst du ihn überhaupt mal zu Gesicht?«

»Tagsüber verschanzt er sich in seiner Hütte und schreibt an seinem nächsten Roman. Ich sehe ihn eigentlich nur abends, wenn er zum Dinner rüberkommt und …«

»Ach, ehrlich? Er isst jeden Abend mit euch zusammen?«, fragte Alex mit diesem gewissen Unterton.

»Ja.«

»Wessen Idee war das?«

»Meine. Warum?«

»Gut durchdacht. So kannst du ihn näher kennenlernen.«

»Da war gar nichts durchdacht. Ich fand nur, dass er für sein Geld nicht wirklich viel bekommt, und da hab ich es angeboten. Ich meine, der Mann braucht doch wenigstens einmal am Tag eine warme Mahlzeit, oder?« Sie wusste, dass Liam sich inzwischen einen von diesen kleinen Kühlschränken angeschafft hatte und er voll mit abgepackten Sandwiches, Salaten und Joghurts war. Das war doch nichts Halbes und nichts Ganzes.

»Er hätte auch in ein Restaurant fahren können«, warf Alex ein.

»Extra ins Stadtzentrum?«

»Das ist eine Viertelstunde von euch entfernt, und er besitzt doch ein Auto, oder etwa nicht?«

Sie nickte. »Einen blauen Mustang. Ein Cabrio.«

»Wow!«, rief Alex aus. »Und jetzt erzähl mir noch kurz, wo genau ihr dann zusammensitzt und esst? Etwa an dem alten Küchentisch?«

»Nein, im Esszimmer.«

»Ha! Hab ich's mir doch gedacht!«

»Wieso ist es denn von Bedeutung, wo wir essen?«, fragte sie stirnrunzelnd.

»Na, wenn du solche Geschütze auffährst, scheinst du ihn doch mehr als nur ein bisschen nett zu finden«, schlussfolgerte Alex.

»Du spinnst doch total!«

»Nein, das glaube ich nicht. Und ich will mir das unbedingt mit eigenen Augen ansehen.«

Sie starrte ihre Freundin an. »Was?«

»Na euch beide! Du und ihn! Und wie ihr einander *nett findet.*«

Sie musste lachen. »Du bist einfach unglaublich. Aber von mir aus, komm doch gerne mal vorbei. Dann kann ich euch beide einander vorstellen.«

»Okay, heute Abend zum Dinner. Wann findet das immer statt, euer großes Esszimmerspektakel?«

Sie konnte nur den Kopf über ihre Freundin schütteln. »Du übertreibst es echt. Wir essen nur ganz schlicht, daran ist überhaupt nichts spektakulär. Und das tun wir im Esszimmer, weil wir da mehr Platz haben. Auch noch einen für dich, wenn du dich schon selbst einlädst. Sei um sechs da, um Punkt halb sieben gibt es Abendessen.«

»Okay, ich komme. Und ich bin mächtig gespannt.«

Vicky seufzte, als sie Alex' breites Lächeln sah, und sie hoffte nur, dass die Gute sie nicht allzu sehr blamieren würde.

Zurück auf der Farm, packte sie ihre Einkäufe aus, legte ihrem Dad seine getrockneten Apfelringe ins Lesezimmer, um die er gebeten hatte, und ging hinaus, um nach Inès zu suchen. Sie fand sie vor der Lagerhalle an.

»Hallo, meine Liebe. Wie läuft es?«, erkundigte sie sich.

Inès, in Arbeitskleidung und mit einem strengen Dutt, kam lächelnd auf sie zu.

»Es läuft gut. Ich habe bereits vier neue Arbeiter probeweise eingestellt. Sie sind mir von Thiago empfohlen worden, allesamt Cousins und Freunde von ihm. Morgen kommen auch noch zwei Bekannte von Alvaro dazu. Du kannst sie dir dann ja alle selbst bei der Arbeit ansehen und entscheiden, ob du sie behalten möchtest.«

Erleichtert atmete sie auf. »Das ging ja schnell! Ich muss ehrlich sagen, dass mich das sehr beruhigt. Ich hatte schon befürchtet, wir hätten dieses Jahr zu wenig Helfer und würden nicht hinterherkommen mit den Auslieferungen.«

»Keine Sorge, das bekommen wir schon hin. Das haben wir doch bisher immer.«

»Ja, ich weiß. Und das habe ich zum größten Teil dir zu verdanken, die immer alles im Griff hat.« Sie schenkte ihrer Vorarbeiterin und wichtigsten Angestellten ein warmes Lächeln.

Inès winkte ab. »Ach was! Wir sind ein gutes Team, wir tragen alle dazu bei.«

Vicky fiel ehrlich ein Stein vom Herzen. Denn sie hätte es ganz schrecklich gefunden, ihrem Vater sagen zu müssen, dass sie Probleme hatten, die sie nicht lösen konnte.

»Ich weiß aber noch immer nicht, wo Mateo und die anderen hin sind. Sie waren in den letzten Jahren so treue Mitarbeiter. Hast du etwas gehört?«, fragte sie, und Inès wich ihrem Blick aus.

Die Mexikanerin sah in die Ferne. »Ich habe da was gehört, ja, aber das wird dir nicht gefallen.«

»Nun sag es mir schon!«, bat sie.

»Sie arbeiten in diesem Jahr auf der Walnussfarm am anderen Ende der Stadt, der Rogerson-Farm. Die zahlen wohl ganze zwei Dollar mehr pro Stunde.«

»Mist!«, entfuhr es ihr. Sie hielt sich eine Hand über die Augen, um die Sonne abzuschirmen, und sah zu den seitlichen Baumreihen, wo ihre Helfer gerade bei der Arbeit waren. Rodrigo saß auf dem Shaker und fuhr von Baum zu Baum, damit das Gerät die dünnen raugrauen Stämme in seine Zangen nehmen und schütteln konnte. Hunderte Walnüsse in ihren teilweise bereits aufgeplatzten Außenhüllen fielen mitsamt den grünen Blättern zu Boden. Wenn er mit der Reihe fertig war, würde Thiago mit dem Sweeper hindurchfahren, der mit seinem Gebläse alles in die Mitte der Wege schaffte. Schließlich würde Julio mit der Erntemaschine alles auflesen, die zugleich die Blätter, Stöcke und Hüllen aussortierte. Die Walnüsse, die sich in dem großen Behälter gesammelt hatten, kämen zur Abladestation neben der Halle und dort auf ein Fließband. Von da aus gingen die Nüsse direkt zu den Sortiererinnen, die sie von den restlichen Hüllen befreiten und sie nach Größe sortierten, wobei sie die leeren und die verrotteten herauspickten. Danach fuhren die Walnüsse durch ein Wasserbad und wurden zum Trocknen ausgelegt. Zwei Turbinen bliesen acht Stunden lang heißen Wind unter die Nüsse, um den hohen Wassergehalt zu reduzieren. Schließlich füllte man sie in unterschiedlich große Säcke ab, die entweder ins Lager gebracht oder direkt in den Lieferwagen und auf die Ladefläche des Pick-ups geladen wurden. Den Lieferwagen fuhr Enrique zur Nuts for Everyone Company aus, in der Jeff arbeitete, und zu vier weiteren Nussfabriken im Staat. Die Ware auf dem Pick-up hingegen musste zur Post und an kleinere Händler der Gegend geliefert werden, was Vicky meistens selbst übernahm.

»Ist schlimm, ja«, sagte Inès. »Aber die, die bis jetzt bei dir geblieben sind, werden es auch weiterhin tun. Manchmal geht es eben um mehr als nur um das liebe Geld. Du bist die beste und fairste Chefin, die man sich nur vorstellen kann.«

»Danke, Inès«, sagte sie mit einem gerührten, aber doch auch ein wenig traurigen Lächeln. Mateo und sein Bruder Jesus waren seit gut acht Jahren auf der Farm angestellt gewesen. Es traf sie schwer, dass sie es ihr nicht persönlich gesagt hatten und sie ab sofort nicht mehr kommen würden.

Sie sagte Inès, dass sie jetzt in die Halle gehen würde, und ihre Vorarbeiterin stellte sich wieder neben das Außenfließband, um die nächste Ladung Nüsse in Empfang zu nehmen.

Vicky stieg die sechs Stufen hinauf und passierte die acht Sortiererinnen, die am inneren Fließband standen, auf dem die Nüsse hochgefahren wurden. Am anderen Ende der Halle arbeiteten zwei starke Packer: Alvaro und Marco.

»Hallo, ihr Lieben. Alles gut bei euch?«, erkundigte Vicky sich.

»Alles bestens, Señora«, sagte Alvaro, der einen großen Sack Nüsse packte, um ihn an der Ostseite der Halle in den Lieferwagen zu laden.

Vicky folgte ihm. »Ich wollte mich auch noch mal bei Ihnen bedanken dafür, dass Sie so schnell zwei Leute gefunden haben, die sofort einspringen können.«

»Kein Problem, Señora. Es sind Freunde von mir, und sie suchen Arbeit. Sie sind sehr zuverlässig, keine Sorge.«

»Ich bin nicht besorgt«, versicherte sie. »Ich vertraue Ihnen voll und ganz.«

Alvaro lächelte sie an, und zusammen gingen sie zurück zu den anderen.

»Meine Maria ist wieder schwanger«, erzählte der junge erst vierundzwanzigjährige Mann ihr glücklich.

»Oh, wie wundervoll! Wie alt ist der kleine Ignacio jetzt?«, erkundigte sie sich.

»Schon elf Monate. Er hat vor ein paar Tagen seine ersten Schritte gemacht.«

»Na, dann hat Maria ja einiges zu tun«, sagte sie. »Grüßen Sie sie bitte lieb von mir.« Sie kannte die junge Frau gut, da sie bis zu ihrer ersten Schwangerschaft ebenfalls auf der Farm geholfen hatte. Und auch jetzt sah sie sie natürlich noch beim jährlichen Walnussfest, das sie stets im November veranstalteten, um das Ende der Erntezeit zu zelebrieren.

»Das mache ich, danke«, sagte Alvaro, und in seinen Augen konnte sie sehen, wie stolz er auf seine kleine Familie war.

Sie spürte ein klein wenig Bedauern, wie immer, wenn jemand ihr solche Neuigkeiten von Babys oder Heirat erzählte. Sie war sechsundzwanzig, und es überkam sie zwar noch keine Torschlusspanik, doch es war auch nicht schön, in dem Alter noch nicht mal ansatzweise den Mann fürs Leben gefunden zu haben. Als sie mit Jeff zusammen war, hatte sie ein paarmal darüber nachgedacht, wie es wohl wäre, Kinder mit ihm zu bekommen. Zu heiraten. Viele ihrer ehemaligen Mitschülerinnen waren inzwischen verheiratet. In zwei Jahren würde es das übliche große zehnjährige Klassentreffen geben. Davor graute es ihr jetzt schon.

Ihre Mutter hatte sie mit dreiundzwanzig bekommen, Abby sogar schon mit einundzwanzig. Abby … ob sie wohl jemals daran dachte, eine Familie zu gründen? Oder ob sie das vielleicht sogar schon getan hatte? Vielleicht lebte ihre früher so verantwortungslose und ichbezogene Schwester inzwischen das perfekte Familienleben mit einem netten Ehemann, ein paar Kindern, einem weißen Reihenhaus mit Garten, einem Hund und zwei Wellensittichen …

Sie musste fast lachen, so absurd war der Gedanke. Abby doch nicht! Da würde Vicky noch eher Liam Sanders heiraten, fünf Kinder mit ihm bekommen und zehn Katzen adoptieren, ehe Abby sich dazu herabließ, das Leben eines anderen Menschen über ihr eigenes zu stellen.

Beim Gedanken an Liam überkam sie wieder dieses Kribbeln, und nachdem sie noch ein paar Minuten bei ihren Arbeitern gestanden hatte, ging sie ins Haus zurück. Sie bereitete ein kleines Mittagessen vor – nur ein Grilled Cheese Sandwich und ein paar Scheiben Wassermelone – und ging mit einem Teller rüber zu ihm. Doch als sie anklopfte, kam keine Antwort. Sie dachte sich, dass er wohl entweder so in seine Arbeit vertieft war, dass er sie nicht hörte, oder noch schlief, weil er die halbe Nacht geschrieben hatte, und da sie ihn nicht stören wollte, machte sie kehrt.

Als sie zurück in die Küche kam, saß ihr Dad schon am Tisch.

»Wo bist du denn? Hab dich schon gesucht. Es ist ein Uhr!«

»Weiß ich, Dad. Das Essen ist ja auch schon fertig, wie du siehst. Ich war nur kurz draußen und wollte …«

»Wolltest du zu Liam? Der fährt vormittags immer ins Zentrum und trifft sich mit jemandem.«

Ihr Herz pochte schneller. Er traf sich mit jemandem? Täglich? Warum hatte sie davon noch gar nichts mitbekommen? Und mit wem traf er sich denn?

Sie setzte sich zu ihrem Dad an den Tisch und schenkte ihnen beiden Eistee ein. »Hast du zufällig eine Ahnung, wen er im Stadtzentrum trifft?«, fragte sie wie nebenbei und musste aufpassen, ihre Besorgnis nicht zu zeigen.

»Weiß ich nicht. Ich weiß nur, dass er jemanden kennengelernt hat, mit dem er gerne Zeit verbringt.«

Na toll! Er war gerade mal eine Woche in Riverside und hatte sich schon verliebt.

Sie nahm ihr Sandwich mit dem geschmolzenen Käse in der Mitte in die Hand, doch ihr war der Appetit gehörig vergangen. Also legte sie es nach ein paar Bissen wieder ab und überlegte, was sie tun sollte. Denn in diesem Moment wurde ihr erst so richtig bewusst, wie gern sie Liam bereits gewonnen hatte. Sie kannten sich zwar erst seit wenigen Tagen, doch manchmal wusste man es einfach, wenn einen etwas verband.

Sie musste unbedingt herausfinden, mit wem er sich traf und wie ernst es war. Und sie musste ihm sagen oder zumindest zeigen, dass sie ihn mochte. Vielleicht war es ja noch nicht zu spät. Sie hoffte es so sehr.

Kapitel 19

Liam

Wie jeden Morgen war er in die Stadt gefahren und hatte sich mit George getroffen. Sie hatten zusammen vor dem Café gesessen und sich bei einem Heißgetränk unterhalten. Am Tag zuvor hatte der alte Mann sogar sein Versprechen wahrgemacht und ihn mit auf eine Orangenfarm genommen. Sein nächstes Buch würde *Orangentage* heißen, das wusste er jetzt mit Sicherheit, doch zuerst einmal ging es ganz um die Walnuss. Und endlich hatte er auch in das Buch reingefunden. In den letzten Tagen hatte er die komplette Kapiteleinteilung gemacht, und die ersten drei Kapitel waren geschrieben, was ihn sehr erleichterte, denn der Anfang war immer am schwersten. Dass er in der Hütte kein WLAN hatte, machte überhaupt nichts; wenn er etwas recherchieren musste, tat er das halt auf seinem Smartphone, und auf diese Weise war er auch nicht versucht, sich ständig ablenken zu lassen. Auf dem Notebook waren nichts als das Manuskript und seine Recherche – die perfekten Voraussetzungen, um ein gutes Buch zu schreiben.

Ein bisschen bedauerte er es, dass seine Mutter nicht hier war, um sein Geschriebenes zu lesen. Denn sie war immer die

Erste, die seine Manuskripte unter die Lupe nahm, und sie war auch seine strengste Kritikerin. Er hätte ihr die ersten Seiten natürlich einfach mailen können – Vicky hatte ihm angeboten, das WLAN im Haus zu benutzen –, doch mit dem Computer hatte seine Mutter sich nie anfreunden können. Vielleicht würde er sie also einfach irgendwo ausdrucken gehen und ihr per Post schicken, das wäre eine Möglichkeit. Denn er brauchte einfach jemanden, der ihn unterstützte.

Doch auch hier in Riverside war er nicht allein. Neben George, der ihm die besten Geschichten erzählte, die er je gehört hatte und die er sich fleißig notierte, gab es da ja noch Anthony und Vicky.

Tony war zwar nicht so gesprächig wie George, doch er hatte ihm inzwischen die Bilder der Farm gezeigt, die teilweise noch aus dem vorletzten Jahrhundert stammten. Sie waren einfach unglaublich, und dadurch hatte er jetzt eine bessere Vorstellung davon, wie es früher auf der Walnussplantage zugegangen war. Als alles noch von Hand gemacht wurde und die armen Pflücker von morgens bis abends Nüsse von den Bäumen schütteln und sie danach einsammeln mussten. Heute wurde ihnen viel Arbeit abgenommen, und die Farmer mussten nur noch einen Bruchteil der Arbeiter beschäftigen.

Die Erntehelfer waren vor zwei Tagen eingetroffen und hatten ihre Arbeit begonnen. Er hatte ihnen dabei zugesehen, wie sie die Bäume – Reihe für Reihe – mit dem Shaker schüttelten und danach die Walnüsse mit diesem Gerät namens Sweeper, das mit Luftdruck arbeitete, zusammenbliesen. Irgendwann hatte er nicht mehr von seinem Fenster aus zugucken wollen, sondern war rausgegangen und hatte sich das Ganze aus nächster Nähe angesehen. Er hatte sich auch mit ein paar Erntehelfern unterhalten, nicht lange, weil er sie nicht von der Arbeit abhalten wollte, und auch um sich keinen Ärger mit Tony oder Vicky oder dieser Inès einzuhandeln, die Vicky ihm bereits vorgestellt hatte.

Er nahm sich vor, ein paar der Leute später mal zu fragen, ob sie sich nach der Arbeit mit ihm zusammensetzen und ihm von ihren Tätigkeiten und auch von ihren Erfahrungen erzählen würden – gegen Bezahlung, versteht sich. Denn auch wenn heute alles anders war, hatten sie vielleicht Eltern oder Großeltern, die in den Vierzigerjahren auch schon auf Walnussfarmen gepflückt hatten. Außerdem war der Protagonist seines Romans ja Mexikaner, und da er selbst leider keine mexikanischen Freunde oder Bekannten hatte, würde es sicher helfen, ein paar von ihnen näher kennenzulernen, um ihre Denk- und Handelsweise besser zu verstehen, ihre Mentalität und Kultur.

Ja, und dann war da noch Vicky …

Vicky war einfach unglaublich. Die wohl faszinierendste Frau, die er je kennengelernt hatte. Wie sie die Farm im Griff hatte, sich nebenbei um ihren Vater kümmerte und sogar Zeit zum Kochen und Backen fand, war unfassbar. Dazu lieferte sie sogar höchstpersönlich Ware aus. Er wusste nicht, ob sie das immer tat, doch gestern hatte er sie mit dem vollbeladenen Pick-up losfahren gesehen. In ihren gewohnten Jeans, den Boots und einer Blümchenbluse, die ihr wunderbar gestanden hatte. Sie hatte perfekt zu ihren blauen Augen gepasst. Er hatte sich wie immer richtig gefreut, sie beim Abendessen zu sehen, und es kaum erwarten können rüberzugehen. Sie hatte erneut vorgeschlagen, ihm das Essen auch bringen zu können, doch er hatte ihr gesagt, dass er sehr gerne mit ihr und Tony zusammen aß, wenn es ihr nichts ausmachte. Sie hatte ihn angelächelt, und er war dahingeschmolzen.

Inzwischen ertappte er sich dabei, wie er immer wieder aus dem Fenster sah und Ausschau nach ihr hielt. Seit Mittwoch, als die Ernte begonnen hatte, lief sie den ganzen Tag hin und her, kümmerte sich um dies und das, redete mit den Arbeitern und schaute hin und wieder bei ihm rein, um zu fragen, ob alles in Ordnung war und er vielleicht noch etwas brauche.

»Ich bin wunschlos glücklich«, sagte er beinahe jedes Mal.

Und als er jetzt auf die Farm fuhr, ein paar Sachen aus dem Supermarkt im Gepäck, hoffte er wieder, sie zu sehen. Doch er traf nur auf Anthony, der vor dem Haus stand und ein Stöckchen für Betty warf.

»Hallo, Tony!«, rief er zu ihm rüber. Er parkte seinen Mustang immer dort, wo auch die anderen Wagen standen, obwohl Vicky ihm gesagt hatte, er könne ihn direkt bis vor die Hütte fahren. Doch er mochte es, das Stück über die Farm zu schlendern, mochte es, die frische Luft und vor allem die Atmosphäre einzusaugen.

Tony winkte ihm zu. »Hallo, Liam! Wie geht's, wie steht's?«

»Alles super, danke.«

»Waren Sie einkaufen?«, fragte der Mann, dessen Alter er noch immer nicht einschätzen konnte. Vicky war Mitte zwanzig, glaubte er, also konnte ihr Dad noch nicht allzu alt sein, obwohl er so wirkte. Was wahrscheinlich an seinen tiefen Falten, den weißen Haaren, seinen schwachen Knochen und dem Humpeln lag. Wenn man sein ganzes Leben draußen auf einer Farm verbracht und hart gearbeitet hatte, hinterließ das Spuren.

Liam fragte sich, wie Anthony damit klarkam, sich nicht mehr selbst um alles kümmern zu können. Wahrscheinlich war er heilfroh, eine Tochter zu haben, die sich dieser Aufgabe angenommen hatte, was ja keine Selbstverständlichkeit war. Meist übernahmen doch die Söhne die Farmen, oder? Doch Tony hatte keine Söhne, also musste die Tochter herhalten. George hatte ihm erzählt, dass es noch eine zweite Tochter gab, doch über die wurde hier bei den Lloyds anscheinend nicht gesprochen. Er entdeckte auch nirgendwo im Haus Fotos oder Ähnliches, es schien fast so, als wäre sie verstoßen worden. Es würde ihn sehr interessieren, was da vorgefallen war, doch aus Respekt fragte er nicht weiter nach. Wenn ihn Vicky oder Anthony einweihen wollten, würden sie das schon tun. Bis dahin nahm er gerne alle Informationen auf, die man mit ihm teilte.

Er musste an etwas denken, das Tony ihm gestern Abend beim Dinner über Vicky erzählt hatte: Sie war als Teenager einmal vom Pferd gefallen, und zwar mitten auf den Hintern, sodass sie eine ganze Woche lang nicht hatte sitzen können. Vicky war das natürlich unangenehm gewesen, doch so war ihr Dad, er erzählte gerne, was ihm in den Sinn kam, auch wenn es unangebracht war. Wahrscheinlich hatte sie sich längst an seine Macken gewöhnt. Und doch erkannte Liam die starke Verbundenheit der beiden, die ihn immer wieder an ihn selbst und seine Mom erinnerte. Er fand es einfach wundervoll, wie Vicky für ihren Vater da war, allein ihre Hingabe hätte gereicht, dass man sich in sie verlieben musste. Doch da war noch so viel mehr. Ihre Fürsorge für alle und jeden. Ihr warmes Lächeln, das manchmal auch verschmitzt war. Ihr vorderer linker Schneidezahn, der ein wenig schief stand, was sie aber nur noch außergewöhnlicher machte. Ihr gespieltes Desinteresse und die Neckereien mit ihr. Ihre Augen, die in seine Seele zu blicken schienen. Die süßen Sommersprossen auf ihrer Nase. Ihr lockiges braunes Haar, das ihr Gesicht umrahmte und durch das er am liebsten mit seinen Fingern fahren würde …

Oh Vicky, dachte er jedes Mal, wenn er sie sah, *was machst du nur mit mir?*

»Vicky hat vorhin nach Ihnen gesucht«, rief Tony ihm jetzt zu, und sein Herz pochte schneller.

»Ach, wirklich? Wissen Sie, was sie von mir wollte?«

Tony zuckte die Achseln. »Keine Ahnung. Fragen Sie sie am besten selbst.«

»Wo ist sie denn?«

»Drinnen in der Küche. Sie backt Kekse.«

»Okay, dann komme ich gleich noch mal rüber. Ich muss erst kurz meine Einkäufe ins Cottage bringen, da sind Sachen dabei, die dringend in den Kühlschrank müssen.« Es war wieder extrem heiß, und so lange hielten es der Joghurt und die Frischmilch in der Hitze nicht aus.

So schnell er konnte, eilte er zur Hütte, verstaute alles, machte sich ein wenig frisch und nahm die Blumen mit, die er für Vicky besorgt hatte. Da sie sich neulich so gefreut hatte, hatte er sich gedacht, dass er ihr einfach mal wieder welche mitbringen könnte.

Er ging jetzt also den Weg zurück, den Strauß altrosafarbener Fairtrade-Rosen in der Hand, und klopfte an die Verandatür.

»Ach, gehen Sie einfach rein!«, meinte Tony, der jetzt mit einem Buch auf der Veranda saß, in dem weißen Schaukelstuhl, der perfekt zu den anderen Terrassenmöbeln passte. Neben dem kleinen weißen Tisch und den beiden weißen Rattanstühlen gab es noch eine weiße Hollywoodschaukel, die mit Lichterketten dekoriert war. Zwei große Töpfe Efeugewächse standen je links und rechts der Eingangstür und rankten die Wände hinauf. Es war alles sehr idyllisch hier hinten, während die Vorderseite des Hauses mit dem dunklen Dach, der braunen Tür und den paar rundgeschnittenen kleinen Büschen davor eher schlicht wirkte. Doch die Vordertür schien außer dem Postboten niemand zu benutzen, wie er schon mitbekommen hatte, da sich eben alles auf der Rückseite abspielte. Dort ging es zu den Walnussbäumen, zur Sortierhalle, zum Lager und zum Cottage … seinem Cottage, für das er an jedem Morgen dankbar war, an dem er in ihm erwachte.

»Okay.« Er drückte zuerst das Fliegengitter, dann die eigentliche Tür auf und trat ein. Er ging direkt zur Küche, aus der es köstlich duftete und aus der er Musik vernahm, blieb im Türrahmen stehen und sah Vicky dabei zu, wie sie durch die Küche tänzelte und dabei sang. Sie schob zwei Bleche in den Ofen, und als sie sich umdrehte und ihn entdeckte, schrie sie kurz auf.

»Entschuldigen Sie bitte, ich wollte Sie nicht erschrecken«, sagte er.

»Alles gut, hab Sie nur nicht erwartet. Kann ich irgendwas für Sie tun?« Sie wischte sich die Hände an ihrer Schürze ab, auf der *Miss Perfect* stand.

»Nein, ich wollte Ihnen nur die hier bringen.« Er hielt ihr die Blumen entgegen.

Fröhlich nahm sie sie an und lächelte verzückt. »Altrosa Rosen sind meine Lieblingsblumen.«

»Ich weiß. Das erwähnten Sie neulich mal beim Abendessen.«

»Und Sie haben es sich gemerkt?«

»Aber natürlich.«

Ihr Lächeln ging von einem Ohr zum anderen. »Sie sind wunderschön, ich danke Ihnen. Aber womit habe ich die verdient?«

»Mit allem«, gab er zur Antwort. »Sie sind einfach unglaublich.«

»Ich bin was?«, fragte sie und sah plötzlich ganz schüchtern aus.

»Ich meinte … Sie tun so viel für alle, da sollte man Ihnen ruhig mal eine kleine Aufmerksamkeit überreichen.«

»Sie sind so ziemlich der Einzige, der mich mit Aufmerksamkeiten überrascht«, gab sie zurück.

»Oh, ehrlich? Na, das geht doch nicht.« Er wusste von George, dass es da jemanden gegeben hatte, der Vicky sicher auch ab und an mal Blumen geschenkt hatte. Ein Typ namens Jeff, der sie gegen Ende ihrer Beziehung ziemlich mies behandelt hatte. Natürlich erwähnte er ihr gegenüber nicht, dass er von Jeff wusste.

Sie zuckte die Schultern, sagte jedoch nichts mehr.

»Na, dann muss ich wohl derjenige sein, der das auch weiterhin tut. Sie haben nämlich das und noch vielmehr verdient.«

Sie sahen einander an und wandten dann beide nervös den Blick ab. Vicky suchte nach einer passenden Vase und stellte die Blumen ins Wasser.

»Das ist wirklich nett von Ihnen, ich weiß das zu schätzen, glauben Sie mir.«

»Ich glaube Ihnen.« Er trat näher. »Das riecht unfassbar gut, was backen Sie da?«

»Meine weltberühmten Walnussplätzchen. Nun ja, eigentlich ist es ein Rezept meiner Mutter, aber jeder hier liebt sie und kann es immer kaum erwarten, dass die Ernte beginnt. Meine beste Freundin Alex ist auch schon ganz ungeduldig.« Sie deutete auf ihre Schürze, derer sie sich anscheinend gerade erst bewusst wurde. »Die hier hat sie mir übrigens geschenkt. Sollte ein Witz sein.«

Er lachte, beugte sich vor und sah durch das Ofenglas. »Dann müssen Sie mich unbedingt auch einen probieren lassen.«

»Na klar. Dort drüben stehen schon zwei fertige Bleche, bedienen Sie sich.«

Er ging zur anderen Seite der Küche, wo auf der Arbeitsplatte köstliche Kekse warteten. Er nahm einen, biss hinein und glaubte, er sei im Himmel. »Du meine Güte!«, rief er aus.

»Gut?«, fragte sie nach.

»Die besten Walnusskekse, die ich je gegessen habe. Ja vielleicht sogar die besten Kekse überhaupt, mal abgesehen von den bunten Weihnachtsplätzchen meiner Mutter.«

»Na, das ist ein Kompliment!«, entgegnete Vicky und strahlte. »Freut mich, dass sie Ihnen schmecken. Ich kann Ihnen welche mitgeben, wenn Sie möchten.«

»Sehr, sehr gerne.«

Sie holte eine kleine Dose aus dem Schrank, füllte sie bis oben hin mit Keksen und reichte sie ihm. Dabei berührten sich ihre Finger ein klein wenig, und er spürte, wie es knisterte.

»Vermissen Sie sie schon?«, fragte Vicky, und kurz war er verwirrt.

»Wen meinen Sie, bitte?«

»Na, Ihre Mutter. Sie wohnen doch sonst zusammen, haben Sie gesagt.«

»Ach so, ja. Natürlich vermisse ich sie. Aber wir telefonieren sehr häufig, also alles gut.« Er merkte selbst, dass es so klingen konnte, als wenn er ein Muttersöhnchen wäre, das ständig seine Mommy anrief, und fügte schnell hinzu: »Sie kümmert sich um meine beruflichen Angelegenheiten, während ich weg bin. Ich hab nur mein privates Handy mitgenommen und das geschäftliche zu Hause gelassen.«

»Eine weise Entscheidung. Ich finde ja, wir alle wären viel besser ohne Handys dran. Sie halten einen oft von wichtigeren Dingen ab.«

»Ja, vielleicht … aber sie sind auch praktisch. Ich googele quasi den ganzen Tag lang irgendwas, und ohne Wikipedia wäre ich völlig aufgeschmissen.«

»Ja, okay, in Ihrem Fall verstehe ich es sogar. Aber es gibt ja auch Leute, die den ganzen Tag lang blöde Spiele spielen oder nach einer Sauftour ihr Erbrochenes auf Instagram posten oder sich auf zwanzig verschiedenen Online-Dating-Seiten anmelden. Oder so.« Sie grinste, und er musste lachen.

»Ach, tun andere das etwa auch? Da bin ich ja froh, dass ich nicht der Einzige bin.«

Jetzt war sie dran mit Lachen. »Das nehme ich Ihnen niemals ab! Sie haben doch sicher jede Menge weiblicher Fans, die mit Ihnen ausgehen wollen, da brauchen Sie kein Online-Dating.«

Er musste an Jeanette und all die anderen Frauen denken, mit denen er in den letzten zwei, drei Jahren ausgegangen war. »Ja, da gibt es einige, doch die sind leider nicht wirklich an mir interessiert«, rutschte es ihm heraus.

Überrascht sah sie ihn an. »Woran denn dann?«

»An meinem Erfolg. Meinem Status. Meinem Geld.«

»Ach, wissen Sie, dann sind sie es auch gar nicht wert. Ich bin mir sicher, dass es da draußen auch Frauen gibt, die sich allein für Sie als Person interessieren und für Ihren Charakter.«

»Es ist aber schwer, so jemanden zu finden, und vor allem wieder zu vertrauen, wenn man schon einmal enttäuscht wurde«, gestand er.

»Ja, ich weiß genau, was Sie meinen«, sagte sie jetzt und

sah dabei so aus, als ob sie ebenfalls ein paar Enttäuschungen hinter sich hatte. »Aber hey! Wie es aussieht, haben Sie ja schon jemanden kennengelernt, der anders ist. Zumindest hoffe ich das für Sie.«

Fragend schaute er sie an, er hatte keine Ahnung, wovon sie sprach.

Sie nahm die beiden Bleche aus dem Ofen und schob zwei weitere hinein. »Na, mein Dad meinte, Sie treffen sich jeden Tag mit jemandem im Stadtzentrum.«

»Aaah!« Er kratzte sich grinsend am Hinterkopf. »Dabei handelt es sich aber um keine Frau. Derjenige, den ich täglich treffe, ist ein alter Mann namens George, der mir die Gegend zeigt und mir spannende Geschichten erzählt. Wir treffen uns jeden Morgen im Roosevelt Café und trinken einen Café Americano zusammen.«

Er konnte richtig sehen, wie ihr ein Stein vom Herzen fiel. Hätte es ihr etwa was ausgemacht, wenn er sich tatsächlich mit einer anderen Frau getroffen hätte?

»Ach sooo!«, sagte sie lachend. »Na, es freut mich, dass Sie bereits einen Freund gefunden haben.«

»Ja, mich auch«, sagte er und griff behutsam nach ihrer Hand, um sie zu halten.

Sie sahen sich eine Zeitlang einfach nur an, und er fragte sich, ob er es wagen, sich vorbeugen und sie küssen sollte oder ob sie ihm dann eine Backpfeife verabreichen würde. Doch dann ertönte von draußen ein lautes Bellen, und der Moment war verflogen. Er ließ ihre Hand wieder los.

»Tony sagte mir, Sie waren vorhin auf der Suche nach mir?«, fiel ihm wieder ein.

»Ich wollte Ihnen nur einen kleinen Mittagssnack vorbeibringen. Aber Sie waren nicht da.«

»Ich war mit George im Café und danach einkaufen«,

betonte er noch einmal, damit sie auch sicher sein konnte, dass da keine andere Frau im Spiel war.

Sie nickte. »Ich muss gleich, wenn meine Kekse fertig sind, ein paar Lieferungen ausfahren. Sehen wir uns zum Dinner?«

»Aber selbstverständlich.«

»Heute stößt Alex dazu, ich hoffe, das ist okay?«

»Ja, sicher. Ich freue mich darauf, sie kennenzulernen.« Er hatte schon ein paar Geschichten gehört, unter anderem hatte Tony ihm davon erzählt, wie Vicky und Alex sich als Zwölfjährige die BHs mit Papiertaschentüchern ausgestopft hatten. Eine weitere peinliche Story, für die Vicky ihrem Dad mit einer Salatdiät gedroht hatte.

»Sehr schön. Dann wie gewohnt um halb sieben«, sagte sie jetzt.

Sie lächelten sich noch einmal an, dann nahm er seine Keksdose in die Hand und ging. Doch er konnte kaum geradeaus gehen, so weich waren seine Beine. Ach, hätte er sie doch nur geküsst, als er die Gelegenheit dazu gehabt hatte. Sie waren beinahe nie ganz für sich allein, und später würden Tony und dazu noch Vickys Freundin dabei sein. Er musste es irgendwie schaffen, ein bisschen Zeit nur mit Vicky zu verbringen. Bis heute Abend musste er sich etwas überlegen, und er wusste jetzt schon, dass sein Manuskript darunter leiden würde, da er immer nur an diese großartige junge Frau würde denken müssen, die ihm die besten Kekse der Welt mitgegeben hatte. Wenn sie schon so grandios backte, wie würde sie dann erst küssen?

Er wollte es unbedingt bald herausfinden. Bevor sie ihm nicht nur seine Konzentration, sondern auch noch seinen Schlaf raubte.

Kapitel 20

Victoria

Alex und Liam trafen beide gleichzeitig um Viertel nach sechs ein, und sie lachten und verhielten sich, als würden sie sich bereits ewig kennen. Vicky sah ihre beste Freundin stirnrunzelnd an, nachdem Liam ins Esszimmer durchgegangen war.

»Was ist denn so lustig?«, erkundigte sie sich flüsternd.

»Ach, ich hab ihn nur gefragt, ob er schon zugenommen hat, weil du ihn doch jeden Abend mit deiner Hausmannskost vollstopfst.«

»Ich stopfe ihn nicht voll!«, stellte sie klar.

»Wie auch immer. Er hat gesagt, die Hosen werden schon langsam eng. Sag mal, wieso trägt der denn schicke Anzughosen auf einer Walnussfarm? Läuft er etwa immer so rum?«

»Ist sein Style, denke ich. Hab ihn noch nie in einer Jeans oder Shorts gesehen.«

»Freak!«, meinte Alex, selbst in Jeans und einem engen weißen T-Shirt. Ihr langes blondes Haar trug sie offen. Sie sah viel zu gut aus heute Abend, vielleicht war es doch keine so grandiose Idee gewesen, sie einzuladen. Nachher verliebte Liam sich noch in sie!

Aber dann musste Vicky wieder an heute Nachmittag zurückdenken. Daran, wie er ihre Hand genommen hatte, als wäre es das Natürlichste der Welt. Einen Augenblick lang hatte sie gedacht, er würde sie küssen. Sie musste gestehen, sie hätte nichts dagegen gehabt.

Die wunderschönen Blumen hatte sie in ihr Schlafzimmer gestellt und die anderen endlich weggeworfen, da sie bereits mehr als welk waren.

»Nun geh schon durch!«, forderte sie Alex auf. »Sonst denkt er noch, wir stehen hier und lästern über ihn.«

»Tun wir doch auch, oder?« Alex grinste frech.

»Nein, tun wir nicht«, widersprach sie und ging voran. Sie fragte alle, was sie gern zu trinken hätten, und holte Wasser, Rot- und Weißwein aus der Küche. Dabei entging ihr nicht, dass Liam ihr hinterher sah.

Als sie sich zu ihm, Alex und ihrem Dad an den Tisch setzte, waren die drei bereits in ein Gespräch vertieft.

»Haben Sie bei Ihrer Führung die Kapelle im Mission Inn gesehen?«, fragte Alex Liam gerade.

»Ja«, antwortete er und nahm einen Schluck Rotwein. »Und ich war schwer beeindruckt.«

»Meine Schwester hat vor drei Jahren dort geheiratet«, ließ Alex ihn wissen.

»Ach, tatsächlich? Welch Ehre! Dort hat doch auch schon Präsident Nixon geheiratet.«

»Und Reagan!«, fügte ihr Dad hinzu.

»Nein, der hat im Mission Inn, soviel ich weiß, nur seine Flitterwochen verbracht«, widersprach Liam, und sie konnte ihn nur erstaunt ansehen. Woher wusste er denn so etwas?

»Sie sind aber gut informiert«, meinte Alex lachend.

»Ja, ich habe eine sehr gute Quelle, was diese Art von Geschichten betrifft.«

»Die siebzigjährige Moderatorin von dieser Promi-Sendung, die Sie verführen wollte?«, neckte Vicky ihn und trank von ihrem Weißwein.

Liam, dessen Glas bereits leer war, grinste schräg. »Nein, meinen Freund George Knox, der wirklich über alles und jeden hier in Riverside Bescheid weiß – auch über Sie!«

»Ach ja?«, fragte ihr Dad. »Was erzählt der alte George denn so über uns?« Ihr Dad und George kannten sich seit Ewigkeiten, das war ihr jetzt klar, da sie seinen vollen Namen wusste. Manchmal spielten sie sogar zusammen Skat.

Liam sah ein wenig unsicher aus, und Vicky schenkte ihm sein Glas voll. »Das sollte ich vielleicht besser nicht weitergeben«, meinte er und nahm einen Happen von seiner Pasta mit Spinat-Gorgonzola-Sauce, die ihr heute leider gar nicht so gut gelungen war. Die Nudeln waren zu weich und die Sauce überwürzt. Es hatte wohl an der Aufregung gelegen, dass sie die Hauptspeise verhauen hatte. Liam trank ein halbes Glas Wasser und griff dann zu dem Brot, sie sah ihm deutlich an, dass es ihm nicht so schmeckte wie sonst.

»Nun seien Sie nicht schüchtern, raus mit der Sprache!«, forderte ihr Dad. Auch Alex und sie sahen ihn gespannt an.

Liam nahm direkt noch ein paar Schlucke, diesmal aber wieder Wein. Er wirkte nun ziemlich nervös. »Nun ja … also, über Sie, Vicky, hat er mir erzählt, dass Sie genauso aussehen wie Ihre Mutter und dass Sie genauso eine gute Seele sind.«

»Womit er recht hat«, meinte Alex.

Vicky war zutiefst bewegt und konnte darauf gar nichts antworten, allerdings fragte sie sich, wieso Liam das nicht hatte preisgeben wollen.

»Aha!«, machte ihr Dad. »Und was sagt er über mich, der alte Schlaumeier?«

»Gar nichts.«

»Liam!« Ihr Dad sah ihn streng an, und Liam blickte kurz zu ihr rüber und trank noch ein bisschen, bevor er antwortete.

»Okay, okay … er sagt, dass Sie Joe Hancock noch vierzig Dollar schulden und dass Sie seit Katherines Tod … ein alter Griesgram geworden sind, der ständig nur am Meckern ist.«

»Ach, der Schwachkopf weiß doch nicht, wovon er spricht. Natürlich muss ich meckern, wenn meine Freunde sich wie Idioten aufführen«, verteidigte er sich.

»Dad!«, schimpfte Vicky sogleich. »Wenn deine Freunde hören könnten, wie du sie betitelst.«

»Mir doch egal. Die sollen froh sein, dass sie überhaupt noch meine Freunde sind. Erst recht George, der dreifache Idiot!«

Sie konnte Liam ansehen, dass er bereute, überhaupt etwas gesagt zu haben. »Das ist wohl auch gar nicht Georges persönliche Meinung, sondern das, was man sich so erzählt«, versuchte er die Situation zu retten, machte es damit aber eher noch schlimmer.

»Wie läuft es denn mit Ihrem Buch?«, versuchte Alex schnell das Thema zu wechseln.

»Der bekommt was von mir zu hören, wenn ich ihn morgen sehe«, schimpfte ihr Dad weiter. »Und dann werde ich's ihm zeigen und ihn mal so richtig schlagen.«

»Oh nein, bitte nicht!«, sagte Liam besorgt.

Vicky lachte. »Nein, nein, er will ihn doch nur im Skat schlagen. Das hoffe ich zumindest?« Sie warf ihrem Vater nun doch einen unsicheren Blick zu.

»Ich werde ihm den letzten Cent seiner Rente nehmen«, maulte ihr Dad.

Alex meldete sich wieder zu Wort. »Es spielt auf einer

Walnussfarm?«, fragte sie Liam, als hätte sie ihren aufgebrachten Vater überhaupt nicht gehört. Ein bisschen recht hatte George ja schon. Früher war ihr Dad mal so ein fröhlicher Kerl gewesen, doch seit ihre Mom nicht mehr da war, war auch seine gute Laune weg. Die meiste Zeit zumindest. Erst Liam hatte ihn wieder ein wenig aufblühen lassen, wofür sie wirklich dankbar war.

Liam sah von Alex zu ihr, zu ihrem Vater und wieder zu Alex. »Ja, genau. Auf einer Walnussfarm Mitte des letzten Jahrhunderts.«

»Oooh! Ich liebe diese Zeit!«, gab Alex preis. »Audrey Hepburn und Marilyn Monroe, *Casablanca* und *Vom Winde verweht* … oh, wussten Sie schon, dass der Film hier bei uns in Riverside seine Premiere gefeiert hat?«

Liam nickte. »Darüber habe ich gelesen. Ist schon faszinierend, was sich so alles in Riverside ereignet hat.«

»Ja, wir lieben unsere Stadt, nicht wahr, Vicky?« Sie stupste sie an.

»Es gibt keine bessere«, bestätigte sie.

Ihr Dad grummelte irgendwas vor sich hin, und bevor er wieder anfangen konnte zu schimpfen, fragte Vicky ihre Freundin: »Wie geht es denn Princess? Hat sie sich ein wenig erholt?«

»Leider nicht. Sie scheint wirklich zu leiden. Morgen werde ich den Tierarzt holen müssen.«

Liam räusperte sich. »Darf ich fragen, wer Princess ist?«

»Eine meiner Stuten. Sie hat seit Tagen Bauchschmerzen, und es wird einfach nicht besser«, erzählte Alex. »Vielleicht ist es doch etwas anderes als nur ihre Verdauung.«

»Wenn Sie mögen, kann ich morgen mal vorbeischauen und sie mir ansehen«, bot er an, und kurz sahen ihn alle am Tisch verwirrt an.

»Ach, stimmt ja, Sie haben Tiermedizin studiert! Das habe ich doch irgendwo gelesen«, meinte ihr Dad und ließ endlich von dem anderen Thema ab.

»Nun ja, ich bin kein promovierter Tierarzt, habe aber vier Jahre College und zwei am Pima Medical Institute in Seattle hinter mir, wo ich Veterinärmedizin studiert habe. Deshalb verstehe ich zumindest ein bisschen was davon. Wie gesagt, könnte ich mir Princess mal ansehen, vielleicht finde ich ja heraus, was sie hat.«

»Das wäre wirklich super!«, sagte Alex strahlend.

»Wieso haben Sie Ihr Studium abgebrochen?«, wollte ihr Dad natürlich sofort wissen.

»Es hat sich einfach so ergeben«, erwiderte Liam, und sie konnte an seinen Augen ablesen, dass etwas sehr Tragisches der Grund für seinen Abbruch gewesen sein musste.

Keiner ging näher darauf ein, ihr Dad zum Glück auch nicht, und sie aßen weiter und genossen den Wein. Zum Nachtisch gab es einen köstlichen Vanillepudding, der ihr glücklicherweise wie immer gut gelungen war. Vicky hatte ihn mit echter Vanille gemacht, die sie von einer Bekannten namens Cecelia bekommen hatte. Die Gute besaß eine eigene Vanillefarm im Napa Valley, Vicky hatte sie über das Forum der *Farmers of California* im Internet kennengelernt.

Der Abend wurde doch noch wirklich schön, und als Alex gegen halb neun sagte, dass sie sich aufmachen wollte, meinte ihr Dad, dass er dann jetzt lesen gehen würde.

»Und Sie?«, fragte Liam Vicky.

»Ich muss hier Klarschiff machen. Den Abwasch erledigen und so weiter.«

»Wenn ich Ihnen dabei helfe, machen Sie dann einen kleinen Spaziergang mit mir?«

Er sah sie so lieb an, dass sie ihm seine Bitte nicht abschlagen konnte. Sie antwortete mit einem Lächeln. »Gerne.«

Sie brachte ihre Freundin zur Tür, die natürlich noch ein paar eindeutige Kussgesten machte und sie breit angrinste. Nachdem Vicky sie lachend hinausgeschubst hatte, brachte sie das restliche Geschirr in die Küche, wo Liam bereits das Spülwasser ins Waschbecken einlaufen ließ.

»Sie haben keine Spülmaschine, oder?«, fragte er. »Zumindest hab ich keine gefunden.«

»Nein, wir leben hier noch ziemlich altmodisch. Mir macht es nichts aus. Wir sind ja für gewöhnlich nur zu zweit, da fällt nicht allzu viel schmutziges Geschirr an.«

Liam nickte, nahm die Spülbürste in die Hand und schrubbte die Gläser sauber. Er stellte sie in die Abtropfvorrichtung, woraus Vicky sie sich nahm und abtrocknete. Es war richtig schön, das mal mit jemandem zusammen zu machen. Mit einem Mann, der dabei auch noch so gut aussah. Wahrscheinlich sah Liam aber sogar beim Müllrausbringen noch umwerfend aus, vermutete sie.

»Es tut mir sehr leid, dass ich vorhin nicht meinen Mund gehalten habe«, sagte er jetzt.

»Was meinen Sie? Etwa das, was George über meinen Dad gesagt hat?«

Er nickte. »Ich denke, da hat der Wein aus mir gesprochen. Ich trinke sonst nichts, müssen Sie wissen.«

»Oh«, entgegnete sie und notierte es sich gedanklich. »Ich hoffe, Sie haben nicht nur aus Gruppenzwang mitgetrunken.«

»Nein, nein, ich glaube, ich brauchte … Mir war heute einfach danach.«

Sie betrachtete ihn. »Machen Sie sich da mal keine Sorgen. Mein Dad nimmt es Ihnen sicher nicht übel und wahrscheinlich nicht einmal George. Er hat ja recht mit dem, was er sagt. Mein Dad *ist* ein alter Griesgram! Früher war er ganz anders, vor …«

»Vor dem Tod Ihrer Mutter?«

Sie nickte.

»Wann ist sie gestorben, wenn ich fragen darf?«

»Vor sieben Jahren.«

»Das tut mir sehr leid. Es muss schwer gewesen sein. Ich kann mir ein Leben ohne meine Mutter überhaupt nicht vorstellen.«

»Es war schwer, ja. Aber zum Glück haben Dad und ich ja noch einander.«

»Ja, das ist wirklich schön.«

Sie waren fertig mit dem Abwasch und gingen nach draußen. Es war fast neun und längst dunkel, und doch war es noch warm, sodass sie keine Jacke mitnehmen musste.

»Ihre Freundin ist wirklich nett«, sagte Liam, als sie nebeneinander hergingen. Sie hatte wieder die Taschenlampe mitgenommen, die ihnen den Weg leuchtete, da nur rund ums Haus Licht brannte.

»Ja, sie ist toll. Wir kennen uns schon seit der fünften Klasse, und sie ist immer für mich da. Ich möchte sie nicht missen.«

»Ja, es ist schön, beste Freunde zu haben.«

Wieder klang etwas in seiner Stimme mit, das sie nicht deuten konnte. Hatte er einen Freund verloren? Er wirkte traurig.

»Und erzählen Sie mir jetzt, was George noch über mich gesagt hat? Dass ich meiner Mutter ähnele, war doch bestimmt nicht alles, oder?« Sie konnte es sich zumindest nicht vorstellen.

»Äh … ich will es mir mit Ihnen nicht auch noch verscherzen«, sagte er.

»Das wird nicht passieren. Seien Sie nur ehrlich. Ich schätze ehrliche Menschen.«

»Ja, ich auch, aber … das wird Ihnen sicher nicht gefallen.«

»Ich kann es mir eigentlich schon denken. Es geht um einen Mann, oder?«

Im Schein der Taschenlampe konnte sie Liam nicken sehen. Oje, was er wohl von George erfahren hatte?

»Um einen Mann, der Sie verletzt hat«, gab er dann doch preis. »Was mir ehrlich leidtut. Das haben Sie nicht verdient, wo Sie doch immer so nett zu allen sind.«

Oh, wie er sie wieder ansah …

»Danke. Das bedeutet mir viel, dass Sie das sagen.« Ihr Herz schlug Purzelbäume, ihr Bauch war voller Schmetterlinge, ihr ganzer Körper glich einem Vulkan, der jeden Moment auszubrechen drohte. Sie nahm all ihren Mut zusammen. »Darf ich Sie etwas fragen, Liam?«

»Aber natürlich.«

»Wann werden Sie mich denn nun endlich küssen?«

Liam blieb stehen, und sie tat dasselbe. Mit einem Lächeln im Gesicht drehte sie sich zu ihm und hielt seinem Blick stand.

»Wie … äh … woher wissen Sie, dass ich das vorhatte?«, brachte er zaghaft heraus.

»Ich hatte es so im Gefühl …«

»Möchten Sie denn, dass ich Sie küsse?«, fragte er, statt es einfach endlich zu tun!

»Ich dachte, das hätte ich Ihnen inzwischen deutlich gemacht …«

Sie ging einen Schritt auf ihn zu und streckte sich, da er

doch ein wenig größer war als sie. Und dann … brach der Vulkan aus! Als er nämlich seine Hand um ihre Taille legte, sie an sich zog und endlich ihre Lippen die seinen berührten.

Dann verschmolzen sie miteinander, und Vicky wusste, von morgen an würde alles anders sein.

Kapitel 21

Abigail

»Und wir gucken wirklich den ganzen Abend zusammen Filme?«, fragte Bella etwa zur selben Zeit ganz aufgeregt.

»Ja klar, das hab ich doch gerade gesagt«, antwortete Abby und fuhr den alten Toyota auf den Parkplatz vor ihrem Wohnblock. Sie wusste sowieso, dass Bella nicht mehr sehr lange durchhalten würde. Und selbst wenn doch, es war Freitag und morgen keine Schule, also konnte sie ihrer Kleinen ruhig solch ein Versprechen geben.

Sie ließ Bella aussteigen, schnappte sich die Tüte mit Resten aus dem Diner vom Beifahrersitz und schloss das Auto ab. Dann stiegen sie zusammen die Treppen zur Zweizimmerwohnung hinauf.

Als sie zehn Minuten später mit dem aufgewärmten Essen ins Wohnzimmer kam, wo die ausziehbare Couch stand, auf der Abby schlief, wartete Bella schon auf ihren gemeinsamen Abend. Sie hatte bereits eine DVD reingelegt, die sie neulich für einen Dollar auf dem Flohmarkt ergattert hatten. *Mary Poppins*. Abby erinnerte sich noch gut, dass sie den Film als Kind selbst sehr gemocht hatte. Sie hatte ihn eine Zeitlang ständig geguckt, zusammen mit Vicky, bevor das magische

Kindermädchen durch *Der Zauberer von Oz* ersetzt wurde. Danach waren nicht mehr viele Kinderfilme gefolgt.

»Was gibt's zu essen?«, erkundigte sich Bella.

»Nuggets, Zwiebelringe und Pommes. Sie sind nicht mehr ganz so frisch, sollten aber noch einigermaßen schmecken. Und zum Nachtisch gibt es Donuts.« Die hatte sie heimlich eingesteckt, als Randy nicht hingesehen hatte. Jetzt machte es eh nichts mehr aus, da sie sich schon sehr bald von ihm, dem Diner und diesem schrecklichen Job verabschieden würde.

»Lecker!«, sagte Bella und nahm sich eine Handvoll Pommes. Sie aß sie wie immer ohne alles, während Abby ihre dick in Ketchup tunkte, wie sie es schon immer getan hatte. Sie tat Ketchup so gut wie überall drauf, denn es machte alles geschmacklich erträglicher, so alt oder übel das Essen auch war.

»Kennst du Mary Poppins schon?«, fragte Bella und sah gespannt auf den Fernsehbildschirm.

»Ja. Sie ist ein Kindermädchen, das zaubern kann. Wird dir gefallen«, war sie sich sicher.

Und sie hatte recht. Die nächsten anderthalb Stunden begleitete ihre kleine Tochter völlig fasziniert Mary, Bert, Jane und Michael durch das London des beginnenden zwanzigsten Jahrhunderts. Währenddessen driftete Abby mit ihren Gedanken ständig ab. Sie konnte die ganze Zeit nur an Morris denken, den sie am Dienstag wiedergesehen hatte. Wie versprochen, war er auf seinem Weg nach Kanada in den Diner gekommen, und zwar schon am frühen Nachmittag, was sie natürlich davon abgehalten hatte, ein wenig Zweisamkeit zu finden. Doch Abby hatte ihm eine Portion Zwiebelringe ausgegeben, sie hatten sich ziemlich lange unterhalten und miteinander geflirtet. Und schließlich hatte

Morris beschlossen, noch zu bleiben und auf Abbys Pause zu warten, in der sie sich ein Zimmer in dem günstigen Motel gleich gegenüber nahmen. Abby hatte nur eine Stunde – eigentlich eine halbe, aber Randy war nicht da, und sie hatte noch was gut bei Trisha –, doch sie erlebte den besten Sex aller Zeiten, einfach weil sie dabei an all die Möglichkeiten dachte, die Morris ihr verschaffen konnte.

Nach dem Sex hatte sie erfüllt in seinen Armen gelegen und mit den Haaren auf seiner Brust gespielt. Morris wohnte in San Diego, von wo er heute Morgen aufgebrochen war.

»Wo fährst du diesmal hin? Wieder nach Kanada?«, hatte sie ihn gefragt, und er hatte geantwortet: »Ja, und beim nächsten Mal wahrscheinlich nach New Orleans.«

Der Wunsch, einfach mit ihm mitzufahren, war immer stärker geworden. »Du weißt gar nicht, wie gerne ich einfach in deinen Truck steigen und mit dir mitkommen würde«, sagte sie bedauernd.

»Was hält dich davon ab?«, fragte er.

»Meine kleine Tochter.«

»Das Mädchen, das immer in der Ecknische schläft?«

Er hatte also doch mitbekommen, dass sie ein Kind hatte, auch wenn sie sich noch so bemüht hatte, Bella vor ihm geheim zu halten.

Sie nickte nun. »Ja. Bella. Ich wüsste nicht, wohin mit ihr.«

»Mitnehmen können wir sie nicht, es wäre kaum genug Platz für uns beide im Truck. Das Bett hinter den Sitzen ist eng. Für dich könnte ich allerdings ein bisschen zur Seite rücken«, sagte er augenzwinkernd.

»Meinst du das auch ernst? Du würdest mich wirklich mitnehmen?« Sie wollte ganz sicher sein, dass er nicht nur so daherredete, sondern aufrichtig war.

»Aber sowas von!«

»Warum? Warum würdest du eine Frau mit auf Reisen nehmen, die du kaum kennst?«

»Na, ich wäre doch verrückt, wenn nicht, oder? Dass du dich überhaupt für mich interessierst, Abby ... Ich meine, du bist der heißeste Feger, der mir je unter die Augen gekommen ist. Und ich bin nur ein alter, bärtiger Trucker.«

Sie musste lachen. Er war gerade mal zwölf Jahre älter als sie, so alt war das nun auch noch nicht.

»Okay, ich werde mir etwas einfallen lassen, ja?«

Sie verabschiedeten sich, und Abby sah Morris nach, wie er in seinem Truck davonfuhr. In Richtung Freiheit. In ihr kribbelte alles, und sie wusste nur eins: Genau das wollte sie auch.

Als sie jetzt zu Bella rüberblickte, war sie eingeschlafen. Sie trug sie in ihr Bettchen und küsste sie auf die Wange.

»Supercali ...«, murmelte Bella im Halbschlaf, wusste aber nicht weiter.

»Supercalifragilisticexpialigetisch«, vollendete Abby das lustige Wort von Mary Poppins.

Bella schlief mit einem Lächeln im Gesicht ein, und Abby rann eine Träne übers Gesicht.

»Es tut mir so leid, meine Süße. Aber wenigstens wirst du bald endlich deine Tante und deinen Grandpa kennenlernen. Sie werden dich so toll finden, denn du bist genau das, was sie immer gern in mir gesehen hätten.«

Ja, Bella war eine bessere Version von ihr selbst, und wie immer fragte sie sich, wie sie sie je zustande bekommen hatte, noch dazu mit einem Versager wie Larry. Wo Larry jetzt wohl war? Was er machte? Er hatte sich kein einziges Mal nach seinem Kind erkundigt. Nun, wie hätte er das tun sollen? Sie hatte ja ihre alte Handynummer nicht mehr, und er wusste nicht, wo sie war. Und sie hatte ihrerseits keine Versuche unternommen, ihn mit seiner Tochter zusammenzubringen. Sie hatte ihn abgehakt, er war nur ein weiterer Fehler aus ihrer Vergangenheit. Doch jetzt war da Morris, und sie spürte, mit ihm konnte sie endlich ihr Glück finden.

Niemals hatte sie so etwas empfunden. Endlich konnte sie der Mensch sein, der sie immer hatte sein wollen. Und es war eine Tragödie, dass ihre Tochter ihr da leider im Weg stand. Doch sie konnte auf sie keine Rücksicht nehmen. Wenn sie für Bella auf diese Chance verzichtete, würde sie sie für den Rest ihres Lebens dafür verantwortlich machen, was ihr alles entgangen war. Dass sie in diesem Scheißleben feststeckte.

Sie wollte nichts anderes, als es hinter sich zu lassen. Sie hoffte so, dass sich alles zum Guten wenden würde. Und deshalb setzte sie sich jetzt an den Wohnzimmertisch, dessen eines Bein locker war, weswegen er wie irre wackelte. Doch bald würde dieser Tisch genau wie alles andere nur noch eine vage Erinnerung sein. Wenn sie nämlich mit Morris unterwegs war und sich den Wind der endlos weiten Highways ins Gesicht wehen ließ. Sie würden hier und da anhalten, sich lieben und Fotos machen, die sie Bella schicken würde.

Vielleicht wäre es für die Kleine aber auch besser, wenn sie erst mal eine Weile nichts von sich hören ließ. Um sich mit den neuen Umständen anzufreunden und sich an die neuen Menschen in ihrem Leben zu gewöhnen. Abby hatte keinen Zweifel, dass ihre Schwester und ihr Vater sich gut um sie kümmern würden. Sie kannte keinen Ort, wo Bella besser aufgehoben wäre als auf der Walnussfarm.

Sie ging die Box holen, die sie in der Nacht damals unter ihrem Bett hervorgezogen und eingesteckt hatte. Ein paar Dinge waren dazugekommen, wie das Busticket von dem Tag, an dem sie für den Werbespot vorgesprochen hatte, der positive Schwangerschaftstest und das Armbändchen mit ihrem Namen drauf, das man Bella im Krankenhaus gleich nach ihrer Geburt umgebunden hatte, um sie unter den vielen anderen Babys wiederzufinden.

Sie konnte sich noch gut an den Tag erinnern. Es war eine schwere, aber kurze Geburt gewesen. Nach nur vier Stunden Wehen hatte Bella sich aus ihr herausgezwängt und geschrien wie am Spieß. Und zuerst hatte Abby gar nichts mit diesem hässlichen kleinen Ding anfangen können, das vollgeschmiert war mit gelbem Zeugs. Doch nachdem man die Kleine gewaschen und ihr auf die Brust gelegt hatte, und als sie ihr, so hilflos und süß, zum ersten Mal in die Augen geblickt hatte, war es um sie geschehen. Es war Liebe auf den ersten Blick gewesen. Eine Liebe, von der sie schon so viel gehört, die sie aber bei einem Mann noch nie erfahren hatte. Doch in diesem einen Moment, da wusste sie, dass es sie gab. Und sie versprach Bella, wie sie sie nannte, weil sie das Schönste war, was sie je gesehen hatte, dass sie ihr Bestes geben würde, um eine gute Mutter und immer für sie da zu sein. Dass sie sie lieben und alles tun würde, damit sie es im Leben gut und sicher hatte.

Sie wünschte so, sie hätte ihr Versprechen halten können.

Von Anfang an war sie zum Scheitern verurteilt gewesen. Sosehr sie sich auch anstrengte, sie hatte es einfach nicht hinbekommen, Bella all das zu bieten, was sie brauchte. Angefangen bei ihrem miesen Job und der Bruchbude, in der sie wohnten, bis hin zu den ungesunden Resten, die sie aus dem Diner mitbrachte, weil sie gratis waren und sie niemals gelernt hatte zu kochen.

Sie wünschte wirklich, sie hätte ein bisschen mehr so sein können wie ihre Mom. Sie nahm den Deckel von der stabilen alten Zigarrenkiste, die ihr Grandpa ihr vor vielen Jahren überlassen hatte, und suchte das Foto heraus, das ihr das liebste war. Es zeigte sie mit ihrer Mutter, es war bei der jährlichen Erntedankparade aufgenommen worden, und sie war darauf dreizehn Jahre alt. Sie trugen beide Blumenkränze im Haar. Abby konnte sich an diesen Tag erinnern, als wäre es erst gestern gewesen. Er war deshalb so besonders, weil ihre Schwester an diesem Herbstwochenende auf einem dreitägigen Schulausflug in Monterey gewesen war und sie ihre Mom ganz für sich allein gehabt hatte. Während ihre Eltern sonst in allem immer nur Vicky bevorzugten, ihre perfekte, superschlaue Tochter mit den guten Noten und dem immer angemessenen Verhalten, war Abby an diesem Wochenende und besonders an diesem Festtag der Mittelpunkt von allem gewesen. Es war der wahrscheinlich schönste Tag ihrer Kindheit gewesen.

»Oh Mom, du fehlst mir so«, sagte sie und legte sich auf die Couch, ohne sich die Mühe zu machen, sie auszuziehen. Sie hielt sich das Bild ans Herz und legte beide Hände darüber, als wäre es ihr wertvollster Besitz. »Ich weiß, du wärst furchtbar enttäuscht von mir, wenn du mich jetzt sehen könntest«, fuhr sie fort, den Blick gen Himmel gerichtet. »Doch ich kann es einfach nicht besser. Ich bin nicht dafür geschaffen, perfekt zu sein.«

Sie zwinkerte die aufkommenden Tränen weg und schloss die Augen. Und dann dachte sie an alles, was sich für Bella und sie verändern würde. Sie war sich sicher, am Ende würden sie beide viel glücklicher sein. Vielleicht war es das eine Mal, dass sie doch alles richtig machte.

Mit ihrer Mutter und der Walnussfarm in Gedanken schlief sie ein, und sie träumte von endlosen Walnussbaumreihen, der heißen südkalifornischen Sonne und ihrer Schwester, die ihr mit offenen Armen entgegenkam.

Kapitel 22

Liam

Es war noch früh am Morgen, die Sonne ging gerade auf. Liam hatte nicht mehr schlafen können und war deshalb an die frische Luft gegangen. Er hatte sich gedacht, er könnte doch ein wenig über die Plantage spazieren, bevor die ersten Helfer eintrafen, und es war eine gute Idee gewesen.

Jetzt stand er direkt vor dem Baum, den Vicky als den ältesten der Farm bezeichnet hatte, und schloss die Augen. Atmete ein paarmal tief ein und wieder aus und war einfach nur glücklich, das hier erleben zu dürfen. Nicht nur seinen Aufenthalt auf der Walnussfarm und die damit verbundene Inspiration, die seinem Buch so wunderbar guttat, sondern vor allem auch die Begegnung mit Vicky, die sein Herz im Sturm erobert hatte.

Langsam ging er zurück zur Hütte, setzte sich an sein Manuskript und verlor sich in einer anderen Welt.

Er wurde aus seiner Trance gerissen, als es an der Tür klopfte, und ging öffnen. Vicky stand davor, einen Stapel Handtücher in den Händen. Sie lächelte ihn fröhlich an.

»Guten Morgen! Ich dachte, du brauchst vielleicht ein paar frische.«

»Oh. Ja, danke, das ist nett.« Er nahm die Handtücher entgegen und betrachtete Vicky. Er war sich noch immer nicht sicher, ob der Kuss gestern Abend real oder einfach nur ein schöner Traum gewesen war. Er hatte zu viel Wein getrunken, und da konnte es doch sein, dass er sich das alles nur eingebildet hatte, oder?

Doch es hatte sich so echt angefühlt. So wundervoll.

»Geht es dir gut?«, fragte Vicky, und er nickte.

»Ich bin nur immer noch ein wenig überwältigt von unserem Kuss gestern Abend«, gestand er und hoffte inniglich, dass sein schöner Traum jetzt nicht zerplatzen würde.

»Ja, der war toll«, erwiderte sie und lächelte noch ein bisschen mehr.

Er war also real gewesen! Vicky hatte es gerade bestätigt. Die entzückendste, großartigste, fürsorglichste und dazu hübscheste Frau, die er seit Langem getroffen hatte, hatte ihn geküsst und schien sogar ziemlich glücklich darüber.

Er konnte der Versuchung nicht widerstehen und zog sie an sich. Und diesmal hatte *er* vor, *ihr* den Atem zu rauben.

»Wow!«, sagte sie, als er sie endlich losließ. »Und ich dachte schon, ich müsste zukünftig immer den ersten Schritt machen.« Sie zwinkerte ihm schelmisch zu.

»Nein, das wird nicht nötig sein.« Er zwinkerte zurück und brachte dann die Handtücher weg. »Meine Wäschetruhe ist schon ganz schön voll. Dürfte ich vielleicht mal eure Waschmaschine benutzen? Falls nicht, ist das auch okay, dann suche ich mir einen Waschsalon.«

»Nein, nein, das geht klar. Oder … ich kann sie dir doch einfach waschen. Heute nach dem Mittagessen. Da steht die Sonne so hoch und heiß am Himmel, dass die Sachen bis heute Abend trocken sein werden, wenn wir sie draußen auf die Leine hängen.«

»Oh, das wäre wirklich super. Ich will dir aber keine Umstände machen.«

»Das ist wirklich kein Problem.«

Er lächelte sie dankbar an, speicherte sein Manuskript ab, schaltete den Laptop aus und legte ihn in die Schublade. Dann steckte er sich die Geldbörse in die Hosentasche, nahm seinen Autoschlüssel und den für die Hütte.

»Oh, was hast du vor? Wieder George treffen?«

»Ja, aber vorher möchte ich noch auf der Ranch von deiner Freundin Alex vorbeischauen. Ich hatte ihr doch versprochen, nach Princess zu sehen, und das mache ich besser früher als später.«

»Da wird Alex sich freuen.«

Sie traten aus dem Cottage, und während er abschloss, kaute Vicky auf ihrer Unterlippe herum, schien zu überlegen. Dann sagte sie: »Wäre es okay, wenn ich mitkäme?«

Er sah sie überrascht an. »Hast du denn hier auf der Farm nicht genug zu tun?«

»Doch, schon. Aber ich müsste eh noch mal in die Stadt, um ein paar Dinge aus dem Drug Store zu besorgen, und da dachte ich, wir könnten doch zusammen fahren. Wenn es dir nichts ausmacht. Ich störe auch nicht bei deinem Date mit George – versprochen.« Sie grinste ihn an, und er grinste zurück.

»Ich habe nichts dagegen.«

Sie gingen nebeneinanderher, und als sie das Haupthaus erreichten, bat Vicky ihn, kurz zu warten, weil sie ihrem Dad Bescheid sagen wollte, dass sie für eine Weile weg sein würde. Sie war innerhalb einer Minute wieder zurück.

»Nehmen wir den Mustang?«, fragte er.

»Ich wollte schon immer mal in einem 1967er Ford Mustang Cabrio fahren«, antwortete sie.

Er hatte ihn zusammen mit seinem Freund Josh restauriert, was er Vicky und Tony bereits bei einem der gemeinsamen Abendessen erzählt hatte. Da fiel ihm ein, dass er sich dringend mal bei Josh melden sollte, der einst sein bester Freund gewesen war. Sie hatten sich auf dem College kennengelernt, doch er hatte das Studium im Gegensatz zu ihm durchgezogen und arbeitete seit drei Jahren als Tierarzt in einer kleinen Klinik in Portland, Oregon. Nachdem Liam sich damals eine Auszeit vom Studium genommen hatte, um für Rudy da zu sein, hatte der Kontakt zu Josh merklich abgenommen. Und als er sich nach Rudys Tod dazu entschlossen hatte, nicht an die Uni zurückzukehren und stattdessen einen Roman zu schreiben, hatte ihre Freundschaft noch mehr darunter gelitten. Dann war Josh nach Portland gezogen, Liam hatte Erfolge gefeiert, und so hatten sie sich gänzlich aus den Augen verloren.

Doch seine Mom hatte ihm am Tag zuvor erzählt, dass Josh ihm eine SMS hinterlassen und geschrieben hatte, er solle sich doch mal wieder melden. Auch hatte sie ihm ausgerichtet, dass sein Agent Kevin angerufen und gefragt hatte, ob er endlich *in den Flow* gekommen sei und das Buch rechtzeitig fertig werden würde. Bei dem sollte er sich wohl auch mal melden, um ihn zu beruhigen. Aber nicht jetzt.

Jetzt gehörte seine Zeit ganz Vicky.

Sie stiegen ein und fuhren los. Der Fahrtwind wehte ihnen um die Ohren und zerwühlte Vickys Haar, was sie aber nicht schlimm fand. Ganz im Gegenteil, sie lachte ausgelassen.

»Du sagst mir, wo ich langfahren soll, ja?«, bat er. Er hatte zwar von Alex die Adresse erhalten, doch da Vicky dabei war, brauchte er das Navi nicht.

»Na klar«, antwortete sie. »Du, Liam, darf ich dich was fragen?«

»Ja, die Walnusskekse sind schon alle«, gab er zur Antwort.

Sie sah ihn erstaunt an. »Die ganze Dose?«

»Ich bin schon seit vier Uhr wach und habe geschrieben. Hab mir immer mal wieder einen herausgenommen, als Frühstück sozusagen, und plötzlich war sie leer.«

»Okayyy … na, dann muss ich wohl für Nachschub sorgen. Ich werde in den nächsten Tagen neue backen, ja?«

»Aber nicht extra für mich.«

»Doch, natürlich extra für dich. Ich mach das wirklich gerne«, entgegnete sie.

»Ich sag's doch: Du bist der netteste Mensch, den ich kenne.« Er schenkte ihr abermals ein Lächeln.

»Zu wem hast du das gesagt?«

»Na, zu allen. Zu George, zu meiner Mutter, zur netten Dame im Apple Store …«

»Ha! Wir haben hier überhaupt keinen Apple Store!«

»Na, dann hab ich das wohl nur geträumt.« Er grinste verschmitzt. Er fand es so schön herumzualbern. Ausgelassen zu sein. Normalerweise bekam er dazu ja aber nur selten die Gelegenheit, da er seine Tage allein in seinem Büro verbrachte. Denn selbst wenn er gerade nicht an einem Roman schrieb, hatte er doch einiges zu tun. Mal von den Interviews und den gelegentlichen Artikeln abgesehen, die er für mehrere Online-Portale schrieb, von der Website, die er ständig aktualisieren musste, den Social-Media-Beiträgen, die er versuchte, wenigstens zwei- oder dreimal wöchentlich zu posten, und den vielen E-Mails und Leserbriefen, die er beantworten musste, gehörte auch eine Menge Planung zu jedem neuen Buchprojekt: Recherche, Aufbau, Plot, Charakterentwicklung usw. Der Job eines Autors bestand wahrlich nicht nur aus dem reinen Schreibprozess.

»Mal ehrlich, Liam«, sagte Vicky nun und sah dabei leicht nervös aus. »Hast du deiner Mutter etwa von mir erzählt?«

»Aber natürlich! Ich erzähle meiner Mutter alles. Das ist außerdem nur fair, da dein Vater mich ja ebenfalls schon kennt.«

»Das ist doch etwas ganz anderes! Du wohnst schließlich auf seiner Farm.«

»Hast recht! Trotzdem würde meine Mom sich freuen, wenn wir alle mal eine Zoom-Konferenz abhalten könnten, damit sie dich näher kennenlernen kann.« Er schielte zu Vicky rüber und vernahm ihr erschrockenes Gesicht. »Du und sie und ich, vielleicht auch noch dein Dad und George. Und die Subway-Verkäuferin, die mir immer extra viele Jalapeños auf mein Sandwich legt.«

Sie boxte ihm gegen den Oberarm. »Du Schuft! Du hast mich die ganze Zeit verarscht!«, rief sie gegen den Wind an. »Du musst übrigens gleich links abbiegen und dann den Weg bis ganz ans Ende fahren«, wies sie ihn an.

»Ich hab dich nicht verarscht, wie kommst du denn darauf?«, fragte er lachend. »Und schlag mich nicht während des Fahrens, sonst bauen wir noch einen Unfall.«

»Deine Mutter will sich per Zoom mit mir unterhalten?«

Er lachte. »Nein, du hast Glück, sie kann Computer nicht ausstehen. Aber ich habe ihr von dir erzählt.«

»Ehrlich?«

»Ehrlich.«

»Dass ich deine Vermieterin bin?«

»Dass du einfach wunderbar bist.«

Sie strahlten vor sich hin und sahen nach vorn, während Liam bis ans Ende der holprigen Straße fuhr.

»Da vorne kannst du parken«, sagte Vicky und deutete mit dem Finger auf einen Platz, der sich neben einem großen, dunklen Haus befand. Es standen bereits zwei Autos dort, und er stellte sich dazu.

Sie gingen über die Ranch, die viel größer war, als er erwartet hatte. Vicky rief ein paar Leuten eine Begrüßung zu, und eine Frau um die sechzig, die gerade ein Pferd mit einem kleinen Mädchen darauf im Kreis herumtraben ließ, rief zurück: »Guten Morgen, Vicky! Alex ist bei Princess im Stall.«

»Danke, Marla!«

Er folgte Vicky, die zielgerichtet auf den Stall von Princess zuging.

»Alex? Wir sind's, Liam und Vicky!«, rief sie, bevor sie eintraten.

Zwei Sekunden später spähte Alex aus dem Stall und grinste. »Oho! Ihr beide zusammen? Damit hätte ich nun nicht gerechnet.«

Liam sah, wie Vicky ihrer Freundin einen bösen Blick zuwarf und wie diese dann zu lachen begann. Doch sogleich wurde sie wieder ernst.

»Danke, dass Sie vorbeigekommen sind, Liam. Heute geht es meiner Kleinen noch schlechter.«

Er schob sich an den beiden Frauen vorbei und betrat den Stall. Dort stand ein weißes American Quarter Horse, das sichtlich Schmerzen hatte. Es bewegte sich, als litte es unter Bauchweh. Er kam näher, sprach ein paar beruhigende Worte und strich der Stute über den Rücken. Dann tastete er sich zum Bauch vor und berührte ihn vorsichtig an verschiedenen Stellen.

Schnell war er beruhigt. »Gutes Mädchen«, sagte er und ging zu Alex, die in der Tür stand. »Ich glaube, ich kann Ihnen Ihre Sorgen nehmen. Ich kann es natürlich nicht mit hundertprozentiger Sicherheit sagen, doch ich glaube wirklich, es ist nichts Schlimmes. Princess hat sich gekrümmt, als ich ihren Darm abgetastet habe. Ich denke jedoch nicht, dass es etwas Ernsthaftes ist wie etwa eine Entzündung. Vielmehr vermute ich, dass da etwas feststeckt. Sie hat eine Verstopfung, und zwar eine ziemlich ausgeprägte.«

»Das dachte ich ja auch«, meinte Alex. »Doch ich habe bereits alles versucht, und nichts hat geholfen.«

»Haben Sie ihr Naturjoghurt unters Futter gemischt?«

»Ja. Seit einigen Tagen jeden Morgen einen Viertelliter.«

»Hmmm ... und was ist mit Leinöl?«

»Hat auch nichts genützt.«

Alex schien sich bestens auszukennen und hatte anscheinend selbst schon an alles gedacht. Außer vielleicht ...

»Wie sieht es mit Bier aus?«, erkundigte er sich.

»Bier?«, fragten beide Frauen gleichzeitig.

»Ist das dein Ernst?«, wollte Vicky wissen. »Das hier ist nämlich nicht allzu witzig.«

»Nein, ich mache keine Witze. Die Bierhefekulturen unterstützen die Verdauung und stabilisieren den Darm, außerdem binden sie Salmonellen, wobei ich aber nicht denke, dass wir es hier damit zu tun haben. Dennoch kann es nicht schaden. Versuchen Sie es einfach mal. Geben Sie ihr eine Woche lang täglich eine Flasche.«

»Aber wird Princess dann nicht betrunken?«, fragte Alex. »Sie ist doch gar keinen Alkohol gewöhnt.«

»Nehmen Sie alkoholfreies Bier. Malzbier ginge auch. Oder Sie besorgen getrocknete Bierhefe und geben täglich ein bisschen was davon in ihr Futter. Das wird helfen, Sie werden sehen.«

»Okay, dann probiere ich das gleich. Wir haben im Haus bestimmt noch ein alkoholfreies Bier.« Alex lief sofort los.

»Das wäre ja wirklich super, wenn das funktionieren würde«, meinte Vicky.

»Ich bin da ziemlich optimistisch.«

»Und du bist anscheinend ein Alleswisser, oder?« Sie grinste ihn schon wieder frech an.

»Das würde ich nicht sagen. Über dich weiß ich noch so einiges nicht.«

»Und über meine schöne Stadt sicher auch noch nicht«, wich sie gekonnt aus.

»Oh, ich glaube, Wikipedia und George haben mir so ziemlich alles erzählt, was es über Riverside zu berichten gibt.«

»Ach ja? Wusstest du, dass Riverside die zwölftgrößte Stadt Kaliforniens ist?«

»Ja.«

»Und dass die ersten Navelorangen Kaliforniens hier bei uns in Riverside angebaut wurden?«

»Klar.« Er lächelte sie an.

»Und dass die allerersten beiden Setzlinge von einer Frau namens Eliza Tibbets gepflanzt wurden, die bereits vor hundertfünfzig Jahren eine Frauenrechtlerin war und deren Statue sogar im Zentrum steht?«

»Eine beeindruckende Frau. Die Statue hab ich mir schon angesehen und mir fest vorgenommen, Eliza in meinem nächsten Buch zu erwähnen.«

»Ach, wirklich?« Vicky sah ihn begeistert an.

»Ja, wirklich.«

»Okay, aber nun zurück zu unserem Wissensspiel. Wusstest du auch schon, dass nicht nur Richard Nixon, sondern auch Bette Davis im Mission Inn geheiratet hat?«

»Steht in der Broschüre«, sagte er, gespielt gelangweilt.

Sie stemmte die Hände in die Hüften und ging den Gang

vor Princess' Stall auf und ab. »Wusstest du, dass in Riverside der weltgrößte Papier-Kaffeebecher steht? Der *Dixie-Cup*. Er ist über zwanzig Meter groß.«

Er musste lachen, da er das Riesending auch selbst schon im Vorbeifahren gesehen hatte. »Ja, was habt ihr euch da nur Verrücktes ausgedacht?«

So langsam gingen Vicky die Ideen aus, das konnte er ihr ansehen. Doch dann leuchtete anscheinend eine Glühbirne in ihrem Kopf auf. »Wusstest du, dass in Riverside der allererste Outdoor-Ostergottesdienst der Vereinigten Staaten von Amerika stattgefunden hat, und zwar auf dem Mount Rubidoux? Das war im Jahre 1909.«

Er lachte. »Nein, *das* wusste ich tatsächlich noch nicht.«

»Ist so! Er findet noch heute jedes Jahr am Ostersonntag statt.«

»Ich gebe mich geschlagen, du hast gewonnen«, sagte er und ließ die Schultern extra tief sinken.

»Ha!«, machte Vicky und tänzelte herum. »Und was bekomme ich nun für meinen Sieg?«

»Wie wär's mit einem Kuss?«, fragte er, und da war sie gleich mit einverstanden.

Er kam auf sie zu und küsste sie, drückte sie leicht gegen die hölzerne Stallwand und zeigte ihr, wie gern er sie hatte. Sie wurden immer leidenschaftlicher, und irgendwann hörten sie Gejubel und ließen, peinlich berührt, voneinander ab.

»Ich wusste es doch!«, rief Alex begeistert.

»Was wusstest du?«, fragte Vicky nach und nahm ein bisschen Abstand zu ihm.

»Na, dass ihr wie geschaffen füreinander seid«, sagte sie, als wäre das ganz offensichtlich.

»Ja? Meinen Sie?«, fragte er nach, seine Wangen ein wenig gerötet, das merkte er.

»Oh ja! Das war mir auf den ersten Blick klar«, erwiderte Alex und nickte dabei eifrig. Dann reichte sie ihm die Halbliterflasche Bier, und er öffnete sie und kippte sie in einen Eimer, den er der Stute hinhielt. »Hier, mein Mädchen, trink schön«, sagte er und sah zufrieden dabei zu, wie sie es sich schmecken ließ. Pferde mochten den Geschmack und noch mehr den süßlichen und hefigen Geruch von Bier, und er hoffte nur, dass er mit seiner Diagnose richtiggelegen hatte und es Princess helfen würde.

Kapitel 23

Victoria

»Du kannst wirklich gut mit Tieren umgehen«, sagte sie beeindruckt, nachdem sie gesehen hatte, wie Liam sich um die arme Princess gekümmert hatte. Auch war er toll, was Betty anging, und hatte beinahe jedes Mal ein Leckerli für sie dabei.

»Oh, danke für das Kompliment«, erwiderte er. Sie hatten sich von Alex verabschiedet und waren zurück zum Auto gegangen.

»Kannst du auch reiten?«, fragte sie, als sie wieder darinsaßen. Das hatte sie eigentlich schon auf der Hinfahrt fragen wollen, es aber wieder vergessen.

»Nein, ich bin ein Stadtkind, da wachsen wir mit anderen Dingen auf.«

Vicky hatte ihm bereits erzählt, dass sie seit ihrer frühesten Kindheit ritt. Allgemein hatte sie schon sehr viel von sich offenbart – im Gegensatz zu Liam! Sie wusste nur das, was im Internet zu lesen war, und das, was er selbst hin und wieder preisgab. Doch das war wirklich nicht viel. Es waren nur ganz belanglose Dinge, das einzige wirklich Bedeutungsvolle, was sie erfahren hatte, war, dass er mit seiner Mom zusammenwohnte und sie sehr liebte und schätzte. Sonst sprach er nicht so gern über seine Gefühle, was ja okay war, da sie sich noch gar nicht wirklich kannten. Doch sie fände es ehrlich schön, ein bisschen mehr über den wahren Liam Sanders zu erfahren.

»Ja, das kann ich mir vorstellen«, sagte sie. »In Seattle aufzuwachsen unterscheidet sich wohl sehr vom Leben hier im Süden Kaliforniens mit all den Farmen, Ranches und Plantagen.«

»Oh, ich bin nicht in Seattle aufgewachsen«, sagte Liam ganz unerwartet.

»Bist du nicht?« Sie versuchte sich daran zu erinnern, was in dem Wikipedia-Eintrag stand. Dort hatte sie doch gelesen, dass der Bestsellerautor Liam Sanders seine Jugend in Seattle verbracht hatte, oder nicht?

»Nein«, sagte er jetzt aber.

»Oh. Und wo bist du dann aufgewachsen?«

»In Minneapolis.« Weiter sagte er nichts dazu, und sie fragte sich, was das zu bedeuten hatte. Die nächsten Minuten herrschte ein merkwürdiges Schweigen zwischen ihnen, und sie war froh, als sie das Stadtzentrum erreichten, Liam in die Magnolia Avenue einbog und einen Parkplatz suchte. Zum Glück fand er auch gleich einen, doch er machte keine Anstalten, aus dem Wagen zu steigen. Stattdessen starrte er zu irgendeinem Fleck die Straße hinunter, den Vicky nicht identifizieren konnte.

»Alles okay?«, fragte sie, da er plötzlich irgendwie blass aussah.

»Ich habe das noch nie jemandem erzählt. Bitte behalte es für dich, ja?«

Stirnrunzelnd sah sie ihn an. »Aber was denn? Dass du aus Minneapolis stammst?«

Er nickte. »Genau. Das soll niemand wissen.«

Sie verstand zwar überhaupt nichts mehr und erst recht nicht, was daran so schlimm sein sollte, aus Minneapolis zu kommen, aber sie versicherte ihm: »Natürlich erzähle ich es niemandem, wenn du das nicht möchtest.«

»Danke«, sagte er, starrte noch eine halbe Minute weiter, atmete einmal tief durch, setzte ein Lächeln auf und drehte sich zu ihr. »Also, wo musst du hin?«

»Zu Walgreens und zum Bioladen. Brauchst du irgendwas, das ich dir mitbringen kann?«

»Nein danke. Aber lieb, dass du nachfragst.«

Er stieg aus dem Auto, und sie tat es ihm gleich. Er war wieder fröhlich, als wäre überhaupt nichts geschehen, als wären die letzten fünf Minuten nicht total *strange* gewesen. Doch sie dachte sich, dass er gute Gründe für sein Verhalten haben musste, und zuckte die Achseln.

Sie verabschiedeten sich, und Liam sagte ihr, dass er im Roosevelt Café auf sie warten würde, dann gingen sie in verschiedene Richtungen.

Auf dem Weg zum Drug Store grübelte sie weiter darüber nach, was es nur mit Minneapolis auf sich haben könnte. Liam war so unglaublich verschlossen. Und wieso konnte man nirgendwo im Internet etwas über seine früheste Vergangenheit finden? Es war, als würde er etwas verbergen. Was für Geheimnisse konnte er denn haben? Was war damals in Minneapolis passiert?

Nun, sie würde nichts tun können, als abzuwarten, denn sie wollte ihm in der Sache nicht zu nahe kommen, wenn er es nicht wollte. Sie hoffte einfach, dass er sich irgendwann von selbst öffnen würde. Wenn sie sich ein wenig besser kannten, mehr Zeit miteinander verbracht hatten. Sie würden ja noch ungefähr zweieinhalb Monate miteinander haben.

Und danach?

Daran wollte sie noch gar nicht denken. Sie wollte nur jeden Moment mit Liam genießen, weshalb sie heute auch mit ihm zu Alex gefahren war. Ja, sie hatte wirklich zu Wallgreens gemusst, doch das hätte sie auch mit der nachmittäglichen Auslieferung verbinden können. Im Grunde hatte sie gar keine Zeit, mitten am Tag unterwegs zu sein, während auf der Farm die Hölle los war. Und oft würde sie das in Zukunft auch nicht machen können. Doch heute hatte sie einfach nicht anders gekonnt, auch jetzt wollte sie einfach nur ihre Besorgungen erledigen, um Liam ganz schnell wiederzusehen. Und deshalb ging sie in der Drogerie zusammensuchen, was sie brauchte – Damenhygieneartikel, die Schmerzsalbe für ihren Dad, einen Beruhigungstee für sich selbst, wenn wieder einmal alles zu stressig werden sollte, und eine Mundspülung, denn jetzt würde sie Liam wohl öfter mal küssen und wollte einen frischen Atem haben. An der Kasse nahm sie noch ein Päckchen Kaugummi und ein paar Hershey-Schokoriegel für ihren Dad mit, bezahlte und ging ein paar Läden weiter in den Bioladen, wo sie ein bisschen Gemüse, Biokäse aus der Gegend, mehrere Packungen Mehl und ein paar andere Backzutaten kaufte. Dann war sie fertig und stand unentschlossen draußen vor dem Geschäft.

Sollte sie jetzt schon zu Liam gehen und ihn bei seinem Treffen mit George stören? Und was sollten sie und ihr Dad – und vielleicht auch Liam – überhaupt zum Lunch essen? Irgendwie standen immer nur Sandwiches oder Reste vom Abendessen auf dem Tisch, das wurde langsam langweilig. Spontan beschloss sie, noch zu dem Deli drei Straßen weiter zu gehen, wo es die köstlichsten Salate und Antipasti gab. Da sie sich beim Anblick all der Delikatessen nicht entscheiden konnte, wählte sie einfach mehrere: Nudel-Oliven-

Salat, Kartoffelsalat in Knoblauchdressing, Bohnen- und Krautsalat, ein paar gegrillte Auberginenscheiben, mit Reis gefüllte Weinblätter, eingelegte Champignons und eine bunte Olivenmischung. Dazu nahm sie ein großes arabisches Fladenbrot mit schwarzem Sesam. Ihr lief jetzt schon das Wasser im Mund zusammen, sie wusste kaum, wie sie es bis zu Hause aushalten sollte. Also trennte sie, als sie wieder auf der Straße war, ein Stück von dem Brot ab und ließ es sich schmecken. Und dann machte sie sich auf die Suche nach Liam.

Er saß wie versprochen vor dem Café, mit George, der die gesamte Stadt und jeden ihrer Einwohner auswendig zu kennen schien. Als er sie sah, hielt er in seinem Gespräch inne und schaute sie breit lächelnd an. »Aber hallo! Welch Schönheit beehrt uns denn da?«

Sie musste schmunzeln. Diese alten Männer hatten es echt noch drauf. Und das Witzige war, dass sie jetzt auch noch Carl und Joe an einem der Nebentische entdeckte. Sie winkte ihnen zu, und sie erwiderten den Gruß.

»Wie geht es Tony?«, erkundigte sich Joe. Ihr Dad hatte sich heute eigentlich mit seinen Freunden treffen wollen, doch sein Knie schmerzte seit letzter Nacht so sehr, dass er lieber zu Hause geblieben war.

»Der schlägt sich tapfer, ihr kennt ihn doch.«

Die beiden nickten, und Vicky wandte sich Liam und George zu. »Ich hoffe, ich störe nicht?«

»Aber nein! Setz dich doch, meine Hübsche. Liam, wusstest du schon, dass ich Victoria bereits kenne, seit sie ein klitzekleines Mädchen war?«

»Ja, das erwähntest du schon«, erwiderte Liam lächelnd und nahm ihre Hand, als sie neben ihm Platz genommen und ihre Einkäufe abgestellt hatte.

»Oho! Sieh sich das einer an!«, rief Carl aus, und er und Joe begannen aufgeregt zu tuscheln.

Sie sah die beiden stirnrunzelnd an. »Habt ihr eine Frage?«

»Nein, nein«, meinte Joe. »Wir sind nur verwundert, dass sich da was zwischen euch beiden entwickelt und Tony das uns gegenüber mit keinem Wort erwähnt hat.«

»Es ist noch ganz frisch«, gab sie preis und merkte, wie sie errötete. Die beiden alten Männer lachten.

»Also, ich freue mich für euch«, sagte der gute George. »Mein junger Freund hier hat nur die Beste der Besten an seiner Seite verdient.«

»Danke, George«, sagten Liam und sie gleichzeitig, beide ein wenig verlegen.

Kurz darauf meinte Liam, dass sie sich jetzt aufmachen mussten, und sie erhoben sich von ihren Stühlen. Liam legte einen Zehndollarschein unter seine Tasse und rückte seinen Stuhl gerade. »Wir sehen uns morgen?«, fragte er George.

»Aber sicher. Macht's gut, ihr beiden.«

»Habt einen schönen Tag!«, rief Carl ihnen zu, und Vicky drehte sich zu ihm und seinem Kumpel.

»Danke, ihr auch. Und flirtet vielleicht nicht ganz so viel mit netten älteren Damen, damit nicht wieder eine in den Kohlköpfen landet.« Das hatte sie sich einfach nicht verkneifen können.

»Wir? Na, das war doch nicht unsere Schuld!«, entgegnete Joe empört.

»Joe hat recht. Das waren wir nicht. Tony war derjenige, der Mrs. Robinson hinterhergepfiffen hat. Nur deshalb ist sie in den Kohlköpfen gelandet«, erzählte ihr nun Carl.

Sie starrte die beiden mit großen Augen an, sah dann zu Liam, und sie prusteten beide los.

»Ach, wirklich?«, sagte sie. Na, da hatte ihr Dad sie ja ganz schön an der Nase herumgeführt.

»Na, komm«, sagte Liam, schnappte sich eine ihrer Einkaufstaschen, nahm wieder ihre Hand und schlenderte superleger und selbstbewusst mit ihr davon. Zwei fröhliche, lachende Menschen, die ihr Glück genossen. Vicky konnte natürlich nur für sich sprechen, aber sie fühlte sich so gut wie lange nicht mehr.

Kapitel 24

Abigail

Februar 2009

»Wo warst du so lange, junge Dame?«, fragte ihr Dad sie, als sie gegen zehn nach Hause kam, zwei Stunden später als erlaubt an einem Schultag. Und er sah wirklich wütend aus.

Abby druckste herum, dann begann sie mit der Ausrede, die sie sich auf dem Weg nach Hause ausgedacht hatte. »Ich war mit Jill bei ihrer Grandma in Beaumont, die ist krank, und wir haben für sie eingekauft.«

»In Beaumont?«

Sie nickte. Beaumont war knapp dreißig Meilen entfernt, so weit durfte sie sich eigentlich nicht von Riverside entfernen ohne eine Erlaubnis. Sie war immerhin erst fünfzehn.

»Bis spät abends?«, fragte er weiter.

»Ja. Ich meine nein. Wir wären eigentlich schon viel früher wieder zu Hause gewesen, aber der Bus hatte eine Panne, und wir saßen ewig auf dem Highway fest.« Das mit dem Bus stimmte sogar, nur dass er nicht auf dem Weg zurück von Beaumont liegen geblieben war, sondern von Los Angeles. Dorthin hatten sie sich heute Morgen aufgemacht, weil Abby unbedingt einmal das berühmte Hollywood hatte sehen wollen. Jill, die eh keinen Bock auf Schule hatte, war sofort dabei gewesen.

»Und wenn ich jetzt Jills Eltern anrufe, dann bestätigen sie mir diese Geschichte?«, fragte ihr Dad und sah ihr direkt in die Augen.

Wieder nickte sie. Sie wusste ja doch, es würde bald herauskommen, dass sie gar nicht Jills Grandma besucht und auch noch die Schule geschwänzt hatten. Doch sie wollte es wenigstens jetzt noch nicht zugeben. Morgen würde ihr Dad vielleicht nicht mehr ganz so wütend sein.

»Wieso hast du nicht angerufen? Du hattest doch dein Handy dabei, oder etwa nicht? Wozu hast du es denn, wenn nicht für genau solch einen Notfall?«

»Mein Akku war alle«, sagte sie, und das war ebenfalls nicht gelogen.

»Und der von Jill?«

»Der auch.« Sie hatten so viele Fotos in Hollywood gemacht, und dann war der Abend so verdammt lang geworden, dass ihre Handys leider schlappgemacht hatten.

Ihr Dad schüttelte jetzt enttäuscht den Kopf. Sie sah zu ihrer Mutter rüber, die nur still auf dem Sessel saß. Ihr Blick war zu Boden gerichtet. Ihre Schwester war in ihr Zimmer geschickt worden, als Abby eingetroffen war. Doch sie konnte sich gut vorstellen, dass sie an der Tür lauschte.

»Geh jetzt ins Bett, wir reden morgen weiter«, meinte ihr Dad. »Ich werde mir überlegen, wie lange du dafür Hausarrest bekommst.«

Ohne ein weiteres Wort ging sie in ihr Zimmer und warf sich aufs Bett. Keine zehn Minuten später schlich sich ihre kleine Schwester hinein und sah sie neugierig an.

»Warst du wirklich in Beaumont? Hatte der Bus echt eine

Panne? Wieso hast du nicht irgendeinen anderen Fahrgast gebeten, sein Handy benutzen zu dürfen? Glaubst du, du bekommst sehr lange Hausarrest?«

»Jetzt halt doch mal die Klappe, Vicky«, sagte sie genervt und starrte an die Wand, an der Poster ihrer Lieblingsfilme hingen. Dann lächelte sie. »Ich war heute in Hollywood.«

Vicky kniete neben ihrem Bett nieder und machte große Augen. »Du warst in Hollywood?«

Sie nickte bestätigend. »Ja. Und es war der beste Tag meines Lebens.«

»Was hast du denn dort gemacht?«, wollte Vicky wissen.

»Ich habe mir alles angesehen: das Hollywoodschild, den Walk of Fame, die vielen wunderschönen Leute, die coolen Läden, die teuren Autos ... Und ich weiß es jetzt ganz sicher: Wenn ich alt genug bin, werde ich auch dorthin gehen und dort leben. Ich werde ein echter Hollywoodstar werden.«

»Wow«, sagte ihre vierzehnjährige Schwester, die aber in Abbys Augen wirkte wie zwölf. »Nimmst du mich dann mit?«

»Das weiß ich noch nicht. Aber besuchen kannst du mich auf jeden Fall.«

»Okay.« Vicky schmiegte sich an sie. »Ein schöner Traum, Abby, das ist ein wirklich schöner Traum.«

Abby wurde innerlich heiß und kalt, und sie spürte Wut in sich aufsteigen. Dann jedoch sagte sie sich, dass ihre kleine Schwester es einfach noch nicht besser wusste und nicht verstand, wie ernst sie es meinte. Doch das tat sie, und eines Tages würde sie sich diesen Traum, wie Vicky ihr Vorhaben nannte, erfüllen. Ganz sicher.

Ganz, ganz sicher.

»Pack alles ein, was dir wichtig ist«, sagte Abby und sah

sich selbst im Zimmer ihrer Tochter nach Sachen um, die sie nicht zurücklassen sollten.

»Aber wie lange bleiben wir denn weg?«, fragte Bella, der Abby erst an diesem Morgen gesagt hatte, dass sie eine kleine Reise machen würden.

Es war Sonntagmorgen. Gestern hatte Abby ihren letzten Arbeitstag gehabt. Sie hatte nur ein paar Tage Urlaub genommen, ihren Job aber nicht gleich gekündigt, nur für den Fall, dass doch etwas schiefgehen sollte und sie wieder zurückmüsste. Genauso hatte sie es mit der Wohnung gehalten. Sie hatte die Septembermiete bereits bezahlt, also machte es keinen Sinn, die Bude jetzt schon aufzugeben. Falls sie bis zum ersten Oktober nicht zurück sein sollten, würde der Vermieter sie sowieso ohne Umschweife rausschmeißen und die Wohnung auflösen. Ihre Sachen entsorgen. Weshalb es von besonderer Wichtigkeit war, nur ja nichts zu vergessen.

Sie hatte all ihre guten Klamotten, ihre Schminke, ihren Schmuck, ihr Lieblingsparfum, ihr Glätteisen, wichtige Dokumente und natürlich ihre Erinnerungsbox in zwei Reisetaschen eingepackt, die sie vom Flohmarkt hatte. Bella hatte sie ihren alten blauen Koffer gegeben, mit dem sie schon von Riverside nach L.A. und von L.A. nach Modesto umgezogen war. Den konnte Bella befüllen, genauso wie ihren Rucksack. Das musste reichen. Der Rest war egal. Die alten Möbel, das gammelige Sofa, der Tisch mit dem kaputten Bein, der Kühlschrank, der nicht mehr richtig kühlte, die Mikrowelle, die vor zwei Tagen den Geist aufgegeben hatte, als hätte sie gewusst, dass sie nun nicht mehr gebraucht wurde.

»Das weiß ich noch nicht genau«, antwortete sie auf Bellas Frage.

»Aber was ist mit der Schule, Mommy? Ich bin in der *ersten Klasse!* Ich darf doch keinen Unterricht verpassen.«

»Süße, du kannst doch eh schon alles, was sie dir da beibringen.«

»Stimmt ja gar nicht!«

Sie blickte zu Bella hinunter, die auf ihrem Bett saß und mit verschränkten Armen schmollte.

»Na klar doch. Rechnen kannst du, und lesen kannst du auch. Und ich bin mir sicher, schreiben kannst du auch schon viel besser als alle anderen.«

»Aber was ist mit meinen Freunden? *Endlich* hab ich Freunde gefunden.«

Abby hätte jetzt sagen können, dass Bella doch auch Cookie hatte, mit der sie schon ihr ganzes Leben befreundet war, doch sie wollte nicht, dass die Diskussion ausartete. Also entgegnete sie schlicht: »Du wirst neue Freunde finden.«

Jetzt starrte Bella sie schockiert an. »Kommen wir denn nicht zurück nach Hause?«

Sie war sich unsicher, was sie darauf antworten sollte, befürchtete aber, dass Bella Schwierigkeiten machen und überhaupt nicht mitwollen würde, wenn sie ihr sagte, dass sie vielleicht nie mehr zurückkehren würden.

»Doch, natürlich kommen wir zurück.«

»Und wann?«

Womit sie wieder am Anfang wären.

»Ich weiß es nicht, Bella. Jetzt pack deine Sachen! Bitte! Ich will in der nächsten halben Stunde los.« Sie sah auf ihr Handydisplay, das bereits neun Uhr anzeigte. Sie würden gut sechs Stunden bis nach Riverside unterwegs sein, mit Pausen mindestens sieben. Wenn sie um halb zehn hier losfuhren, würden sie am späten Nachmittag ankommen. Dann wären ihr Dad und Vicky zurück aus der Kirche und vom Friedhof, zumindest wenn die Abläufe noch genauso wie früher waren. Damals hatten sie immer nur die Gräber der Großeltern besucht, jetzt gab es da ja leider noch ein weiteres … Ein bisschen hatte Abby sogar Angst, dass sich die Dinge geändert hatten, Vicky ebenfalls weggezogen oder ihr Dad gestorben war. Was, wenn sie nach Riverside zurückkam und kein Zuhause mehr vorfand? Dann wäre alles umsonst gewesen. Doch sie musste es wenigstens versuchen. Eine andere Möglichkeit blieb ihr nicht.

»Aber was soll ich denn einpacken?«, fragte Bella, die jetzt ziemlich aufgewühlt war, weil sie gar nicht wusste, wie ihr geschah.

»Was du willst. Okay, machen wir es so: Ich suche deine Anziehsachen zusammen und du dein Spielzeug, ja?«

»Aber wieso muss ich denn einen ganzen Koffer vollpacken für eine kleine Reise?«

»Aber, aber, aber! Bella, bitte! Jetzt hör einfach auf mich, ja? Ich weiß noch nicht, wie lange unsere Reise gehen wird. Vielleicht dauert sie auch etwas länger.«

Sie trat an Bellas Kleiderschrank, dem eine Tür fehlte, und öffnete die verbleibende. Sie warf alles beiseite, aus dem ihre Tochter eh schon rausgewachsen war, und jene Klamotten in den Koffer, die sie brauchen würde: Hosen, T-Shirts, Kleider, Unterwäsche.

»Aber …« Bella hielt inne. »Sagst du mir wenigstens, wo wir hinfahren?«

Abby blieb stehen und presste die Lippen aufeinander. Dann sah sie Bella an, ging neben ihr in die Knie und sagte: »Wir fahren meine Familie besuchen. Deine Tante Vicky und deinen Grandpa Tony.«

Bellas Augen weiteten sich. »Warum sagst du das nicht gleich?«

Sie sprang auf, lief zu ihrer Spielzeugkiste und holte alles herbei, was sie liebte. Puppen, Kuscheltiere, das Memory-Spiel, bei dem schon die Hälfte der Karten fehlte, und ihre Kinderbücher. So viel wie ging, verstaute sie in ihrem Rucksack, den Rest stopfte sie in den Koffer zu den Klamotten.

Ja, Abby fragte sich selbst, warum sie nicht einfach gleich mit der Sprache rausgerückt war. Vielleicht, weil es sich noch immer alles total irreal anfühlte?

Im Nu war Bella fertig und schleppte den Koffer in den Flur. Abby ging noch einmal ins Bad und dann in die Küche, um aus den restlichen Lebensmitteln Lunchpakete zu zaubern.

»Gehst du bitte noch mal aufs Klo, Bella? Wir haben einen weiten Weg vor uns.«

»Wie weit?«

»Sieben Stunden Autofahrt. Wenn wir nicht in einen Stau kommen.«

Bella nickte euphorisch und ging auf die Toilette. Dann stand sie wieder in der Küchentür. »Und ich werde heute wirklich Vicky kennenlernen? Deine kleine Schwester?« Ihre Tochter hatte nicht vergessen, was sie ihr erzählt hatte.

Abby nickte. »Und deinen Grandpa.« Zumindest hoffte sie das. Er war ja auch nicht mehr der Jüngste. Oh Gott, hoffentlich lebte er nicht inzwischen in einem Altenpflegeheim und hatte Alzheimer. Obwohl es vielleicht sogar besser wäre, wenn er sich nicht an sie erinnern könnte und daran, wie sehr sie ihn enttäuscht hatte.

»Fahren wir los, Mommy?« Bella war ganz hibbelig. Ihren Rucksack hatte sie bereits auf dem Rücken, ihre neuen Schuhe an den Füßen, ihren Plüschhund Betty in der einen, ihre Anna-Puppe aus *Frozen* in der anderen Hand.

»Ja. Ich bin bereit«, sagte sie, auch wenn sie sich da noch

gar nicht so sicher war. Aber wer nicht ins kalte Wasser sprang, der würde irgendwann verdrecken – oder wie ging der Spruch?

Sie hängte sich den Beutel mit dem Proviant über die Schulter, nahm ihr Gepäck und zog die Tür von außen zu. Und sie hoffte, dieses Zuhause, das nie wirklich eins gewesen war, für immer hinter sich lassen zu können.

Nach drei Stunden jammerte Bella, dass sie aufs Klo musste und Hunger hatte, also hielt Abby an einem Rastplatz. Die Toilette war wirklich widerlich, weshalb sie mit Bella ein Stück abseits ging und sie beide sich hinter einem Baum erleichterten. Dann wuschen sie sich die Hände mithilfe einer Wasserflasche und aßen kalte Burger vom Vortag, Cracker und ein paar Apfelschnitze.

»Wie ist mein Grandpa so?«, wollte Bella wissen, während sie sich einen Cracker in den Mund stopfte.

»Wie er ist? Hm … nett, würde ich sagen. Fröhlich. Und tierlieb. Weißt du, wie ich auf den Namen für deinen Plüschhund gekommen bin? Wir hatten früher einen mit dem gleichen Namen, vielleicht lebt er sogar noch.«

»Wenn sie Betty heißt, ist sie eine *Hündin*, oder?«

»Ja, du kleiner Schlaumeier.« Sie stupste Bella mit dem Finger auf die Nase. Und sie hoffte von Herzen, dass Betty und alle anderen wirklich noch da sein würden.

Denn auch wenn sie den Kontakt abgebrochen und sich von ihnen ferngehalten hatte, könnte sie doch keinen weiteren Verlust ertragen. Dass sie ihre Mom nie wiedersehen würde, war schon kraftraubend genug. Zu wissen, dass sie nicht auf der Walnussfarm sein würde, wenn Bella und sie dort ankamen, schmerzte mehr, als sie sich eingestehen konnte.

Sie fuhren weiter. Fuhren in Richtung Süden. Und irgendwann vor L.A. bog Abby nach Osten ab und erkannte die Landschaft wieder. Die weiten Felder. Die Orangenhaine, die Weinberge und die vielen Nussplantagen. Ja, und es fühlte sich direkt nach Heimat an.

»Warum hast du so ein großes Lächeln im Gesicht?«, fragte Bella und betrachtete sie fasziniert. Sie hatte ein bisschen geschlafen, doch jetzt war sie hellwach.

»Ich glaube, weil ich mich mehr freue, nach Hause zu kommen, als ich gedacht hatte«, gab Abby zur Antwort.

»Ich freu mich auch, Mommy.«

»Das ist schön.«

Sie drehte sich zu Bella um und lächelte sie an. Fuhr die altbekannten Straßen entlang, und dann waren es nur noch wenige Meilen bis zur Farm. Ein mulmiges Gefühl machte sich in ihr breit, doch tapfer setzte sie ihren Weg fort, bog in die Einfahrt ein und parkte ihren Wagen. Sie starrte eine ganze Weile auf das Haus, das noch haargenau so aussah wie damals. Es erstrahlte noch ebenso weiß und hübsch, und doch wirkte es heute irgendwie kleiner. Ihr kamen eine Million Erinnerungen in den Sinn. Wie sie aus dem Fenster Benny Green zugeflüstert hatte, dass er kurz warten solle, damit sie sich rausschleichen konnte. Wie sie an warmen Septemberabenden mit ihrer Mom und Vicky auf der Veranda gesessen und Walnüsse geknackt hatte. Und wie sie an jenem Julitag vor zehn Jahren zum letzten Mal durch diese Tür gegangen und davongefahren war, ohne zurückzublicken.

»Sind wir da, Mommy?«, fragte Bella.

»Ja. Wir sind da«, antwortete sie und stieg aus dem Wagen.

Kapitel 25

Victoria

Der Sonntag war wie jeder andere verlaufen: Frühstück, Kirche, Friedhof – nur dass an diesem Sonntag Liam bei all dem dabei gewesen war.

Seit Vicky und Liam sich vor gut einer Woche nähergekommen waren, frühstückte er fast täglich mit ihnen, und heute hatte ihr Dad ihn eingehend angesehen und gefragt: »Wann hast du das letzte Mal an einem Gottesdienst teilgenommen, Junge?«

Liam hatte sich ein wenig gewunden, doch dann hatte er geantwortet: »Ist schon eine Weile her.«

»Glaubst du an Gott?«, hatte ihr Dad frei heraus gefragt, und zuerst hatte Vicky ihn tadeln wollen, denn sowas fragte man doch nicht einfach so, oder? Doch dann war sie ruhig geblieben, denn es interessierte sie ebenfalls, welche Ansichten Liam hatte. Ihr war es ganz egal, ob er Methodist war wie ihre Familie oder Katholik, Jude oder Buddhist. Doch es sagte einiges über einen Menschen aus, woran er glaubte, und sie fand es von großer Wichtigkeit, dass man überhaupt einen Glauben hatte. Denn das bedeutete in den meisten Fällen, dass man geerdet war, dass man wusste, wo man in schwierigen Zeiten Zuflucht finden konnte. Sie hatte schon Menschen kennengelernt, die an absolut gar nichts geglaubt und damit einhergehend oftmals keinen wirklichen Sinn im Leben gesehen hatten. Sie selbst war nicht halb so religiös wie ihr Vater, doch sie glaubte an Gott und an das Gute in den Menschen. Auch wenn sie leider schon so manches Mal enttäuscht worden war.

»Ich glaube daran, dass es etwas Größeres gibt«, antwortete Liam jetzt. »Eine höhere Macht irgendwo da draußen.«

Sie musste lächeln. Das klang gut in ihren Ohren. Selbst wenn er es noch nicht richtig ausmachen oder benennen konnte, merkte sie Liam an, dass er die Dinge verstand, die ihr im Leben wichtig waren.

»Dann solltest du uns begleiten«, meinte ihr Dad. »In die Kirche, wir gehen direkt nach dem Frühstück los.«

»Ich … äh … hab es nicht so mit der Kirche«, erwiderte Liam.

»Und wieso nicht?«, fragte ihr Dad ein wenig zu streng.

»Böse Erinnerungen«, gestand Liam. »Ich habe das letzte Mal eine Kirche betreten, als … als ein geliebter Mensch gestorben ist.«

»Bei einer Beerdigung also. Hm. Also, unsere Gottesdienste gleichen nicht im Geringsten einer Beerdigung. Ganz im Gegenteil. Sie sind fröhlich, wir singen und beten zusammen, und im Anschluss wird gegessen. Solltest du mal versuchen.« Ihr Dad sah Liam auf eine Weise an, die ihm ein Nein unmöglich machte.

Also gab er nach, seufzte leise und sagte: »Na gut, dann gehe ich wohl heute mal in die Kirche.« Er reichte ihr unterm Tisch die Hand, sie nahm sie und drückte sie.

»Danach gehen wir ja noch zum Friedhof, die Gräber meiner Großeltern und das meiner Mom besuchen. Das ist so ein sonntägliches Ritual von uns, wie du ja inzwischen weißt. Da musst du uns aber nicht begleiten, wenn du nicht möchtest«, stellte sie schnell klar. Nicht dass er sich auch noch dazu genötigt fühlte.

»Ich komme gerne überall mit hin«, sagte er und strich ihr über den Daumen. Sie musste lächeln. Dann sah sie ihren Vater an.

»Wirst du es auch sicher schaffen, Daddy? Geht es deinem Bein besser?« Letzten Sonntag hatte er sich mit großen Schmerzen zur Kirche und zum Friedhof geschleppt, was ihr gar nicht gefallen hatte.

»Was heißt schon besser? Richtig gut wird es meinem Knie wohl nie wieder gehen.«

»Das weiß ich doch. Ich wollte nur wissen, ob du es auch wirklich den ganzen Tag durchhalten wirst.«

»Mein verdammtes Bein kann mir nicht nehmen, die Kirche und meine geliebte Katherine zu besuchen«, sagte er lauter als beabsichtigt, das konnte sie ihm ansehen. Und er hatte geflucht! An einem Sonntagmorgen! Das merkte er selbst, und er schämte sich dafür, doch niemand sagte ein Wort. Manchmal musste man einfach fluchen, um seinen Schmerz rauszulassen.

Nach dem Frühstück waren sie also aufgebrochen, hatten gesungen, gebetet und gegessen und waren danach zum Friedhof gefahren. Dort hatten sie die Familiengräber abgeklappert und frische Blumen hingestellt. Vicky hatte wie üblich ein kurzes Gebet für ihre Mutter gesprochen, ihr gesagt, dass sie sie vermisste, und hatte dann ihren Dad allein am Grab zurückgelassen. Er brauchte das, diese Zeit mit seiner Katherine allein. Er erzählte ihr immer all die Dinge, die ihm auf dem Herzen lagen, und Vicky wollte ihn dabei nicht stören, sondern ihm alle Zeit der Welt lassen. Sie stand also wie jeden Sonntag ein paar Schritte abseits, doch heute war Liam an ihrer Seite, und wieder nahm er ihre Hand.

»Es tut mir sehr leid, dass du sie so früh verloren hast«, sagte er.

»Danke«, erwiderte sie, und ihre Augen wurden glasig. Auch wenn es schon sieben Jahre her war, tat es von Zeit zu Zeit noch immer so weh wie damals.

»Woran genau ist sie gestorben?«

Sie hatte ihm bereits gesagt, dass es Krebs gewesen war, jedoch nicht, welcher Art.

»Ein Melanom. Es befand sich unten am Rücken, und sie hat es viel zu spät entdeckt. Und auch dann ist sie erst zum Arzt, als Dad und ich sie quasi gezwungen haben.« Bedrückt sah sie in Richtung Grab. »Doch es war bereits zu spät.«

»Das ist schrecklich. Tut mir sehr leid.« Er nahm ihre Hand. »Kann ich irgendwas für dich tun?«

»Ja. Geh bitte sofort zum Hautarzt, wenn du irgendein verdächtiges Mal an deinem Körper entdeckst.«

»Ich verspreche es.«

»Gut.« Sie wischte sich die Tränen mit dem Zeigefinger weg. »Du könntest noch etwas tun.«

»Alles, was du willst.«

»Könntest du mich ganz fest halten?«, bat sie, denn sie hatte das so verdammt nötig.

Er legte seine starken Arme um sie, zog sie an sich und hielt sie. Hielt sie einfach nur, und es fühlte sich so verdammt gut an.

Nach dem Friedhof hatten sie sich auf nach Hause gemacht. In den Monaten, in denen sie nicht ernteten, fuhr Vicky meist noch mit ihrem Dad in ein Café in der Stadt, ein Stück

Kuchen essen. Doch in den Herbstmonaten war das nicht möglich, da sie auch sonntags Ware zu den kleinen Händlern der Umgebung und zur Nuts for Everyone Company ausliefern mussten. Wie mit Inès abgesprochen, war Enrique mit dem Lieferwagen zu den Fabriken im Norden des Staates unterwegs, deshalb würde sie die Touren vor Ort übernehmen und fragte ihren Dad, ob er allein klarkam.

»Natürlich, ich bin doch kein Kind!«, erwiderte er, wandte sich dann Liam zu und fragte: »Spielst du Schach?«

Liam grinste. »Ich muss dich warnen, ich bin sogar ziemlich gut.«

»Ha! Das musst du mir erst mal beweisen! Vicky, ich geh mit Liam in seine Hütte. Ich will sowieso mal sehen, was er daraus gemacht hat«, teilte ihr Dad ihr mit und marschierte los, um Brett und Figuren aus dem Haus zu holen.

»Du musst das nicht machen«, sagte sie zu Liam, denn sie wusste ja, dass der anderes zu tun hatte. Der Sonntag war zur Hälfte rum, und er war heute noch überhaupt nicht zum Schreiben gekommen.

»Wie heißt es in der Bibel? Am siebten Tag sollst du ruhen?«

Sie lachte. »Du hast gut aufgepasst.« Pastor Stanley hatte nämlich genau darüber gepredigt. Dass die Leute viel zu viel arbeiteten und sich keine Auszeit mehr nahmen, weshalb viele unter Erschöpfung und Burnout litten. Er hatte seinen Gemeindemitgliedern nahegelegt, doch mal wieder zu entspannen und Zeit mit ihren Liebsten zu verbringen.

Wie gerne Vicky das auch getan hätte. Doch die Arbeit konnte in ihrem Fall leider nicht warten.

Sie verabschiedete sich also von Liam und dankte ihm, dass er ihren Vater beschäftigen wollte, dann stieg sie in den bereits vollgeladenen Pick-up und fuhr los.

Nachdem sie ein paar Säcke an Kunden in der Nähe ausgeliefert hatte – einem Bioladen, einem Händler, der seine Waren auf Wochenmärkten anbot, und einer Bäckerei – fuhr sie noch einmal zurück zur Farm und holte eine weitere Ladung, mit der sie dann zur Nuts for Everyone Company fuhr. Sie hatte allerdings nicht damit gerechnet, dass Jeff höchstpersönlich die Ware entgegennahm.

»Hi, Vicky«, sagte er und kam auf sie zu, um ihr beim Ausladen zu helfen.

»Hi, Jeff. Was machst du denn hier an einem Sonntag?«, fragte sie.

»Ich musste mal raus. Zu Hause schreit das Baby die ganze Zeit, und … ich brauchte einfach ein wenig Ruhe.«

Tja, Jeff, du hast es ja so gewollt. »Oh«, war jedoch alles, was sie dazu sagte.

Vicky stieg auf die Ladefläche des Pick-ups und machte die Zurrgurte los, mit denen die Säcke gesichert waren. Dann schob sie Jeff einen nach dem anderen entgegen, damit er sie auf ein kleines Wägelchen laden konnte, bis es voll war und Jeff die Ware ins Lager brachte. Als er zurückkam, um zum zweiten Mal aufzuladen, stand sie gerade neben dem Truck und telefonierte mit Inès, die eine Frage bezüglich der Arbeitseinteilung hatte. Jeff stellte sich vor sie hin und sah sie auf ziemlich merkwürdige Weise an. Sie legte auf und runzelte die Stirn.

»Vic, ich muss dir etwas sagen. Seit ich dich neulich gesehen hab, kann ich nicht aufhören, an dich zu denken«, sagte Jeff aus heiterem Himmel.

Schockiert starrte sie ihn an. »Was?«

»Es ist so. Ich kann es nicht ändern.«

»Aber … du hast eine Familie, Jeff! Eine Frau, ein Baby … was denkst du dir dabei?«

»Ich hab mir das doch nicht ausgesucht, Vic. Ich will doch nicht so fühlen.«

»Nettes Kompliment, danke.«

»Du weißt, wie ich es meine. Wir haben halt diese gemeinsame Vergangenheit, und die kommt mir immer wieder in den Sinn. Es waren doch schöne Zeiten, oder?«

»Ja«, musste sie zugeben. »Das waren sie.«

»So leicht und unbeschwert, wir waren jung und glücklich. Und jetzt ist einfach alles anders.«

»Das hast du dir so ausgesucht, Jeff«, sagte sie und trat zwei Schritte zurück.

»Ja, und wahrscheinlich war es der schlimmste Fehler meines Lebens.«

Plötzlich tat er ihr richtig leid, wie er so dastand mit hängenden Schultern, und jetzt sah sie auch, wie übermüdet er wirkte. Sie schenkte ihm ein Lächeln. »Jeff, es wird bestimmt besser werden. Dein Baby wird irgendwann aufhören, ständig zu schreien, und dann wirst du auch wieder mehr Zweisamkeit mit Clara haben. Ganz bestimmt.«

Jeff kam einen großen Schritt auf sie zu und schaute ihr in die Augen. »Ich weiß aber gar nicht, ob ich das will«, sagte er – und küsste sie.

Er küsste sie!

Hilfe, was tat er da?

So gut und vertraut es sich im ersten Moment auch anfühlte, stieß sie ihn doch nach ein paar Sekunden von sich. Denn erstens war er verdammt noch mal verheiratet, und zweitens war sie jetzt mit Liam zusammen. Das war sie doch, oder? So richtig hatten sie noch gar nicht darüber gesprochen oder entschieden, wie es mit ihnen weitergehen sollte. Sie genossen einfach nur die gemeinsame Zeit und lernten sich näher kennen.

Und jetzt hatte dieser Idiot Jeff sie geküsst!

»Was tust du denn da?«, schrie sie ihn an.

»Entschuldige bitte, ich …«

»Tu das nie wieder, Jeff! Du bist mit Clara verheiratet, und ich habe auch jemanden …«

»Du hast jemanden? Das wusste ich nicht.«

»Ja, es gibt da wieder einen Mann in meinem Leben, und ich will das nicht zerstören, indem ich mit meinem Ex herumknutsche.« Himmel, wie sollte sie das Liam nur erklären?

»Tut mir ehrlich leid«, wiederholte Jeff.

»Okay. Also, du bist übermüdet, hast einfach nicht nachgedacht. Das bleibt unter uns, okay? Und es passiert nie wieder!«, sagte sie erneut und hoffte, er hatte verstanden.

»Okay«, erwiderte er und nickte wie irre.

»Gut. Dann lass uns jetzt so schnell wie möglich den Rest ausladen, und dann vergessen wir beide, dass das hier je geschehen ist.«

»Danke, Vic. Du warst schon immer die Beste.«

»Ja, das höre ich derzeit öfter«, entgegnete sie und fragte sich, ob sie nicht manchmal *zu* nett zu allen war.

Eilig schob sie Jeff die Säcke zu und sprang von der Ladefläche. Ohne ein Wort des Abschieds stieg sie auf den Fahrersitz und fuhr davon.

»Scheiße!«, fauchte sie, als sie wieder auf der Straße war. Sie war völlig außer sich und fuhr bei der nächsten Gelegenheit rechts ran, um Alex anzurufen.

»Alex?«, schrie sie fast ins Telefon, als diese ranging.

»Vicky? Ist was passiert?«, erkundigte sich ihre Freundin besorgt.

»Ja! Jeff ist passiert. Der Trottel hat mich gerade geküsst.«

»Er hat was?«

»Du hast richtig gehört. Er hat mich geküsst.«

»Und wo?«

»Vor der Fabrik. Ich habe Walnüsse ausgeliefert, wir waren allein, und da hat er mich geküsst.«

»Einfach so?«, fragte Alex, die sich genauso ungläubig anhörte, wie Vicky sich noch immer fühlte.

»Nein. Zuerst hat er mir gesagt, dass er nicht aufhören kann, an mich zu denken, und dass es wahrscheinlich der größte Fehler seines Lebens war, mit mir Schluss zu machen.«

»Oh wow!«

»Allerdings.«

»Denkst du, er meinte das ernst?«

»Hat sich ziemlich ernst angehört, das kannst du mir glauben.«

»Na ja, es soll ja Männer geben, die so einen Kram erzählen, um noch mal mit der Ex in die Kiste zu hüpfen. Um alte Zeiten wiederaufleben zu lassen, wenn du verstehst, was ich meine.«

»Kann schon sein. Wobei ich ehrlich glaube, dass da mehr dahintersteckt.«

»Oh! Oh! Hat er dich vielleicht mit Liam gesehen und ist eifersüchtig?«

»So ein Quatsch! Warum sollte er eifersüchtig sein?«

»Na, weil er nicht will, dass du jemand Neues hast.«

»Er hat doch aber auch jemand Neues.«

»Ja, schon. Aber Männer ticken da, glaub ich, ein wenig anders.«

»Ich denke nicht, dass er mich mit Liam gesehen hat. Er war auch ganz überrascht, als ich ihm erzählt hab, dass es bei mir wieder jemanden gibt.«

»Du hast ihm von Liam erzählt?«

»Ja. Und ich habe ihn daran erinnert, dass er verheiratet

ist. Verdammt, das Schwein hat gerade einfach seine Frau betrogen.«

»Na ja, es war doch nur ein Kuss, oder?«

»Trotzdem! Ein Kuss ist etwas sehr Intimes. Und denke mal an unsere Vergangenheit. Mensch, Alex, was soll ich denn jetzt machen? Soll ich Liam davon erzählen?«

»Gute Frage. Wie ernst ist es denn mit euch?«

»Das weiß ich ehrlich gesagt gar nicht. Wir verstehen uns gut, verbringen gerne Zeit miteinander.«

»Hattet ihr schon Sex?«

»Oh Alex, ich hatte seit Ewigkeiten keinen Sex mehr.«

»Hm … dann erzähl es ihm nicht. Wenn eure Beziehung noch nicht so weit fortgeschritten ist, ist es nicht nötig. Mach aus einer Mücke kein Pferd. Es würde alles nur verkomplizieren.«

»Ja, das dachte ich mir auch. Aber was, wenn er es irgendwie erfahren sollte?«

»Was? Dass dein Ex dich ungewollt geküsst hat und du ihn zurechtgewiesen hast, während du und Liam noch Kindergartenfreunde ohne Sex wart?«

Aus Alex' Mund hörte sich alles immer so schön einfach an. »Okay, du hast recht. Ich behalte es für mich. Oder besser noch, ich verbanne die letzte halbe Stunde aus meinem Gedächtnis.«

»Gut. Du, Vicky?«

»Hm?«

»Wie war es denn? Wie hat es sich angefühlt, Jeff nach all der Zeit wieder zu küssen?«

»Irgendwie schön. Aber auch falsch, einfach nur falsch.«

»Dann fahr jetzt nach Hause zu Liam und sei stolz auf dich, dass du das Richtige getan hast.«

Sie nickte. »Danke, Alex.« Doch auch nachdem sie aufgelegt hatte, konnte sie noch nicht gleich losfahren. Denn noch immer pochte ihr Herz wie verrückt, und auf ihrem Mund spürte sie noch immer Jeffs Lippen.

Als es endlich wieder ging, setzte sie ihren Weg fort und hoffte nur, dass es das für heute gewesen war. Sie wollte sich einfach nur auf die Veranda setzen und ausruhen. Vielleicht würde sie endlich dazu kommen, mit Liams Buch anzufangen, was sie sich schon seit Tagen vorgenommen hatte. Ja, das war ein guter Plan. Fast war sie wieder positiver Dinge, als sie auf der Farm eintraf.

Bis sie einen Wagen in der Einfahrt sah und kurz darauf zwei Menschen, die auf den Verandastufen saßen. Ihr Herz blieb beinahe stehen, als sie in einem der beiden ihre Schwester erkannte.

Sie stieg aus und ging ein paar Schritte auf Abby zu. Die erhob sich und tat dasselbe. An der Hand hielt sie ein kleines Mädchen, das Vicky zuerst gar nicht zuordnen konnte. Doch dann ging es ihr auf: Die Kleine war Abbys Tochter! Sie hatte eine Tochter, und die sah ihr so verdammt ähnlich.

Sie konnte es gar nicht glauben. Wusste nicht, wie sie reagieren sollte, und blieb stehen. Abby hielt ebenfalls an, unsicher, ängstlich. Zumindest sah sie so aus. Circa zehn Meter voneinander entfernt standen sie da und starrten einander einfach nur an.

Einerseits hatte Vicky das Bedürfnis, sofort auf ihre Schwester zuzulaufen und sie in die Arme zu nehmen, doch andererseits war da noch immer all die Enttäuschung, die sie zurückhielt. Und dann hörte sie plötzlich ihren Dad, der, mit Liam im Schlepptau, herbeigeeilt kam, humpelnd und ächzend.

Vicky hatte sich immer vorgestellt, wie ein Wiedersehen der beiden aussehen würde, und sie war sich sicher gewesen, dass ihr Vater sich abwenden und kein Wort mit Abby sprechen würde, die für ihn vor einer langen Zeit gestorben war. Doch hier war er, ihr Dad, voller Freude, mit Tränen im Gesicht und mit offenen Armen. Und dann sah sie, wie ihre Schwester auf ihn zuging und sich von ihm einhüllen ließ. Beide weinten, beide schluchzten, beide waren wiedervereint. Und Vicky konnte nur dastehen und das kleine Mädchen anstarren, das genauso verblüfft zu sein schien wie sie.

Dann wandte die Kleine sich ihr zu und fragte: »Bist du meine Tante Vicky?«

Sie merkte, wie ihr die Beine wegsackten, und dann sah sie nur noch Schwarz.

Kapitel 26

Liam

»Und matt!«, hatte Tony begeistert ausgerufen, weil er ihn schon wieder geschlagen hatte.

»Die Springergabel hat mir das Genick gebrochen«, hatte Liam anerkennend erwidert. »Ich gratuliere.«

»Danke«, hatte der ältere Mann gemeint, der ihm gegenübergesessen hatte und der anhand seiner Lebensjahre sein Vater hätte sein können. Er musste ehrlich gestehen, dass er es richtig schön fand, Zeit mit ihm zu verbringen. Vielleicht, weil er das nie gehabt hatte. Sein eigener Dad war abgehauen, als er acht Jahre alt gewesen war, und hatte nie wieder etwas von sich hören lassen. War einfach von heute auf morgen verschwunden, genau wie der Glaube an eine heile Familie oder einen Vater, der einen liebte und sich für einen einsetzte.

Doch Tony, der war ein echter Dad. Ein Vater, wie er im Buche stand. Er war für seine Tochter da, kümmerte sich um ihr Wohlergehen, war stolz auf sie, das konnte man bei jedem Wort spüren, das er zu ihr sprach, und bei jedem Blick, den er ihr zuwarf. Ein bisschen war Liam fast neidisch, und er hatte beschlossen, jede Minute zu genießen, die auch er mit ihm verbringen durfte. Ja, Anthony Lloyd war ein kleiner Griesgram, aber doch nur nach außen hin. In seinem Innern war er weich wie Butter, man musste nur wissen, wie man ihn zu nehmen hatte.

»Und du hast gesagt, du wärst gut!«, lachte der ältere Mann jetzt, und Liam kratzte sich verlegen am Hinterkopf.

»Na, ich bin auch gut. Ich wusste aber nicht, *wie gut* du bist«, gab er zurück.

Tony war gut. Aber Liam war besser. Und er hatte die erste Partie gewonnen. Doch als er gesehen hatte, wie enttäuscht Tony über seine Niederlage war, hatte er beschlossen, ihn die nächsten Male gewinnen zu lassen. Er machte sich nichts aus einem Sieg, viel schöner fand er es, einen Mann glücklich zu machen, der doch sonst nicht mehr viel hatte. Den lieben langen Tag plagten ihn Knieschmerzen, seine Tage als Chef der Farm waren auch längst vorbei, und seine Frau war gestorben. Es hatte Liam zutiefst bewegt mitanzusehen, wie Tony an Katherines Grab mit ihr gesprochen hatte. Wenn die Leute manchmal von der einen wahren Liebe sprachen, dann musste es sich bei Tony genau um diese Liebe handeln. Er konnte sich nicht vorstellen, dass der Mann noch mal eine Frau in sein Leben lassen würde. Nun, in sein Leben vielleicht, doch in sein Herz ganz bestimmt nicht. Denn da würde für immer Katherine verweilen, und es gab eben keinen Platz für eine Zweite.

»Na, ich glaube, für heute haben wir genug gespielt«, meinte Tony dann und fasste sich ans Knie. »Ich muss mich jetzt ein bisschen bewegen und dann mein Bein hochlegen. Wenn ich so lange sitze, ist das nicht gut fürs Gelenk.«

Liam sah auf die Uhr. Sie hatten fast drei Stunden gespielt, und zwar an seinem Schreibtisch, den er kurzerhand in die Mitte des Zimmers geschoben hatte. Er hatte Tony seinen bequemen Schreibtischstuhl gegeben und selbst den alten hölzernen genommen, der noch in der Küchenecke gestanden hatte. Nun aber plagte ihn das schlechte Gewissen, er hätte viel früher daran denken sollen, dass das lange Sitzen nicht gut für Tony war, schließlich kannte er ihn nun bereits seit zwei Wochen. Doch es hatte einfach so viel Spaß gemacht, Schach zu spielen und sich dabei zu unterhalten. Er hatte auch wieder ein bisschen mehr über das Farmleben erfahren, das er sicher später noch in seinen Roman einbauen würde. Nach dem gemeinsamen Abendessen.

»Dann lass uns zurück zum Haus gehen«, sagte er. Es war schon nach fünf, Vicky musste ja auch bald zurück sein.

»Ist gut. Vicky müsste auch bald zurück sein«, sagte Tony, als hätte er seine Gedanken gelesen.

»Ja. Sag mal, hat Vicky denn nie mal einen freien Tag?«, erkundigte er sich, während sie langsam in Richtung Haupthaus gingen.

»Nope«, meinte Tony. »Sie kümmert sich hier um alles, ist ein richtiges Arbeitstier. Übernimmt ständig Dinge, die auch Inès oder die Erntehelfer übernehmen könnten, doch sie will, glaube ich, alles perfekt haben. Weiß nicht, warum das so ist.«

Er sah Tony ungläubig an. »Du weißt es wirklich nicht?«

Jetzt war Tony damit dran, ihn fragend anzusehen. »Du etwa?«

»Aber natürlich! Sie macht das für dich! Sie will dich stolz und glücklich machen.«

»Ach was, das ist doch Unsinn.« Tony schlurfte voran.

»Nein, es ist so. Sie hat mir gesagt, dass sie ihr Bestes gibt, um alles, was du aufgebaut hast, in Ehren zu halten.«

Tony war still. Berührt. »Ich hab eine echt tolle Tochter, oder?«

»Und ob. Das hast du.« Er überlegte. »Willst du ihr vielleicht mal eine Freude machen? Ich hätte da eine Idee.«

»Und was für eine?«

»Wir könnten heute mal das Abendessen kochen. Dann könnte sie sich ein wenig ausruhen.«

»Ich kann nicht kochen«, ließ Tony ihn wissen.

»Ich aber.« Er lächelte ihn an. »Und ein bisschen Gemüse schneiden kriegst doch bestimmt sogar du hin, oder?«

»Vielleicht.«

»Na gut, dann lass uns nachschauen gehen, was ihr an Lebensmitteln dahabt, und ich überlege mir spontan, was wir daraus zaubern könnten. Was hältst du davon?« Er sah Tony an, der schon den Mund öffnete, um etwas zu sagen. Doch dann blieb er stehen, kniff die Augen zusammen und sah zum Haupthaus hinüber.

Liam tat es ihm gleich. Was er erblickte, waren Vicky und eine Frau in engen Jeans und einem knallgelben bauchfreien T-Shirt, die einander mit großem Abstand gegenüberstanden und sich anstarrten. Dazu ein kleines Mädchen, das an der Seite der anderen Frau stand.

Plötzlich hörte er Tony merkwürdig japsen. Dann lief er los und humpelte mit seinem kaputten Knie so schnell vorwärts, wie er konnte. Und schließlich fiel er der ihm unbekannten Frau in die Arme und weinte.

Liam war sprachlos. Er folgte Tony und verstand überhaupt nicht, was vor sich ging. Wer war die junge Frau? Sie konnte doch nur seine Tochter sein, oder? Jedoch hatte er bis dato geglaubt, die beiden wären schlimm zerstritten, denn es war immer so rübergekommen, als wäre Abby, wie Tonys Erstgeborene hieß, für ihn gestorben. Ja als hätte er sie verstoßen und wollte nie wieder etwas mit ihr zu tun haben.

Doch nun lagen sie sich in den Armen. Und das war so ein schöner Anblick, dass er selbst ganz gerührt war.

Sein Blick wanderte zu Vicky, die noch immer stocksteif dastand und überhaupt keine Reaktion zeigte. Dann kam das kleine Mädchen auf sie zu und sagte irgendwas zu ihr, und im nächsten Moment fiel Vicky um.

Er lief sofort zu ihr und ging neben ihr auf die Knie. »Vicky! Geht es dir gut?«, fragte er, doch da sah er schon, dass sie schlicht ohnmächtig geworden war.

Waren es ihre Gefühle gewesen, die sie überwältigt hatten?

»Vicky?« Er fühlte ihren Puls, fasste ihr an die Stirn und hob die Beine an. »Könnte vielleicht jemand eine Schüssel kaltes Wasser und einen Waschlappen holen?«, rief er den anderen zu, und die junge Frau lief ins Haus.

Gleich darauf reichte sie ihm beides, doch da öffnete Vicky ihre Augen zum Glück schon wieder. Er tauchte den Waschlappen in das Wasser und legte ihn ihr auf die Stirn.

»Hey, Vicky. Da bist du ja wieder«, flüsterte er.

Sie blinzelte und sah sich verwirrt um, als wolle sie herausfinden, ob sie das alles nur geträumt hatte. Doch als sie die Frau neben ihm sah, meinte sie: »Abby. Du bist es wirklich.«

»Ja, kleine Sis, ich bin es. Sorry, dass es dich umgehauen hat, das wollte ich nicht.«

»Schon okay«, erwiderte Vicky und setzte sich auf, wobei Liam ihr half.

»Immer langsam.«, sagte er.

»Ist sie okay, Mommy?«, hörte er das Mädchen hinter sich sagen. Die Kleine wirkte ein wenig ängstlich. Sie war vielleicht sechs oder sieben Jahre alt und sah ihrer Mutter unglaublich ähnlich. Nein, eigentlich sah sie Vicky noch viel ähnlicher, denn sie hatte die gleichen langen braunen Locken wie sie, während Abby glattes Haar hatte.

»Ja, sie ist okay. Keine Sorge, Bella«, beruhigte Abby die Kleine.

Vicky wirkte noch immer völlig verwirrt. »Du bist eine Mommy?«, fragte sie, und Abby nickte fröhlich.

»Ja, darf ich vorstellen? Das hier ist mein kleines Mädchen, Bella, sie ist sechs Jahre alt. Süße, das sind deine Tante Vicky und dein Grandpa Tony. Und irgendwer, den ich nicht kenne.« Sie sah nun ihn an, und zwar ein wenig misstrauisch.

Da keiner ihn vorstellte, übernahm er es selbst. »Ich bin Liam Sanders. Ich wohne für eine Weile auf der Walnussfarm, um für meinen Roman zu recherchieren. Ich bin Autor.«

»Liam Sanders. Noch nie gehört«, sagte Abby, und am liebsten hätte er gelacht. Die Schwestern waren wirklich was Besonderes. »Sorry, aber ich lese nicht besonders viel. Hab noch nie was für Bücher übriggehabt«, erklärte Abby.

»*Ich* liebe Bücher!«, meldete sich die Kleine zu Wort, und alle starrten sie an.

»Das ist ja großartig«, hörte er nun von Tony. »Willst du mein Lesezimmer sehen?«

»Du hast ein eigenes Lesezimmer?«, fragte Bella erstaunt, und Tony nickte. Dann sah er zu ihm, wie um zu fragen, ob Vicky in Ordnung war.

Er nickte zur Bestätigung und sagte Vicky dann, dass er sie jetzt zur Veranda bringen würde, wo sie sich auf die Hollywoodschaukel setzen und ausruhen konnte. Sie hatte keine Einwände und ließ sich von ihm hochhelfen. Alle zusammen gingen sie in Tippelschritten zur Veranda. Liam vergewisserte sich, dass Vicky sicher saß, und sagte dann, dass er in die Küche gehen und sich um das Dinner kümmern würde. Vicky nickte nur, sie schien noch immer unter Schock zu stehen. Vielleicht würde ihn ja später jemand aufklären, jetzt war es aber erst mal wichtig, dass die Schwestern Zeit für sich hatten. Und das hatte anscheinend auch Tony erkannt, denn er bat jetzt Bella ins Haus. Die fragte ihre Mommy, ob das okay sei, und folgte dann ihrem Grandpa, den sie gerade zum ersten Mal in ihrem Leben gesehen hatte, wie es schien.

Wenn dem so war, konnte Liam sich überhaupt nicht vorstellen, was in dem Mann vor sich gehen musste. Denn er hatte nicht nur seine Tochter zurück, sondern dazu noch eine Enkelin bekommen. Doch er war ziemlich gefasst und machte das wirklich großartig, und als er ihm und Bella hinterhersah, wie sie den Flur hinunter zu Tonys Bibliothek gingen, konnte Liam nicht anders, als stolz auf ihn zu sein.

Er selbst durchsuchte die Küche nach Zutaten. Er fand ein ganzes Netz Kartoffeln und jede Menge Gemüse wie Zucchini, Karotten und Kürbisse, also beschloss er, einfach ein wenig Ofengemüse zuzubereiten. Er schnitt das Gemüse klein und gab es in eine große Schüssel, vermengte alles mit Olivenöl, Salz und Pfeffer und verteilte es dann auf einem Backblech. Dasselbe machte er mit den Kartoffeln, die er aber in Spalten schnitt und auf ein extra Blech gab. Nachdem er beides in den Ofen geschoben hatte, bereitete er mit einem Eisbergsalat, ein paar Tomaten und einer Gurke einen Salat zu, da er wusste, dass Vicky immer gerne einen zum Essen hatte. Er fand eine Dose Mais und schüttete die Hälfte dazu. Er wollte auch noch die restlichen in Rosmarinöl eingelegten Oliven hinzugeben, war sich aber nicht sicher, ob Kinder so etwas mochten, und ließ es lieber. Als er gerade ein einfaches Italian Dressing anrührte, hörte er eine Stimme.

»Was machst du da?«

Erschrocken fuhr er herum. Bella stand in der Küche. Suchend sah er sich um. »Wo ist denn dein Grandpa?«

»Der ist eingeschlafen«, erzählte sie, und Liam dachte sich, dass Tony wohl einfach erschöpft sein musste von dem Tag mit all seinen Ereignissen.

»Oh. In seinem Lesesessel?«

Die Kleine nickte. »Ja. Er hat eine *eigene* Bibliothek. Wusstest du das schon?« Sie sah richtig angetan aus.

»Ja, das wusste ich.« Er musste lächeln. »Ich finde, es ist das schönste Zimmer im ganzen Haus.«

»Ich hab die anderen Zimmer noch nicht gesehen.«

»Du warst vorher noch nie hier?«, fragte er nach.

Bella schüttelte den Kopf. »Was machst du da?«, fragte sie erneut.

»Ich bereite einen Salat zu.«

Bella lachte und deutete auf seine Schüssel. »Das sieht aber gar nicht aus wie Salat.«

Er musste schmunzeln. »Das ist natürlich das Dressing.«

Stirnrunzelnd sah sie ihn an. Sie kannte das Wort anscheinend nicht.

»Die Sauce für den Salat«, erklärte er. »Der Salat ist schon fertig, er steht da hinten.« Er zeigte auf die große Schüssel am anderen Ende der Arbeitsfläche, holte sie dann herbei und ließ Bella hineinschauen.

»Wir essen nie Salat.«

»Nie?«, fragte er überrascht, und Bella überlegte.

»Doch. Auf unseren Burgern ist manchmal ein Salatblatt.«

Oje, dachte er. Die Kleine musste hier wohl erst mal aufgepäppelt werden. Allerdings hatte er ja gar keine Ahnung, wie lange sie und Abby bleiben würden.

»Magst du Burger gerne?«, fragte er, obwohl er viel lieber hunderttausend andere Fragen gestellt hätte.

Bella nickte. »Du nicht?«

»Doch, klar. Wer mag keine Burger? Am liebsten mag ich Veggieburger«, ließ er sie wissen.

»Mommy sagt, die sind was für Kaninchen.«

Er zog eine Grimasse. »Dann bin ich wohl ein Kaninchen.«

Sie kicherte. »Magst du Bücher?«, fragte sie dann.

»Ich *liebe* Bücher. Genau wie du. Ich schreibe sogar welche. Ich bin Schriftsteller.«

Die Kleine nickte, als wäre es ganz normal, dass ihr jemand so etwas über sich erzählte. »Ich geh in die erste Klasse, und ich hab eine beste Freundin, die Cookie heißt.«

»Okay, da kann ich wohl nicht mithalten«, sagte er und reichte ihr eine Gurkenscheibe.

Sie nahm sie und biss ab. »Das ist lecker.«

»Freut mich. Magst du mal nach draußen gehen und deiner Mom und deiner Tante Bescheid sagen, dass das Essen gleich fertig ist?«

Er war froh, dass er das nicht selbst machen musste, da er ungern stören wollte. Aber eine Erstklässlerin hätte doch früher oder später sowieso gestört, oder?

»Okay. Krieg ich noch eine?«

Er reichte ihr eine weitere Gurkenscheibe, und sie ging damit nach draußen, während er das Dressing in eine kleine Sauciere umfüllte, die er im Schrank gefunden hatte.

In dem Moment betrat Tony die Küche und sah Bella ehrfürchtig nach. »Ist das nicht unglaublich?«, sagte er. »Ich habe eine Enkeltochter.«

»Das ist ganz unglaublich«, stimmte Liam zu.

»Und sie kann schon richtig lesen. Mit sechs Jahren!«, berichtete Tony verwundert und extrem stolz.

»Tja, der Apfel fällt nicht weit vom Stamm, würde ich mal sagen«, meinte Liam. Und obwohl er wusste, dass man das eigentlich nur über Kinder und ihre Eltern sagte, fand er doch, dass es hier mehr als zutraf.

Tony schien ihm beizupflichten, denn er nickte bestätigend, und dann sagte keiner mehr etwas, denn manchmal gab es einfach nichts mehr zu sagen. Manchmal waren Momente und Gefühle so stark, dass es keine Worte gab, die ihrer würdig gewesen wären.

Kapitel 27

Abigail

Sie lag in ihrem Bett und starrte an die Decke, wie sie es früher so oft getan hatte, wenn sie von der Zukunft mit all ihren Chancen geträumt hatte. Nur dass heute Bella neben ihr lag, die bereits friedlich vor sich hin schlummerte.

Ihr Zimmer sah noch genauso aus wie früher, was sie wirklich verwunderte. Denn im Rest des Hauses war rein gar nichts von ihr aufzufinden gewesen, weder ein Foto in einem Rahmen noch eins der Geschenke, die sie ihren Eltern damals gemacht hatte. Nichts deutete darauf hin, dass sie einmal hier gelebt hatte und ein Teil dieser Familie gewesen war. So, als hätte sie überhaupt nie existiert. Doch dann hatte sie die Tür zu ihrem alten Reich geöffnet, und alles war noch so, wie sie es damals hinterlassen hatte, sogar die Poster von ihren Lieblingsfilmen hingen noch an der Wand. Im Schein der kleinen Nachttischlampe sah sie das *Twilight*-Poster links an der Wand neben dem von *Jennifer's Body*, das von *Remember Me* auf der anderen Seite direkt neben dem von *Black Swan*.

Sie hätte alles gegeben für nur eine kleine Nebenrolle an der Seite von Robert Pattinson, Megan Fox oder Mila

Kunis – alles! Doch sie hatte auch darin versagt, wie in allem anderen in ihrem Leben. Jetzt zurück zu Hause zu sein und vor allen diese Niederlage einzugestehen tat weh. Tat verdammt weh.

Wie froh sie war, dass sie Bella dabeihatte, denn so waren bisher noch nicht allzu viele böse Worte, Beschuldigungen oder Vorwürfe gefallen. Als sie mit Vicky allein auf der Veranda gesessen hatte, nachdem die einfach weggekippt war, hatten sie sich allerdings auch kaum etwas zu sagen gehabt. Vicky schien total unter Schock zu stehen – als wäre Abby von den Toten auferstanden –, was sie ihr natürlich nicht verdenken konnte.

Eine ganze Weile hatten sie sich nur angeschwiegen, irgendwann hatte Vicky dann gesagt: »Du bist also zurück.« Dabei hatte sie sie nicht angesehen, sondern aufs weite Feld gestarrt. Es war bereits Walnussernte, was Abby gar nicht auf dem Schirm gehabt hatte, und die Arbeiter waren überall auf der Plantage zugange. Das war gut, denn so war es nicht ganz so still. Trotzdem hätte man wohl eine ihrer Schweißperlen auf den Boden tropfen hören. Und dass sie so schwitzte, war wirklich merkwürdig, da ihre Schwester neben ihr die Kälte in Person war.

»Ja«, war alles, was sie antwortete.

Sie wagte es nicht, Vicky anzusehen. Was hatte sie denn erwartet? Dass ihre Schwester sie mit offenen Armen empfangen würde, nachdem sie sie damals so im Stich gelassen hatte? Nachdem sie jedes einzelne Versprechen gebrochen hatte, das sie ihr je gegeben hatte? Sie hatte überhaupt nichts erwartet, zumindest keinerlei positive Reaktionen; umso überraschter war sie gewesen, als ihr Dad überglücklich auf sie zugelaufen gekommen war. Sein Knie schien ihm noch mehr Probleme zu bereiten als früher, und er war schrecklich gealtert, doch er war noch immer ihr Dad, und er freute sich, sie zu sehen.

Das hatte sie umgehauen. Sie hatte nämlich selbst gar nicht realisiert, wie sehr sie sich auf ein Wiedersehen gefreut hatte. Eine gefühlte Ewigkeit lang hatten sie sich umarmt, als sie plötzlich aus dem Augenwinkel gesehen hatte, dass Vicky zu Boden ging. Liam war sofort an ihrer Seite gewesen, dieser Autor, der ganz offensichtlich verknallt in ihre Schwester war. Später hatte sie ihn gegoogelt, er war anscheinend ein ziemlich reicher Kerl, ihre Schwester hatte also alles richtig gemacht.

»Warum, Abby? Warum bist du zurück?«, hatte Vicky dann gefragt und sie endlich angesehen.

Natürlich hatte sie sich etwas überlegt. »Ich wollte einfach, dass Bella ihre Familie kennenlernt.«

In Vickys Augen sah sie Zweifel. Durchschaute sie sie etwa sofort?

»Wirklich!«, versicherte sie. »Ich hab ihr neulich ganz zufällig erzählt, dass ich eine kleine Schwester habe, und sie hat immer wieder nachgefragt. Und da dachte ich …«

Vickys Augen füllten sich mit Tränen. »Du hast ihr *neulich* erst von mir erzählt?«, fragte sie vorwurfsvoll. »Sie wusste sechs Jahre lang gar nichts von mir? Von Dad? Mom? Der Farm?«

Shit! Das hatte sie irgendwie nicht gut durchdacht.

»Sorry«, war alles, was ihr einfiel.

Sie schwiegen weiter.

Irgendwann hielt Abby es nicht mehr aus. »Es ist schön, zurück zu sein. Euch wiederzusehen.«

Ihre Schwester sah sie an und nickte, noch immer Schock, Enttäuschung und Tränen in den Augen.

»Und wie geht es dir?«, wollte Vicky dann wissen.

»Ach, man schlägt sich so durch«, antwortete sie. »Und wie geht's dir?«

»Gut«, war alles, was Vicky antwortete.

Dann schwiegen sie wieder, bis irgendwann glücklicherweise Bella rauskam und sie zum Essen hereinrief.

Daraufhin hatten sie also gegessen, mit diesem Liam zusammen, und Bella plapperte und plapperte und hielt alle davon ab, Abby zu viele und zu unpassende Fragen zu stellen. Ihr Dad war unglaublich, er war so toll mit Bella und antwortete auf jede noch so dämliche Frage.

»Wie alt bist du?«

»Wo ist deine Frau?«

»Magst du Walnüsse?«

»Was waren die meisten Walnüsse, die du an einem Tag gegessen hast?«

»Wie viele Walnüsse wachsen an einem Baum?«

»Was ist dein Lieblingsbuch?«

»Mein Lieblingsbuch heißt *Die Perle* und stammt von einem Schriftsteller namens John Steinbeck«, antwortete ihr Dad.

»Oh, ein tolles Buch«, stimmte Liam zu. »Ich habe es bestimmt fünf- oder sechsmal gelesen.«

Abby starrte den Typen an. Gab es echt Menschen, die ein Buch mehr als einmal lasen? Na, da hatten sich ja zwei gefunden, ihr Dad war nämlich schon immer genauso bücherverrückt gewesen.

»Und welches ist dein Lieblingsbuch?«, fragte ihr Dad Bella dann.

»*Fox in Sox*. Das ist lustig. Kennst du es?«

»Dr. Seuss? Aber natürlich! Ich habe es deiner Mom früher vorgelesen, und deiner Tante Vicky.«

»Ehrlich?« Fragend sah Bella sie an.

»Muss ich wohl vergessen haben«, antwortete sie. Wer erinnerte sich schon an irgendein Buch aus seiner Kindheit?

»Ist ja typisch«, meinte Vicky so leise, dass man es kaum hören konnte.

»Möchte noch jemand Gemüse?«, fragte Liam, und sie war froh drüber, da plötzlich eine komische Stimmung herrschte. Alle sahen sie nämlich an, als hätte sie den Namen ihrer Grandma vergessen oder so, dabei ging es doch nur um ein blödes Buch!

»Ja, gerne«, sagte Vicky und lächelte Liam an. Essen tat sie dann aber nur wenig. Wahrscheinlich hatte sie keinen Appetit – ging ihr ja genauso.

Doch Bella, die aß, als hätte sie gerade erst das Gemüse entdeckt. Sie wunderte sich mächtig, da ihre Kleine sich sonst immer die Zwiebeln und die Tomatenscheibe vom Burger pulte, und weil sie einmal gesagt hatte, der Karottenkuchen im Diner schmecke eklig. Na ja, aber so richtiges Gemüse wie das hier kannte sie natürlich nicht. Wer hatte schon die Zeit oder die Lust, so aufwendig zu kochen?

»Das hier schmeckt voll lecker. Was ist das?«, fragte Bella Liam jetzt und hielt ihm ihre Gabel hin, auf die sie irgendein Grünzeug gespießt hatte.

»Das ist ein Stück Zucchini. Die sind so ähnlich wie die Gurken im Salat.«

»Oh. Ich mag Schukini.« Bella grinste breit.

Alle lachten, selbst Abby musste mitlachen. *Ach Bella,* dachte sie. *Ohne dich wäre ich gerade aufgeschmissen.*

Nach dem Essen waren Liam in seine Hütte und die Übrigen in ihre Zimmer gegangen, um sich etwas auszuruhen. Abby hatte auch gar nicht damit gerechnet, noch einem von den anderen zu begegnen, doch als sie jetzt in ihrem Bett lag, klopfte es an der Tür.

Sie wollte nicht »Herein!« rufen und Bella damit wecken, also stand sie auf und ging selbst öffnen. Sie hatte noch ihre normalen Klamotten an, im Gegensatz zu Vicky, die in ihrem Pyjama vor der Tür stand. Die kurze rosa Pyjamahose und das dazu passende Tanktop standen ihr, und Abby konnte sehen, dass ihre Schwester eine gute, durchtrainierte Figur hatte, was wohl von der Arbeit auf der Farm kam. Trotzdem wog sie sicher zehn Kilo mehr als sie selbst, aber sie achtete ja auch sehr auf ihren Body und aß meistens nur einmal am Tag etwas Richtiges. Was ihr natürlich noch sofort an Vicky aufgefallen war, waren ihre Locken. Als sie damals von zu Hause weggegangen war, waren sie Vicky bis zur Schulter gegangen, jetzt reichten sie ihr fast bis zum Po. Ihre eigenen Locken glättete sie nach wie vor, weil sie sie nicht ausstehen konnte, aber zu Vicky, dem Mädchen vom Land, passten sie irgendwie.

»Ich wollte mich entschuldigen«, begann ihre Schwester nun, während Abby in den Flur trat und die Tür hinter sich zuzog.

Verwirrt sah sie Vicky an. »Wieso denn das?«

»Weil ich vorhin so blöd zu dir war. Du machst dich extra auf den Weg hierher, und ich habe dich nicht sehr freundlich in Empfang genommen. Ich war nur so … überrascht. Ich meine, ich habe seit sieben Jahren nichts von dir gehört. Kein Wort, kein Lebenszeichen.«

»Das war scheiße von mir, ich weiß. Tut mir leid.«

Vicky nickte verständnisvoll. »Ist okay. Die Hauptsache ist, dass es dir gut geht.« Sie sah sie liebevoll an. »Wollen wir uns vielleicht ins Wohnzimmer setzen, einen Tee trinken und reden?«

»Okay.« Sie folgte Vicky erst in die Küche und dann in die Stube. Auch hier sah noch immer alles wie früher aus, ein paar Akzente waren neu, wie zum Beispiel ein paar moderne, mit Blumen gefüllte Vasen oder auch zwei Bilder an der Wand, ebenfalls mit Blumen als Motiv. Früher hatten da noch Landschaftsbilder gehangen, staubige alte Dinger, die von ihren Großeltern gestammt hatten.

Abby setzte sich im Schneidersitz aufs Sofa, Vicky nahm auf einem der Sessel Platz.

»Darf ich mal fragen, wo ihr überhaupt herkommt? Wo wohnst du mit Bella?«, fragte ihre Schwester.

»In Modesto. Da wohne und arbeite ich, seit ich mit Bella schwanger war.«

»Und was arbeitest du?«

»Nur als Bedienung in einem Diner. Wie früher schon.«

Vicky nickte, als hätte sie sich sowas schon gedacht.

»Gefällt es dir in Modesto? Ich war noch nie da.«

»Warst du überhaupt schon mal irgendwo?«, fragte sie und lachte ein wenig schräg. Das war zwar nur die Nervosität, doch ihr war klar, dass das gerade ziemlich unangemessen war. »Sorry«, sagte sie schnell. »Modesto ist ganz okay. Ist nicht L.A., aber …« Sie zuckte die Achseln.

»L.A. hat dir also besser gefallen?«

Sie nickte. »Eine Million Mal besser. L.A. ist der schönste Ort auf Erden.«

»Und wieso bist du dann von dort weggegangen?«

»Weil's leider nicht so geklappt hat, wie ich es mir vorgestellt hatte«, gab sie zu, und sie erwartete schon ein paar Worte à la »Das hätte ich dir gleich sagen können«.

Doch Vicky sah sie aufrichtig bedauernd an. »Das tut mir ehrlich leid.«

»Schon okay. Das ist mein Leben.« Wieder zuckte sie die

Achseln, dann kamen ihr die Tränen, und obwohl sie es nicht wollte, begann sie zu weinen.

Sofort war Vicky an ihrer Seite, setzte sich zu ihr auf die Couch und legte ihr eine Hand auf den Arm.

»Ich bin die totale Versagerin. Keiner meiner Träume hat sich erfüllt, nicht ein einziger«, schluchzte Abby.

»Ist das der Grund, weshalb du dich nicht mehr bei uns gemeldet hast? Weil du dich geschämt hast?«

Sie nickte. »Mit Hollywood hat's nicht geklappt, und dann war ich auch noch schwanger. Von einem Typen, der nichts mit mir oder dem Baby zu tun haben wollte. Das hätte ich euch doch nicht sagen können.«

»Doch, hättest du. Und du hättest nach Hause kommen können. Zusammen hätten wir das doch gemeistert.«

»Ich hatte einfach Angst.«

»Ach Abby«, sagte ihre Schwester, und dann nahm sie sie endlich doch noch in den Arm. Eine Berührung, die sich so verdammt gut anfühlte.

Sie ließ sich einfach nur halten, als wäre Vicky ihr rettender Anker. Und doch war sie sich bewusst, dass sie sie schon ganz bald wieder enttäuschen würde.

»Wieder besser?«, fragte Vicky irgendwann, als sie aufgehört hatte mit Schluchzen und Weinen. Sie reichte ihr ein Taschentuch, das Abby dankend annahm.

»Ja.« Sie schnäuzte sich. »Können wir morgen in den Ort fahren? Ich würde so gerne mit Bella in den Fairmount Park gehen.«

»Na klar. Da können wir morgen zu dritt hingehen, wenn du möchtest. Ich habe zwar eigentlich jede Menge auf der Farm zu tun, aber irgendwie bekomme ich das schon hin.«

»Das fände ich schön.« Sie sah auf die Uhr, es war gleich zehn. »Können wir morgen weiterreden? Ich bin echt müde.«

»Aber natürlich. Du musst völlig ausgelaugt sein, geh am besten schlafen, und morgen sehen wir weiter.«

»Okay.« Sie drückte ihre Schwester noch einmal und ging zurück in ihr Zimmer. Sie sah zu Bella, die im Schlaf lächelte, nahm ihr Smartphone in die Hand und rief, wie verabredet, um Punkt zehn Uhr Morris an.

»Hey, Babe, wie steht's?«, hörte sie es am anderen Ende der Leitung.

»Alles gut bei mir. Ich vermisse dich.«

»Ich dich auch. Bin in einem Motel in Arizona, brauchte dringend eine Dusche. Und wo bist du?«

»Ich bin an einem sicheren Ort, an dem ich Bella lassen kann. Ich muss nur noch ein paar Sachen klären.« Sie sprach leise, damit sie auch ja keiner hörte.

»Und du willst das wirklich tun, Babe?«

Sie hatte Morris nach ihrem heißen Sex im Motel vor knapp zwei Wochen noch ein weiteres Mal gesehen. Auf seinem Rückweg von Calgary, und da hatte er sogar außerplanmäßig in Modesto übernachtet. Es war ein Samstag gewesen, und Abby hatte es so organisiert, dass Bella zusammen mit Cookie und Brownie bei deren Grandma übernachten konnte. Was bedeutet hatte, dass sie und Morris die ganze Nacht für sich allein gehabt hatten. Diese Woche hatte er sich dann auf nach New Orleans gemacht, und sie wünschte sich so, sie hätte bereits neben ihm in seinem Truck sitzen und diesen wunderbaren Ort kennenlernen dürfen.

Jetzt musste sie nicht lange überlegen. »Will ich«, antwortete sie.

»Okay. Am Donnerstag fahre ich wieder von San Diego los nach Kanada. Wo können wir uns treffen?«

»Kommst du zufällig an L.A. vorbei?«

»Ja. Ich schicke dir den Standort einer Raststätte auf dem Highway, da kommst du hin. Uhrzeit und alles andere klären wir später.«

Es brodelte in ihrem Inneren, die Aufregung stieg mit jeder Sekunde.

»Ich kann es kaum erwarten, mit dir loszufahren, Honey«, sagte sie.

»Und ich kann es kaum erwarten, deinen süßen kleinen Hintern wieder auf meinem Schoß zu spüren.«

Sie grinste. »Du bist da ganz allein in deinem Motelzimmer?«

»Yep.«

»Na, dann guck mal in zwei Minuten auf dein Handy. Ich schick dir was Schönes.«

»Ja? Na, da bin ich aber gespannt.«

Sie verabschiedeten sich und hängten auf, Abby machte ein paar sexy Fotos und schickte sie Morris. Das war das Mindeste, was sie für ihn tun konnte, nachdem er bereit war, seinen Truck und sein Bett mit ihr zu teilen und sie an Orte zu bringen, von denen sie bisher nur geträumt hatte.

Sie konnte es kaum erwarten. Donnerstag war es so weit. Bis dahin waren es nur noch vier Tage. Doch sie würde nicht nur die Tage, sondern auch die Minuten zählen. Ihre Freiheit war so nah.

Sie legte sich zu Bella ins Bett und deckte sie mit der dünnen Decke zu, die sie mit den Beinen weggestrampelt hatte.

»Es ist für uns beide das Beste, Süße. Eines Tages wirst du das verstehen«, sagte sie und schloss die Augen. Und sie träumte von endlosen Straßen, von gutem Sex und von paradiesischen Orten, die nur darauf warteten, von ihr erkundet zu werden.

Kapitel 28

Victoria

September 2014

»Okay, ich komme, sobald ich kann«, sagte Abby am anderen Ende der Leitung, nachdem sie ihr erzählt hatte, wie schlimm es um ihre Mutter stand.

»Versprochen?«, fragte sie nach.

»Versprochen.«

Wenn ein Versprechen von Abby doch nur etwas bedeuten würde. Sie hatte schon so viele gemacht, und kein einziges hatte sie gehalten. Es war über drei Jahre her, dass Abby mitten in der Nacht ihre Sachen gepackt und von zu Hause abgehauen war, um nach Hollywood zu gehen. Sie hatte ihr hoch und heilig geschworen, dass sie sie dort besuchen kommen dürfte, so oft sie wollte. Doch jedes Mal, wenn Vicky sie daran erinnert und gefragt hatte, wann denn ein guter Zeitpunkt wäre, hatte Abby ihr irgendwelche Geschichten erzählt, die nicht mal der naivste Mensch auf Erden ihr abgenommen hätte.

»Okay, dann bis bald. Pass auf dich auf«, sagte sie noch und legte auf.

Sie war enttäuscht. Von Abby konnte man einfach nichts mehr erwarten. Sie sagte dies und meinte das. Doch wenigstens einmal sollte sie die Lügen sein lassen und verdammt noch mal das tun, was angebracht war. Sie sollte nach Hause kommen, bevor es zu spät war.

Ihrer Mom ging es nicht gut. Ende letzten Jahres hatte ihr Dad dieses schwarze Mal auf ihrem Rücken entdeckt, doch sie hatte es als unbedeutenden Leberfleck abgetan. Aber das Ding wuchs, und Vicky und ihr Dad hatten sich irgendwann solche Sorgen gemacht, dass sie ihre Mom einfach zum Arzt brachten – ob sie wollte oder nicht. Und das war genau richtig, denn es handelte sich bei dem »unbedeutenden Leberfleck« um Schwarzen Hautkrebs. Das Melanom, als das sich der Fleck herausstellte, hatte schon so weit gestreut, dass es kaum eine Chance auf Heilung gab. Der Tumor wurde entfernt, dann begann die Therapie mit Bestrahlung und wachstumshemmenden Hormonen. Weil das alles nichts mehr nützte, blieb ihre einzige Hoffnung die Chemotherapie.

In den kommenden Monaten nahm die Lebensfreude ihrer Mutter ab, sie wurde immer schwächer, und sie verlangte ständig nach Abigail, ihre Erstgeborene und Lieblingstochter. So war es immer gewesen: Vicky war der größte Schatz ihres Dads, Abby war das Ein und Alles ihrer Mom. Ihr Weggang hatte Katherines Herz gebrochen, und jeden einzelnen Tag weinte sie um sie. Es gab kaum noch etwas, das sie aufheitern konnte, und nun war sie auch noch sterbenskrank.

Vicky versuchte ihr Bestes, rief immer wieder bei Abby in Hollywood an, wo die so gut wie nie an ihr Handy ging, weil sie angeblich so beschäftigt war mit Castings, Shootings und tollen Partys. Sie nahm es Abby nicht ab. Wenn sie wirklich so erfolgreich wäre, hätte sie sie doch irgendwann mal im Kino oder Fernsehen oder in irgendeiner Zeitschrift gesehen, oder? Einmal schaute sie sich zusammen mit ihrer Mom eine alte *Colombo*-Folge an, und in der Werbepause kam ein TV-Spot für Damenrasierer, in dem tatsächlich Abby zu sehen war. Vicky hatte ihre Mutter nie stolzer gesehen. Von da an war Abby für sie der große Star.

Und Vicky dagegen war einfach nur da.

Es schien ihrer Mom überhaupt nichts zu bedeuten, dass sie sich um alles kümmerte. Dass sie, statt aufs College zu gehen, direkt nach der Highschool angefangen hatte, auf der Farm zu helfen. Dass sie inzwischen sogar die meisten Aufgaben übernommen hatte, die ihr Dad früher ausgeführt hatte, weil er das, seit er von einem Baum gefallen war und sich das Knie verletzt hatte, nicht mehr so gut konnte. Ihre Mom konnte natürlich überhaupt nichts mehr beitragen, und so blieb alles an Vicky hängen. Aber wurde es ihr gedankt? Nein. Es wurde noch immer Abby nachgetrauert.

Als es nun im September mit ihrer Mom zu Ende ging, erreichte Vicky ihre Schwester endlich, und die versprach zu kommen.

Doch sie kam nicht.

Vickys zwanzigster Geburtstag war der letzte, den sie mit ihrer Mutter verbringen durfte. Drei Wochen später holte der liebe Gott ihre Mom zu sich.

Wieder erreichte Vicky ihre Schwester nicht, und da sie nicht wusste, was sie tun sollte, schrieb sie Abby in einer SMS vom Tod ihrer Mom und wann die Beerdigung stattfinden würde.

Doch auch dieser Tag sollte ohne Abby stattfinden. Dieser traurige Tag, an dem Vicky ihre große Schwester so sehr gebraucht hätte. Doch Vicky war allein, ihr Dad war nicht ansprechbar, und sie musste sich um eine Beerdigung und den Nachlass ihrer gerade verstorbenen Mutter kümmern, obwohl sie doch am liebsten auch einmal ihre Zerbrechlichkeit zulassen und sich einfach nur in ihrem Bett unter ihrer Decke verkriechen und weinen wollte.

Sie versuchte noch ein letztes Mal, Abby zu erreichen, doch plötzlich war ihre Nummer nicht mehr vergeben. Und da war Vicky überzeugt, sie würde ihre Schwester nie mehr wiedersehen.

Die Jahre vergingen. Ausgerechnet ihr Dad bestand darauf, Abbys Zimmer exakt so zu belassen, wie es war, was sie nicht verstand. Denn nachdem Abby ihre Mutter in ihren letzten Tagen nicht besucht hatte und ihr bei ihrer Beisetzung nicht die letzte Ehre erwiesen hatte, war sie für ihren Dad gestorben. Er erwähnte sie nie wieder – mit keinem Wort. Und jedes Mal, wenn Vicky es tat, sah er sie mit einem besonders bösen Blick an, der ihr sagen sollte, dass sie sofort den Mund zu halten hatte.

Sie lernten, damit zu leben, dass sie nur noch zu zweit waren. Und sie glaubten, es für den Rest ihres Lebens zu sein. Vielleicht würde Vicky eines Tages heiraten und eine Familie gründen, doch keiner von beiden glaubte an ein Wiedersehen mit Abby. Niemals. Nicht in einer Million Jahren. Und so traurig der Gedanke war, wurde er Teil ihres Lebens.

Doch hin und wieder ertappte Vicky sich dabei, wie sie an Abby dachte. Wie sie sich fragte, wo sie wohl war und was sie wohl tat. Ob es ihr gut ging. Dann ging sie in Abbys Zimmer und setzte sich auf ihr Bett, sah sich all die Filmplakate an und weinte ein bisschen um ihre verlorene Schwester. Und sie wünschte sich nichts sehnlicher, als dass sie doch eines Tages zurückkehren würde.

Vicky öffnete die Augen und konnte es noch immer nicht glauben. Abby war zurück!

Sie musste lächeln und sprang gleich aus dem Bett, um ein großes Frühstück zuzubereiten. Die kleine Bella würde sich bestimmt über Pancakes oder Waffeln freuen. Bella. Was für ein aufgewecktes Mädchen sie war, und gar nicht schüchtern – ganz wie Abby früher.

Als sie fertig geduscht und angezogen war und durch den Flur ging, fand sie Bella vor dem Fernseher sitzend vor. Sie betrat das Wohnzimmer.

»Es ist sieben Uhr morgens, und du siehst schon fern?«

Bella blickte noch ein paar Sekunden zum Fernseher, in dem irgendwelche Zeichentrickfiguren herumhampelten und dazu sangen, dann wandte sie sich ihr zu.

»Hallo«, sagte sie und lächelte breit.

»Hallo.« Vicky lächelte zurück. Ihr fiel gerade auf, wie wenig sie von Kindern wusste.

»Heute ist Montag«, sagte die Kleine.

»Ich weiß«, erwiderte sie.

»Eigentlich würde ich mich jetzt für die Schule fertig machen, aber ... ich glaube nicht, dass ich da heute hingehe.«

»Nein, das wirst du wohl nicht.« Vor allem, da ihre Schule ganze vierhundert Meilen weit entfernt war. »Wo ist denn deine Mommy?«

»Die schläft noch.«

»Hmmm ... was würdest du dann davon halten, mit mir in die Küche zu kommen und Frühstück zu machen?«

»Okay.« Bella hielt die Fernbedienung in Richtung Fernseher und drückte den Aus-Knopf. Dann hüpfte sie in ihrem Nachthemd vom Sessel und folgte ihr.

»Was hättest du denn gerne?«, fragte Vicky, als sie in der Küche waren.

»Ich weiß nicht.«

»Was isst du sonst so zum Frühstück?«

»Froot Loops oder Honey Loops oder Pommes.«

Ihr fiel die Kinnlade herunter. »Pommes?«

Bella nickte. »Mommy bringt immer welche von der Arbeit mit«, erzählte sie.

Herrje. Kalte, alte Pommes vom Vortag zum Frühstück? Also, so richtig schien Abby das mit der Kindererziehung nicht draufzuhaben. Sicherlich war sie keine Versagerin, wie sie sich selbst am Abend zuvor genannt hatte, aber ein etwas gesünderes Frühstück konnte man doch hinbekommen, oder?

»Was würdest du denn zu Pancakes sagen? Mit frischen Erdbeeren?«, schlug sie vor und sah bereits, wie Bella das Wasser im Mund zusammenlief.

»Jaaa!«, rief sie begeistert. »Darf ich dir helfen?«

»Na klar.« Sie holte eine Schüssel sowie einen Messbecher hervor und stellte die Zutaten zusammen. Dann reichte sie Bella das Mehl. »Kipp so viel da rein, bis du diesen Strich hier erreichst, ja?«

Bella nickte und machte sich an die Arbeit. Beeindruckt sah Vicky der Kleinen zu, sie machte das wirklich gut. Als sie Mehl, Zucker, Backpulver, Eier, Milch und eine Prise Salz in die Schüssel gegeben hatten, ließ sie Bella alles verrühren. Dann kippte sie jeweils drei Kleckse in die heiße große Pfanne und schnitt derweil die Erdbeeren klein.

Als sie gerade fünf Teller angerichtet hatten, erschienen Abby und ihr Dad gemeinsam in der Küche. Sie wusste nicht, ob es Zufall war oder ob die beiden bereits ein morgendliches Gespräch hinter sich hatten.

Sie bat alle an den Tisch und überlegte, ob sie Liam fragen sollte, ob er sich wie gewohnt zu ihnen gesellen wollte. Sie hätte ihn nur kurz anrufen müssen, entschied sich dann aber dagegen. Denn sie fand, dass sie einfach auch mal ein bisschen Zeit als wiedervereinte Familie brauchten. Sie würde ihm seinen Teller später rüberbringen.

»Also, was habt ihr heute vor?«, erkundigte sich ihr Dad.

»Wir wollen in den Fairmount Park«, erzählte Abby. »Da wird es Bella sicher gefallen.«

»Was gibt es da?«, wollte die Kleine auch gleich wissen.

»Da gibt es jede Menge seltene Vogelarten«, erzählte ihr Dad der Kleinen.

Die schien nicht allzu beeindruckt. Erst als Vicky hinzufügte: »Und einen See und einen tollen Spielplatz«, strahlte sie.

»Was gibt's auf dem Spielplatz alles?«

»Alles, was es auf Spielplätzen so gibt«, meinte Abby. »Rutschen und Schaukeln und Sachen zum Klettern. Ist doch noch so, oder?« Ein wenig verunsichert, sah ihre Schwester zu ihr rüber.

»Ja, na klar«, beruhigte sie sie. »Wir fahren gleich nach dem Frühstück los. Wir können auch einkaufen fahren und ein paar Sachen besorgen, die Bella gerne isst.«

»Au ja!«, rief die Kleine.

»Sollen wir dich irgendwo absetzen, Dad? Am Clubhaus oder irgendeinem Café?«

Sie musste wieder an das denken, was Joe und Carl ihr neulich erzählt hatten, und musste unwillkürlich schmunzeln. Sie hatte ihren Dad nicht darauf angesprochen und auch nicht vor, es zu tun. Doch sie fand es nach wie vor ziemlich erstaunlich, dass ihr griesgrämiger Dad, der doch immer über das Verhalten von Joe und Carl meckerte, selbst derjenige war, der das Kohlkopfdesaster verursacht hatte.

»Nein, lieber nicht. Ich möchte Zeit mit Abby und Bella verbringen«, meinte er.

»Aber es ist Montag! Da spielst du doch immer Scrabble mit deinen Freunden!«, erinnerte sie ihn.

»Ach, das ist heute egal.«

Abby legte ihm eine Hand auf die seine und versicherte ihm mit sanfter Stimme: »Daddy, keine Sorge. Wir sind noch da, wenn du nach Hause kommst.«

Ihr Dad bekam ganz glasige Augen und nickte.

»Oder«, schlug Vicky vor, »wir könnten dich im Zentrum absetzen und einkaufen fahren. Danach holen wir dich wieder ab und gehen alle zusammen was essen, bevor wir zum Fairmount Park fahren. Was haltet ihr alle davon?«

»Eine gute Idee«, meinte Abby, die ihr Frühstück kaum angerührt hatte.

»Da bin ich auch dabei!«, sagte ihr Dad glücklich. So würde er nicht aufs Scrabbeln verzichten müssen und konnte doch noch den Tag mit seinen Mädchen verbringen.

»Juhu!«, jubelte Bella.

Vicky lächelte zufrieden, aß ihr letztes Erdbeerstück auf und sagte den anderen, dass sie kurz zu Liam gehen wollte. »Macht euch also schon mal fertig, ja?«

Sie nahm den Teller Pancakes für Liam mit und ging rüber zur Hütte. Seine Tür stand offen, und sie konnte bereits von Weitem die Musik hören. Spanische Klänge, die Liam wohl in die richtige Stimmung für sein Buch bringen sollten.

»Guten Morgen!«, rief sie und schaute hinein.

»Vicky! Komm doch herein. Was bringst du mir denn da?«

»Pancakes mit Erdbeeren.«

»Super! Das ist jetzt genau das Richtige. Ich schreibe nämlich schon seit Stunden und habe noch nichts gegessen.« Er stand auf, kam auf sie zu, nahm ihr den Teller und die Flasche Ahornsirup ab und stellte beides neben seinen Laptop auf den Tisch. Dann gab er ihr einen Kuss. »Ich danke dir.«

»Gern geschehen. Sag mal, schläfst du überhaupt irgendwann mal?«

»Nicht so viel, wie ich sollte. Aber wenn ich mitten in der Nacht mit einer Idee aufwache, muss ich mich einfach sofort an den Laptop setzen.«

»Dann will ich auch gar nicht länger stören. Schreib schön weiter. Ich wollte dir nur kurz Bescheid geben, dass ich den Tag mit Abby und Bella verbringe und erst abends zurück bin.« Die Auslieferung musste dann heute mal Inès oder jemand anders übernehmen.

»Da wünsche ich euch viel Spaß.«

»Danke. Wir wollen in den Fairmount Park.«

»Da ist es toll. Ich war schon ein paarmal dort spazieren, seit ich hier bin. Eine richtige Oase mitten in der Stadt.«

»Ja. Wir waren schon als Kinder gerne dort, Abby und ich.«

»Umso schöner, dass ihr das heute wieder machen könnt.«

»Ja.« Sie strich sich eine Haarsträhne hinters Ohr. »Es war eine ganz schöne Überraschung, dass Abby so wie aus dem Nichts wieder aufgetaucht ist.« Liam sah sie an, und sie wusste, dass er etliche Fragen hatte. »Ich sollte dir vielleicht mal erzählen, was da überhaupt vorgefallen ist.«

»Das musst du nicht«, sagte er sofort und schüttelte den Kopf. »Das geht mich überhaupt nichts an.«

»Doch. Du bist jetzt Teil meines Lebens und solltest über wichtige Dinge Bescheid wissen, die mich betreffen.« Sie biss sich auf die Zunge. »Ich … äh … ich hoffe zumindest, dass du jetzt Teil meines Lebens bist.«

Er lächelte sie an und nahm ihre Hände in seine. »Das möchte ich gerne sein, wenn du es auch möchtest.«

Sie nickte und lächelte zurück. Er küsste sie erneut.

»Vielleicht können wir beide ja mal zusammen im Fairmount Park spazieren gehen oder picknicken, und dann erzähle ich dir alles, ja?«

»Okay. Das klingt nach einem guten Plan. Du, Vicky, ich wollte dich noch was fragen. Ich bin jetzt an dem Punkt in meinem Buch angelangt, wo ich die Erntevorgänge näher beschreiben muss. Ich habe schon ein paarmal mit Thiago gesprochen – selbstverständlich außerhalb seiner Arbeitszeit –, und er würde mich nachher mit auf die Plantage nehmen und mir zeigen, wie heute geerntet wird, und mir auch erklären, wie es im Vergleich dazu früher gemacht wurde. Wenn das okay für dich ist.«

»Aber natürlich. Ich habe nichts dagegen. Du darfst nur selbst keine der Maschinen bedienen, da wir in dem Fall nicht versichert sind.«

Liam lachte. »Das habe ich nicht vor, keine Sorge.«

»Na, dann hab viel Spaß bei den Walnüssen«, wünschte sie, und Liam zog sie noch ein letztes Mal an sich, um sie lange, ganz lange zu küssen.

Als sie danach zur Halle ging, um Inès Bescheid zu sagen, war ihr richtig schwindlig. Und sie glaubte, sie hatte sich tatsächlich verliebt. In diesen wunderbaren Mann, der sich nicht nur für die Walnüsse, sondern auch sehr für sie zu interessieren schien.

Mit einem Strahlen im Gesicht traf sie kurz darauf auf Abby, Bella und ihren Dad. »Kann's losgehen?«, rief sie ihnen zu und freute sich richtig auf den Tag und darauf zu erfahren, was Abby in den letzten zehn Jahren alles erlebt hatte. Zehn Jahre, die viel zu lang gewesen waren. Zehn Jahre, die zwei Schwestern niemals getrennt sein sollten. Doch jetzt waren sie wiedervereint, und sie würde alles daransetzen, dass das so blieb.

Kapitel 29

Liam

Drei Tage waren vergangen, und Liam hatte unglaublich viel gelernt und erstaunlich bereichernde Erfahrungen sammeln dürfen. Am Montag hatte Thiago ihn mit in die Haine genommen und ihn mit den Erntevorgängen vertraut gemacht, ihm erklärt, wie Shaker, Sweeper und Harvester funktionierten, was er ehrlich gesagt ziemlich spannend gefunden hatte. Nach Feierabend war Thiago mit ihm über die Plantage spaziert und hatte ihm die verschiedenen Baumreihen gezeigt. Man konnte anhand von Größe und Farbe der Rinde deutlich erkennen, wie alt die Bäume waren. Die größeren, teilweise schon an die hundert Jahre alten trugen mehr Früchte als die jüngeren. Außerdem hatten ihre Stämme eine dicke, rissige, dunkle Borke, während die Stämme der jungen Bäume weit dünner und mit hellgrauer Rinde versehen waren. Es gab auch Haine mit erst jüngst gepflanzten Bäumen, die noch überhaupt keine Früchte trugen.

»Und um welche Arten handelt es sich hier genau?«, erkundigte Liam sich, da er gelesen hatte, dass es über sechzig verschiedene Walnussarten gab.

»Wir haben hier ausschließlich die Sorte Chandler angebaut. Das ist weltweit die beliebteste Sorte, da sie leicht zu knacken ist, so schöne helle Kerne hat und so mild aromatisch und cremig im Geschmack ist.«

»Ah, okay.« Thiago legte ihm eine Nuss samt Schale in die Hand. Er drehte sie hin und her, sie sah perfekt aus. »Ich hätte da eine Frage. Wieso stößt man manchmal auf Nüsse, die ganz schwarz und verrottet sind? Wie kommt das zustande?«

»Oh, das liegt an der Walnussfliege. Die legt ihre Eier in die Hülle der noch unreifen Früchte, und das lässt diese verfaulen.«

Thiago suchte nach einer dieser schwarzen Nüsse und legte sie zum Vergleich neben die perfekte. Er war ein wirklich netter, schlauer Kerl, und sein Englisch war sehr gut, worüber Liam glücklich war, da er so auch jedes Wort verstand. Er machte sich etliche Notizen, damit er auch ja nichts vergaß.

»Ja, aber mal abgesehen von der Walnussfliege wird dem Walnussbaum eher nachgesagt, dass er Insekten vertreibt«, erzählte der etwa vierzigjährige Mexikaner weiter. »Deshalb pflanzen viele Bauern einen Walnussbaum neben ihren Misthaufen. Das hat mein Großvater in Mexiko auch gemacht.«

»Oh, das ist wirklich interessant«, sagte Liam. »Wie lange ist es denn her, dass Sie aus Mexiko weggegangen sind, wenn ich das fragen darf?«

»Natürlich. Das ist jetzt achtzehn Jahre her. Ich habe damals ein Arbeitsvisum erhalten. Inzwischen habe ich eine Green Card.«

»Und können Sie sich vorstellen, eines Tages zurückzukehren?«, fragte er neugierig. Denn fast so sehr wie die Walnuss interessierte ihn die Gefühlswelt der Mexikaner.

»Nein, ich bin jetzt in Amerika zu Hause«, sagte Thiago, doch viel mehr erzählte er nicht über sich, was Liam ein wenig enttäuscht zurückließ.

Doch er hatte Glück. Denn gleich am nächsten Tag bot Alvaro sich an, ihn herumzuführen. Er zeigte ihm die Lagerhalle und erklärte ihm die Sortier-, Wasch-, Trocken- und Packvorgänge, und in seiner Mittagspause setzte er sich draußen mit ihm hin, auf einen der vielen herumliegenden Baumstämme, die als Sitzmöglichkeit dienten.

Alvaro erzählte ihm, dass er schon in Mexiko auf einer Walnussfarm gearbeitet hatte, weshalb er keine Schwierigkeiten hatte, sich hier zurechtzufinden.

»Und arbeitet man in Mexiko auch mit Shakern, Sweepern und Harvestern?« Liam hoffte fast, Alvaro würde seine Frage verneinen.

Und tatsächlich schüttelte er den Kopf und lachte. »Nein, die kann sich da kaum einer leisten. In Mexiko arbeitet man noch auf die gute alte Weise, schlägt die Nüsse mit Stöcken von den Bäumen und harkt sie am Boden zusammen.«

»Ach, ehrlich?« Er ließ sich ausführlich erklären, wie das vonstattenging, und war dankbar, dass Alvaro alles so bildlich beschrieb. Er konnte es kaum erwarten, an seinem Buch weiterzuschreiben, und ging an diesem Nachmittag ganz beseelt zurück in seine Hütte.

Am Mittwoch war er voller Eifer, da Alvaro seinen freien Tag und ihm zugesagt hatte, ihm noch ein paar Geschichten aus seiner Heimat zu erzählen.

Am Morgen nahm Liam sein Frühstück mit Vicky und ihrer Familie zu sich und war wieder einmal erstaunt über Bellas Energie. Die Kleine schien niemals müde zu werden, Fragen zu stellen. Sie würde eines Tages eine großartige Reporterin abgeben oder auch eine Anwältin oder einen Detective bei der Polizei, der die Zeugen verhörte. Oder sogar eine Autorin.

Vicky hatte sich, wie schon die Tage zuvor, Zeit freigeschaufelt. War extra früh aufgestanden, um anstehende Arbeit auf der Farm zu erledigen, und bis spät abends wach geblieben, um sich dann noch um Papierkram zu kümmern. Nur damit sie Zeit mit ihrer zurückgewonnenen Schwester und deren Tochter verbringen konnte. Er sah ihr an, wie viel ihr das bedeutete, und er hätte sich im Traum nicht beschwert, weil sie nun dadurch noch weniger Zeit für ihn hatte.

Für diesen Vormittag hatten Vicky, Abby und Bella geplant, schwimmen zu gehen, und fragten ihn, ob er mitkommen wollte. Doch er sagte ihnen, dass er leider schon etwas vorhatte, und erwartete ganz aufgeregt Alvaros Ankunft. Der zeigte ihm zuallererst ein paar Fotos von seiner Frau Maria und seinem kleinen Sohn Ignacio, auf die er unglaublich stolz war, das konnte er sehen. Fast hatte er ein schlechtes Gewissen, weil er den beiden Alvaro an seinem freien Tag vorenthielt. Doch er war sich sicher, dass das Geld, das er ihm für seine Zeit und seine Informationen zahlte, sie entschädigen würde. Er hatte Thiago am Montag und Alvaro am Dienstag je einen Hundertdollarschein zugesteckt und würde heute mindestens genauso viel hergeben.

Sie spazierten über die Farm, entlang der sommergrünen Laubbäume, und Alvaro erzählte alles, was ihm so einfiel.

»Wussten Sie, dass es die Walnuss schon seit Millionen von Jahren gibt?«

»Ja, ich habe viel darüber gelesen. Sie hat anscheinend die Eiszeiten in Syrien und Anatolien überstanden und sich dann auf natürliche Weise in Asien und Europa ausgebreitet. Dort gilt die Walnuss seit circa neuntausend Jahren als Nahrungsmittel.«

»Echt? Das wusste ich nicht. Sehen Sie, Sie bringen mir auch noch etwas bei«, sagte Alvaro mit seinem starken Akzent. Er sprach bei Weitem nicht so gut Englisch wie Thiago, doch das machte Liam überhaupt nichts aus. Dann versuchte er halt, sich ganz auf Alvaros Worte zu konzentrieren, und musste sich einfach nur ein bisschen mehr anstrengen, um alles zu verstehen.

»Na, das freut mich«, erwiderte er lächelnd.

»Erzählen Sie mir noch etwas, das ich nicht über die Nuss weiß, mit der ich schon mein ganzes Leben arbeite«, bat Alvaro.

»Oh. Hmmm, lassen Sie mich überlegen. Wussten Sie, dass die Walnuss sogar im Himalaya wächst? In Höhen bis zu dreitausenddreihundert Metern!«

»Wow! Ehrlich?«

Liam nickte. Er fand das auch einfach unfassbar.

Sie tauschten noch ein paar Fakten aus, und dann fragte Liam die alles entscheidende Frage, auf die er leider bisher keine Antwort erhalten hatte, obwohl er sich damit schon an den einen oder anderen gewandt hatte. Und sein Herz klopfte fast ein bisschen schneller.

»Alvaro, ich würde gerne wissen, ob es dort, wo Sie herkommen, irgendwelche Bräuche gibt, die die Walnuss beinhalten? Eine Tradition oder eine Sage vielleicht?«

Er hoffte so sehr auf eine positive Antwort, denn er benötigte ganz dringend etwas, das er in sein Manuskript einbauen konnte. Er war im Internet auf etliche solcher Bräuche aus der ganzen Welt gestoßen. Zum Beispiel hatte bei einer Hochzeit im alten Rom der Bräutigam Walnüsse unter die Gäste und Zuschauer geworfen, und ein heller Klang beim Aufprall hatte eine glückliche Ehe prophezeit. In Deutschland hatte in längst vergangenen Zeiten eine gute Walnussernte im Herbst bedeutet, dass im nächsten Jahr besonders viele Jungen zur Welt kommen würden, was Liam als ein wenig beleidigend gegenüber den armen Mädchen empfand. Und dann gab es da noch dieses alte Ritual aus Österreich: Früher hatten dort heiratsfähige junge Frauen Stöcke in die Krone eines Walnussbaumes geworfen. Fiel der Stock nicht wieder herunter, durfte die Werfende auf eine Hochzeit noch im selben Jahr hoffen. Doch obwohl er das ganze Internet durchforstet hatte, war Liam leider auf keinen einzigen mexikanischen Brauch gestoßen. Natürlich könnte er sich auch einfach einen ausdenken, doch er fand es immer besonders schön und auch wichtig, wenn seine Bücher authentisch waren.

Als wüsste Alvaro von der großen Bedeutung eines Brauches für ihn, lächelte er ihn jetzt an und sagte: »Es gibt da eine Tradition bei uns in El Rosario.«

»Ach ja? Und welche?«

»Wenn ein Mann eine Frau heiraten will und er bei ihrem Vater nach ihrem Arm fragt …«

»Um ihre Hand anhält?«, korrigierte Liam ihn schmunzelnd.

Alvaro grinste. »Genau. Wenn er um ihre Hand anhält, dann muss er etwas tun, um zu beweisen, dass er auch der Richtige für sie ist.«

»Wem muss er das beweisen?«, fragte er nach, weil er gerade nicht wusste, ob dem Vater oder der zukünftigen Braut.

»Na, dem Vater des Mädchens! Der gibt doch seine Tochter nicht einfach so her. Also gibt er ihm zwei Walnüsse, die er mit bloßen Händen knacken muss. Wenn er es schafft, die Schale zu öffnen und die vier Nusshälften zu befreien, ohne dass sie kaputtgehen, darf er das Mädchen heiraten.«

»Das klingt spannend«, sagte Liam und malte sich

gedanklich bereits aus, wie er diese Tradition in seine Geschichte einbauen könnte.

»Ja, ist aber nicht leicht«, meinte Alvaro, dann lächelte er breit. »*Ich* habe es geschafft. Und Marias Vater konnte nicht anders, als sie mir zu geben. Wir waren zu dem Zeitpunkt schon zwei Jahre zusammen und brauchten nur noch den Segen ihres Vaters, um vor den Altar treten zu können.«

Liam musste ebenfalls lächeln. Das war irgendwie romantisch, fand er. Er hatte nie viel übers Heiraten nachgedacht, doch es musste schön sein, eine Frau zu erobern und so etwas für sie zu tun, damit sie für immer Teil von einem sein durfte.

»Das würde ich supergerne verwenden«, sagte er. »Für meinen Roman. Wenn ich darf.«

Alvaro sah ihn ernst an. »Das ist eine sehr persönliche Geschichte.«

»Oh. Äh, ja, klar. Hmmm, was machen wir da?« Er brauchte sie unbedingt, wollte sie aber nicht verwenden, ohne dass Alvaro seine Zustimmung gab.

»Fünfzigtausend Dollar«, sagte Alvaro, und Liam starrte ihn schockiert an.

Meinte er das etwa ernst? Klar, er verdiente mit seinen Büchern nicht schlecht, und das dachte Alvaro sich sicherlich, doch fünfzigtausend Dollar waren auch für ihn kein Klacks. Er hatte doch gar nicht …

»Haha!«, sagte Alvaro plötzlich und brüllte amüsiert los. »Ich hab Sie voll verarscht, Liam Sanders! Sie sollten Ihr Gesicht sehen!« Der Mexikaner schlug sich aufs Knie und lachte sich schlapp.

Erleichtert und doch noch immer ein wenig verdutzt, versuchte Liam mitzulachen. Alvaro hatte ihn voll erwischt!

»Na, warten Sie, das werde ich Ihnen heimzahlen.«

»Und wie?« Alvaro lachte noch immer.

»Na, ich werde irgendeine komische Figur im Buch nach Ihnen benennen. Den verrückten alten Pastor oder den Mann, der mit Regenwürmern spricht.«

»Machen Sie ruhig, Mr. Sanders! Ich würde mich freuen, in Ihrem Buch erwähnt zu werden.«

Ja, vielleicht würde er das wirklich machen, dachte er. Verdient hätte Alvaro es auf jeden Fall, und einen schönen Namen hatte er noch dazu.

Er atmete tief durch. »Okay, und jetzt müssen Sie mir noch erklären, wie man das macht, Walnüsse mit bloßen Händen zu knacken.«

»Das ist ganz einfach«, meinte Alvaro, ging in die Hocke und befreite ein paar Nüsse aus ihren grünen Hüllen, ohne sich Handschuhe überzuziehen. Wahrscheinlich machte es ihm einfach nichts aus, wenn seine Finger sich verfärbten, er war ja anscheinend mit Walnüssen groß geworden. »Sehen Sie?« Er reichte Liam zwei Nüsse und legte sich selbst zwei in eine Hand, presste und rieb sie gegeneinander, bis es knackte. »Das Schwierige ist, sie heil zu lassen. Versuchen Sie's!«

Liam tat es ihm gleich, und er schaffte es sogar, die Nüsse aufzuknacken. Als er sie jedoch öffnete, erkannte er, dass die Kerne in viele kleine Stücke zerbrochen waren. Im Gegensatz zu denen von Alvaro, die beinahe alle heil geblieben waren, lediglich eine Hälfte war entzweigebrochen.

»Oje«, sagte er und war froh, dass er nicht eines Tages vor Tony solch ein Ritual vollziehen musste.

»Für den Anfang gar nicht schlecht«, meinte Alvaro.

Liam sah ihn lächelnd und kopfschüttelnd an. »Also, haben Sie auch so Lust auf Pizza?«, fragte er dann.

»Immer!«, antwortete Alvaro.

»Sehr schön. Dann nehmen wir jetzt meinen Mustang und besorgen uns welche.«

Der Mexikaner machte große Augen. Das musste man ihm nicht zweimal sagen. Eine namentliche Erwähnung in einem Roman *und* eine Fahrt in einem 1967er Mustang bekam er nicht alle Tage.

Liam lief neben ihm her zum Parkplatz hin und merkte, wie sehr Vicky ihm fehlte. Seit Abby und Bella da waren, hatten sie fast keine Minute für sich gehabt, und er würde ihr doch so gerne von seinen Tagen auf der Farm und all den tollen Eindrücken erzählen. Und von seinem Buch, das vielleicht das beste seines Lebens werden würde.

Wenn er es nur richtig anstellte.

Kapitel 30

Victoria

Als sie vom Schwimmen zurückkamen, saß Liam zusammen mit den Erntehelfern draußen auf den Baumstämmen und aß Pizza. Überall standen Pizzakartons herum, die Liam besorgt haben musste, und als Bella diese sah, machte sie ganz große Augen.

»Hallo!«, rief Liam ihnen zu und winkte sie herbei. »Wollt ihr auch Pizza? Sie ist köstlich, und wir haben mehr als genug.«

Das ließ Bella sich nicht zweimal sagen. Schnell lief sie rüber und nahm sich ein Stück aus dem Karton, den Liam ihr hinhielt.

»Mhm, lecker!«, machte sie und biss gleich noch einmal ab.

Vicky fiel auf, wie Abby ihrer Tochter zuschaute, wie sie sie überhaupt die ganze Zeit ansah. Als würde sie sich erst jetzt bewusst werden, wie wundervoll die Kleine ihr gelungen war.

Die letzten drei Tage waren einfach unglaublich gewesen. Es war nicht nur so, dass Vicky ihre kleine Nichte, von der sie ja überhaupt nichts gewusst hatte, kennenlernen durfte, es fühlte sich auch an, als würde sie ihre große Schwester noch einmal ganz aufs Neue kennenlernen.

Abby hatte sich verändert. Wie sie mit Bella umging, war wirklich toll. Auch wenn sie nicht die Verantwortung in Person war, was man an ihrem Lebensstil erkennen konnte und daran, dass sie Bella einfach so aus der Schule genommen hatte, war nicht zu übersehen, wie sehr sie ihre Tochter liebte. Ja, in Abbys Leben hatte sich einiges getan, und nach und nach erzählte sie Vicky nun davon.

Nachdem sie am Montag im Fairmount Park gewesen waren, hatten sie gestern gleich noch mal den Tag dort verbracht. Sie hatten sich auf eine Decke in der Nähe des Evan Lake gesetzt und einfach nur entspannt. Bella hatte die Enten mit altem Brot gefüttert und Vicky und Abby dann aus ihrem neuen *Frozen*-Buch vorgelesen, das ihr Grandpa ihr am Montag gekauft hatte. Der war am Dienstag nicht dabei, da eine Skatrunde anstand, die er nicht ausfallen lassen wollte. Er musste es doch George noch heimzahlen!

»Wie war die Beerdigung?«, fragte Abby irgendwann wie aus dem Nichts, während Bella sich wieder um das Wohl der Enten kümmerte.

»Die war traurig«, antwortete sie und beobachtete ihre Nichte, die mit den Enten sprach, als wären es ihre Freunde. »Und irgendwie auch schön.« Sie sah jetzt Abby an. »Wir hatten alles mit Vergissmeinnicht geschmückt, und der Sarg war mit weißen, blauen und lila Blumen dekoriert. Es lief Moms Lieblingsmusik von Neil Young. Es hätte ihr gefallen.« Ihr kam sein Song *Heart of Gold* in den Sinn, den ihre Mom ihnen früher vor dem Schlafengehen vorgesungen hatte, und sie wurde ganz melancholisch.

»Das klingt wirklich schön. Weißt du, Vicky, ich wollte ja kommen, hab mich aber einfach nicht getraut.«

»Ich hätte dich dort wirklich gebraucht«, sprach sie es endlich aus. »Der Abschied von Mom war das Schwerste, was ich je durchmachen musste.«

»Ich weiß«, sagte Abby. »Mehr als sorry sagen kann ich aber nicht.«

Vicky nickte und wünschte, sie könnte Abby verzeihen, doch so weit war sie leider noch nicht.

Irgendwann fragte Bella, ob sie zum Spielplatz gehen könnten. Es gab mehrere, und sie entschieden sich für jenen mit den Wasserspielen. Während Bella in ihrem Bikini durch Fontänen lief, die aus dem Boden aufstiegen, sah Vicky ihre Schwester ernst an.

»Weißt du inzwischen, wie lange ihr bleiben wollt?« Sie hoffte ja, dass Abby ganz zurück nach Riverside kommen würde. Für Bella wäre es wundervoll, bei ihrer Familie auf der Walnussfarm aufzuwachsen – es konnte keinen schöneren Ort geben.

Doch Abby schien unschlüssig. »Weiß ich noch nicht so genau.«

»Wie lange hast du dir denn auf der Arbeit freigenommen?«

»Ach, mein Boss ist da ganz locker. Hab ihm gesagt, ich fahre meine Familie für ’ne Weile besuchen, und er meinte, das geht schon klar.«

»Und Bella? Was ist mit der Schule? Die hat sie doch gerade erst begonnen. Ich kann mir nicht vorstellen, dass du sie einfach so für eine Weile aus dem Unterricht nehmen kannst, ohne dass es Ärger mit sich bringt.«

Abby sah sie ein bisschen genervt an. »Ein paar Tage geht das schon.«

»Bist du dir sicher? Ich finde das nämlich nicht gerade verantwortungsbewusst.« Jetzt hatte sie es endlich ausgesprochen.

»Oh Mann, Vicky, musst du mir jetzt so kommen?«, blaffte Abby sie an. »Du hast keine Kinder und überhaupt keine Ahnung von solchen Dingen.«

»Tja, vielleicht hätte ich ja inzwischen auch welche, wenn ich mich nicht ganz allein um die Farm und um Dad kümmern müsste«, schnauzte sie zurück.

»Willst du mir jetzt Vorwürfe machen? Da hab ich nämlich echt keinen Bock drauf.«

Vicky bemerkte, wie ein paar der anderen Mütter zu ihnen rübersahen. Sie beschloss, klein beizugeben – für den Moment. »Nein, will ich nicht. Keine Sorge«, sagte sie zu Abby, die genauso viel Wut aufgestaut zu haben schien wie sie.

»Sei doch einfach froh, dass wir hier sind«, meinte Abby dann.

Vicky sah zu Bella hinüber, die durchs Wasser hüpfte und zum Glück von ihrem Streit nichts mitbekommen zu haben schien. »Das bin ich.«

»Falls wir länger bleiben, melde ich Bella einfach hier auf der Schule an, okay? Gibt es die St. Andrews noch?«

Das war die Grundschule, auf die sie beide gegangen waren. »Ja klar.«

»Na, siehst du. Du machst dir zu viele Gedanken, Vicky. Alles wird gut.« Jetzt lächelte ihre Schwester sie an, und in ihren Augen spiegelte sich Zuversicht wider.

»Okay.« Sie lächelte zurück und legte einen Arm um Abbys Schulter. »Ich will doch nur das Beste für euch.«

»Das weiß ich doch.« Und plötzlich hatte Abby fast ein wenig traurig gewirkt.

Am heutigen Mittwoch waren sie gleich nach dem Frühstück schwimmen gegangen, und so schön es gewesen war, sich mal zwei Tage von der Arbeit frei- und sich Zeit für die Familie zu nehmen, konnte Vicky natürlich nicht so weitermachen. Heute Nachmittag musste sie wieder ran, Walnüsse ausliefern und ein paar Besorgungen machen, wenn sie schon mal im Ort war. Sie war mitten in der Nacht aufgewacht, weil ihr eingefallen war, dass sie dringend den braunen Umschlag für Abby aus dem Schließfach der Bank holen musste.

Ihr Dad versprach, den Nachmittag mit Abby und Bella zu verbringen, und nachdem sie auch zwei Stücke Pizza gegessen hatte, machte Vicky sich an die Arbeit. Sie ging in die Lagerhalle und fragte bei Inès nach, ob alles gut lief. Dann checkte sie die Lieferliste und sah nach, ob der Pick-up beladen war.

»Hey«, hörte sie es und drehte sich um. Liam stand nicht weit entfernt und lächelte sie an.

»Hey. Wie geht es dir? Kommst du gut voran mit deiner Recherche?«

»Und ob! Thiago und Alvaro sind einfach unglaublich. Ich kann gar nicht so schnell schreiben, wie ich Informationen sammle.«

»Das freut mich für dich.«

»Ja, mich auch. Alvaro hat mir heute von einem Brauch aus seiner Heimatstadt erzählt, der perfekt für meine Story ist. Nach genau so etwas hatte ich gesucht. Wenn du mal Zeit hast, erzähle ich dir davon.«

»Gerne. Leider muss ich gleich los, Waren ausliefern.«

»Ja, ich will auch zu Alvaro zurück. Ich glaube, er hat noch einige Geschichten auf Lager.«

»Sehr schön. Dann sehen wir uns beim Dinner?«

Liam nickte, griff nach ihrer Hand und zog sie an sich. »Ich vermisse dich.«

»Ich vermisse dich auch«, sagte sie. »Und es tut mir leid, dass ich die letzten Tage so wenig Zeit für dich hatte, aber Abby und Bella sind da, und ich weiß nicht, wie lange sie noch bleiben.«

»Du brauchst dich doch nicht zu entschuldigen. Ich verstehe das vollkommen. Familie ist das Allerwichtigste.«

»Ich finde es so toll, dass du das genauso siehst.«

Er zog sie noch ein bisschen näher an sich und küsste sie. »Vielleicht finden wir ja dennoch mal ein Stündchen für uns.«

»Mal sehen, was sich da machen lässt«, sagte sie und zwinkerte ihm zu. Dann stieg sie in den Pick-up und fuhr los.

Sie lieferte die Ware aus und war froh, heute nicht selbst zur Nuts for Everyone Company fahren zu müssen. Das ließ sie schön wieder Enrique übernehmen, denn sie konnte gut auf noch so eine Begegnung mit Jeff verzichten. Was da am Sonntag vorgefallen war, ließ ihr noch immer keine Ruhe. Am liebsten würde sie zu Clara gehen und ihr davon erzählen, was ihr Mann so trieb und dass er seinen eigenen Worten nach nicht aufhören konnte, an sie zu denken. Ob er wohl auch an sie dachte, wenn er mit Clara schlief? Oh Gott, der Gedanke war schrecklich, und sie schüttelte sich vor Ekel.

Natürlich würde sie Clara aber nichts sagen. Sie wollte keine Ehe zerstören, das überließ sie lieber Jeff. Sie hatte auch nicht allzu viel Mitleid für Clara übrig, denn die hatte sich schon mit Jeff getroffen, als er noch mit ihr zusammen war – obwohl die Ziege von ihrer Beziehung gewusst hatte! Damals vor drei Jahren war es ohnehin nicht leicht gewesen, eine schwere Zeit, in der ihr Dad zum dritten Mal am Knie operiert worden war, weil sein Körper das Plastikgelenk nicht annehmen wollte. Er konnte überhaupt nicht mehr laufen, und Vicky musste sich um wirklich alles kümmern. Um die Farm, um ihren Vater, der monatelang bettlägerig war, und um Jeff, der immer unzufriedener wurde und sich nur noch beklagte.

»Ich fühle mich total von dir ignoriert«, hatte er gesagt. »Es scheint mir so, als ob du vergessen hättest, dass es mich gibt.«

»Jeff, das haben wir doch schon tausendmal durchgekaut! Mein Dad braucht mich!«

»Dein Dad hier, dein Dad da … und wann bin ich mal an der Reihe?«

»Soll ich ihn allein in seinem Bett liegen lassen und fröhlich mit dir ins Kino gehen, oder was?«, hatte sie genervt gefragt.

»Ja! Was wäre denn so schlimm daran, ihn mal ein paar Stunden allein zu lassen?«

»Das muss ich doch sowieso schon ständig tun! Und zwar, wenn ich auf der Farm bin und mich da auch noch um alles kümmere.«

»Ach ja, die Farm war da ja auch noch. Noch so eine Sache, die wichtiger ist als ich.«

Sie seufzte schwer. Sie konnte ehrlich nicht mehr. »Jeff, es tut mir ja leid, aber ich kann mich nicht zweiteilen. Ich gebe hier schon mein Bestmögliches.«

»Mir ist das aber nicht mehr genug.«

An diesem Tag gingen sie auseinander, ohne sich ausgesöhnt zu haben. Zwei Tage später schickte Jeff ihr eine SMS, in der er ihr mitteilte, dass er jemand Neues kennengelernt hatte, jemanden, der Zeit für ihn hatte.

Sie schrieb diesem Feigling zurück, dass er doch mit der

Schlampe glücklich werden sollte, und das war es dann gewesen. Die Episode Vicky & Jeff war abgeschlossen.

Sie bog ab und fuhr auf den Parkplatz vor der Bank, wo sie zu ihrem Schließfach ging und einen dicken braunen Umschlag herausholte. Sie hatte ihn beinahe schon vergessen, erst als Abby und sie gestern über ihre Mom gesprochen hatten, musste sich wohl ihr Unterbewusstsein eingeschaltet und sie wie gesagt mitten in der Nacht geweckt haben. Und sie war froh darüber, denn das hier wollte sie ihrer Schwester auf keinen Fall vorenthalten.

Am Abend, nachdem sie gegessen hatten, fragte Vicky Abby nun also, ob sie sich zusammen auf die Veranda setzen könnten, sie hätte da etwas für sie. Ihr Dad erkannte, dass es sich um etwas Wichtiges handelte, und schlug Bella vor, in seine Bibliothek zu gehen und zusammen ein Buch zu lesen.

»Worum geht's?«, fragte Abby, sobald sie beide draußen waren. Liam war bereits wieder in seiner Hütte und arbeitete sicherlich an seiner Geschichte weiter, mit der er sehr gut vorankam. Ganze hundert Seiten hatte er schon geschrieben, seit er hier war, plus mehrere Notizbücher voll mit irgendwelchen Dingen, die er recherchiert und von Thiago und Alvaro erfahren hatte. Das alles hatte er ihr erzählt, als er ihr geholfen hatte, das Abendessen zuzubereiten. Er hatte ein köstliches Knoblauchbrot beigesteuert, das perfekt zu ihrer Lasagne und dem Tomaten-Rucola-Salat gepasst hatte. Für Bella hatte sie extra einen Gurkensalat gemacht. Abby hatte das »Grünzeug« wie auch schon in den Tagen davor nicht angerührt, stattdessen hatte sie sich einen riesigen Klecks Ketchup auf ihr winziges Stück Lasagne gespritzt. Sie schien noch dieselbe Vorliebe zu haben wie früher, als sie auch schon jedes noch so leckere Gericht mit dem roten Zeug verdorben hatte.

Sie setzten sich gemeinsam auf die Hollywoodschaukel. »Ich habe etwas für dich. Von Mom.« Vicky reichte ihr den Umschlag, dessen Inhalt sie selbst nicht kannte, da sie nicht im Traum daran gedacht hätte, ihn zu öffnen. Er war von ihrer Mutter für Abby, sie hatte ihn Vicky ein paar Wochen vor ihrem Tod für sie gegeben.

Abby nahm ihn überrascht an, öffnete ihn jedoch nicht.

»Willst du ihn denn gar nicht aufmachen?«, fragte sie sie.

»Ich glaube nicht, dass ich das kann.« Ihre Schwester sah ganz blass aus.

»Soll ich es für dich tun?«, bot sie an, und Abby gab ihn ihr zurück.

Vorsichtig öffnete sie den Umschlag, der vor ziemlich genau sieben Jahren verschlossen worden war. Es befand sich ein mehrseitiger, zusammengefalteter Brief darin, der blaue Lieblingsschal ihrer Mutter, den sie ihrer Schwester reichte, und ein kleiner Samtbeutel.

»Willst du da selbst reinschauen?«, fragte sie Abby.

»Nein, mach du nur.«

Sie zog an dem Band, öffnete den Beutel und ließ sich den Schmuck darin auf die Hand gleiten. Es handelte sich dabei um den Verlobungsring ihrer Mom – ein Familienerbstück – und um eine Kette mit einem Herzanhänger. Vicky erinnerte sich daran, wie Abby sie als kleines Kind immer an ihrer Mom bewundert hatte.

Als Abby die Sachen jetzt sah, begann sie zu weinen. Vicky reichte ihr alles, und Abby bat sie unter Tränen, ihr die Kette umzubinden.

Sie stand ihrer Schwester ganz wunderbar, und erst jetzt fiel ihr so richtig die Ähnlichkeit zu ihrer Mutter auf. Mit den Jahren hatten sich Abbys Gesichtszüge verändert, man sah ihr sofort an, dass sie die Tochter von Katherine Lloyd war.

»Danke«, schluchzte Abby. »Ich geh dann jetzt in mein Zimmer und lese das hier.«

»Okay.« Sie sah ihr nach und blieb allein in der Hollywoodschaukel zurück. Sie schwang ein wenig vor und zurück und nahm sich vor, sich beim nächsten Mal, wenn sie mit Bella auf den Spielplatz gingen, selbst mal wieder auf eine richtige Schaukel zu setzen. Denn Bella bewirkte irgendwas in ihr. Mit ihr war alles so viel leichter, die Sorgen und der Stress fielen ein wenig von ihr ab, und das fühlte sich einfach nur gut an.

Spontan beschloss sie, noch bei Liam vorbeizuschauen. Sie ging in ihr Zimmer, holte die hübschen Dessous hervor, die sie für Jeff gekauft, aber niemals getragen hatte, zog das himbeerfarbene Kleid an, für das Liam ihr neulich ein Kompliment gemacht hatte, legte ein wenig Mascara, Rouge und rosa Lipgloss auf und besprühte sich mit ihrem Lieblingsparfum. Auf dem Weg nach draußen rief sie durchs Haus, dass sie verabredet sei und noch mal wegmüsse, und dann trat sie aus der Tür.

Mit einem Herzen, das sicher hundertmal pro Minute schlug, ging sie das Stück zum Cottage rüber und klopfte an. Liam öffnete ihr und sah sie erstaunt an.

»Wow! Damit hatte ich jetzt nicht gerechnet.«

Sie betrat die Hütte und lächelte Liam verführerisch an. »Ich hoffe, ich störe nicht?«

»Nein, tust du nicht. Ich … äh … freue mich unglaublich, dich zu sehen.« Er schloss die Tür. »Du siehst einfach umwerfend aus.«

Sie strahlte ihn an. »Danke sehr.«

»Du trägst das Kleid, das ich so gerne an dir mag.« Er trat näher, befühlte den Stoff und glitt mit seiner Hand über ihre Schulter, ihre Taille, ihre Hüfte. Und dann hob er sie ohne ein weiteres Wort in seine starken Arme, um sie hinüber zu dem neuen Bett zu tragen, das sie endlich einmal zusammen ausprobieren sollten.

»Du bist ehrlich wunderschön«, sagte er, strich ihr über die Wange und sah ihr tief in die Augen. Und dann ließ sie zum ersten Mal seit Langem los, und es war gar nicht schwer. Denn sie wusste mit absoluter Sicherheit, dass Liam sie auffangen würde.

Kapitel 31

Abigail

Sie stand neben dem Bett und sah auf Bella hinab, die so süß ausschaute, während sie träumte – von Enten oder von Dora oder Elsa und Anna oder Lisa Simpson oder der Spieluhr, die sie immer wieder voller Vorsicht und Ehrfurcht aufzog, seit Vicky sie zurück in Abbys Zimmer gestellt hatte. Bella hatte das Lied sofort erkannt, das sie ihr als Baby und Kleinkind so oft vorgesungen hatte, und sie hatte ihrer Tochter erzählt, dass es das Lieblingslied ihrer Uroma gewesen war, die sie leider nie gekannt hatte wie so viele andere Familienmitglieder auch. Vielleicht träumte Bella aber auch von den Walnüssen, die sie täglich mit wachsender Begeisterung aß, seit sie hier waren.

Hier auf der Walnussfarm.

Es war wie ein Déjà-vu. Vor etwas mehr als zehn Jahren hatte Abby schon einmal ihre Sachen gepackt und dieses Zimmer verlassen. Doch diesmal war es anders, diesmal war es sehr viel schwerer – denn sie würde Bella zurücklassen.

Damals hatte sie geglaubt, es wäre für immer. Heute war sie sich da nicht ganz so sicher, wusste nur, sie musste das hier tun. Musste diese einmalige Chance nutzen. Auch wenn

Bella ihr das niemals verzeihen würde. Und ebenso wusste sie, dass ihr Dad und Vicky ihr kein zweites Mal vergaben. Wenn sie das jetzt durchzog, war der Bruch endgültig, dann gab es kein Zurück mehr. Dann hatte sie es sich für immer mit allen verscherzt. Dann war sie wirklich für sie gestorben und völlig auf sich gestellt. All das war ihr bewusst, und in den letzten Tagen hatte sie trotz der Vorfreude doch immer noch hin und her überlegt. Hatte sich gefragt, ob sie wirklich ohne ihren kleinen Engel leben konnte. Und was es aus Bella machen würde.

Würde sie einen Knacks weghaben? Würde sie in der Schule gehänselt werden? Würde sie Cookie vermissen und Tiffany und ihr altes Zimmer? Würde sie drüber hinwegkommen, dass ihre Mommy sie im Stich und nichts zurückließ als einen Brief?

So, wie auch ihre eigene Mom ihr einen Brief hinterlassen hatte, dazu ihren blauen Lieblingsschal – der immer noch nach ihr roch, oder bildete sie sich das nur ein? – und ein paar Schmuckstücke, die Abby wirklich viel bedeuteten. Die Kette trug sie jetzt, und es war alles, was ihr von ihrer Mom blieb. So wie die Zeilen, die sie zu Tränen gerührt hatten. Ihre Mutter hatte ihr keine Vorwürfe gemacht, sie hatte ihr nur gesagt, dass sie alles dafür getan hätte, sie noch einmal wiederzusehen. Dass sie sich aber eines Tages ganz sicher wiedersehen würden, oben im Himmel, wenn aller Schmerz vergangen und jeder Kummer vergessen war.

Wieder hatte sie ganz feuchte Augen. Was würde Bella von ihr haben? Was könnte sie ihr hinterlassen? Da gab es nichts, absolut gar nichts. Nicht einmal das bekam sie hin. Sie küsste ihre Fingerspitzen und legte sie Bella an die Wange. Dann nahm sie wie damals ihre Taschen und ging.

Sie schlich durchs Haus, es war vier Uhr morgens. Um

sieben war sie mit Morris an der Raststätte verabredet. Sie würde zu früh da sein, doch sie wollte nicht riskieren, von irgendwem gesehen zu werden. Also schloss sie jetzt die Tür, trat auf die Veranda und atmete durch.

Atmete.

Sie konnte die Freiheit schon riechen.

So schnell sie konnte, stieg sie in ihr Auto und fuhr los. Stellte das Radio an.

»Guten Morgen, ihr Frühaufsteher. Ich glaube, es wird ein richtig guter Tag!«, sagte der Moderator fröhlich. »Heute ist der sechzehnte September. Stimmen wir uns auf diesen Donnerstag mit einem chilligen Song ein: *The Longest Wave* von den Red Hot Chili Peppers.«

Das Lied erklang, und Abby konnte nicht anders als lächeln. Ja, bald würde sie auch die Wellen sehen, das Meer und die Berge, die weiten Straßen und die neuen Orte, von denen sie so lange nur geträumt hatte. Und natürlich würde sie jeden Morgen, an dem sie erwachte, Morris in die Augen blicken. All das würde sie für die Dinge entschädigen, die sie zurückließ. All das war so viel besser. Jetzt fing das Leben erst richtig an!

Plötzlich wurde ihr bewusst, was der Moderator gerade gesagt hatte: Heute war der 16. September, was bedeutete, dass Vicky morgen Geburtstag hatte. Ihre Schwester würde siebenundzwanzig werden, und es tat ihr ehrlich leid, ihr den Tag zu vermiesen. Doch sie würde drüber hinwegkommen, das würden sie alle. Es war ja nicht so, dass Abby die große Bereicherung für irgendwen gewesen wäre. Und sie war auch zu dem Schluss gekommen, dass Bella ohne sie viel besser dran war. Ja, sie würde all das bekommen, was sie verdiente. All das, was *sie* ihr nicht geben konnte. Liebe war manchmal nämlich nicht alles. Die letzten drei Tage waren toll gewesen, doch sie hatte wieder einmal erkannt, was Bella fehlte. Und dabei war es nicht nur um das gesunde Essen gegangen, sondern um Fürsorge, darum, dass man Zeit mit ihr verbrachte, und das nicht nur aus Pflichtgefühl. Und am wichtigsten für Bella war Stabilität. Geregelte Abläufe, jemand, der ihr etwas beibrachte, der mit ihr las und das sogar gerne tat, jemand, der für sie da war. Und verdammt, das würden sie. Vicky und ihr Dad würden an jedem einzelnen Tag für ihre Kleine da sein, viel besser, als sie es je zustande gebracht hätte.

Sie wischte sich ein paar Tränen weg, die ihr die Sicht verschleierten, und sang dann zu dem nächsten Song mit. *More Than a Feeling* von Boston. Ja, das war der passende Song für einen Roadtrip. Jetzt musste sie nur noch mit Morris zusammenkommen, und dann konnte es losgehen.

Sie konnte es kaum erwarten.

Um halb acht stand sie noch immer auf dem Parkplatz der Raststätte und wartete.

Morris war bisher nicht aufgetaucht. Vielleicht verspätete er sich nur, dachte sie und sah zum wiederholten Mal auf ihr Handydisplay. Nichts. Weder von Morris, aber zum Glück auch noch nichts von Vicky. Sie wippte nervös hin und her, trat von einem Bein aufs andere und kaute auf ihrer Lippe herum. Um zehn vor acht ging sie sich in dem Coffeeshop einen Kaffee holen und überlegte, was sie tun sollte, falls Morris nicht auftauchte.

Sie hatten sicher bereits ihren Brief gefunden, einen Weg zurück gab es also nicht. Könnte sie den Trip einfach allein machen? In ihrer alten Karre? Wie weit würde die sie bringen? Und wo sollte sie schlafen, was essen, wie tanken? Sie hatte nur noch dreihundert Dollar in der Tasche. Nun ja, zur Not könnte sie den Ring ihrer Mom versetzen, aber das war nur die allerletzte Lösung.

Sie stand an der Theke, gab Süßstoff in ihren Kaffee und rührte um, und plötzlich hörte sie hinter sich eine Stimme.

»Hey, Schönheit.«

Ihr fielen hunderttausend Steine vom Herzen.

Sie drehte sich um und strahlte Morris an, der in der Tür stand, ebenfalls breit lächelte und die Arme aufhielt. Sie ließ den Kaffee stehen, lief auf ihn zu, sprang hoch und umklammerte seine Taille mit den Beinen. Sie küsste ihn, als könnte sie dadurch den letzten Atemzug der Welt eingehaucht bekommen.

»Du bist doch noch gekommen«, sagte sie, und er ließ sie runter.

»Aber klar. Hab ich doch gesagt, oder? Eins solltest du gleich über mich wissen: Ich halte meine Versprechen *immer*.«

Sie nickte und lächelte. Es war gut, das zu wissen, auch wenn sie nicht erfuhr, warum Morris so spät dran war. Doch das war egal. Alles, was zählte, war, dass er jetzt da war.

»Okay. Wollen wir los?«, fragte sie.

»Du hast es aber eilig. Ich dachte, wir genehmigen uns erst mal nebenan im Diner ein anständiges Frühstück. Es wird ein langer Tag, und ich will nicht öfter als ein-, zweimal halten. Wenn du also pinkeln musst, mach das besser auch jetzt noch mal.«

»Okay.«

Sie setzten sich an einen Tisch und bestellten Bratkartoffeln, Spiegeleier, Bacon und Würstchen. Während Morris ordentlich zulangte, aß Abby wie immer nur sehr wenig. Besonders jetzt wollte sie ihre schlanke Figur behalten, gut aussehen für Morris.

Shit! Ihr fiel ein, dass sie in der Eile ihr Glätteisen im Badezimmerschrank liegen lassen hatte. Das gefiel ihr gar nicht, aber zurück konnte sie deswegen nicht. Sie würde halt irgendwo unterwegs eins besorgen müssen.

»Sag mal, was hast du eigentlich vor, mit deinem Auto zu machen?«, fragte Morris.

»Ach, die alte Schrottkiste lasse ich einfach hier stehen. Die macht eh keine tausend Meilen mehr mit.« Sie war froh, dass der Wagen überhaupt so lange durchgehalten hatte. Sie hatte den Toyota kurz nach ihrer Ankunft in Modesto gekauft, und da hatte er schon achtzigtausend Meilen draufgehabt.

»Na, wenn du meinst«, sagte Morris.

»Ich will alles zurücklassen, verstehst du? Meine Vergangenheit. Ich will noch mal ganz neu anfangen«, offenbarte sie.

»Ich finde, das hört sich verdammt gut an«, meinte Morris und schob ihr ihren Teller hin. »Und jetzt iss ein bisschen. Ich mag keine knochigen Frauen.«

Sie gehorchte und aß ein bisschen Speck. Morris nickte zufrieden, bezahlte und legte seine Hand auf ihren Hintern, als sie raus und ihre Sachen holen gingen. Er fand wohl, dass ruhig jeder sehen konnte, dass sie jetzt ihm gehörte, und sie hatte nicht im Mindesten etwas dagegen.

Kapitel 32

Victoria

Sie wachte in Liams Armen auf und musste lächeln. Die letzte Nacht war einfach unglaublich gewesen. Sie konnte sich an keine perfektere in ihrem Leben erinnern und verstand nun endlich, was die Leute meinten, wenn sie davon sprachen, dass zwei Menschen füreinander geschaffen waren. Füreinander geboren waren. Genau das fühlte sie, wenn sie mit Liam zusammen war, jetzt noch viel mehr als vorher.

Leider wurden ihre wunderbaren Gedanken von einem lauten Klopfen zunichtegemacht, und jetzt realisierte sie auch erst, wovon sie gerade wach geworden war.

»Liam?« Sie rüttelte ihn wach. »Da klopft jemand ziemlich doll an deine Tür.«

»Was?«, murmelte er noch im Halbschlaf, wurde aber schnell wach, als die Stimme ihres Vaters zu ihnen durchdrang.

»Liam? Ich bin auf der Suche nach Vicky. Es ist wichtig!«

Oje. Das klang gar nicht gut. Sie sprang aus dem Bett und zog sich das Kleid über. Liam schlüpfte schnell in Hose und Hemd vom Vortag. Innerhalb von zehn Sekunden war er an der Tür.

»Tony. Was ist denn passiert?«, fragte er besorgt.

»Ich suche Vicky. Weißt du zufällig, wo sie ist?« Er war ganz außer Atem.

Liam drehte sich zu ihr um, um sicherzugehen, dass sie so weit angezogen war. Sie band sich gerade ihre verwuschelten Haare zu einem Zopf. Liam öffnete die Tür weiter und gewährte ihrem Dad Einblick.

»Ich bin hier, Daddy!«, sagte sie und ging auf ihn zu.

»Vicky! Da bist du ja! Ich habe überall nach dir gesucht. Im Haus, in der Halle, im Lager, draußen in den Hainen.« Er fasste sich ans Knie, das sicher sehr schmerzte.

»Tut mir leid, Dad. Ich hätte Bescheid sagen sollen, dass ich hier übernachte.« Na ja, es hatte sich ja eher spontan ergeben, und ihr war die Situation ein wenig unangenehm, aber es gab wohl gerade Wichtigeres. »Kannst du mir jetzt bitte mal sagen, weshalb du so aufgebracht bist?«, bat sie.

»Sie ist weg!«, keuchte ihr Dad und hielt ihr einen Brief hin.

»Wer ist weg?« Einen Moment lang war sie verwirrt, dann war alles sonnenklar. Es ging um Abby, um wen sonst? »Etwa mit Bella? Einfach so?«, fragte sie schockiert.

Ihr Dad drückte ihr den Brief in die Hand. »Lies!«

Und sie las.

Lieber Dad, liebe Vicky,

es gibt einen Grund dafür, dass ich zurück nach Hause gekehrt bin. Ich habe einen Mann namens Morris kennengelernt, der mich mit auf Reisen nehmen und mir Amerika zeigen will. Ihr wisst, ich habe nie an nur einen Ort gehört, bin eine wandernde Seele, brauche das Gefühl von Freiheit.

Und ich bin einfach nicht dafür geschaffen, eine Mutter zu sein.
Ich weiß, Bella wird es gut bei euch haben, und ich möchte euch bitten, euch mit Liebe und Verständnis um sie zu kümmern. Bei euch, in Riverside, auf der Walnussfarm, in geregelten Verhältnissen wird sie es so viel besser haben als bei mir.
Ich danke euch. Sagt Bella, dass ich sie liebhab und immer an sie denke.

Abby

Vicky hielt sich eine Hand vor den Mund. Oh Scheiße! Abby hatte es tatsächlich wieder getan! War wieder abgehauen! Nur dass sie diesmal Bella zurückgelassen hatte.

»Was ist denn eigentlich los?«, wollte Liam wissen, und sie reichte den Brief an ihn weiter.

»Weiß Bella es schon?«, fragte sie, weil sie gerade nicht klar denken konnte und die Kleine das Einzige war, was ihr in den Sinn kam.

Ihr Dad nickte. »Sie war diejenige, die mich geweckt und mir erzählt hat, dass ihre Mommy weg ist.«

»Und wo ist sie jetzt?«

»Im Haus«, antwortete ihr Dad.

Schockiert sah sie ihn an. »Du hast sie ganz allein gelassen? Während du überall nach mir gesucht hast? In dieser Situation?«

»Sie sieht sich Trickfilme an, da wird schon nichts passieren.«

Ihr fielen eine Million Dinge ein, die passieren könnten, doch sie wollte nicht, dass ihr Dad sich noch schlechter fühlte, als er es eh schon tat. Also drehte sie sich zu Liam und sagte: »Wir sehen uns später, ja? Ich muss jetzt erst mal zu Bella.«

Er nickte und gab ihr den Brief zurück. »Wenn ich irgendetwas tun kann …«

»Danke«, erwiderte sie, schlüpfte in ihre Ballerinas und lief los. Sie wusste, dass ihr Dad nicht so schnell hinterherkam, doch sie wollte zu Bella, sehen, ob es ihr gut ging. Und sie war ganz froh, dass ihr Dad sie nicht auf die Übernachtung bei Liam ansprechen konnte. Er war natürlich nicht blind und hatte in den letzten Tagen sicher bemerkt, dass da etwas zwischen ihr und Liam lief. Und falls nicht, hatten seine Freunde Carl und Joe ihn sicher schon aufgeklärt. Bisher hatte er es jedoch mit keinem Wort erwähnt. Allerdings gab es gerade andere Dinge, über die sie alle nachdenken mussten.

Sie fand Bella auf dem Sessel vor dem Fernseher vor. Sie war bereits fertig angezogen und erzählte ihr stolz, dass sie sich auch schon die Zähne geputzt und die Haare gekämmt hatte.

»Das ist ja super!«, erwiderte sie und ging neben Bella in die Knie. Dabei versuchte sie, ganz ruhig zu bleiben. »Wie geht's dir, Süße?«

»Gut.« Sie kratzte sich die Nase und sah ihr dann direkt ins Gesicht. »Mommy ist weg.«

»Ja, ich weiß.«

»Ihre ganzen Sachen sind auch weg.«

Vickys Hals schnürte sich zu. Sie spürte, wie ihr Tränen aufstiegen. Wie sollte sie das alles der Kleinen nur erklären?

»Weißt du, wo sie ist?«, fragte Bella jetzt.

Da sie noch nie gut darin gewesen war, jemanden anzulügen, blieb sie bei der Wahrheit. Zumindest so in etwa.

»Kennst du einen Mann namens Morris? Er ist wohl ein Freund deiner Mommy.«

Bella schüttelte den Kopf.

»Also, sie ist jetzt bei ihm.«

»Ist sie ihn besuchen gefahren?«

»Ja, genau.«

»Und wie lange bleibt sie weg?«, wollte Bella wissen.

»Das kann ich dir leider nicht genau sagen. Aber deine Mommy hat mich gebeten, so lange auf dich aufzupassen. Und deinen Grandpa auch. Wie fändest du es, für eine Weile bei uns auf der Walnussfarm zu bleiben, hm?« Sie betete, dass Bella die Idee gefallen und sie nicht anfangen würde, zu weinen und nach ihrer Mommy zu verlangen.

Glücklicherweise schenkte ihre kleine Nichte ihr ein Lächeln. »Okay«, antwortete sie. »Können wir dann auch mal wieder in den Park zu den Enten gehen?«

»Aber natürlich können wir das.«

»Und krieg ich auch mal wieder Pancakes mit Erdbeeren?«

»Na klar. Ich mach uns gleich welche, wenn du möchtest.«

Bella nickte begeistert. »Darf ich wieder helfen?«

»Ich bestehe darauf. Du bist nämlich eine tolle Helferin.« Sie strich Bella über den Kopf und sagte: »Ich geh nur schnell duschen, ja?«

Bella nickte, und Vicky atmete innerlich auf und ging in ihr Zimmer. Im Flur stieß sie auf ihren Dad, der neben der Tür stand und sie und Bella anscheinend beobachtet hatte.

»Wird sie okay sein?«, fragte er.

»Ich hoffe es.«

»Wir werden schon für sie sorgen«, meinte er und fügte flüsternd hinzu: »Und vielleicht kommt sie ja doch zurück.«

Darauf würde Vicky nicht wetten, denn sie kannte ihre

Schwester gut. Wenn sie sich einmal zu einer Sache entschlossen hatte, zog sie sie auch durch.

»Ich werde jetzt Frühstück machen. Bella wünscht sich Pancakes«, meinte sie und wollte schon gehen. Doch ihr Dad hielt sie auf.

»Es wird alles gut, Vicky.«

Sie nickte und ließ sich von ihm in die Arme nehmen. Ja, das hoffte sie so sehr.

Am Nachmittag, als sie sich alle ein wenig beruhigt hatten, gingen Vicky und Liam mit Bella in den Park, wo sie die Enten füttern durfte.

Vicky hatte mit Inès gesprochen, ihr die Situation erklärt. Und ihre Vorarbeiterin hatte verstanden, dass sie vorerst nicht mehr den stressigen Tagesablauf mitmachen konnte – nicht wenn sie sich zugleich um eine Sechsjährige kümmern musste. Sie hatten Lösungen gefunden. Hier und da würde Inès ihre Aufgaben übernehmen, ein paar andere würde sie an Thiago abgeben, Rodrigo würde für sie die Lieferungen ausfahren. Vicky würde sich weiterhin abends um die Bestellungen, die Rechnungen und die Steuer kümmern.

»Wir werden das schon hinbekommen«, hatte Inès ihr versichert. »Mach dir da gar keine Sorgen.«

Dankbar hatte sie ihre Freundin umarmt und sich vorgenommen, auf ihren Rat zu hören. Nur war das gar nicht so leicht in Anbetracht der Tatsachen.

»Wie geht es dir?«, fragte Liam jetzt und nahm ihre Hand. Sie saßen zusammen auf einer Bank nahe dem See.

»Nicht so gut. Ich bin enttäuscht von meiner Schwester. Wieder einmal.« Sie sah zu Bella rüber, die ganz fröhlich wirkte. Wenn sie nur wüsste, was wirklich los war. »Ich kann ehrlich nicht verstehen, was in ihr vorgeht. Wie kann

man sein Kind einfach so zurücklassen? Für einen Mann?«
Vicky seufzte. »Und ich dachte echt, sie hätte sich verändert.«

»Hast du das wirklich gedacht oder dir nur gewünscht?«

»Letzteres wahrscheinlich.« Sie seufzte noch einmal und sah dann auf den See hinaus. Ein Schwan glitt einsam über das Wasser. Sie fragte sich, wo sein Partner war oder ob er überhaupt einen hatte. War er auch verlassen worden?

»Vielleicht kommt sie ja zurück«, meinte Liam.

»Das hat Dad auch schon gesagt. Ich glaube es aber nicht.«

»Hast du versucht, sie anzurufen?«

»Ja natürlich. Sie geht nicht ans Handy.«

»Warte am besten erst mal ab. Diesmal ist es nicht wie damals.« Sie hatte ihm die ganze Geschichte gestern Abend erzählt, nachdem sie sich geliebt hatten. Sie hatten sehr lange über alle möglichen Dinge geredet, die sie bewegten.

»Ich weiß. Diesmal geht es dabei nicht nur um sie. Oder uns.« Sie deutete mit dem Kopf in Richtung Bella. »Was soll ich nur tun?«

»Für sie da sein. Die wunderbare Tante sein, die du eh schon bist. Vielleicht wird Abby sich ja bewusst, was sie getan hat, und kehrt um.«

Ach, wenn das doch stimmen würde. Sie bezweifelte es allerdings sehr.

Bella kam zu ihnen zurück. »Das Brot ist alle«, informierte sie sie. »Tante Vicky, können wir Pizza essen gehen?«

»Na klar. Das klingt nach einer guten Idee. Was sagst du, Liam?«

Er lächelte breit. »Bin dabei!«

»Tante Vicky?«

»Ja?«

»Wenn ich jetzt hierbleibe, wie kann ich dann zu meiner Schule gehen?«

Ach herrje. Das war noch so eine Sache, die sie bedenken und um die sie sich dringend kümmern musste.

»Du könntest hier zur Schule gehen«, schlug sie vor.

»Und meine Freunde?«

»Du bist so ein tolles Mädchen«, kam Liam ihr zur Hilfe. »Ich bin mir sicher, du findest hier viele neue Freunde.«

Bella nickte und zog sie beide je an einer Hand, damit sie aufstanden. Die Kleine wollte Pizza essen gehen, und Vicky würde ihr gerade bestimmt keinen Wunsch ausschlagen.

»Krieg ich auch eine Fanta?«, fragte Bella.

»Na gut.«

»Bekomme ich ein Eis zum Nachtisch?«, fragte Liam grinsend.

»Au ja, ich will auch eins!«, rief Bella.

Und Vicky konnte nicht anders, als zu lachen. »Was immer ihr wollt. Wenn ihr aber nachher Bauchschmerzen habt, beschwert euch nicht bei mir.«

Liam zwinkerte Bella zu, und sie zwinkerte zurück. Ja, es würde sicher alles gut werden, daran musste Vicky nur ganz fest glauben.

Kapitel 33

Liam

Am Freitag, ihrem Geburtstag, sah Liam der immer noch aufgewühlten Vicky dabei zu, wie sie zum Jugendamt davonfuhr. Sie hatte den Brief in der Tasche und wollte herausfinden, was sie tun konnte. Ob sie die Vormundschaft für ihre Nichte übernehmen und Entscheidungen treffen durfte. Denn irgendwie musste es ja für Bella weitergehen, während ihre Mutter irgendwo mit diesem Typen ihr Glück versuchte.

Liam konnte es noch immer nicht fassen, dass Abby so etwas tun konnte. Bei seiner eigenen Mom wäre das unvorstellbar gewesen. Sie war die Warmherzigkeit in Person, immer mehr für alle anderen da als für sich selbst. Und wenn er nur an Rudy dachte und was sie alles für ihn auf sich genommen hatte … Wie immer bei diesen Erinnerungen überkam ihn ein Gefühl von Liebe und Dankbarkeit. Er hatte wirklich Glück gehabt, mit der wohl besten Mutter der Welt gesegnet worden zu sein. Und er hoffte für Bella einfach, dass das Jugendamt keine Schwierigkeiten machen und sie womöglich noch in seine Obhut nehmen würde. Vielmehr sollte man Vicky die Chance geben, sich um sie zu kümmern. Wenn jemand das konnte, dann sie.

Während Vicky also den ganzen Vormittag unterwegs war, bereitete Liam mit der Hilfe von Tony und Bella eine Überraschung für sie vor. Nur weil alles gerade sehr chaotisch war, sollte sie nicht auf ihren Geburtstag verzichten müssen. Er hatte am Morgen beim gemeinsamen Frühstück gesehen, dass sie eigentlich keine richtige Lust zum Feiern hatte. Doch er wollte ihr unbedingt eine Freude machen, und deshalb hatte er Alex eingeladen und hundert altrosa Rosen auf die Farm bestellt. Und an diesem Vormittag nun machte er sich zusammen mit Tony und Bella auf, um Geschenke besorgen zu gehen. Eigentlich hatte er das schon am Vortag mit ihnen machen wollen, aber der war ja anders als geplant verlaufen. Nun würde Vicky ihre Geschenke also erst am Nachmittag bekommen, was aber auch nicht schlimm war, wie er fand. Denn dann würde die kleine Feier stattfinden, das passte doch perfekt.

Tony kaufte seiner Tochter einen hübschen roséfarbenen Strickponcho, den sie an kühleren Tagen überziehen konnte, Bella hätte ihr am liebsten eine *Frozen*-Puppe gekauft, entschied sich letztlich aber für ein hübsches Kissen in Herzform – die Elsa-Puppe schenkte Liam stattdessen ihr, und Bella war ganz aus dem Häuschen. Und er suchte für Vicky ein hübsches goldenes Armband aus, über das sie sich hoffentlich freuen würde.

Zurück auf der Farm, backte er mit Bella zusammen einen Schokoladenkuchen und verteilte die Rosen, die bereits eingetroffen und von Inès angenommen worden waren.

Bella bestand darauf, alle rosa Luftballons aufzuhängen, die sie beim Einkaufen unbedingt hatte mitnehmen wollen, und so taten sie auch das noch. Das Haus sah toll aus, und es roch ganz wunderbar nach frisch gebackenem Kuchen, als Vicky zurückkam.

»Oh mein Gott!«, rief sie aus und hatte gleich Tränen in den Augen.

Sie sangen *Happy Birthday to You* für sie und überreichten ihr ihre Geschenke.

»Ich kann kaum glauben, dass ihr das alles auf die Beine gestellt habt«, sagte sie überwältigt.

»Wir haben auch einen Kuchen für dich gebacken«, erzählte Bella begeistert.

»Oh, ich kann ihn riechen. Schokolade?«, fragte Vicky, und Bella nickte.

»Alex stößt auch gleich noch dazu. Ich wusste nicht, ob du noch irgendjemand anders gerne dabeigehabt hättest …«, meinte er, denn so gut kannte er sie ja noch nicht.

»Nein, das ist perfekt. Die mir liebsten Menschen an meinem Geburtstag um mich zu haben – ich könnte mir nichts Schöneres vorstellen.«

Er sah ihr an, dass sie bei diesen Worten kurz an Abby dachte, wagte aber nicht zu fragen, ob sie sich gemeldet hatte. Falls ja, würde sie ihm bestimmt später davon berichten.

Zuerst aber durfte sie ihre Geschenke auspacken, und sie freute sich über jedes einzelne gleichermaßen. Sie bat ihn sofort, ihr das Armband anzulegen.

»Ich danke dir, Liam. Du hättest kein hübscheres aussuchen können.«

»Freut mich, dass es dir gefällt«, sagte er und küsste sie auf den Mund. Am liebsten hätte er sie jetzt richtig geküsst, doch ihr Vater und ihre kleine Nichte standen direkt neben ihnen, also würde auch das warten müssen.

»Gefällt dir mein Herzkissen auch?«, fragte Bella.

»Am allermeisten!«, gab Vicky zurück und zwinkerte ihm zu.

»Können wir jetzt Kuchen essen?«

»Warten wir noch, bis Alex kommt, ja?«, bat Vicky, doch in diesem Moment betrat ihre beste Freundin bereits das Zimmer.

»Ich hab mich einfach mal selbst reingelassen«, sagte sie. »Herzlichen Glückwunsch, Liebes.« Sie umarmte Vicky und überreichte ihr dann eine einzelne Rose und einen großen Kasten ihrer Lieblingspralinen. »Du meine Güte, wie viele rosa Rosen sind das? Fünftausend?« Sie lachte.

»Einhundert«, korrigierte Liam sie.

»Na, du musst es ja wissen«, meinte sie schmunzelnd.

Dann setzten sie sich an den Tisch und aßen Kuchen.

»Wie läuft es mit Princess?«, erkundigte Liam sich. Er hatte vor ein paar Tagen schon mal angerufen und nachgefragt, und da hatte Alex ihm gesagt, dass es der Stute schon viel besser ging.

»Sie ist wieder wohlauf, das Bier scheint tatsächlich geholfen zu haben. Ich stehe ewig in deiner Schuld, Liam.«

»Ach was«, winkte er ab. »Es war ja nur so eine Idee. Freut mich sehr, dass es was gebracht hat.«

»Hast du für alle Lebenslagen solche Wunderwaffen auf Lager?«

»Na klar, ich bin Mr. Allwissend, wusstest du das noch nicht?«

»Na, *alles* weißt du sicher nicht«, erwiderte Alex und sah Vicky auf merkwürdige Weise an. Die warf ihr einen strengen Blick zu. Hm, wenn er nur wüsste, worum es bei den beiden ging. Sicher wieder nur um irgendwelche peinlichen Teenie-Geschichten, versuchte er sich selbst zu beruhigen.

»Na, du weißt anscheinend nicht«, fuhr Alex fort, »dass ich meine beste Freundin lange nicht so glücklich gesehen habe. Und ich kann mir gut vorstellen, dass du der Grund dafür bist.«

Er merkte, wie er leicht errötete. »Na, das fände ich auf jeden Fall sehr schön.« Er blickte zu Vicky, die neben ihm saß und ebenfalls ein wenig erhitzt aussah. Er nahm ihre Hand in seine und wollte gerade noch etwas sagen, als Bella fragte: »Wer ist Princess?«

»Das ist mein Pferd«, erklärte Alex. »Es war krank, und Liam hat geholfen, es wieder gesund zu machen.«

»Du hast ein Pferd?«, fragte Bella erstaunt.

»Ich habe sogar zwölf Pferde. Zurzeit zumindest. Ich habe einen Reiterhof. Wenn du möchtest, darfst du gerne mal vorbeikommen.«

»Oh, darf ich, Tante Vicky?«

»Aber natürlich.«

»Gleich morgen?«

Alle lachten.

»Mal sehen, Süße. In den nächsten Tagen ganz sicher, ja?«, versprach Vicky.

»Das wird dir gefallen«, meldete sich Tony zu Wort. »Deine Mommy und deine Tante haben auch schon als Kinder reiten gelernt.«

»Hast du denn schon mal auf einem Pferd gesessen?«, erkundigte sich Alex bei der Kleinen.

»Nur auf so einem vor dem Supermarkt. Da musste man Geld reinstecken, und es hat hin und her gewackelt.«

»Oh Süße, das kann man wirklich nicht vergleichen. Ich bringe dir das Reiten bei, ja? Wenn du Lust dazu hast.«

»Au ja!«, rief Bella und war selig. Und Liam war sich in diesem Moment ganz sicher, dass sie okay sein würde. Natürlich würde es nicht spurlos an ihr vorbeigehen, dass sie fortan ohne Mutter aufwachsen musste, aber sie würden alle helfen, es erträglich zu machen. Auch er. Das versprach er Bella und viel mehr noch Vicky im Stillen.

»Wer möchte noch ein Stück?«, fragte er, und Tony war der Erste, der die Hand hob.

Bella ging ihre neue Puppe holen und zeigte sie Vicky. »Guck mal, die hat Liam mir gekauft. Das ist Elsa, Annas Schwester. So wie du und Mommy.«

Jetzt bekam Vicky doch ganz glasige Augen. »Sehr schön, Süße. Magst du mir mal eine dicke Umarmung geben?«

Darum ließ Bella sich nicht zweimal bitten. Sie legte ihre kleinen Ärmchen um Vickys Hals und hielt sie ganz fest. Vicky schloss die Augen, und er wünschte ihr alles Glück der Welt an ihrem siebenundzwanzigsten Geburtstag. Dem ersten von hoffentlich vielen Geburtstagen, die sie zusammen erleben würden.

Später rief noch seine Mutter an und bat darum, Vicky einmal sprechen zu dürfen. Sie wollte ihr gerne persönlich gratulieren. Außerdem fragte seine Mom ihn, ob sie nächste Woche zu Besuch kommen dürfe.

»Das ist vielleicht gerade keine so gute Idee.« Er ging von den anderen weg und trat ein paar Schritte aus dem Haus heraus. »Ich hatte dir doch von der verschollenen Schwester erzählt, die wieder aufgetaucht ist, oder?«

»Ja?«

»Sie ist auch schon wieder weg. Einfach fortgegangen. Und sie hat ihre kleine Tochter zurückgelassen. Hier weiß gerade niemand so richtig, wie es weitergehen soll.«

»Na, dann sollte ich erst recht kommen. Vielleicht kann ich helfen«, meinte sie, und er musste ihr beipflichten. Wenn in solch einer Situation jemand helfen konnte, dann seine Mom.

»Okay, dann komm gerne. An wann hattest du denn gedacht, und wie lange möchtest du bleiben?«

»Ich dachte da an nächstes Wochenende, von Freitag bis Sonntag. Ich möchte doch nur mal sehen, wo du jetzt deine Bücher schreibst.«

Er lachte. »Es ist doch nur ein Buch, Mom.«

»Na, das wollen wir erst mal sehen.«

»Ach Mom. Du kennst mich so gut.« Er hatte nämlich selbst schon daran gedacht, vielleicht im nächsten Jahr wiederzukehren, um auch das Orangenbuch hier zu schreiben. Allerdings mussten er und Vicky erst mal besprechen, wie es überhaupt mit ihnen weitergehen sollte. Aber das hatte ja noch Zeit, er war erst seit drei Wochen in Riverside und hatte noch über zwei Monate vor sich. »Ich denke aber nicht, dass die Hütte Platz für uns beide bietet«, meinte er dann. »Besser, ich buche dir ein Zimmer im Hotel. Das Mission Inn ist ganz ausgezeichnet. Da haben schon Cary Grant und Clark Gable genächtigt.« Er wusste genau, wie gerne seine Mom diese alten Hollywood-Filme guckte und er sie damit beeindrucken würde.

»Na, dann brauchst du nicht zweimal zu fragen«, sagte sie, und er konnte sie sogar über die Entfernung breit lächeln sehen.

»Ich freu mich sehr auf dich, Mom. Und die anderen werden sich freuen, dich kennenzulernen. Und Sniffy. Ich hoffe, Betty und er verstehen sich.«

»Oje. Sniffy ist doch gerade hinter jeder Hündin her. Da müssen wir aber aufpassen.«

Er lachte und war richtig guter Dinge. »Ich muss jetzt auflegen, Mom. Ich möchte wieder rein zu Vicky.«

»Dann feiert noch schön.«

»Werden wir. Wir hören uns morgen. Hab dich lieb.«

»Ich hab dich auch lieb, mein Junge. Und ich freue mich für dich, dass du jemanden wie Vicky gefunden hast. Sie scheint mir eine wirklich nette junge Frau zu sein.«

»Das ist sie«, stimmte er zu und konnte es kaum erwarten, zurück ins Haus zu gehen. Seit vorletzter Nacht hatte sich ihre Beziehung noch einmal gewandelt. Das lag nicht nur an dem fantastischen Sex, den sie gehabt hatten, sondern einfach an der Intimität, die sie beide jetzt verband.

Gestern Abend hatte sie ihn wieder in seinem Zimmer besucht, und sie hatten sich lange unterhalten. Vicky hatte ihm von Abby erzählt, die sie immer nur enttäuscht hatte, und fast hätte er ihr seine Geschichte rund um Rudy anvertraut, aber dann hatte er es doch nicht getan. Niemand durfte je erfahren, was damals vor sechzehn Jahren geschehen war, das hatten seine Mom und er sich geschworen, und sein Versprechen würde er halten. Aber wenn es je eine Person geben sollte, der er die ganze Wahrheit erzählte, würde es Vicky sein.

Vicky. Er glaubte, er hatte sich schwer in sie verliebt. Und er fragte sich, wie das möglich war nach nur drei Wochen. Doch so war es. Vicky war unglaublich. Vielleicht war sie sogar die Eine. Ja, er freute sich richtig darauf, das herauszufinden.

Kapitel 34

Abigail

Fünf Tage waren vergangen, und sie bereute ihre Entscheidung nicht. Ja, hin und wieder musste sie an Bella denken, doch sie wusste ja, dass es ihr gut ging, also machte sie sich keine allzu großen Sorgen. Vielmehr genoss sie ihre Freiheit und das Gefühl, auf dem Highway zu fahren und all die wunderbaren Orte zu passieren. Natürlich musste Morris seine Route einhalten, und es war kaum Zeit für Abweichungen, doch hin und wieder fuhr er auf ihren Wunsch hin durch eine Stadt hindurch, an der sie sonst nur vorbeigefahren wären, und sie staunte über all die Bauten, die Menschen und die Sehenswürdigkeiten.

Sie waren direkt von L.A. weiter in Richtung Kanada gefahren. Die Firma, für die Morris Lieferungen ausfuhr, befand sich in seiner Heimatstadt San Diego. Er musste Fischkonserven nach Calgary und Edmonton bringen und nahm auf dem Hinweg die Route über Nevada, Utah, Idaho und Montana. Sie fand es einfach unglaublich, endlich mal Las Vegas zu sehen. Salt Lake City war auch ziemlich cool mit all den gewaltigen Mormonentempeln, Idaho Falls mit seinen Wasserfällen ließ sie sich fast fühlen, als wäre sie bei den

Niagarafällen, und im Blackfeet-Indianerreservat sahen sie doch tatsächlich ein paar Büffel.

Der Trip nach Edmonton dauerte – inklusive Staus – knapp dreißig Stunden, und da Morris aus Sicherheitsgründen nie mehr als vierzehn Stunden am Tag unterwegs sein durfte – die Pausen wurden eingerechnet –, machten sie zweimal zum Übernachten Halt. Die eine Nacht verbrachten sie im Truck, was zwar echt kuschelig war, aber doch ganz schön eng, in der zweiten Nacht nahmen sie sich ein billiges Motelzimmer. Das war in Montana, wo es nicht viel mehr als Einöde gab, doch Abby fand es großartig. Lieber im weit entfernten Nirgendwo sein als immer an demselben Ort.

Sie hatten Sex, oh, sie hatten viel Sex, und es war einfach unglaublich. Abby war glücklich, und sie gewöhnte sich sogar daran, dass Morris die ganze Fahrt über Creedence Clearwater Revival hörte. Als sie ihn einmal fragte, ob sie nicht mal etwas anderes anmachen könnten, antwortete er, dass er das so gewohnt sei und sich für sie nicht ändern würde. Schließlich war *sie* diejenige, die bei *ihm* mitfahren wollte, und nicht andersherum. Also gab sie sich damit zufrieden, fand sogar irgendwann Gefallen an CCR und konnte nach zwei Tagen alle Songs mitsingen. Am besten gefielen ihr *Have You Ever Seen the Rain* und *Looking Out My Backdoor*, die passten so richtig gut zu einem Roadtrip. Und als solch einen betrachtete sie diese Reise noch immer. Als großes Abenteuer, das sie in unbekannte Gegenden brachte und bei dem sie die tollsten Erfahrungen sammeln durfte.

Eine nicht so schöne Erfahrung sollte sie dann allerdings machen, kurz nachdem sie die Fischkonserven ausgeliefert hatten. Der Truck war leer, und auch mit Morris schien etwas zu passieren. Er schien genervter als noch vor ein paar Tagen. Immer wenn sie etwas Falsches sagte, fing er an zu meckern. Und dann sagte er ihr irgendwann, dass sie ganz den Mund halten sollte.

Okay, dachte sie sich. Dann tat sie das halt. Trotzdem hielt es sie nicht davon ab, die Reise zu genießen. Auf der Rückfahrt fuhren sie eine andere Strecke, und zwar über Washington und Oregon. Morris erzählte ihr, dass er auf dem Heimweg immer so fuhr, weil er in Spokane, Washington, eine neue Fracht aufnehmen musste. Sie hatte keine Ahnung, ob sein Boss davon wusste oder ob Morris das auf eigene Faust machte, doch am Sonntag hielt er bei einer Elektrofirma an und lud zusammen mit einem Typen namens Robbie jede Menge Fernseher hinten rein. Robbie pfiff ihr zu, als er sie sah, und sie hörte, wie er zu Morris sagte: »Heißes Gestell hast du dabei. Lust, sie mit mir zu teilen?«

Ihr Herz schlug schneller, sie hielt die Luft an und hoffte nur, dass Morris das für keine gute Idee halten würde.

Zum Glück sagte er aber gleich: »Nee, das ist mein Mädchen. Geh dir ein eigenes suchen.«

»So eins ist aber nicht so leicht zu finden, Mann.«

»Na, bei deiner Visage sowieso nicht.« Morris lachte, Robbie lachte mit, und Abby atmete erleichtert aus.

Sie übernachteten in der Nähe und fuhren am nächsten Tag weiter. Keiner von beiden sagte viel. Sie fuhren durch Oregon, erreichten Kalifornien und bezogen Nachtquartier in der Nähe von Sacramento. Hier war Morris auf einmal wieder total nett und führte sie zum Dinner aus. Danach schliefen sie im Truck miteinander, und er kuschelte sich an sie. »Bin froh, dich dabeizuhaben«, sagte er. »Tut mir leid, dass ich so genervt war. Muss mich erst mal an die neue Situation gewöhnen.«

»Kein Ding, Baby. Wir werden uns schon aneinander gewöhnen. Wir werden ja noch ziemlich viel miteinander unterwegs sein.« Sie horchte im Dunkeln und hoffte, er würde nichts Gegenteiliges sagen. Hoffte, er hatte nicht schon die Nase voll von ihr. Wo sollte sie dann hin?

Doch Morris küsste ihren Nacken und umarmte sie von hinten. »Na klar, Süße. Das wird schon. Einmal muss ich noch nach Kanada liefern. Hab aber schon drum gebeten, beim nächsten Mal eine andere Route zu bekommen. Was hältst du von Indianapolis?«

»Das klingt wundervoll.« Sie wusste zwar nicht, was es in Indianapolis gab, doch sie wollte es nur zu gern herausfinden.

Am nächsten Tag fuhren sie durch Modesto, und Abby überkam ein ganz eigenartiges Gefühl. Hier war sie die letzten sieben Jahre zu Hause gewesen, und jetzt war es nur noch etwas aus der Vergangenheit. Sie hoffte, dass sie hier niemandem begegnen würde, und erinnerte Morris daran, dass er nicht wie gewohnt an Randy's Diner Halt machen konnte. Randy würde sie killen, wenn sie da einfach so reinspazieren würde, als wäre nichts gewesen. Sie hatte ihm ja noch immer nicht offiziell gekündigt, und er war sicher mehr als sauer auf sie, dass sie nach ihren drei Urlaubstagen einfach nicht mehr erschienen war.

Noch schlimmer aber wäre es, irgendwo Tiffany über den Weg zu laufen, die ihr Vorwürfe ohne Ende gemacht hätte. Bei ihr hatte sie sich nämlich auch nicht verabschiedet, ihr kein einziges Wort der Erklärung geliefert, und auf ihre Sprachnachrichten hatte sie nicht geantwortet. Sie war sicher schwer enttäuscht von ihr, immerhin war sie ihre beste Freundin. Die einzige wahre Freundin, die sie hatte.

»Lass uns Modesto bitte ganz schnell hinter uns lassen und in Turlock oder Livingston was essen, ja?«, bat sie.

»Ich soll jetzt also auf das beste Essen im Staat verzichten, nur weil du zu feige bist, dich da sehen zu lassen?«

»Sorry, Morris. Aber das musst du doch verstehen.«

»Muss ich das?«, fragte er sie mit lauter Stimme und sah sie böse an. Viel zu lange. So lange, dass sie befürchtete, sie könnten einen Unfall bauen.

»Sieh auf die Straße, Morris!«

»Sag du mir nicht, was ich tun soll, hörst du?« Dann sah er aber doch wieder auf die Fahrbahn, und Abby atmete auf. »Ich hasse das, Abby. Ich kann es absolut nicht leiden, wenn man mir sagt, was ich zu tun oder zu lassen habe.«

»Okay, tut mir leid. Ich werde es nie wieder wagen«, entgegnete sie und nahm plötzlich einen fiesen Geruch wahr. Sie hatten beide seit zwei Tagen nicht geduscht, seit sie zuletzt in einem Motel gewesen waren. Beide stanken sie inzwischen ziemlich nach Schweiß – und auch nach Sex.

Ihr wurde übel, und sie musste sich wirklich zusammenreißen, nichts zu sagen oder Morris zu bitten, rechts ran zu fahren. Denn dann hätte er nur wieder geschimpft. Er hielt nicht abseits seiner gewohnten Stopps, und die nächste Pause stand erst an, wenn es wieder etwas zu essen gab.

Sie hielt also aus. Doch sobald sie eine Raststätte mit einem Diner gefunden hatten, sprang sie von ihrem Sitz und lief zu den Toiletten. Sie übergab sich. Hockte völlig fertig am Boden der dreckigen Kabine. Danach ging sie sich waschen, zog auch ihr Shirt aus und schrubbte sich die Achseln, machte ein paar Papiertücher nass und reinigte sich an anderen Stellen. Heute Abend würden sie in San Diego ankommen, wo Morris zu Hause war. Dann würde sie endlich wieder duschen und mal in einem richtigen Bett schlafen können. Sie freute sich ehrlich darauf und auch darauf zu sehen, wie Morris so lebte.

Als sie von den Toiletten zurückkam, saß er schon am Tresen im Diner.

»Ist dir schlecht geworden?«, fragte er.

»Ein bisschen, ja.«

»Ich hab uns Essen bestellt. Eier und Speck.«

Okay, dann würde sie also zum sechsten Mal in Folge Eier und Speck zum Frühstück essen, als ob es nichts anderes gäbe.

»Danke«, sagte sie und hielt Ausschau nach dem Ketchup. In dem Moment, in dem sie sich auf den Barhocker neben Morris setzte, fing ihr Handy an zu vibrieren. Sie nahm es aus der Hosentasche und sah aufs Display. Ihre Schwester mal wieder. In den letzten Tagen hatte sie bestimmt eine Million Mal versucht, sie zu erreichen. Sie war kein einziges Mal rangegangen, nicht mal an Vickys Geburtstag, sie konnte einfach nicht.

»Wer ist das schon wieder?«, fragte Morris genervt.

»Nur meine Schwester.«

Morris sah nicht sehr begeistert aus. Und als sie nach dem Essen zurück zum Truck gingen, vibrierte ihr Handy schon wieder. Es war eine Nachricht von Vicky.

Wo bist du, Abby? Wir machen uns Sorgen um dich. Es ist nicht zu spät zurückzukommen. Keiner wird dir irgendwelche Vorwürfe machen. Komm einfach nur nach Hause. Bella braucht dich! Wir vermissen dich alle sehr. Vicky

Sie hatte Tränen in den Augen, obwohl sie es nicht wollte.

»Was soll der Scheiß, Abby? Wieso wirfst du dein Handy nicht einfach weg, wenn du die Vergangenheit hinter dir lassen willst, hä?«, fragte Morris.

»Ich behalte es nur für den Notfall.«

»Ist doch Bullshit! Würdest du denn bei einem Notfall echt zurückgehen? Ich glaube kaum.« Er nahm ihr das Telefon aus der Hand, ging zur nächsten Mülltonne und warf es hinein.

Schockiert starrte sie auf die Tonne.

»Dafür wirst du mir noch danken«, sagte Morris. »Und jetzt steig schon mal ein. Ich muss noch mal schnell Wasser lassen.«

Er schloss den Truck auf, wartete, bis sie drinnen saß, und ging zu den Herrentoiletten. Sobald er außer Sicht war, stieg Abby wieder aus, lief zur Mülltonne und fischte ihr Handy wieder heraus. Es war total versifft, und als sie wieder im Truck saß, machte sie es sauber, schaltete es ab und steckte es in ihren Rucksack. Sie umwickelte es mit dem Ersatz-T-Shirt, das sie immer vorne bei sich hatte, und schreckte auf, als Morris plötzlich auf den Fahrersitz stieg.

Fragend sah er sie an.

»Ich suche nur nach einem Kaugummi oder Bonbon, weil mir immer noch ein wenig übel ist.«

Er nahm eine Packung Wrigley's aus dem Handschuhfach und ließ sie sich einen Kaugummi herausziehen.

»Danke, Baby«, sagte sie und versuchte ihn anzulächeln.

»Alles in Ordnung?«, fragte er, und sie war froh zu vernehmen, dass er sich ebenfalls gewaschen hatte. Er roch frisch und nach Seife.

»Alles super«, antwortete sie erleichtert, drückte ihm einen Kuss auf die Wange und schaltete CCR an. Damit er zufriedengestellt war. Damit wirklich alles super war.

Auch wenn es sich leider gar nicht so anfühlte.

Kapitel 35

Victoria

Die Tage vergingen. Es war jetzt eine Woche her, dass Abby sich auf und davon gemacht hatte. Eine ganze Woche der Unsicherheit, eine Woche, in der sie versucht hatte, ihre Schwester zu erreichen, eine Woche, in der sie sich Gedanken um Bella gemacht hatte.

Sie war beim Jugendamt gewesen, wo sie eine sehr freundliche Frau mittleren Alters namens Mrs. Shelton beriet. Vicky hatte ihr Abbys Brief gezeigt und ihr erzählt, dass ihre Schwester schon immer dazu geneigt hatte, buchstäblich vor Problemen davonzulaufen. Dass sie beim letzten Mal ganze zehn Jahre weggeblieben war und dass sie nicht glaubte, dass sie in allzu naher Zukunft zurückkommen würde. Sie beschönigte nichts, sagte die volle Wahrheit und wartete ab, was die Frau ihr zu sagen hatte, die sicher schon öfter solche Fälle auf dem Tisch gehabt hatte.

»Sie sind also die Tante?«, fragte Mrs. Shelton, als hätte Vicky ihr nicht genau das gerade mehrfach erzählt.

»Ja, die bin ich.«

»Sie haben bis vor Kurzem gar nichts von Bellas Existenz gewusst?«

»Genau.«

»Und Ihre Schwester hat Sie darum gebeten, sich um ihre kleine Tochter zu kümmern?«

Stirnrunzelnd sah sie die Sozialarbeiterin an. Dann begriff sie endlich, dass sie ihr gar keine Fragen stellte, sondern schlicht die Fakten zusammenfasste.

Sie nickte also nur.

»Wie stehen Sie denn zu der ganzen Sache? Würden Sie sich gerne um Bella kümmern? Die Vormundschaft übernehmen? Fühlen Sie sich dazu in der Lage?«

Vicky hatte in der kurzen Zeit so viel darüber nachgedacht wie möglich. Es brachte viel Verantwortung mit sich, und ihr Leben würde sich radikal ändern. Es war jetzt schon so vollbepackt mit Aufgaben – wie stressig würde es dann erst werden? Andererseits wollte sie auf gar keinen Fall, dass Bella in die Obhut von irgendwelchen Pflegeeltern kam oder schlimmer noch, dass man sie in ein Kinderheim brachte.

»Ich fühle mich der Aufgabe gewachsen«, gab sie also zur Antwort, und Mrs. Shelton lächelte.

»Na, dann ist doch alles klar. Sie sagen, Sie wohnen zusammen mit Ihrem Vater auf einer Walnussfarm?«

»Genau.«

»Was für ein schöner Ort, an dem ein kleines Mädchen wie Bella aufwachsen kann.«

»Ja, das ist es wirklich. Abby und ich sind auch dort aufgewachsen. Meiner Schwester hat es leider weniger gefallen.«

»Seien Sie nicht so traurig, und geben Sie die Hoffnung noch nicht auf. Wir erleben leider häufig, dass sich junge Mütter überfordert fühlen und ihre Kinder verlassen. Oftmals kehren sie aber ganz von allein wieder zurück.«

»Und was wäre, wenn sie wieder zurückkehrt? Dürfte Bella dann ganz einfach wieder bei ihr leben? Oder würde es ein Problem geben, da sie doch … na ja, weil sie doch gegangen ist?«

»Das müssten wir dann sehen. Wenn sie die Unterstützung von Ihnen und Ihrem Vater hätte, dürfte das kein Problem sein. Aber jetzt seien Sie erst einmal für Bella die Bezugsperson, die sie im Moment so dringend braucht. Sie schaffen das, da bin ich ganz zuversichtlich.«

Sie lächelte. Oh, das hoffte sie wirklich.

Mrs. Shelton verkündete, dass sie ihnen in den nächsten Tagen einen Besuch auf der Farm abstatten würde, nur um sicherzugehen, dass Bella dort alles hatte, was sie brauchte. Dann gab sie ihr noch ein paar Broschüren und Telefonnummern mit, und Vicky bedankte und verabschiedete sich.

An diesem Tag war sie nach Hause gefahren und war von Liam, Bella und ihrem Dad überrascht worden. Schon lange hatte sie sich nicht mehr so geliebt gefühlt, und in den folgenden Tagen hatte sie dieses Gefühl noch öfter verspüren dürfen.

Sie war mit Bella noch einmal in den Fairmount Park gegangen, diesmal zusammen mit Liam, und am Sonntag waren sie alle in die Kirche und zum Friedhof gefahren. Sie hatte Bella viel von ihrer Grandma erzählt, die sie leider nie hatte kennenlernen dürfen. Vicky war schockiert darüber, wie wenig Bella von ihr wusste, Abby schien ihr nie auch nur das Geringste erzählt zu haben. Doch das konnte sie jetzt zum Glück nachholen, außerdem führte sie ihre Nichte über die Farm und erzählte ihr alles über die Walnuss.

Gleich am Montag meldete Vicky Bella – mithilfe von Mrs. Shelton – an der Grundschule an, und am Dienstag war schon ihr erster Schultag. Sie begleitete die Kleine bis ins Klassenzimmer und war ein wenig besorgt, ob Bella auch klarkommen würde. Doch ihre Sorge löste sich in Luft auf, als sie ihre strahlende Nichte am Nachmittag abholte. Sie berichtete ihr aufgeregt von ihrer neuen Klassenlehrerin, Mrs. Ebstein, und von ihren neuen Freundinnen – Tina, die wie Dora in der Serie Spanisch sprechen konnte, und Liddy, die genauso gern *Frozen* mochte wie sie.

Vicky fragte sich, was es mit diesem *Frozen* auf sich hatte. Sie hatte sich den Film mit Bella zusammen angesehen, und er war ganz süß gewesen, doch warum Bella, ein Mädchen, das unter der Sonne Kaliforniens aufwuchs, so vernarrt in einen Film war, in dem Eis und Schnee so eine große Rolle spielten, verstand sie leider nicht so ganz. Na, ihr sollte es egal sein, wenn es Bella glücklich machte, und anscheinend schien sie ja bei Weitem nicht das einzige kleine Mädchen zu sein, das auf Elsa und Anna abfuhr. Bella spielte ständig mit ihren beiden Puppen und erzählte Geschichten von Schwestern, und dann wollte sie Geschichten von Vicky hören, Kindheitsgeschichten von ihr und *ihrer* Schwester, die sie ihr zwar gern erzählte, die sie aber auch immer traurig machten.

Als sie am Donnerstag zusammen mit Liam auf der Veranda saßen, während ihr Dad in seiner Bibliothek las, bat Liam darum, dass sie ihm und Bella die Geschichte erzählte, wie ihre Eltern sich kennengelernt hatten. Bella wollte sie natürlich auch gleich hören.

»Oh, das war ganz romantisch«, begann sie, und ein Lächeln breitete sich ganz automatisch auf ihrem Gesicht aus. Sie überlegte kurz, wie sie die Geschichte so erzählen konnte, dass sie kindgerecht war und vielleicht sogar ein wenig märchenhaft klang, dann legte sie los. »Katherine, deine Grandma, war erst neunzehn Jahre alt, als sie Anthony kennenlernte. Sie war damals heimatlos und lief nur mit einem kleinen Rucksack durchs Land, auf der Suche nach Arbeit und nach einem neuen Zuhause.«

»Ein Rucksack, so wie Backpack?«, erkundigte sich Bella, der natürlich sofort wieder Dora in den Sinn kam.

»Nun ja, er konnte nicht sprechen, aber er beinhaltete alles, was Katherine wichtig war. Auch eine Landkarte wie Map, die Karte.« Sie zwinkerte ihr zu. Bella lächelte glücklich, faltete die Hände und hörte ihr weiter gespannt zu.

»Katherine hatte schon früh ihre Eltern verloren, war in Heimen aufgewachsen und erwartete nicht viel vom Leben, doch als sie nach Riverside kam, fühlte sie gleich, dass dieser Ort ein ganz besonderer war. Und als sie dann an der Walnussfarm entlang lief, dachte sie sich, sie fragt mal nach, ob man hier eine Beschäftigung für sie habe. Anthony, der zu der Zeit noch mit seinen Eltern hier wohnte, also deinen Urgroßeltern, Bella, stellte sie sofort ein. Er war damals bereits vierunddreißig und verliebte sich auf den ersten Blick in die junge Frau. Er ließ sie Walnüsse sortieren, doch schon bald wurden sie ein Paar. Ein Jahr später heirateten sie, ein weiteres Jahr danach kam ihre erste Tochter Abigail zur Welt.«

»Das war meine Mommy!«, rief Bella erfreut.

»Ganz genau. Das war deine Mommy. Und nur ein Jahr und zwei Monate danach kam dann ich.«

»Das ist wirklich romantisch«, fand auch Liam. Er lehnte sich vor und gab ihr einen Kuss. Er saß ihr und Bella gegenüber, die es sich auf der Hollywoodschaukel bequem gemacht hatten.

»Wisst ihr, meine Mom hat immer von einer Hollywoodschaukel geträumt, und an ihrem zehnten Hochzeitstag hat mein Dad ihr diese hübsche Schaukel hier geschenkt, auf der wir gerade sitzen. Es war ihr allerliebster Lieblingsplatz.«

»Wie schön.« Liam lächelte und sah ihr in die Augen. »Was wünschst du dir?«

»Zu meinem zehnten Hochzeitstag?«, fragte sie lachend.

»Nein, ganz allgemein. Wenn du dir irgendetwas aussuchen könntest.«

»Ich wünsche mir einfach, dass alle gesund und glücklich bleiben«, sagte sie, denn sie hatte wirklich nicht viele Wünsche offen. Sie hatte Liam, zumindest für den Moment, sie durfte am schönsten Ort auf Gottes Erde leben, und jetzt hatte sie sogar ein süßes kleines Mädchen an ihrer Seite, das ihre Tage erhellte. Natürlich wünschte sie sich, dass Abby zur Einsicht und zurück nach Hause kommen würde, aber das konnte sie hier und jetzt vor Bella nicht sagen. Liam wusste es auch so, sie hatte sich in den letzten Tagen öfter bei ihm über ihre Schwester und deren Verantwortungslosigkeit beklagt. Und darüber, dass wieder einmal alles an ihr hängen blieb. Was nicht bedeuten sollte, dass Bella unerwünscht war.

»Du bist so bescheiden«, sagte Liam.

»Tja, so bin ich eben.« Sie grinste. »Und was wünschst du dir?«

»Ehrlich? Dass mein nächstes Buch besser ankommt als das letzte«, sagte er, und sie wusste, wie viel ihm der Erfolg dieses Buches bedeutete. Seine Existenz als Autor hing davon ab.

Sie hatte übrigens am Tag zuvor endlich damit begonnen, *Pinientage* zu lesen, und sie war völlig hin und weg. Ihr Dad hatte nicht zu viel versprochen. Sie war zwar erst auf Seite einhundertzwanzig, doch sie war schon jetzt ergriffen ohne Ende.

»Ich bin mir sicher, das wird es. An diesem Ort und mit all der Inspiration wird es bestimmt dein bestes Buch werden. Obwohl es wirklich schwer sein wird, *Pinientage* zu übertreffen.«

Liam sah sie erstaunt an. »Hast du es etwa schon gelesen?«

»Nein, aber ich nehme mir endlich die Zeit dafür. Gestern auf dem Spielplatz habe ich damit angefangen, und ich musste direkt weinen. Was die anderen Mütter wohl von mir gedacht haben?« Sie lachte, dann wurde sie wieder ernst und sah Liam in die Augen. »Es ist ehrlich das Schönste, was ich je gelesen habe.«

»Das bedeutet mir sehr viel, dass du das sagst.« Er schien richtig bewegt.

»Können wir was spielen?«, fragte Bella, der mal wieder langweilig wurde.

»Klar, was denn?«

»Bitte nicht Blinde Kuh oder Verstecken. Es ist gerade so angenehm hier, ich möchte ungern aufstehen«, meinte Liam. Es war ein schwüler, heißer Septembernachmittag, und sie waren alle viel zu träge, um sich zu bewegen. Seit Bella zur Schule ging, übernahm Vicky vormittags zwar wieder Aufgaben auf der Farm, sie ließ aber weiterhin Rodrigo die Lieferungen ausfahren, damit sie nachmittags Zeit für Bella hatte. Und es war eine gute Entscheidung gewesen, endlich konnte sie auch mal ein wenig durchatmen.

Sie füllte ihnen Limonade nach.

»Du kannst dabei sitzen«, beruhigte Bella ihn. »Das Spiel heißt *Twelve Seconds*.«

»Ich kenne nur *Seven Minutes in Heaven*«, sagte er augenzwinkernd und sah Vicky dabei an.

»Ich glaube, dabei handelt es sich um eine etwas andere

Art von Spiel«, sagte sie, denn bei *Seven Minutes in Heaven* verschanzten sich ein Junge und ein Mädchen für sieben Minuten im Schrank oder in einer dunklen Kammer, und nicht selten endete das Spiel damit, dass beide herumknutschten oder sogar mehr.

»*Twelve Seconds* geht so«, erklärte Bella. »Man muss jemandem Fragen stellen, und der muss sie ganz schnell und ganz ehrlich beantworten.«

»Und wie viele Fragen müssen es sein?«, erkundigte sich Liam.

Bella zog die Schultern hoch. »Weiß nicht.«

»Was für Fragen darf man denn stellen?«, wollte Vicky wissen.

»Egal. Irgendwelche«, antwortete Bella.

»Uuuh, das könnte interessant werden«, meinte sie und sah Liam verschmitzt an.

Der googelte das Spiel gerade und las ihnen sogleich die Spielregeln vor: »Bei dem Spiel *Twelve Seconds* geht es darum, dass der Befragte zwölf Fragen in zwölf Sekunden beantwortet, was man natürlich nicht wörtlich nehmen darf. Doch man sollte die Fragen so schnell wie möglich beantworten, ohne groß nachzudenken.« Er verzog den Mund. »Schnellraterunden mag ich eigentlich gar nicht.«

»Du sollst ja auch nicht raten, sondern ehrlich antworten«, entgegnete sie.

»Na gut, dann lasst uns spielen!«, sagte er, und Bella freute sich.

»Wer fängt an?«, fragte Vicky.

»Ich fang an! Und ich würde gerne dich befragen«, sagte Liam grinsend.

»Du darfst aber nicht anfangen«, warf Bella ein und schüttelte den Kopf, als hätte er überhaupt keine Ahnung von den offensichtlichsten Spielregeln. »Der Jüngste fängt an, das weiß doch jeder.«

Er musste schmunzeln. »Klar, entschuldige bitte.«

»Schon okay«, erwiderte Bella, und das Spiel begann.

Bella wollte auch gern Vicky befragen, und ihre Fragen waren so ganz anders als die, die Liam höchstwahrscheinlich im Kopf hatte.

»Was ist deine Lieblingsfarbe?«, begann Bella.

»Rosa«, antwortete Vicky.

»Wen magst du lieber? Elsa oder Anna?«

»Elsa.«

»Würdest du gerne in einem Schloss aus Eis leben?«

Sie musste lachen. »Nein. Ich mag die Sonne.«

»Hättest du gerne einen Schneemann zum Freund?«

»Klar, wieso nicht?«

»Magst du lieber Erdbeeren oder Blaubeeren?«

»Erdbeeren.«

»Wie würdest du gerne heißen?«

»Bella«, antwortete sie und stupste ihrer Nichte auf die Nase.

Die lachte und erkundigte sich: »Wie viele Fragen muss ich noch?«

»Du hast jetzt sechs«, meinte Liam, der mitgezählt hatte. »Also noch mal sechs.«

Die nächsten sechs Fragen sahen ähnlich aus, und Vicky beantwortete sie brav. Dann war sie dran, und sie wollte gern Liam befragen. Denn sie hoffte, auf diese Weise endlich mal ein bisschen mehr über ihn zu erfahren.

»Oje, auf was hab ich mich da nur eingelassen?«, meinte er und wappnete sich.

»Okay … Was ist deine Lieblingsfarbe?«, stellte sie die gleiche erste Frage wie Bella.

»Blau.«

»Was ist dein absolutes Leibgericht?«

»Deine Walnussplätzchen.«

Sie musste lächeln. »Oh, danke für das Kompliment. Was ist dein liebster Ort auf Erden?«

»Das ist schwer. Die kalifornische Küste, würde ich sagen. Und die Walnussfarm.«

»Man darf aber nur eins sagen«, schimpfte Bella, die viel Wert auf die Einhaltung der Spielregeln legte.

»Wollen wir mal nicht so streng sein, ja?«, bat Vicky.

»Na gut.«

»Okay, Liam, wohin würdest du gerne mal reisen?«

»Nach New York City.«

»Da komm ich mit«, sagte sie und machte weiter: »Wer ist dein absoluter Lieblingsmensch?«

Kurz hatte Liam wieder diesen traurigen Ausdruck in den Augen, dann antwortete er: »Meine Mom.«

Die Antwort war wirklich süß, fand sie. Und sie fragte sich, ob er seine Mom wohl sehr vermisste. Doch die würde schon morgen zu Besuch kommen, und sie freute sich wahnsinnig darauf, sie kennenzulernen. Sie musste wirklich ein ganz wunderbarer Mensch sein.

»Wer ist dein bester Freund?«, fuhr sie fort.

»Josh. Oje, den muss ich mal anrufen, das hab ich total vergessen.«

»Ihr spielt das Spiel nicht richtig!«, meldete Bella sich schon wieder kritisierend zu Wort. »Ihr dürft nur auf die Fragen antworten und nicht so viel anderes Zeugs reden.«

Sie mussten beide lachen. »Tut uns leid. Wir geloben, uns zu bessern«, versprach Liam.

»Wie gefällt es dir in Riverside?«, wollte Vicky als Nächstes wissen.

»Ich liebe es hier.«

»Würdest du gerne noch mal herkommen?«, fragte sie, weil sie ihn das schon länger hatte fragen wollen.

»Darüber hab ich schon nachgedacht, ja. Und ich würde sehr gerne wiederkommen.«

Sie lächelte ihn an. Das war gut. Sehr gut.

»Was war deine größte Jugendsünde?« Jetzt musste sie endlich mal ran an die peinlichen Fragen.

»Eine Glatze. Ich hab meine Locken gehasst.«

»Oh, ich finde die total süß.«

Sie sah, wie Bella die Augen verdrehte. Ups, sie redeten wohl schon wieder zu viel »anderes Zeugs«.

»Wie viele Fragen hab ich noch?«

»Drei«, sagte Liam.

»Okay. Wen magst du lieber? Elsa oder Anna?«, fragte sie schmunzelnd, und Bella sah ihn gespannt an.

»Anna.«

Sie musste sich ein Lachen verkneifen. »Welche Schuhgröße hast du?«

»Vierundvierzig.«

»Okay, und nun zu meiner letzten Frage: Wie viele Mädchen hast du schon geküsst?«

Bella begann zu kichern.

»Ähhh … okay, da muss ich erst mal nachzählen.« Liam tat so, als würde er sie an den Fingern abzählen. »Hundertachtundneunzig, hundertneunundneunzig … um die dreihundertvierzehn.«

»Haha, ich meinte das ganz ernst.«

»Ist das denn von Bedeutung?«, fragte er und schaute ihr in die Augen. »Wenn es mir doch bei keiner Einzigen so viel bedeutet hat wie bei dir?«

Sie schmolz dahin. Fühlte einen ganzen Schwarm Schmetterlinge durch ihren Bauch flattern, lehnte sich vor und küsste Liam. Das war wirklich das Wundervollste, was ihr jemals irgendwer gesagt hatte. Und sie war so froh über seine Worte, denn ganz genau dasselbe fühlte sie auch.

»Ich glaub, ich hab mich gerade noch ein bisschen mehr in dich verliebt, Liam Sanders«, sagte sie ihm.

Mit großen Augen sah er sie an. »Ich bin auch ganz schön in dich verliebt, wusstest du das, Vicky Lloyd?«

»Nein, aber jetzt weiß ich es. Zum Glück hast du es mir von allein erzählt, weil ich leider all meine Fragen schon aufgebraucht habe.«

»Na, gut, dass ich noch alle zwölf habe.«

Kapitel 36

Liam

»Mom, wie schön, dass du da bist!«, sagte er, nachdem er seine Mutter umarmt hatte. Es war Freitagvormittag, und er war zum LAX Airport in Los Angeles gefahren, wo sie vor einer halben Stunde gelandet war.

»Ich freu mich auch, mein Junge«, erwiderte sie lächelnd.

»Wie war der Flug?«, fragte er und ging in die Hocke, um Sniffy zu kraulen, der ganz aufgeregt war, ihn zu sehen. Er umkreiste seine Beine, als wäre er ein Maibaum. »Hat der Kleine den Flug gut überstanden?«

»Aber sicher. Es war ja nur ein kurzer Flug.«

Ja klar, aber auch ein Zweieinhalbstundenflug konnte einen Hund stressen, der zuvor noch nie geflogen war. Doch Sniffy schien völlig okay, und seine Mutter auch.

»Ich freu mich ehrlich, euch zu sehen. Und genauso sehr freue ich mich darauf, euch Vicky und Tony nachher vorzustellen. Die beiden sind einfach großartig. Du wirst sie mögen.«

»Ich bin auch schon sehr gespannt darauf, die beiden zu treffen. Wollen wir gleich zur Farm oder erst mal ins Hotel?«, fragte seine Mom.

Er sah auf die Uhr. »Da du erst um vier im Hotel einchecken kannst, würde ich vorschlagen, wir fahren zur Farm und essen eine Kleinigkeit mit Vicky und Tony. Dann kann ich dir auch gleich schon mein Cottage zeigen. Später, wenn Vicky Bella von der Schule abholt, bringe ich dich ins Zentrum und führe dich dort noch ein wenig herum. Was hältst du davon?«

»Das klingt wunderbar.«

Sie machten sich auf zum Auto. »Ich habe dir übrigens eine Junior Suite im Hotel gebucht.«

»Ach, das wäre doch nicht nötig gewesen«, meinte seine Mom.

»Doch, doch. Für dich nur das Beste. Allerdings sind Hunde im Mission Inn nicht gestattet. Ich werde Sniffy also bei mir in der Hütte behalten müssen.«

»Oh. Na, das ist doch gar nicht schlecht. Dann habt ihr ein bisschen Zeit miteinander.«

»Ja. Und du hast mal ein bisschen Zeit nur für dich. Im Mission Inn gibt es einen Pool, ein Spa und ein paar ausgezeichnete Restaurants. Lass dich massieren und gönn dir etwas Leckeres zu essen. Ich habe gehört, die Schnecken sollen vorzüglich sein.« Er schmunzelte.

»Aber was denkst du denn, Liam? Glaubst du, ich habe mich extra auf den Weg gemacht, um dann meine Zeit allein zu verbringen? Ich möchte natürlich Zeit *mit dir* verbringen.«

»Ja, das werden wir natürlich auch, keine Sorge.«

Sie hatten das Auto erreicht und fuhren los. Sniffy machte es sich auf dem Schoß seiner Mom gemütlich, die sich ihre Sonnenbrille aufsetzte und ein Tuch ums blonde Haar band, damit es vom Fahrtwind nicht völlig verwüstet wurde. Sie sah beinahe so aus wie eine Hollywood-Diva. Wie Ingrid Bergman oder Liz Taylor in einem alten Film.

»Riverside wird dir gefallen«, sagte er. »Wie ich ja schon erwähnt habe, haben etliche Filmstars im Mission Inn übernachtet. Bette Davis hat dort sogar geheiratet. Und Riverside an sich hat viel Filmgeschichte. Dort wurde zum Beispiel *Vom Winde verweht* uraufgeführt.«

Seine Mom machte große Augen und war jetzt schon begeistert, und er war froh, dass sie hergekommen war. Er wusste, dass Vicky ein wenig nervös wegen ihres Besuchs war, auch wenn sie sich darauf freute, seine Mom kennenzulernen. Besonders, da sie wusste, wie viel sie ihm bedeutete. Doch er hatte gar keine Zweifel, dass die beiden sich ganz wunderbar verstehen würden.

Und so war es dann auch wirklich.

Von der ersten Begegnung an war es, als würden Vicky und seine Mom sich schon ewig kennen. Sie verstanden sich auf Anhieb, und seine Mom half gleich, das Mittagessen zuzubereiten. Sniffy und Betty verstanden sich ebenfalls prima, nachdem sie sich erst einmal beschnüffelt hatten, und schon bald tollten sie zusammen vor dem Haus herum.

Wer sich allerdings nicht von seiner besten Seite zeigte, war Tony. Er war leider mal wieder ein wenig grummelig, was Liam schade fand, da er es so gern gehabt hätte, dass Tony und seine Mom einander ebenfalls mochten. Doch es herrschte eine merkwürdige Distanz zwischen ihnen. Obwohl seine Mom sehr bemüht war, schaffte sie es nicht, an Tony heranzukommen. Der zeigte ihr die kalte Schulter, und irgendwann gab sie es auf.

Nach dem Essen fuhren sie in zwei Wagen los. Vicky holte Bella vom Unterricht ab, und Liam brachte seine Mom samt ihrem Gepäck in die Stadt. Da sie noch über eine Stunde hatten bis zum Check-in, fuhr er mit ihr zum allerersten Navelorangenbaum und erzählte ihr die Geschichte dazu.

Er zeigte ihr auch die Statue von Eliza Tibbets und das Kino, in dem *Vom Winde verweht* seine Premiere gefeiert hatte.

»So, das waren dann die wohl wichtigsten Sehenswürdigkeiten. Es gibt auch noch einen fantastischen Park, den Fairmount Park, wo man eine Menge seltener Vogelarten bewundern kann, und den Mount Rubidoux.« Er zeigte mit dem Finger zu der Erhebung, die man von hier aus gut erkennen konnte. »Ich will schon die ganze Zeit mal dorthin, vielleicht können wir uns das ja für dieses Wochenende vornehmen.«

»Gerne, mein Junge. Und danke für die Geschichtsstunde.« Sie lächelte zufrieden.

»Wir sind da«, sagte er dann und parkte auf dem Parkplatz des Mission Inn. Sniffy mussten sie ja leider im Wagen lassen, Liam band seine Leine also fest und ließ das Cabrio offen, damit er den Kleinen auch guten Gewissens allein zurücklassen konnte. Dann nahm er den Koffer seiner Mom in die eine Hand, hielt ihr den anderen Arm zum Einhaken hin, und sie betraten zusammen das faszinierende Hotel.

Seine Mom war hin und weg, und er war froh, ihr hier ein Zimmer gebucht zu haben. Natürlich war es nicht das einzige Hotel in Riverside, aber ganz sicher doch das schönste. Nachdem sie ihre Sachen aufs Zimmer gebracht hatten, wollte seine Mom sofort die Kapelle sehen, in der Bette Davis geheiratet hatte. Dort fand aber gerade eine Hochzeitszeremonie statt, weshalb sie es auf später verschieben mussten. Seine Mom bat ihn, sich eine halbe Stunde ausruhen zu dürfen, und legte sich hin, während er Besorgungen machen ging, unter anderem einen Strauß Rosen für Vicky. Denn er vergaß nie, ihr dann und wann eine kleine Freude zu machen, vielleicht hatte er genau mit diesen kleinen Gesten ihr Herz erobert.

Als sie um sechs Uhr wieder auf der Farm eintrafen, war Vicky gerade dabei, ihre berühmten Enchiladas zuzubereiten. Außerdem roch es nach frisch gebackenem Walnusskuchen. Liam konnte seiner Mom ansehen, dass sie beeindruckt war von Vickys Koch- und Backkünsten. Sie sagte Vicky, dass sie sich schon darauf freue, ein Stück von dem köstlich aussehenden Kuchen zu probieren, und wandte sich dann an Bella.

»Und du musst Bella sein.«

Bella nickte. »Bist du Liams Mom?«

»Ja, genau, die bin ich. Ich habe gehört, du liest gerne. Schau mal, was ich dabeihabe.« Sie holte ein Buch hervor: *Pippi Langstrumpf*. Bella nahm es entgegen.

»Ist das für mich?«

»Ja, ich habe es extra für dich besorgt. Kennst du Pippi Langstrumpf schon?«

»Nein. Was kann sie denn so?«

»Oh, sie ist unglaublich stark. Sie kann mit bloßen Händen ein Pferd hochheben, auf dem auch noch ihre beiden besten Freunde sitzen. Wenn du möchtest, können wir es nach dem Essen zusammen lesen.«

»Darf ich dir vorlesen?«

»Aber natürlich. Ich bin sehr gespannt, wie gut du schon lesen kannst.« Sie zwinkerte Liam zu, der ihr bereits berichtet hatte, wie gern Bella anderen zeigte, wie gut sie das konnte.

»Das Essen ist gleich fertig. Liam, wärst du so lieb und würdest mir helfen, den Tisch zu decken?«, bat Vicky, und er war sofort zur Stelle.

Seine Mom sah ihn überrascht an. Es war nicht so, dass er zu Hause nicht half, doch sie schien sich zu wundern, dass Vicky ihn bereits so gut im Griff hatte. Nun, sie wusste ja auch noch nicht, wie wunderbar Vicky war.

Nachdem der Tisch gedeckt war, aßen sie alle zusammen. Wieder gab sich Tony mürrisch. Liam wusste nicht, ob es an seiner Mutter lag oder er einfach einen schlechten Tag hatte. Als er aber irgendwann die Blicke wahrnahm, die Tony seiner Mom zuwarf, wurde ihm klar, dass es ganz allgemein ihre Anwesenheit war. Anscheinend störte es ihn, dass es plötzlich eine neue Mutter in diesem Haus gab, eine Frau, die mit seiner Tochter lachte, ihr Komplimente machte und die statt seiner Katherine mit ihnen zu Abend aß. Und da verzieh er ihm sofort, denn er konnte nur erahnen, wie schwer es sein musste, die Liebe seines Lebens zu verlieren.

Am Samstag unternahmen sie zu viert einen Ausflug auf den Mount Rubidoux. Tony sagte, dass er nicht mitkommen könne, weil sein Bein schmerzte, und vielleicht stimmte es, es mochte aber auch nur eine Ausrede sein. Wie auch immer, sie nahmen die Hunde mit und bestaunten die Aussicht vom höchsten Punkt aus, wo ein riesiges weißes Kreuz aufgestellt war. Vicky erzählte seiner Mom von den Gottesdiensten, die hier oben abgehalten wurden, und sie zeigte sich begeistert. Sie hatte schon immer fest an Gott geglaubt, denn wer sonst hätte ihr vor sechzehn Jahren ein solches Geschenk machen können? Selbst als er es ihr dann wieder genommen hatte, hielt ihr Glaube an – im Gegensatz zu Liams Glauben, der auf einen Schlag für immer zerstört wurde.

Bella, die einen Narren an Granny Ruth gefressen hatte, wie sie seine Mom nannte, nahm ihre Hand und ging mit ihr voran. Liam konnte hören, wie Bella von ihrem Reitunterricht erzählte, den Alex ihr seit Kurzem gab, und er wusste, wie glücklich seine Mom über die Begegnung mit der Kleinen war, da sie es selbst kaum erwarten konnte,

Enkelkinder zu haben. Vicky und er blieben ein paar Schritte zurück und schlenderten Hand in Hand den Wanderweg entlang.

»Siehst du die Stelle da?«, sagte Vicky leise und deutete auf den Abhang, der zwar ein ganzes Stück weit hinunterging, aber nicht allzu steil war.

»Ja?«

»Dort hat mein Dad sich seine Knieverletzung zugezogen.«

Er war verwirrt und sah sie mit einem Fragezeichen im Gesicht an. »Mir hat er erzählt, er sei von einem Walnussbaum gefallen.«

»Ja, das stimmt auch. Aber das war vor zwölf Jahren. Damals hat er sich seine Kniescheibe ausgerenkt, es ging jedoch mit der Zeit wieder einigermaßen. Nach dem Tod meiner Mom aber ist er den Abhang hinuntergeklettert und gestürzt, dabei ist das Knie dann völlig kaputtgegangen. In dem Jahr musste er gleich zweimal operiert werden und hat das künstliche Kniegelenk bekommen.«

»Wieso hat er denn so etwas Dummes gemacht? Das hätte wirklich schlimm enden können!« Er war mehr als schockiert.

»Ja.« Vicky starrte den Abhang hinunter. »Manchmal glaube ich, er hat es absichtlich gemacht. Hat gehofft, dass etwas passiert. Weil er meiner Mom folgen wollte.«

Voller Mitgefühl sah er sie an und strich sanft mit dem Daumen über ihren Handrücken. »Oh Vicky, das tut mir ehrlich leid.«

»Na ja, es ist ja zum Glück gerade noch mal gut gegangen«, sagte sie, und in dem Moment kam Bella zu ihnen gerannt.

»Granny Ruth fragt, ob wir jetzt ein Eis essen gehen wollen.«

Vicky schmunzelte. »Möchte wirklich Granny Ruth ein Eis, oder war das eher deine Idee?«

Bella grinste breit. »Wir beide.«

Sie lachten und stimmten zu. Ein großes Eis war jetzt genau das, was sie alle brauchten.

In der Eisdiele stellte Bella mal wieder ununterbrochen Fragen. Sie war wirklich ein unglaublich neugieriges und wissenshungriges kleines Mädchen.

»Was ist eure allerliebste Lieblingseissorte?«

»Zitrone«, sagte Liam.

»Schokolade«, meinte Vicky. »Und Walnuss natürlich, das gibt es aber leider nicht überall.«

Bella sah Granny Ruth fragend an.

»Oh. Ich würde sagen Malaga.«

»Meins ist Erdbeere«, sagte Bella und steckte sich den Löffel mit einem Berg von Eis mit Sahne und Streuseln darauf in den Mund. Sobald sie runtergeschluckt hatte, wollte sie wissen: »Was ist euer allerliebstes Lieblingslied?«

Seine Mom sah ihn stirnrunzelnd an.

»Bella stellt wirklich gerne Fragen«, sagte er zur Erklärung.

»Also, meins war schon immer *Brighter Than the Sun* von Colbie Caillat«, gab Vicky preis. »Das ist so ein schöner Sommersong, und er erzählt von der wahren Liebe.« Sie warf ihm einen Blick zu und lächelte leicht.

Er fühlte Schmetterlinge in seinem Bauch und fragte sich, ob seine Mom die wohl flattern hören konnte. Schnell überlegte er. »Meins ist *Stairway to Heaven* von Led Zeppelin.« Er hatte es sehr häufig mit Rudy gehört und sich vorgestellt, wie sein kleiner Bruder die Treppe in den Himmel erklomm, wenn er einmal nicht mehr da war. Denn eins war sicher:

Ein so wunderbarer kleiner Junge musste einfach in den Himmel kommen.

»Ich fand schon immer *As Time Goes By* sehr schön«, sagte seine Mom, und wie auch schon bei Vicky und ihm nickte Bella, als wisse sie genau, von welchem Song Granny Ruth da sprach.

»Ist das nicht aus *Casablanca*?«, fragte Vicky nach.

»Ja, im Original«, erwiderte seine Mutter. »Noch besser gefällt mir aber die Version aus *Schlaflos in Seattle*, meinem Lieblingsfilm.« Sie warf ihm einen Blick zu, den niemand außer ihm verstand.

»Ein toller Film«, bestätigte Vicky, und Bella nickte zustimmend, obwohl er bezweifelte, dass sie ihn kannte.

Dann sah er Bella ganz aufgeregt hin und her rutschen und breit lächeln. Es war klar, dass sie nur darauf wartete, allen von ihrem Favoriten erzählen zu können.

»Und welcher ist dein allerliebster Lieblingssong?«, fragte er sie.

»*Let It Go*!«, posaunte sie hinaus, was er sich natürlich gedacht hatte. Denn der passende Film zu dem Song lief im Hause Lloyd ständig, und er konnte ihn selbst schon mitsingen.

»Das Lied kenne ich gar nicht«, sagte seine Mom.

Ein Fehler. Ein großer Fehler. Denn nachdem Bella sie aufgeklärt hatte, dass das Lied aus *Frozen* stammte, begann sie, es zu singen, und hörte eine ganze Weile nicht mehr damit auf. Und Liam wusste jetzt schon, dass der Song ihm für den Rest des Tages nicht mehr aus dem Kopf gehen würde – wieder einmal.

Auf dem Heimweg fuhren sie noch an einer Buchhandlung vorbei, denn seine Mom wollte unbedingt sehen, ob sie auch hier seine Bücher anboten. Das kannte er schon von ihr, sie konnte an keinem Buchladen vorbeigehen, ohne das zu kontrollieren. Und hatte ein Geschäft seine Romane nicht vorrätig, dann sagte sie ihnen erst einmal, dass das nicht akzeptabel sei, da es die großartigsten Bücher seien, die in diesem Jahrhundert geschrieben wurden.

Sie gingen also hinein – er war erleichtert zu sehen, dass seine Bücher auslagen –, und Bella lief sofort in die Kinderbuchabteilung. Plötzlich hörte er seine Mom sagen: »Das müssen Sie unbedingt lesen, ich kann es Ihnen absolut empfehlen. Wissen Sie, mein Sohn hat es geschrieben. Sehen Sie, dort vorne ist er!« Sie winkte ihm freudig zu, und er wäre am liebsten im Erdboden versunken. Die beiden Frauen, denen seine Mom gerade von *Pinientage* vorschwärmte, waren begeistert und fragten, ob er das Buch denn signieren könnte, wenn sie es jetzt kauften.

»Ach, das macht Liam sicher gerne«, erwiderte sie.

Er grinste verlegen. Vicky hielt sich eine Hand vor den Mund und hatte Schwierigkeiten, sich das Lachen zu verkneifen. Sie hatte bereits Tränen in den Augen. »Das ist wirklich zu süß!«, brachte sie hervor.

»Ja, das macht sie wirklich jedes Mal. Weshalb ich eigentlich auch in gar keine Buchhandlungen mehr mit ihr gehe.«

»Ach komm, sie ist total stolz auf dich. Lass ihr doch den Spaß.«

Er nickte und schaute sich selbst nach den Neuerscheinungen um. Irgendwann hatten die beiden Frauen bezahlt und baten ihn um ein Autogramm, dann ging er seine eigenen beiden Bücher – eins von Willy Vlautin, eins von John Grisham – bezahlen und blickte sich suchend nach seiner Mutter um. Die kam kurz darauf herbei und hielt eine wunderschöne alte Ausgabe von *Die Perle* in der Hand.

»Seht mal, das ist eine Ausgabe von 1949. Ich habe sie hinten bei den Sammlerstücken gefunden. Glaubt ihr, Anthony würde sich darüber freuen?« Dass es sein Lieblingsbuch war, musste sie von Bella wissen, dem kleinen Plappermaul.

»Und ob!«, sagte er, denn er wusste, dass es im Jahr 1947 erschienen war, und dass diese Ausgabe somit einer der ersten Auflagen zugehören musste.

»Woher wissen Sie, dass es das Lieblingsbuch meines Dads ist?«, fragte Vicky überrascht.

»Das hat Bella mir erzählt.«

Er musste schmunzeln. Hatte er es sich doch gedacht!

»Er würde sich garantiert sehr freuen«, meinte Vicky. »Sie müssen das aber nicht tun. Die Ausgabe ist sicher sehr teuer.«

»Ach, das mache ich wirklich gerne.« Sie spazierte damit zur Kasse, und Liam wusste genau, warum sie das tat. Sie mochte keine Disharmonie und hoffte, Tony auf diese Weise für sich zu gewinnen.

Und es klappte. Natürlich klappte es.

Als sie wieder zu Hause waren, suchte seine Mom Tony in seinem Lesezimmer auf und überreichte ihm das Buch. Sie blieb nur eine Minute, und sie konnten nicht viel miteinander gesprochen haben, doch an diesem Abend benahm Tony sich völlig anders. Er war noch immer nicht sehr aufmerksam seiner Mom gegenüber oder gar gesprächig, doch er bedankte sich höflich, als sie ihm die Butter reichte, und er lächelte ihr ein- oder zweimal freundlich zu – und das trug schon viel zur allgemeinen Stimmung bei.

Liam war froh. Seine Mom hatte schon immer gewusst, wie sie Leute auf ihre Seite zog. Hätte sie es nicht gewusst, hätten sie in der Vergangenheit mit weit mehr Schwierigkeiten zu kämpfen gehabt.

Das Wochenende verging viel zu schnell. Sonntagvormittag, während Vicky und ihr Dad mit Bella in der Kirche waren, trafen sich Liam und seine Mom mit George, den er seiner Mutter vor ihrer Abreise unbedingt noch vorstellen wollte. Er war ihm nämlich ein guter Freund geworden.

Am Sonntagnachmittag verabschiedete seine Mom sich von allen, und besonders Bella fiel die Trennung schwer, und zwar nicht nur von seiner Mom, sondern vor allem auch von Sniffy. Die beiden waren in diesen drei Tagen zu ganz besonderen Freunden geworden. Seine Mom mochte sich den Abschied anscheinend genauso wenig ansehen wie er, denn sie schlug vor, dass Sniffy doch bei ihm bleiben könnte. Und im November würde er ihn einfach im Auto wieder zurück nach Seattle mitnehmen.

»Au jaaaa!«, rief Bella freudig aus, und auch Sniffy bellte und hüpfte eifrig herum, als hätte er genau verstanden, um was es ging.

»Na gut, wenn du es ohne ihn aushalten kannst?«, fragte er seine Mom.

»Aber sicher«, antwortete sie, und gemeinsam machten sie sich wieder auf den Weg zum Flughafen.

»Das war wirklich lieb von dir vorzuschlagen, dass Sniffy mit mir auf der Farm bleibt«, sagte er während der Fahrt. »Damit hast du Bella eine große Freude bereitet.«

»Ja, ich weiß. Und du musst dir wirklich keine Sorgen um mich machen. Ganz allein bin ich in Seattle nämlich nicht.« Sie machte eine Pause und überlegte anscheinend, wie sie ihm das Folgende sagen sollte. »Ich habe jemanden kennengelernt.«

Überrascht sah er sie an. »Ach, tatsächlich? Wen denn?«

»Nun, eigentlich kenne ich ihn schon eine ganze Weile. Du übrigens auch.«

»Nun mach es doch nicht so spannend, Mom. Wer ist es?«

»Der nette Verkäufer aus der Tierhandlung, in der wir immer Sniffys Futter und sein Spielzeug kaufen.«

»Der ältere Herr mit dem Schnurrbart?«, fragte er verblüfft.

Seine Mom nickte. »Ja. Er heißt Elliot. Elliot Marsden. Wir haben uns schon öfter unterhalten, und neulich hat er mich dann auf einen Kaffee eingeladen. Er ist ein wirklich freundlicher Mann, Liam.«

»Das glaube ich dir gerne. Aber ... was genau läuft denn da zwischen euch? Und wo soll es hinführen, wenn es nach dir ginge?« Er konnte es noch gar nicht fassen. Seit er denken konnte, hatte es immer nur seine Mom und ihn gegeben – und Rudy. Es war nie Platz für einen Mann gewesen.

Jetzt lachte seine Mom. »Es ist gar nichts gelaufen, Liam. Wir waren Kaffee trinken, mehr nicht. Und nächste Woche wollen wir wieder Kaffee trinken gehen.« Sie errötete leicht, was er wirklich süß fand. Sie hatte es so verdient, auch endlich glücklich zu sein.

»Kaffee trinken also, ja?«, fragte er schmunzelnd und sah sie dann lächelnd an.

»Ja, genau«, antwortete sie und blickte auf die Fahrbahn. Es dämmerte bereits, und sie schien mit ihren Gedanken ganz woanders. Bei Elliot, glaubte er, doch plötzlich sagte sie: »Ich bin wirklich froh, dass du Vicky kennengelernt hast. Ich mag sie sehr.«

»Ja, das hab ich mitbekommen, und es freut mich ehrlich. Ich mag sie nämlich auch. Ungemein.«

»Na, das sieht doch sogar ein Blinder, mein Junge.« Sie sah ihn ernst von der Seite an. »Wie soll es denn mit euch weitergehen, wenn deine drei Monate auf der Farm um sind?«

»Das haben wir noch nicht besprochen. Werden wir aber tun. Wir werden ganz sicher eine Lösung finden.«

»Da bin ich mir auch sicher. Du, Liam … du wirst doch nicht … Ich meine, ich kann sehen, dass euch etwas völlig anderes verbindet als dich und Jeanette, und …«

»Keine Sorge, Mom. Ich werde unser Geheimnis für mich behalten.«

Er hörte seine Mutter aufatmen. »Dann ist gut. Ich wollte nur sicher sein.«

»Versprochen ist versprochen, Mom. Für immer.«

Sie lächelte ihn zufrieden an, und er wusste, wie erleichtert sie in diesem Augenblick war.

Kapitel 37

Victoria

»Und? Wie war sie so?«, wollte Alex wissen, die sie am anderen Ende der Leitung hatte.

Vicky hatte den Abwasch gemacht, Bella ins Bett gebracht und ihren Dad mit einer Tasse Tee und einem Teller Kekse versorgt. Dann hatte sie sich mit ihrem Buch auf die Veranda gesetzt und sich darauf gefreut, endlich die letzten Kapitel lesen zu können. In den vergangenen Tagen hatte sie in jeder freien Minute daran gelesen, immer wenn Liam und seine Mutter mal Zeit allein verbracht hatten, oder abends im Bett vor dem Einschlafen. Und nun konnte sie gar nicht erwarten, wie die Geschichte ausgehen würde. Doch dann hatte ihre neugierige Freundin Alex angerufen, um zu erfahren, wie es mit Ruth gelaufen war.

»Nett. Sie war wirklich nett. Ich kann gut verstehen, weshalb Liam so viel von ihr hält.«

»Na, weil sie seine Mutter ist. Ist doch bei den meisten Männern so, dass ihnen nichts über ihre Mommy geht.«

Sie lachte. »Ehrlich? Klingt, als wenn du da schon einige Erfahrungen gesammelt hättest.«

»Oh ja. Einmal war da dieser Typ, der wollte, dass ich

mir von seiner Mutter das Kochen beibringen lasse. Ihm haben meine Fertiggerichte nicht geschmeckt.«

»Na ja, so schlimm finde ich das eigentlich gar nicht.«

»Er hat mir zu Weihnachten den gleichen Pulli geschenkt wie seiner Mom. Und er wollte, dass ich mir die gleiche Frisur zulege. Eine kinnlange Dauerwelle.«

»Ach du Scheiße, wann war das denn?« Sie fragte sich, wieso sie sich daran gar nicht erinnern konnte, schließlich erzählte Alex ihr doch immer *alles*!

»Ist ein paar Jahre her. Du warst da mit anderen Dingen beschäftigt.«

»Oh.« Wahrscheinlich mit Trauern um ihre Mom oder mit Wütendsein auf Jeff, nachdem er sie für Clara verlassen hatte. »Also, es ist bei Liam und seiner Mom wirklich nichts Krankes dabei oder so. Sie haben einfach nur eine sehr enge Bindung zueinander. So wie ich und Dad. Ich finde das sehr schön. Ein Mann, der seine Mutter ehrt, geht wenigstens respektvoll mit Frauen um.«

»Na, wie auch immer. Freut mich, dass du sie nett fandest. Und ihr beide habt euch auch gut verstanden?«

»Ja. Sehr gut sogar.« Sie dachte an die schlanke Frau mit der blonden Kurzhaarfrisur zurück, die Liam so ähnlich sah. Fast ununterbrochen hatte sie ein Lächeln im Gesicht gehabt. »Alle haben sich mit ihr verstanden. Bella ist ganz verrückt nach ihr, nennt sie Granny Ruth.«

»Ihr seid eine echt schräg zusammengewürfelte Familie«, meinte Alex.

»Hm. Kann sein. Na ja, der Einzige, der sie irgendwie nicht mochte, war Dad. Und er hat es ihr unmissverständlich gezeigt.«

»Verwundert mich nicht. Er ist in letzter Zeit ziemlich häufig grummelig.«

»Na, wie auch immer, sie hat ihm eine alte Ausgabe seines Lieblingsbuches geschenkt und ihn besänftigt. Apropos! Ich lese gerade *Pinientage*. Das Buch, das Liam zum großen Erfolg geführt hat. Und jetzt verstehe ich auch warum. Das musst du unbedingt lesen!«

»Hab ich schon.«

»Ach, ehrlich? Wann denn das?«

»Nachdem ich Liam kennengelernt hab. Als er zum ersten Mal auf der Ranch war. Hat mich interessiert, wodurch er so erfolgreich geworden ist. Wollte gern wissen, ob es sich gelohnt hat, fürs Schreiben auf den Doktortitel zu verzichten.«

»Und zu welchem Schluss bist du gekommen?«

»Es war es auf jeden Fall wert. Tolles Buch. Du weißt, eigentlich lese ich eher leichtere Sachen, romantische Komödien und so weiter. Aber dieses Buch! Wow!«

»Ja, genau das empfinde ich auch.«

»Sag mal, was soll denn das eigentlich heißen, du liest es *gerade*?«, fragte Alex dann und klang ein wenig baff.

»Also, natürlich nicht, während wir hier gerade telefonieren, aber danach wieder.«

»Nein, ich meinte: Du liest es jetzt erst? Obwohl du Liam bereits seit vier Wochen kennst und seit zwei Wochen das Bett mit ihm teilst?«

»Erst seit anderthalb Wochen«, stellte sie klar.

Stille. Sie konnte ihre Freundin förmlich grinsen sehen.

Shit!

Sie hatte sich gerade selbst verraten. Sie hatte Alex zuvor nämlich noch gar nicht erzählt, dass sie und Liam schon Sex gehabt hatten.

»Verdammt!«, rutschte es ihr heraus.

»Ha! Hab ich es doch gewusst! Warum hast du das bisher vor mir verheimlicht?«

»Weil du immer aus allem so eine große Sache machst.«

»Das *ist* eine große Sache, oder etwa nicht? Du hattest immerhin seit Jeff keinen Sex mehr.«

»Ja, okay. Dann ist es eine große Sache. Könntest du bitte trotzdem darauf verzichten, mich jetzt wegen Details auszuquetschen?« Ihre Freundin würde sie sonst ziemlich sicher gleich nach Liams Durchhaltevermögen oder Ähnlichem fragen.

»Na gut. Ich muss sowieso auflegen. Werde gleich abgeholt.«

»Von Angelo aus der Autowaschanlage?«

»Ach, der! Der ist längst passé. Ich treffe mich jetzt mit Keith.«

»Und wer ist Keith?«

»Er ist Lehrer, unterrichtet an der Junior High. Ist frisch geschieden und hat eine neunjährige Tochter, die er einmal die Woche zum Reitunterricht vorbeibringt.«

»Oh. Na dann viel Spaß.«

»Danke. Werden wir sicher haben.«

Sie hängten auf, und Vicky konnte sich endlich ihrem Buch widmen. Dachte sie. Doch dann stand plötzlich ihr Dad in der Tür.

»Was machst du?«, wollte er wissen.

»Ich lese.« Sie hielt ihm das Buch entgegen. Es war bereits dunkel, doch die Veranda war erhellt von der Lampe, den beiden Lichterketten und den bunten Lampions, die sie aufgehängt hatte.

»Wie gefällt es dir?«, erkundigte ihr Dad sich.

»Ich finde es großartig. Bin bald durch. Noch drei oder vier Kapitel.«

»Das Ende wird dir gefallen.«

»Da bin ich mir sicher. Du, Dad, darf ich dich mal fragen,

was du gegen Ruth hattest? Sie war doch so nett zu uns allen, und du hast sie nicht sehr freundlich behandelt.«

»Ja, ich weiß. Tut mir leid.«

»Magst du mir sagen, was los war?«

Er zog die Schultern hoch, atmete tief ein und ließ sie beim Ausatmen wieder sinken. »Wenn ich das nur wüsste. Es ist einfach über mich gekommen, dieses Gefühl … dass sie für dich wie eine neue Mutter sein könnte. Das hat sich einfach nicht richtig angefühlt.«

»Oh Dad. Niemand wird je Mom ersetzen können. Niemand, hörst du?«

»Das hab ich dann ja auch begriffen. Sag mal, hast du was von deiner Schwester gehört?«

»Nein. Leider überhaupt nichts. Ich versuche noch immer, sie zu erreichen, doch sie geht einfach nicht ans Telefon. Wir werden uns wohl an den Gedanken gewöhnen müssen, dass sie weg ist.«

»Und dass Bella da ist.«

»Ja.«

Er nickte, und sie nickte ebenfalls.

»Dann wünsche ich dir viel Spaß beim Lesen. Ich werde bald in die Kiste gehen.«

»Ich danke dir, Dad. Schlaf gut.«

Er ging wieder rein, und Vicky konnte endlich, endlich das Buch aufschlagen und diese wunderbare Geschichte zu Ende lesen.

Als Tara nun in der Morgendämmerung stand und der aufgehenden Sonne entgegenblickte, da wusste sie, dass diese Begegnung ihr Leben verändert hatte. Nichts hatte sich jemals so traurig angefühlt und zugleich doch so schön und richtig. Und auch wenn Simon jetzt kein Teil ihres Lebens mehr sein würde, sagte ihr Herz ihr doch, dass es geheilt war. Die Wunde war geschlossen. Die Sehnsucht, die sie ihr Leben lang begleitet hatte und die sie niemals hatte fassen können, war gestillt.

Und während ihr jetzt Tränen über die Wangen liefen, flüsterte sie in den Wind: »Bye-bye, Simon. Ich werde dich nie vergessen.«

Vicky liefen selbst Tränen über die Wangen, unendlich viele Tränen, die sie überhaupt nicht stoppen konnte.

»Oh Gott, wer hätte das ahnen können?«, schluchzte sie und hörte ein Auto vorfahren. Sie wischte sich das nasse Gesicht mit einem Zipfel der Wolldecke trocken, in die sie sich eingewickelt hatte. Es war bereits nach neun und wurde langsam kühler. Als sie aufblickte, sah sie Liam auf sich zukommen.

»Was ist passiert? Irgendwas mit Abby?«, fragte er sie und sah dabei unglaublich besorgt aus.

Schnell schüttelte sie den Kopf, um ihn zu beruhigen. »Nein, nein, ich habe nach wie vor nichts von ihr gehört. Ich habe aber gerade *Pinientage* zu Ende gelesen, und es hat mich völlig fertiggemacht. Wie kannst du das deinen Lesern nur antun?«, fragte sie ihn vorwurfsvoll.

Sein Mund verzog sich zu einem zufriedenen Lächeln. »Es hat dir also gefallen?«

»Ja! Und wie! Ich liebe es total. Aber das Ende! Wie kannst du nur? Du lässt Simon sterben? Wie gemein bist du? Magst du es, Leute zu foltern?«

Er trat einen Schritt näher, und sie machte ihm Platz auf der Hollywoodschaukel. »Vicky, so ist das wahre Leben manchmal leider. Ich wollte nichts beschönigen.«

»Ja, ich weiß«, schluchzte sie. »Aber … aber … ich meine, Simon hatte das Down-Syndrom, ja? Das heißt aber noch lange nicht, dass du ihn jung sterben lassen musstest. In unserer Gemeinde ist ein Mann mit Down-Syndrom, der ist schon über fünfzig und lebt gut damit.«

»Das ist ehrlich schön für ihn. Aber leider ist es nicht immer so.«

»Ja, wahrscheinlich. Trotzdem. Es ist sooo traurig. Und die arme Tara. Sie hat ihn so geliebt.« Plötzlich fiel ihr auf, wie betrübt Liam aussah. »Alles okay?«

Er nickte, wirkte aber überhaupt nicht okay.

»Hab ich was Falsches gesagt?«, fragte sie.

»Nein, nein, alles gut. Es macht mich nur manchmal traurig, wenn ich an etwas zurückdenke.«

»Etwas aus deiner Vergangenheit?« Und da ging ihr ein Licht auf. »Du hast so jemanden gekannt, oder? Jemanden mit dieser Krankheit. Nur auf diese Weise konntest du das alles so gut beschreiben. Das kann man mit keiner Recherche der Welt herausfinden, Liam. Und genau deshalb ist dieses Buch so umwerfend gut geworden und solch ein großer Erfolg.«

»Ja, vielleicht.« Er blickte in die Dunkelheit, und sein Blick erinnerte sie an Taras Blick in die Ferne am Ende des Buches. Es war ein schwermütiger, aber doch auch dankbarer Blick. Als wäre er froh, einen bestimmten Menschen gekannt zu haben.

Sie legte einen Teil der Decke über seine Beine und kuschelte sich an ihn. »Magst du mir sagen, wer es war? Wer hat dir als Vorlage für Simon gedient?«

Liam war still, sicher eine ganze Minute lang. »Mein Bruder Rudy. Er hatte das Down-Syndrom«, sagte er schließlich.

»Oh. Du hattest bisher gar keinen Bruder erwähnt.« Und seine Mutter hatte das auch nicht. Sie war ein wenig verwundert.

»Er ist … vor vier Jahren gestorben, da war er gerade mal zwölf Jahre alt.«

»Zwölf Jahre? Oh Gott, Liam, das tut mir so leid.«

»Danke.«

»Darf ich fragen, wie … ich meine, wie kam es dazu, dass er so jung von euch gegangen ist?«

»Er hatte Herzprobleme. Schon seit frühester Kindheit.«

»Das ist schrecklich. Ihr musstet sicher einiges durchmachen, du und deine Mom.« Und jetzt verstand sie auch, wieso die beiden so ein inniges Verhältnis hatten.

»Ja, es war nicht leicht. Aber wir hatten ja uns. Und zwölf Jahre lang auch Rudy.« Sie fühlte, wie sein Herz schneller pochte, als würde es ihn sehr mitnehmen, von seinem Bruder zu sprechen. Als sie zu ihm aufblickte, sah sie, dass er Tränen in den Augen hatte. »Weißt du, dieses Buch habe ich nur für ihn geschrieben«, offenbarte Liam. »Als es mit ihm zu Ende ging, hab ich mir eine Auszeit von der Uni genommen, um bei ihm sein zu können. Und nach seinem Tod bin ich nicht wieder zurückgegangen. Stattdessen habe ich mich an meinen Schreibtisch gesetzt und angefangen zu schreiben. Rudy hat Bücher geliebt, ich musste ihm wieder und wieder seine Lieblingsgeschichten vorlesen. Eines Tages hat er mich gefragt, ob ich ihm nicht auch mal ein Buch schreiben könnte – und ich habe es ihm versprochen. Ja, und dann habe ich geschrieben und geschrieben und habe mich von meinem Schmerz leiten lassen. Als ich fertig war, habe ich mir eine Agentur gesucht, die das Manuskript an mehrere Verlage geschickt hat. Wir haben von fast allen eine Zusage erhalten, und ich habe mich für das beste Angebot entschieden, doch niemals hätte ich mit solch einem Erfolg gerechnet.«

Sie konnte Liam ansehen, dass er noch immer nicht richtig fassen konnte, was aus seinem Buch geworden war. Dem Buch, das er für seinen kleinen verstorbenen Bruder geschrieben hatte, der in seinem Herzen sowie in seinem Roman für immer weiterleben würde. Vicky liefen erneut Tränen über die Wangen, so sehr bewegte sie seine Geschichte. Wenn sie nicht schon hoffnungslos in ihn verliebt gewesen wäre, wäre es spätestens jetzt um sie geschehen.

»Was du mir da erzählst, ist so berührend, Liam. Ich kann mir gar nicht vorstellen, wie du dich damals gefühlt haben musst. Wie du dich wahrscheinlich jetzt noch fühlst.«

Er nickte traurig. »Es vergeht kein Tag, an dem ich nicht an Rudy denke und an all das, was er niemals mehr machen konnte. Deshalb habe ich Simon eine Liebesgeschichte geschenkt.«

»Weil Rudy niemals die Chance darauf hatte?«

Liam nickte, und zusammen weinten sie. Sie kuschelte sich noch ein wenig mehr an ihn, und er zog sie an sich.

»Ich bin ehrlich froh, dir das erzählt zu haben«, sagte er.

»Und ich danke dir dafür, dass du mich teilhaben lässt an dieser besonderen Geschichte, die so traurig und doch so schön ist. Was du da für deinen Bruder getan hast, kann man mit nichts vergleichen, das ist einfach zauberhaft. Und ich glaube auch, dass du deinen Lesern ein Stück weit die Augen geöffnet hast, was diese Krankheit angeht und die Menschen, die mit ihr leben.«

Liam nickte. »Das hoffe ich zumindest. Niemals hätte ich erwartet … weißt du, der Erfolg kam so plötzlich. Ich konnte ihn gar nicht richtig fassen. Doch dank ihm konnte ich meiner Mom immerhin ein schönes Zuhause bieten. Sie konnte mit dem Kellnern aufhören und hat jetzt ihren eigenen Garten.«

Ruth hatte also auch gekellnert, genau wie Abby. »Sie kann sich wirklich glücklich schätzen, dich zu haben.«

»Und ich kann mich auch glücklich schätzen. Dass ich jetzt anderen helfen kann. Ich konnte nicht nur die immens hohen Krankenhauskosten zurückzahlen, die sich im Laufe der Jahre angestaut hatten, sondern kann auch einen Teil meiner Einnahmen an eine Stiftung spenden, die sich um Menschen mit dem Down-Syndrom kümmert. Die dabei hilft, ihnen ein einigermaßen normales Leben zu ermöglichen.«

»Das ist wirklich wundervoll.«

»Ja. Und ein bisschen was bleibt auch für mich übrig. Zum Beispiel habe ich mein eigenes Büro, in dem ich jetzt meine Bücher schreibe. Und jeden Morgen, wenn ich mich an meinen Schreibtisch setze, spreche ich zu Rudy und sage ihm, dass ich das alles nur für ihn tue. Und ich danke ihm dafür, dass er mir dieses Versprechen damals abgenommen hat.«

Vicky hob ihren Kopf und küsste ihn. »Du bist ein einzigartig guter Mann, Liam. Ehrlich, ich bin so froh, dass das Schicksal uns zusammengeführt hat.«

»Ja, das bin ich auch. Wie gut, dass du eine Walnussfarm hast.« Er schenkte ihr ein Lächeln.

»Wie gut, dass du ein Buch über Walnüsse schreibst«, gab sie zurück.

»Jetzt hoffe ich nur, dass es an den Erfolg von *Pinientage* anknüpft.« Sie wusste ja inzwischen, dass *Aprikosentage* das leider nicht geschafft hatte.

»Da bin ich mir ganz sicher. Wenn du nur aus dem Herzen heraus schreibst, bekommst du das hin. Ich glaube fest an dich.«

»Das bedeutet mir sehr viel.« Er küsste sie erneut, und dann musste sie nach einer Packung Taschentücher suchen, weil sie beide so verheult waren.

»Magst du auch einen Lindenblütentee?«, fragte sie, und er nickte.

Zusammen gingen sie ins Haus, wo Vicky ihnen den Tee zubereitete. Dann sahen sie nach Bella, die ihr Nachtlicht anhatte und an deren Bettende Sniffy schlummerte. Es würde schwer werden, die beiden wieder zu trennen. Aber irgendwann würden sie das müssen, irgendwann würden sie alle auseinandergehen müssen.

Vicky zog die Tür zu Abbys Zimmer zu, das jetzt Bellas Zimmer war, mit Postern von Elsa, Anna, Dora und Lisa Simpson an den Wänden. Dann nahm sie Liams Hand und führte ihn in ihr eigenes Schlafzimmer, denn heute Nacht sollte keiner von ihnen allein sein. Sie brauchten einander mehr, als sie sich eingestanden, doch eins wusste Vicky mit absoluter Sicherheit: Ihre Liebesgeschichte war ebenso schön wie die in Liams Buch. Sie war anders, realer, doch mit genauso einer ungewissen Zukunft.

Alles, was sie einander heute Nacht geben konnten, waren Wärme und Liebe, und vielleicht war das auch genug.

Vielleicht war das alles, was sie brauchten.

Kapitel 38

Abigail

Fast vier Wochen war sie nun schon mit Morris unterwegs, und sie hatte einiges gesehen. Kanada, Indianapolis, wieder Kanada und zuletzt Houston, Texas. Sie hatte aber auch Morris' abgewrackte Bude in San Diego gesehen, die noch weit schlimmer war als ihre ehemalige in Modesto. Und sie hatte eine Seite an Morris gesehen, die sie lieber niemals kennengelernt hätte.

Sie saß im Truck neben ihm und schaute aus dem Fenster, fasste sich an das schmerzende blaue Auge, und es war ihr egal, was es da draußen gab. Wo sie langfuhren. Welches ihr heutiges Etappenziel war oder wo sie schlafen würden. Ihr Traum war zu einem Albtraum geworden.

Highway to Hell.

Morris hatte bei ihrem letzten Abstecher in seiner Wohnung ein paar andere CDs eingesteckt, und Abby war froh gewesen, dass sie nicht mehr immer nur CCR hören musste. Jetzt liefen die ganze Zeit irgendwelche Mix-CDs mit Titeln wie »Roadtrip's Best« oder »On the Road«, und ab und zu erkannte sie einen Song. *On the Road Again*, *Born to Be Wild* oder eben auch *Highway to Hell*. Und ja, dieser Highway und ihr ganzes verfluchtes Leben waren die Hölle!

Wie hätte sie denn ahnen können, was auf sie zukommen würde? Dass Morris sich als aggressiver Arsch entpuppen, bei jedem falschen Wort ausrasten, herumschreien und zudem auch noch anfangen würde, sie zu schlagen?

Das erste Mal war es passiert, als sie zu lange auf einer Tankstellentoilette geblieben war. Er hatte herumgebrüllt, dass sie jetzt wegen ihr den Zeitplan nicht würden einhalten können, und ihr eine gelangt. Eine Backpfeife, die sie ihm noch hätte verzeihen können. Doch gleich am nächsten Tag hatte er sie im Diner angegiftet, gefragt, warum zum Teufel sie mit anderen Männern flirte. Sie war sich überhaupt keiner Schuld bewusst, hatte nur den Mann vom Nebentisch angelächelt, der sie um den Salzstreuer gebeten hatte.

»Aber ich flirte doch gar nicht, Morris. Ehrlich nicht. Ich wollte nur freundlich sein.«

»Lass das!«, hatte er durch zusammengebissene Zähne gezischt und ihr, als sie wieder im Truck saßen, in den Bauch geboxt. Einfach so, aus dem Nichts. »Ich hoffe, das war dir eine Lehre!«, hatte er gesagt, während sie sich vor Schmerzen gekrümmt hatte.

Auf der Weiterfahrt sprach sie kein Wort mehr mit ihm, was Morris aber auch nicht gefiel. Wieder meckerte er herum und drohte ihr mit Schlägen, und sie versuchte seitdem, einfach nur noch das zu tun, was er von ihr erwartete. So langsam durchschaute sie ihn, wusste, was ihn aufbrachte, und sie versuchte, alles zu vermeiden, was ihn reizte und wieder austicken ließ.

Es war trotzdem noch ein paarmal passiert. Sie war inzwischen am ganzen Körper grün und blau und wusste ehrlich nicht, wie sie hierhin hatte gelangen können. Sie hatte doch nur ein bisschen Freiheit gewollt, doch das hier war alles andere als das.

Der Sex war das Einzige, was sie ein wenig vertröstete. Denn im Bett war Morris nach wie vor sanft. Manchmal ging es wild her, doch er wurde nie brutal. Er liebte es, sie zu lieben, wie er ihr immer wieder sagte, und er war stolz, so eine heiße Frau an seiner Seite zu haben. Er sagte ihr auch, dass er nie wieder ohne sie sein wollte. Wenn er in ihren Armen lag, war er ein komplett anderer, doch sobald der Sex vorbei war, verwandelte er sich wieder in dieses Monster, das ihr Angst machte und sie keine Minute mehr ruhig schlafen ließ. Weil sie einfach immer befürchtete, er könnte wieder handgreiflich werden. Noch hatte er ihr nichts gebrochen, doch es war nur eine Frage der Zeit, das wusste sie, und ihr war klar, dass sie handeln musste.

An diesem Donnerstag also – sie waren genau vier Wochen *on the road* – wagte sie einen Fluchtversuch. Ihre Sachen waren ihr egal, nur mit ihrem Rucksack über der Schulter lief sie nach ihrem Toilettengang los. Verzweifelt, wie sie war, konnte sie keinen klaren Gedanken fassen, rannte einfach die Straße entlang, in die Richtung, aus der sie gekommen waren, weil Morris ja in die andere musste. Er würde seinen Zeitplan einhalten wollen und daher keine Minute übrighaben, nach ihr zu suchen. Das hoffte sie zumindest. Sie war sich nicht sicher, wo sie waren, ob noch in Arizona oder schon in Kalifornien, es war aber auch nicht wichtig. Sie würde einen Weg finden wegzukommen, per Anhalter oder mit dem Bus. Sie hatte zwar kein Geld mehr, doch noch immer den Schmuck ihrer Mutter, und die hätte bestimmt nichts dagegen, wenn sie ihn für den Notfall einsetzte. Wohin sie sollte, wusste Abby leider noch nicht. Ob nach Modesto oder Riverside oder an einen ganz neuen Ort, an dem sie glücklich werden konnte – es würde sich zeigen. Natürlich würde sie am liebsten zurück zu ihrer Familie, denn sie vermisste Bella mehr, als sie sich jemals hätte vorstellen können, doch sie steckte im gleichen Dilemma wie auch schon zuvor. Sie war eine Versagerin, war abgehauen, und diesmal hatte sie sogar ihr Kind zurückgelassen. Sie schämte sich zutiefst und wusste einfach nicht, was sie tun sollte. Doch wenn sie erst mal von Morris weggekommen war, dann würde sie eine Lösung finden. Ganz sicher.

Leider kam Abby nicht weit, denn nach nicht einmal hundert Metern packte sie plötzlich jemand von hinten an der Schulter und riss sie herum.

»Was denkst du, was du da tust, du Schlampe?«, schrie er sie an. Mitten auf dem Seitenstreifen der Straße, auf dem sie gelaufen war. Wohl leider nicht schnell genug.

Voller Furcht sah sie Morris ins Gesicht und traute sich nicht, irgendwas zu sagen, weil sie wusste, dass jedes Wort, egal welches, es schlimmer gemacht hätte.

Er zog sie mit sich mit. Nahm ihr den Rucksack weg, weil er wusste, dass sie ohne ihren Pass, die Fotos und die selbstgemalten Bilder von Bella, die sich darin befanden, nicht wieder davonlaufen würde. »Was ist eigentlich dein Problem, Abby, hä? Erst willst du unbedingt mit mir mit, und dann rennst du weg? Wohin wolltest du denn, sag es mir!«

»Weg von dir!«, schrie sie jetzt zurück, auch wenn sie bereits in dem Moment wusste, dass es ein Fehler war.

Er zerrte nur noch mehr, und als sie den Lastwagen erreichten, öffnete er die Beifahrertür und warf sie auf ihren Sitz. »Bleib ja da sitzen!«, warnte er sie.

Nachdem er selbst in das Führerhaus geklettert war, sah er sie unglaublich böse an. »Jetzt sag mir die Wahrheit! Wo wolltest du hin?«

»Zurück zu meiner Tochter. Ich vermisse sie.«

»Das glaub ich dir nicht. Du hast sie bisher kein einziges Mal erwähnt.«

Ja, weil Bella viel zu wundervoll war, als dass sie ihm von ihr erzählen würde. Bella hatte auf dieser Reise nichts verloren, in diesem kranken Leben nichts verloren.

»Es ist wirklich so, Morris. Ich möchte zurück zu ihr. Es tut mir leid, ehrlich. Es waren so tolle Wochen mit dir, die ich niemals vergessen werde, aber es ist Zeit für mich, nach Hause zu gehen.«

»Nach Modesto?«

Sie nickte. Sie würde ihm bestimmt nichts von der Farm erzählen. »Ja. Nach Modesto. Und wir können uns weiterhin amüsieren, jedes Mal, wenn du dort Halt machst. Versprochen.«

Er schloss die Augen für einen Moment, dann öffnete er sie wieder und drehte sich zu ihr. »Du lügst, Abby, und das wissen wir beide. Es geht da doch um irgendeinen anderen Kerl, oder?«

»Ein anderer Kerl? Nein! Ich schwöre es! Es gibt da niemanden, nur meine Tochter.«

Und wieder hatte sie seine Faust in ihrem Bauch. »Lüg mich nicht an, hab ich gesagt! Und jetzt geh ab nach hinten, ich will dich nicht mehr sehen.«

Sie gehorchte ihm und legte sich in die kleine Schlafkabine hinter den Sitzen, wo sie sich die Augen ausweinte und sich sicher war, Bella nie wieder zu sehen.

Irgendwann an diesem Abend erreichten sie San Diego und übernachteten in Morris' Einzimmerwohnung, die so versifft war, als wäre sie eine verlassene Crackbude. Abby hasste es, hier zu bleiben. Da war ihr jedes Motel und sogar das enge Bett im Truck lieber. Doch sie konnte nichts tun und ließ Morris auch in dieser Nacht an sich ran, damit er wenigstens für eine halbe Stunde wieder der Mann war, den sie anfangs in ihm gesehen hatte. Und sie fragte sich, ob sie überhaupt je in ihn verliebt gewesen war oder nur in die wunderbare Vorstellung von einem Leben mit ihm.

Zwei Tage später, am Samstag, fuhren sie wieder los, erneut in Richtung Kanada. Morris hatte ihr gesagt, dass er von nun an nur noch diese Route annehmen würde. Wahrscheinlich war er der Meinung, er hätte ihr inzwischen genügend neue Orte gezeigt, und er hatte ja immer noch das kleine Nebengeschäft mit den Fernsehern am Laufen. Ob er die nur transportierte oder in irgendwelche kriminellen Machenschaften verwickelt war, wusste sie nicht. Doch sie fragte sich, was er mit all dem Geld machte, das er verdiente. Er hätte sich eine viel schönere Wohnung leisten und sie ruhig auch öfter mal abends ausführen können. Mal ganz zu schweigen davon, dass sie sich täglich ein Motelzimmer hätten nehmen können. Doch Morris tat, was er wollte, und was sie wollte, interessierte ihn nicht. Ihr war klar, dass sie aus dieser Sache nicht mehr rauskam, und überlegte, ob sie nicht doch einfach genau die Frau sein könnte, die er gern hätte, und ob sie ihn nicht vielleicht irgendwann in der Zukunft dazu bringen könnte, eine bessere Wohnung zu mieten. Sie könnte sie hübsch einrichten und ihnen ein richtiges Zuhause schaffen.

An diesem Samstag aber fuhren sie erst einmal in Richtung Nordosten und direkt an Riverside vorbei, wobei ihr Herz ganz furchtbar schmerzte. Bella fehlte ihr so sehr, dass sie am liebsten während der Fahrt aus dem Laster gesprungen wäre. Doch Morris durfte nicht wissen, dass ihre Tochter sich hier befand. Sie hatte Riverside bisher mit keinem

Wort erwähnt und würde es auch nicht tun. Das war zu riskant, sie wollte Bella nicht in Gefahr bringen.

Sie durchquerten also Kalifornien und standen stundenlang im Stau, was Morris richtig nervte. Irgendwann schnappte er sich ohne ein Wort ihren Rucksack und wühlte darin herum.

»Lass das, Morris, das sind meine Sachen!«, sagte sie, und er sah sie mit gekräuselter Stirn an.

»Ich hab eigentlich nur was zu essen gesucht, jetzt frage ich mich aber, was du vor mir verheimlichst«, meinte er, wühlte weiter – und fand ihr verdammtes Handy.

Da war Ärger vorprogrammiert, sie machte sich auf das Schlimmste gefasst.

»Du hast das behalten? Ich hab das doch schon vor einer ganzen Weile in die Mülltonne geworfen!«, begann er zu brüllen. »Hast du es etwa wieder herausgefischt?«

»Nur für den Notfall«, sagte sie. »Falls irgendwas mit meiner Tochter ist.«

»Entsperr das sofort und zeig mir deine Anruferliste. Ich will wissen, mit wem du hinter meinem Rücken heimlich telefonierst.«

»Ich habe mit niemandem telefoniert, ich schwöre es beim Leben meiner Tochter.« Sie schaltete es aber doch an und zeigte es ihm, damit er ihr glaubte. Es waren etliche Anrufe von Vicky aufgelistet, ein paar von Randy und ein paar von Tiffany. Doch keinen einzigen hatte sie angenommen, und das konnte Morris ebenfalls sehen.

»Wer ist Randy, hä?«

»Mein Boss. Du weißt schon, Randy aus Randy's Diner. Und siehst du, er hat es vor drei Wochen zuletzt versucht, danach kamen nur noch Anrufe von Vicky.« Die hatte im Laufe der Wochen auch ein paar Nachrichten geschickt, die

Abby von Zeit zu Zeit gelesen hatte. Weshalb sie auch wusste, dass es keinen Notfall gegeben hatte.

»Und wer ist Vicky?«

»Meine Schwester.«

»Versuch nicht, mich zu verarschen, Abby.«

»Tue ich nicht. Sie ist meine Schwester. Du siehst doch ihren Namen.« Er stand bestimmt hundertmal auf der Anruferliste. Vicky war wirklich hartnäckig. Sie hatte sie bis jetzt nicht aufgegeben. Abby kamen die Tränen.

»Das hat gar nichts zu sagen, was da für ein Name steht. Ich hab meinen Dad auch unter *Arschloch* eingespeichert. Also, jetzt sag mir endlich, wer da die ganze Zeit versucht, dich zu erreichen.«

»Morris, mehr als schwören kann ich nicht. Es handelt sich dabei um meine Schwester, glaub mir oder nicht.«

Er glaubte ihr nicht.

Er nahm ihr das Handy aus der Hand und warf es aus dem Fenster. Doch er sagte gar nichts mehr, und das war fast schlimmer, als wenn er ihr einfach eine Backpfeife gegeben hätte.

Am Nachmittag, kurz vor Las Vegas, hielten sie zum Essen an, und Morris benahm sich anders als sonst. Er war extrem ruhig, sah sie nur immer mit diesen Blicken an. Es war, als würde ganz langsam ein Unwetter aufziehen, und sie überlegte hin und her, ob sie einen erneuten Fluchtversuch wagen sollte. Dann tat Morris etwas, das er noch nie zuvor getan hatte. Er sagte, sie würden sich jetzt schon ein Motel für die Nacht suchen.

Sobald sie das Zimmer eines billigen Motels namens Vegas Golden Lodge betreten hatten, warf er sie aufs Bett und wurde so gewalttätig, dass sie um Hilfe schrie. Er hielt ihr den Mund zu und sagte ihr, er würde es schon aus ihr herausprügeln, dass sie sich mit anderen Männern abgab. Sie durfte keinen anderen haben als ihn, kapierte sie denn nicht, dass sie für immer zusammengehörten?

Nach dem Sex, als Morris unter der Dusche stand, zog sie sich so schnell sie konnte ihre Sachen an, schnappte sich ihren Rucksack und lief aus dem Zimmer. Da sie nicht wusste, was sie tun sollte, suchte sie Hilfe an der Rezeption.

»Bitte! Helfen Sie mir!«, sagte sie der jungen blonden Frau hinter dem Tresen, die ein sonnengelbes Poloshirt mit der Aufschrift des Motels trug.

Sie riss die Augen auf und starrte sie schockiert an. Abby wischte sich mit der Hand über die Nase und bemerkte, dass sie blutete. Sie betrachtete eine Sekunde lang das Rot an ihren Fingern und bat dann erneut: »Helfen Sie mir. Der Mann, mit dem ich hier bin, ist ganz schrecklich brutal. Er hat mich geschlagen und …« Sie konnte nicht aussprechen, was er noch mit ihr getan hatte.

»Oh mein Gott, das tut mir leid. Soll ich die Polizei rufen?«

»Nein!« Sie wollte keine Polizei. Denn dann hätte sie die ganze Geschichte erzählen müssen: dass sie ihr Kind im Stich gelassen hatte, um mit einem Mann mitzugehen, der sie als sein Eigentum betrachtete und der sie so zugerichtet hatte. Wie demütigend! »Bitte lassen Sie mich nur irgendwo verstecken. Und sagen Sie ihm, dass Sie gesehen haben, wie ich davongelaufen bin. Bitte.«

Die Frau nickte und holte sie zu sich hinter den Tresen. »Gehen Sie hier in den Schrank«, sagte sie und öffnete eine Tür.

Abby kauerte sich hinein und hoffte nur, dass die Frau sie auch wirklich nicht verraten würde. Sie hörte ihr Herz laut pochen und versuchte, so leise wie möglich zu atmen. Nur wenige Minuten später hörte sie Morris' Stimme.

»Wissen Sie zufällig, wo meine Freundin hin ist?«, fragte er. »Eins siebzig groß, sehr schlank, lange braune Locken«, beschrieb er sie. Sie war nie dazu gekommen, sich ein neues Glätteisen zu besorgen.

»Ja, ich weiß, wer Ihre Freundin ist«, hörte sie die Rezeptionistin sagen und hielt die Luft an. »Ich hab sie gesehen, vor etwa fünf Minuten. Sie ist in Richtung Straße gelaufen und in ein Auto eingestiegen. Die sind dann weggefahren.«

»Und Sie sind sich ganz sicher, dass es meine Freundin war?«, fragte Morris nach. Abby konnte die Wut in seiner Stimme hören, die er versuchte zu verbergen.

»Ich bin mir ziemlich sicher. Blaues Auge? Blutige Nase?«

Abby musste lächeln. Die Frau war großartig, sie würde ihr auf ewig dankbar sein.

Morris sagte gar nichts mehr, und sie harrte aus. Ein paar weitere Minuten später wurde die Schranktür geöffnet, und die junge Frau sagte: »Er ist weg.«

Abby atmete erleichtert auf. Sie warf einen Blick auf die Namensbrosche, die die Frau trug. »Danke, Greta, das werde ich Ihnen nie vergessen.«

»Kann ich sonst noch etwas tun? Ihnen ein Taxi rufen? Oder einen Krankenwagen?«

»Nein, das wird nicht nötig sein. Sie könnten mich aber telefonieren lassen, wenn das ginge. Es wäre ein Gespräch nach Kalifornien.«

»Ja natürlich.« Sie schob ihr das Telefon hin, Abby setzte sich auf den Stuhl, den Greta ihr hinschob, und dann wählte sie die Nummer, die für immer in ihrem Gedächtnis verankert war.

Kapitel 39

Liam

In den vergangenen Tagen hatte Liam einiges erledigt. Er hatte fleißig weiter am Manuskript gearbeitet, sich hin und wieder ein bisschen mit Alvaro unterhalten, und er hatte es endlich geschafft, Josh anzurufen. Der wohnte gar nicht mehr in Portland, sondern war inzwischen nach Bakersfield gezogen, wo er in einer Tierklinik arbeitete, in der sie vorwiegend kranke oder angefahrene Wildtiere behandelten. Bakersfield war ganz in der Nähe, und so hatten sie verabredet, dass Josh am Sonntag zur Walnussfarm rauskam, damit sie den Tag zusammen verbringen konnten. Liam freute sich schon sehr auf ein Wiedersehen, doch am heutigen Samstag freute er sich erst einmal darauf, den Nachmittag auf dem Stadtfest mit Vicky und Bella zu verbringen.

Das Stadtzentrum von Riverside war bunt geschmückt, denn in diesem Oktober fand hier zum ersten Mal das Native American Art Festival statt. Überall in der Stadt waren Exponate indianischer Künstler ausgestellt, von Bildern über Skulpturen bis hin zum »größten Traumfänger der Welt«. Natürlich gab es wie bei jedem Festival auch allerhand Fressbuden, und Bella und auch Vicky rannten begeistert von Stand zu Stand.

Liam folgte den beiden genügsam und war einfach nur glücklich, diesen sonnigen, abwechslungsreichen Tag mit den beiden verbringen zu dürfen. Er hatte Bella ins Herz geschlossen, ja sogar mehr, als er sich eingestehen mochte. Er hatte schon immer viel für Kinder übriggehabt, weil sie schonungslos ehrlich waren und so etwas wie Hinterlist noch nicht kannten. Sie sagten, was sie dachten, und wenn sie einen mochten, dann schenkten sie einem ihr Herz – so einfach war das.

Als Rudy noch am Leben und ständig im Krankenhaus war, da hatte Liam öfter mal den Kindern dort vorgelesen. Und nach Rudys Tod hatte er sich ab und an, besonders in der Weihnachtszeit, auf den Weg ins Hospiz gemacht, um Zeit mit den todkranken kleinen Patienten zu verbringen. Sie waren so dankbar – das hatte ihn jedes Mal zutiefst bewegt. Doch Bella, die war einfach noch mal eine Klasse für sich. Sie war so unglaublich schlau für ihr Alter, wollte Dinge herausfinden, alles wissen und überall dabei sein. Dass ihre Mom weg war, schien sie nicht allzu sehr mitgenommen zu haben, und er war sehr froh darüber. Allerdings konnte man ja bei einer Tante wie Vicky auch gar nicht lange Trübsal blasen.

Vicky hatte ihm erzählt, dass Bella schon auch mal Momente hatte, in denen sie weinte und nach ihrer Mommy fragte, doch die verflogen schnell wieder. Ja, er glaubte wirklich, dass sie diese Tragödie besser wegsteckte, als es die meisten anderen Kinder getan hätten. Allerdings wusste er ja auch nicht, was für ein Leben Bella früher mit Abby geführt hatte. Vielleicht war ja jetzt tatsächlich alles besser – ausgenommen natürlich die Abwesenheit der eigenen Mutter.

»Was glaubt ihr, wie groß der ist?«, fragte Bella und bestaunte den riesigen Traumfänger.

»Hundertachtzigtausend Meter«, schätzte Liam und musste sich ein Schmunzeln verkneifen.

Bella kannte noch nichts von Maßeinheiten, also nickte sie nur. »Das glaub ich auch. Der ist sooo riesig!«

»Und wunderschön«, meinte Vicky und betrachtete ebenfalls den großen Reifen, unter dem drei kleinere befestigt waren. An jedem der Reifen flatterten Tausende bunte Federn, und das Ganze hing von einem hohen Mast herunter, der extra dafür aufgestellt worden war.

Auf einmal überkam Liam etwas. Es musste die Stimmung sein, die vielen Leute, die Musik ... All das weckte Erinnerungen in ihm und katapultierte ihn geradewegs an einen Tag vor beinahe sechzehn Jahren zurück, und er konnte sich absolut nicht dagegen wehren ...

November 2005

Liam saß vor dem Fernseher und sah sich die große Thanksgiving-Parade an. Er war vierzehn und allein zu Haus an diesem Feiertag, denn seine Mutter musste wie immer arbeiten. Allerdings schloss Westin's Café heute schon um neun Uhr statt um Mitternacht, und seine Mom hatte ihm versprochen, jede Menge Kuchen mitzubringen und den Rest des Abends mit ihm zu verbringen. Als sie um zehn noch immer nicht zu Hause war, stellte er sich ans Fenster und sah hinaus auf die schneeweißen Straßen von Minneapolis. In diesem Jahr hatte die Kälte bereits sehr früh Einzug gehalten, und als er nun das Fenster öffnete und sich ein wenig über den Sims lehnte, bildeten sich bereits Atemwölkchen. Es sah fast so aus wie Zigarettenrauch, und Liam tat so, als hielte er eine Kippe in der Hand und würde paffen, wie sein Dad früher, als er noch bei ihnen gewohnt hatte. Bevor er ohne ein Wort gegangen und nie mehr zurückgekehrt war. Es war lange her, und Liam wusste nicht, wo er jetzt war. Wollte es nicht wissen. Der Mistkerl konnte ihm gestohlen bleiben.

Das sagte er sich immer wieder. Und doch wünschte er sich manchmal, sein Dad würde so still und heimlich, wie er gegangen war, auch wieder zurückkehren. Damit seine Mom nicht mehr so viel arbeiten musste. Damit sie wieder eine Familie sein konnten.

Und in dem Moment fuhr seine Mom in ihrem alten Käfer vor, parkte und stieg aus. Sie hatte etwas dabei, was sie behutsam im Arm trug. Der Kuchen vielleicht, dachte er sich, wahrscheinlich wollte sie ihn vor dem Schnee schützen. Doch als seine Mutter wenig später die Wohnung betrat, staunte er nicht schlecht. Was er für einen Kuchen gehalten hatte, war in Wirklichkeit ein kleines lebendiges Geschöpf, das seine Mom im Arm hielt. Ein Baby, das tief und fest schlummerte.

Seine Mom legte es sogleich aufs Sofa und wickelte es in eine Decke, dann sah sie ihn ernst an.

»Liam, wir müssen reden.«

Die Geschichte war unglaublich. Irgendjemand hatte das Baby in Westin's Café ausgesetzt. Es einfach dort gelassen, und seine Mom wusste nicht, wieso. Oder wer es gewesen war. Sie konnte sich an niemanden mit einem Baby erinnern, wusste nur, dass ein Zettel an dem Korb gehangen hatte, in dem das Kleine zurückgelassen worden war. Sie zeigte ihm den Zettel, darauf stand:

Bitte kümmern Sie sich gut um mein Baby.
Ich kann es leider nicht. Es tut mir so leid.

Liam war völlig überfordert mit der Situation.

»Aber, Mom, was werden wir denn jetzt mit dem Baby machen? Es zur Polizei bringen? Oder in ein Krankenhaus?«

Seine Mutter sah ihn ganz entschlossen an. »Wir werden es behalten.«

»Aber wir können es doch nicht einfach behalten! Man wird es doch suchen! Nachher hält man uns noch für Entführer! Und wie sollen wir es füttern? Was sollen wir den Leuten erzählen?«

»Babynahrung habe ich bereits besorgt. Und für alles andere werden wir ebenfalls eine Lösung finden. Aber sieh doch nur, Liam, schau dem Kleinen ins Gesicht. Ist er nicht das niedlichste Geschöpf auf Gottes Erden?«

Liam ging näher heran und beugte sich hinunter zu dem Baby. Als würde er es spüren, öffnete der Kleine die Augen und lächelte ihn selig an.

Unwillkürlich musste Liam auch lächeln. »Er ist wirklich süß, und einen Bruder habe ich schon immer gewollt.«

Seine Mutter blickte ihn zufrieden an. »Ich bin mir ganz sicher, dass der liebe Gott uns hier vor eine große Aufgabe stellt. Er hat uns dieses Baby geschickt, damit wir uns darum kümmern und es in unserer Familie aufnehmen«, war sie der festen Überzeugung. Und dieser Aufgabe wollte sie sich nur zu gerne annehmen.

Sie hatte nicht zu viel versprochen. Denn in den folgenden Tagen fanden sie jede Menge Lösungen.

Natürlich würde ihnen niemand abnehmen, dass das Kind von seiner Mom war. Also bestand die erste Aufgabe darin, Minneapolis zu verlassen. Sie packten ihre Sachen, setzten sich in ihr Auto und verließen die Stadt und den Staat, bis sie nach Seattle kamen. Für diesen Ort hatte seine Mom sich spontan entschieden, da sie den Film *Schlaflos in Seattle* einige Tage zuvor durch Zufall geguckt hatte und es als ein weiteres Zeichen Gottes ansah. Nachdem sie Seattle erreicht hatten, suchten sie sich eine Bleibe, einen neuen Job für seine Mom und für Liam eine Schule. Sie richteten es so ein, dass seine Mom arbeitete, wenn er zu Hause war, damit immer einer sich um Rudy kümmern konnte. Da Rudy keinerlei Papiere hatte und sie nicht einmal mit ihm zum Arzt hätte gehen können, machte seine Mom sich auf zum Jugendamt und erzählte dort eine herzzerreißende Geschichte von einem brutalen Ehemann, vor dem sie mit ihrem Teenagersohn und ihrem neugeborenen Baby, das sie zu Hause entbunden hatte, geflohen war. Die Dame, die großes Mitleid mit ihr hatte, beschaffte ihr ohne große Probleme eine Geburtsurkunde für das Baby, und so wurde Rudy zu einem vollwertigen Mitglied ihrer kleinen Familie. Und nicht nur das, er wurde zu Liams bestem Freund.

Mit jedem Jahr, das Rudy älter wurde, gewann Liam ihn noch ein wenig lieber. Er passte auf ihn auf, wechselte ihm die Windeln, fütterte ihn, spielte mit ihm und las ihm Bücher vor – und Rudy war das dankbarste, pflegeleichteste Kind, das man sich nur vorstellen konnte. Irgendwann war Liam von Liebe so erfüllt, dass er sich ein Leben ohne seinen kleinen Bruder gar nicht mehr vorstellen konnte.

Rudy war nicht wie andere Kinder, das merkten sie sehr schnell, doch er war das Beste, was ihnen je passiert war. Ein Geschenk, anders konnte man es nicht bezeichnen. Und Liam und seine Mom schworen bei ihrem Leben, dass sie niemals zulassen würden, dass man ihnen Rudy wieder wegnahm. Sie gaben sich ein Versprechen, niemals auch nur ein

Wort darüber zu verlieren, wie Rudy in Wahrheit zu ihnen gekommen war. Was immer auch passierte.

Was immer auch passierte.

Liam rüttelte sich wach, als er merkte, dass Bella an ihm zog und ihm irgendwas von einem Karussell erzählte. Er lächelte ihr zu und bemerkte kurz darauf einen Mann, der ihn anstarrte. Ihn und Vicky. Zuerst glaubte er, es sich nur einzubilden, doch dann war er sich ganz sicher. Der Kerl – schlank, dunkles Haar, Brille, Typ Nerd – war total auf Vicky fixiert, und als er Liams Blick wahrnahm, sah er schnell weg. Er war da mit einer jungen Frau und einem Kleinkind in einem Buggy, den die Frau vor sich herschob.

Liam stupste Vicky an. »Sag mal, kennst du den da? Der starrt die ganze Zeit zu uns herüber.«

Vicky sah sich suchend um und gab dann einen genervten Seufzer von sich. »Ja. Das ist Jeff. Mein Ex.«

»Sieht mir ganz so aus, als will er noch was von dir.«

»Ach, das war mal. Ich habe ihm klipp und klar gesagt, dass ich jetzt jemand Neues habe. Und zwar dich.« Sie nahm seine Hand in ihre und gab ihm einen Kuss auf den Mund.

»Na, dann ist ja gut«, erwiderte er. Er war eigentlich nicht der eifersüchtige Typ Mann, doch dieser Jeff machte ihn tatsächlich etwas nervös. Er warf ihnen immer wieder diese Blicke zu.

Als Bella eine Weile später Vicky nach einer Toilette fragte und die beiden eine suchen gingen, kam Jeff auf ihn zu.

»Hey«, sagte er.

Liam sah sich nach Jeffs Familie um und entdeckte sie beim Karussell.

»Hey«, entgegnete er.

»Du bist also Vickys Neuer?«, fragte Jeff ungeniert.

»Ja«, war alles, was Liam antwortete.

»Dann solltest du aber wissen, dass da immer noch etwas zwischen Vicky und mir ist.«

»Wie meinst du das?«, fragte er. Wenn Jeff ihn so salopp ansprach, tat er das halt auch.

»Uns verbindet noch immer etwas, und das fühlen wir beide.«

»Ich glaube, das bildest du dir nur ein, Kumpel«, meinte er und wurde langsam sauer. Was fiel dem Kerl ein?

»Nun ja, wenn dem so wäre, dann wäre es wohl neulich kaum zu dem Kuss gekommen, oder?« Jeff sah ihn abfällig lächelnd an. »Oh. Sie hat dir nichts davon erzählt?«

In Liam stieg nun richtig Wut auf. Er musste sich echt zusammenreißen, dem Kerl sein fieses Lächeln nicht aus der Visage zu prügeln. Zig Gedanken gingen durch seinen Kopf.

Konnte es stimmen, was dieser Jeff da sagte?

Hatten er und Vicky sich wirklich geküsst?

Und wenn ja, wann war das gewesen?

Nachdem er und Vicky schon zusammen waren?

Trafen sie und Jeff sich noch?

Hatte sie noch Gefühle für ihn?

Wieso zum Teufel erzählte Jeff ihm davon?

Schämte der Kerl sich nicht, das zu tun, während zehn Meter entfernt von ihnen seine Frau wartete?

Da er ziemlich sprachlos angesichts der Skrupellosigkeit dieses Typen war, fiel Liam auch nach einer Minute noch nichts Passendes ein, was er erwidern könnte. Jeff nickte wissend, grinste nur blöd und ging dann zum Karussell.

Liam konnte den Kerl nicht ausstehen, und er war völlig überfordert, was er mit dieser Information anstellen sollte, die er gerade erhalten hatte.

Kurz darauf kamen Vicky und Bella zurück und hatten dreimal Zuckerwatte dabei. Vicky reichte ihm eine rosafarbene, und er überlegte noch, ob er es hier schon ansprechen sollte oder später, als ihr Handy klingelte.

»Dad?«, sprach sie hinein und hielt sich eine Hand gegen das freie Ohr, um besser hören zu können, da es hier auf dem Fest sehr laut war.

»Können wir gleich noch da hinten hingehen?«, fragte Bella ihn derweil und deutete zu einigen Totempfählen, doch er kam gar nicht mehr zum Antworten.

»Was???«, schrie Vicky ins Telefon. »Wir kommen sofort!«

Nur gut eine Stunde später waren sie auf dem Weg nach Vegas.

In Windeseile hatten sie das Fest verlassen und waren zurück zur Plantage gefahren. Da Bella bei ihnen gewesen war, hatte Vicky ihm nicht erzählen können, was genau los war, aber es war klar, dass es um Abigail ging. Als sie auf der Farm eingetroffen waren, hatte Tony schon ganz hibbelig auf sie gewartet. Vicky hatte Liam gebeten, mit Bella draußen bei den Hunden zu bleiben, und war mit ihrem Dad ins Haus gegangen.

Bella war noch immer enttäuscht, dass sie nicht länger auf dem Festival hatten bleiben können, und fragte ihn, was passiert war.

»Das weiß ich nicht genau, Süße. Es muss sich wohl um einen Notfall handeln.«

»Geht es um meine Mommy?«, fragte sie, als spüre sie es genau.

»Ich kann es dir wirklich nicht sagen. Vicky wird uns bestimmt gleich Näheres erzählen.«

Tatsächlich kam Vicky keine zehn Minuten später zu ihnen heraus und ging vor Bella in die Hocke. »Süße, es geht um deine Mommy. Ihr geht es gut, aber sie hatte ein kleines Problem mit ihrem Auto. Es ist kaputt, und Liam und ich müssen sie jetzt abholen fahren, ja?«

»Darf ich mitkommen?«, fragte Bella.

»Nein, tut mir leid. Wir haben eine lange Fahrt vor uns und kommen erst mitten in der Nacht wieder, vielleicht auch erst morgen.«

»Kommt ihr dann mit Mommy wieder?«, fragte Bella hoffnungsvoll, und auf Vickys Nicken hin strahlte die Kleine freudig.

Überrascht sah er Vicky an. So langsam würde er wirklich gern wissen, was denn überhaupt los war, vor allem, da er ja jetzt anscheinend mit Vicky irgendwo hinfahren sollte.

»Liam, kann ich dich kurz mal unter vier Augen sprechen?«, bat sie ihn dann.

»Ja klar.«

»Bella, bleibst du kurz bei Betty und Sniffy? Grandpa kommt auch gleich raus.«

»Okay.«

Liam folgte Vicky ins Haus, und Tony, der extrem besorgt aussah, übernahm Bella.

»Vicky, könntest du mir jetzt bitte mal erzählen, was eigentlich passiert ist?«, fragte er, sobald sie allein waren.

»Tut mir leid, ich konnte das wirklich nicht vor Bella … Abby hat eine Nachricht auf dem Anrufbeantworter hinterlassen. Sie ist in Las Vegas.«

»In Las Vegas?« Er machte große Augen.

»Ja. Und ich weiß nichts Genaues, nur, dass sie mich um Hilfe bittet. Sie steckt anscheinend in großen Schwierigkeiten und möchte, dass ich sie abhole. Sie wartet in einem

Motel, ich hab den Namen aufgeschrieben. Denkst du, wir können es noch heute dorthin schaffen?« Sie reichte ihm den rosafarbenen Notizzettel.

Er sah sich die Adresse an. Da er noch nie in Las Vegas gewesen war und auf Anhieb auch nicht wusste, wie lange man von Riverside dorthin fuhr, holte er sein iPhone heraus und googelte es.

»Google Maps zeigt mir an, dass wir vier Stunden und einundvierzig Minuten brauchen. Auf der Interstate 15 gibt es einen langen Stau aufgrund einer Baustelle, wir nehmen also besser die Interstate 40.«

»Ist mir völlig egal.«

»Okay. Dann lass uns gleich losfahren.« Es war kurz nach fünf, wenn alles gut ging, würden sie gegen zehn oder halb elf in Vegas und bei Abby sein. Was genau ihr passiert war, wusste er zwar immer noch nicht, aber sie würden es wohl heute noch herausfinden. Dass er mitfuhr, war keine Frage, denn wenn ihre Schwester wirklich in Schwierigkeiten steckte, wollte er Vicky auf keinen Fall allein mit der Situation lassen. Nicht nur weil sie sich als gefährlich entpuppen könnte, sondern vor allem weil er Vicky beistehen wollte.

Die Sache mit Jeff war erst einmal nicht wichtig, darauf konnte er irgendwann später zu sprechen kommen. Zuerst galt es, Abby nach Hause zu holen. Und als er jetzt auf dem Weg zurück von der Hütte, aus der er schnell noch ein paar Sachen geholt hatte, an Tony und Bella vorbeikam, sagte er ihnen: »Keine Sorge, es wird bestimmt alles gut.«

Tony nickte ihm dankbar zu, und Bella lief zu ihm und umarmte ihn. Dann bat sie ihn zu warten, rannte ins Haus und überreichte ihm kurz darauf ein Blatt Papier. Es war ein selbstgemaltes Bild, das Bella zusammen mit Abby zeigte.

Sie hatte ihre Namen darübergeschrieben: *Mommy* und *Bella*. Sie standen inmitten von vielen grünen Bäumen, an denen kleine, runde braune Kugeln hingen. Walnüsse, dachte Liam und lächelte Bella an.

»Gibst du das Mommy von mir?«, bat sie.

Er sah hinüber zum Mustang, in dem Vicky bereits saß, atmete einmal tief durch und nickte dann zuversichtlich. »Ich verspreche es hoch und heilig.«

Kapitel 40

Victoria

Sie war unendlich froh, dass Liam sich sofort bereiterklärt hatte mitzukommen, und vor allem, dass er am Steuer saß. Denn sie wusste mit absoluter Sicherheit, dass sie niemals hätte fahren können, zumindest nicht sicher und bedacht. Sie war schrecklich aufgewühlt, seit sie Abbys Nachricht auf dem AB abgehört hatte. Sie war gar nicht lang gewesen, doch Vicky hatte die Angst in Abbys Stimme hören können, und seither drehte sie vor Sorge fast durch.

»Hi, Vicky, ich bin's. Ich melde mich, um dich … um Hilfe zu bitten. Ich stecke vor Las Vegas fest, in einem Motel auf der Interstate 15, dem Vegas Golden Lodge Motel. Ich hatte da ein paar Schwierigkeiten und bräuchte wirklich jemanden, der mich abholt. Bitte, Vicky. Mein Handy ist weg, du kannst mich also telefonisch nicht erreichen. Ich warte einfach hier und hoffe, dass du kommst und dass du mich nicht allzu sehr hasst für die Dummheiten, die ich gemacht habe.«

Mehr hatte sie nicht gesagt. Sie stecke in Schwierigkeiten, aber was das genau zu bedeuten hatte, wusste Vicky nicht. Sie hoffte nur, dass es nichts Kriminelles war.

Bella hatte natürlich mitkommen wollen. Sie war froh, dass die Kleine so leicht nachgegeben hatte, denn sie war durcheinander genug, da hätte sie sich nicht auch noch um Bella kümmern können, die wahrscheinlich wieder hunderttausend Fragen gestellt hätte. Liam dagegen war heute sehr schweigsam, fiel ihr nach etwa einer Stunde Fahrt auf. Und sie überlegte, ob er schon den ganzen Tag so gewesen war oder erst jetzt. Gab es irgendeinen Grund dafür, oder wollte er ihr nur Zeit lassen, nachzudenken und sich zu sammeln?

»Alles okay?«, erkundigte sie sich.

»Klar. Ich frag mich nur, was uns in Vegas erwartet.«

»Ja, so geht es mir auch.«

»Und sie hat nicht einmal ansatzweise gesagt, in was für Schwierigkeiten sie steckt?«

»Nein, leider nicht.«

»Na, wir werden es sicher bald herausfinden«, meinte Liam und gab sich wieder schweigsam.

Sie suchte derweil auf ihrem Smartphone nach dem Vegas Golden Lodge Motel und rief die Rezeption dort an. Man sagte ihr, dass zwar eine Abby dort auf sie warte, dass diese aber gerade nebenan im Diner sei. Das beruhigte Vicky, denn nun wusste sie, dass Abby wenigstens schon mal die Wahrheit gesagt hatte, was ihren Standort anging, und dass sie nicht ganz umsonst durch zwei Staaten fuhren.

Sie schaltete das Radio an und suchte nach einem Sender, der nicht gerade Nachrichten, das Wort zum Sonntag oder ein Interview mit einem verruchten Teenie-Sänger sendete. Als sie einen Song fand, den sie mochte, *Apologize* von OneRepublic, lehnte sie sich zurück. Der Text machte sie nachdenklich und traurig, denn er handelte von einer Person, die einer anderen sagte, dass sie einfach alles für sie tun würde und dass sie sie brauchte wie das Herz den

Herzschlag. Doch dass es einfach zu spät sei für Entschuldigungen.

Genau so fühlte Vicky sich auch.

Abby und sie hatten sich früher einmal so nahegestanden. Was hatte sie nicht alles für ihre Schwester getan? Wie oft sie in Schutz genommen, für sie geschwindelt und ihre Geheimnisse bewahrt? Sie hatte ihr sogar verziehen, dass sie sie allein auf der Farm zurückgelassen hatte. Verdammt, sie hatte damals nicht nur ihre Schwester, sondern auch ihre beste Freundin und Ansprechpartnerin in allen Lebenslagen verloren! Klar, Alex war noch da gewesen, aber es war halt nicht dasselbe. Abby und Vicky waren ein Blut, und sie hatte geglaubt, dass nichts und niemand sie je trennen könnte. Und dann hatte Abby selbst es getan. Und doch war sie ihrer Schwester nicht böse gewesen, sondern hatte sich für sie gefreut, dass sie sich ihren großen Traum erfüllte. Und sie wäre dabei so gern an ihrer Seite gewesen, doch Abby schien sie in dem Moment vergessen zu haben, in dem sie Riverside hinter sich ließ. Und selbst da war Vicky nur traurig, doch niemals wütend auf ihre Schwester. Dieses Gefühl kam erst auf, als ihre Mutter krank wurde und Abby sich immer noch nicht blicken ließ, und es nahm noch zu, als sie es nicht einmal für nötig hielt, der Beerdigung beizuwohnen. Doch selbst das verzieh Vicky ihr, als sie reumütig nach Hause zurückkehrte und dieses zuckersüße kleine Mädchen dabeihatte.

Vicky hatte ihr verziehen. Alles. Und sie hatte so sehr gehofft, sie könnten noch einmal neu anfangen, und die Dinge würden sich zum Besseren wenden.

Und dann hatte sich Abby wieder aus dem Staub gemacht.

Wie viel konnte ein Schwesterherz aushalten?

Vicky wusste wirklich nicht, ob sie Abby ein weiteres Mal verzeihen konnte. Wäre sie gegangen, weil sie sich als Mutter überfordert gefühlt hätte, wäre es eine ganz andere Geschichte gewesen. Doch die eigene Tochter zurücklassen wegen eines Mannes? Und wegen des Gefühls von Freiheit?

Sie fragte sich echt, was da jetzt wohl schiefgelaufen war. Ob dieser Typ, für den Abby ihr Kind verlassen hatte, nun sie sitzengelassen hatte?

Der Song war zu Ende, und sie sah aus dem Seitenfenster. Liam hatte das Verdeck zugeklappt, sobald es dunkel und somit auch kühler geworden war. Sie fuhren wunderschöne Strecken entlang, das wusste sie, auch wenn man jetzt kaum noch etwas erkennen konnte. Sie hörten weiter Musik und schwiegen.

Irgendwann hielt sie es nicht mehr aus. »Liam, gibt es irgendwas, worüber du mit mir reden willst? Es tut mir ehrlich leid, dass ich dich quasi eingespannt hab, ohne dich zu fragen. Wenn es das ist, dann …«

»Das ist es nicht«, erwiderte er.

»Oh. Und was ist es dann? Ich spüre doch, dass etwas nicht in Ordnung ist.«

Er antwortete nicht sofort. »Jeff«, sagte er schließlich. »Es geht um Jeff.«

Mist!

Innerlich bebte sie. Wusste Liam etwa irgendwas? Sie waren Jeff, Clara und dem Baby vorhin auf dem Festival begegnet. Sie hatte Clara mit dem Kleinen Karussell fahren gesehen, und sie hatte auch wahrgenommen, wie Jeff immer wieder zu ihnen herübergeschaut hatte. Richtig aufdringlich waren seine Blicke gewesen, doch sie hatte einfach versucht, sie zu ignorieren. Liam waren sie natürlich auch nicht entgangen, und er hatte sie gefragt, wer der Kerl sei, der sie die ganze Zeit anstarrte. Sie hatte ihm nicht viel mehr erzählt, als dass es sich bei ihm um ihren Ex handelte. Konnte es aber sein, dass Liam mehr wusste?

»Ich frage dich jetzt etwas, und ich möchte bitte eine ehrliche Antwort haben, okay?«, sagte Liam, und sie nickte. »Habt ihr euch geküsst, du und Jeff?«

Ihr Herz setzte einen Augenblick aus.

Genau aus diesem Grund hatte sie Liam gleich von dem Kuss erzählen wollen. Aber sie hatte ja auf Alex mit ihren guten Ratschlägen hören müssen. Wie war sie nur auf diese dumme Idee gekommen? Alex hatte doch noch nie eine ernsthafte Beziehung geführt und hatte überhaupt keine Ahnung. Und das hatte sie nun davon!

»Ja«, gab sie zur Antwort und wagte es nicht, Liam anzusehen.

»Kannten wir uns da schon? Waren wir da schon zusammen?«, wollte er wissen.

Wieder antwortete sie mit Ja. Doch sie fügte schnell hinzu: »Aber das ging wirklich komplett von ihm aus. Ich hatte ihm Waren geliefert, und er hat mir gestanden, dass er immer noch etwas für mich empfindet – und mich einfach geküsst. Einfach so, Liam. Ich habe ihn sofort von mir gestoßen und ihn angeschrien, habe gesagt, dass er an seine Frau denken soll, und habe ihm von uns beiden erzählt. Mehr ist da nicht gewesen, ich schwöre es, und da wird auch nie mehr sein.«

»Warum hast du es mir nicht einfach erzählt?«

»Das wollte ich. Aber Alex meinte, ich soll aus einer Mücke kein Pferd machen, und dann war Abby plötzlich wieder da. Das war nämlich an dem Sonntag.«

»Oh. Also, bevor wir …« Sie dachten wohl beide gerade an ihre erste gemeinsame Nacht zurück.

»Ja, bevor wir …«, bestätigte sie.

»Es gefällt mir nicht, dass du weiter mit ihm zusammenarbeitest. Ich meine, wenn er immer noch was von dir will und dabei so skrupellos ist … Weißt du, dass er vorhin ganz ungeniert auf mich zugekommen ist und mir von eurem Kuss erzählt hat? Und bei ihm klang das alles ganz anders.«

Ah, daher hatte Liam also seine Informationen. Jeff, dieser Scheißkerl! Wenn sie zurück waren, würde sie zu ihm fahren und ihm die Meinung geigen. Und ihm damit drohen, dass sie seiner Clara reinen Wein einschenken würde, wenn er nicht sofort mit dem Unsinn aufhörte.

»Jeff ist ein Blödmann«, sagte sie. »Es tut mir alles so leid. Und ich würde am liebsten auch sofort unser Geschäftsverhältnis auflösen, aber die Nuts for Everyone Company ist einer unserer größten Kunden. Ich kann da leider nichts machen. Aber ich werde den Kontakt zu ihm meiden, und auch falls ich zukünftig wieder Waren ausliefern sollte, werde ich zur Nuts for Everyone Company doch weiterhin Rodrigo schicken, damit Jeff mir nicht noch mal blöd kommen kann. Am liebsten würde ich ihm nie wieder begegnen, das musst du mir glauben.«

»Ich glaube dir.«

»Danke.« Endlich wagte sie es, ihn anzusehen. »Sei mir nicht böse, Liam, ja?«

»Bin ich nicht.«

»Denn du bedeutest mir so viel, und ich will dich nicht wegen so einer Sache verlieren. Ich könnte es nämlich nicht verkraften, noch jemanden zu verlieren.«

Er fuhr eine Ausfahrt entlang, die zu einem kleinen Rastplatz führte, und blieb stehen. Er drehte sich zu ihr. »Vicky, ich will dich auch nicht verlieren. Deshalb hat mich das ja so fertiggemacht. Ich wurde schon ein paarmal verarscht, weißt du, und ausgerechnet von dir hätte ich das eben nicht erwartet.«

»Ich würde niemals irgendetwas tun, was dich verletzt«, sagte sie ihm. »Niemals.«

Er kam näher und küsste sie. »Dann ist gut. Ich liebe dich nämlich, Vicky, und ich könnte es nicht ertragen, von dir verletzt zu werden.«

Ihr Herz machte einen Sprung. »Ich liebe dich auch, Liam. Für so viele kleine Dinge, die du tust, und dafür, dass du ohne ein Wort mit mir in den Wagen gestiegen bist und mich nach Las Vegas bringst.«

»Das ist doch selbstverständlich. Ich hoffe wirklich, dass wir Bella ihre Mommy zurückholen können.«

»Du magst meine kleine Nichte sehr, oder?«

»Wie könnte man das nicht? Sie ist einfach unglaublich. Seit ich sie kenne, denke ich sogar selbst darüber nach, Kinder zu bekommen.«

»Wolltest du das denn vorher nicht?«

»Doch, schon. Aber das lag immer in weit entfernter Zukunft. Möchtest du Kinder haben?«

»Eine ganze Horde«, sagte sie und lachte. Sie küsste ihn erneut und bat ihn weiterzufahren.

Zwischen ihnen war alles geklärt, ein Jeff Newman würde sie bestimmt nicht auseinanderbringen und auch sonst niemand. Denn das, was sie hatten, war etwas Einzigartiges, und Vicky wusste, dass sie es beide spürten.

Die Weiterfahrt verlief weit gesprächiger. Sie überlegten, was wohl mit Abby sein könnte und ob sie sie aus einer schwierigen Situation herausholen mussten. Ob sie Mist gebaut hatte und ihr Gefängnis drohte? Was könnte sonst noch auf sie zukommen?

Als sie um Viertel vor elf das Golden Lodge erreichten, sprang Vicky gleich aus dem Auto und lief zur Rezeption. Dort fand sie auch direkt Abby an, die auf dem Sofa in der Lobby lag und schlief. Als sie sie näher ansah, traten ihr sofort Tränen in die Augen, denn ihre Schwester war übelst zugerichtet. Sie hatte ein blaues Auge, ihre Nase war rot und geschwollen, ihre Lippen aufgeplatzt.

Was war ihr nur passiert?

Sie ging in die Hocke, legte ihr eine Hand auf die Schulter und rüttelte sie so sanft wie möglich wach. »Abby? Ich bin es, Vicky. Wach auf, ja?«

Abby öffnete die Augen und lächelte. »Du bist gekommen.«

»Aber natürlich. Kannst du dich aufsetzen?« Sie blickte sich nach Liam um, der ziemlich hilflos neben der Tür stand. Dann sah sie zur Rezeption, wo eine junge blonde Frau ihnen zulächelte.

Abby versuchte, sich aufzurappeln. Sie schien völlig fertig. Was Vicky sofort auffiel, war ihre zu enge Kleidung. Sie schien in den letzten vier Wochen ein paar Kilo zugenommen zu haben, der Knopf ihrer Jeans ging nicht mal mehr zu.

»Danke, dass du den langen Weg gefahren bist. Du bist eine richtig, richtig gute Schwester, und ich hab dich gar nicht verdient.«

»Lass uns zum Auto gehen und nach Hause fahren, ja?«, sagte sie. Abby war so hinüber, sie sollte sich erst einmal ausschlafen. Morgen konnte sie ihr dann in aller Ruhe erzählen, was passiert war.

Abby nickte und stand auf. Sie torkelte noch kurz zum Empfang hin, und Vicky konnte hören, wie sie sich bei der Rezeptionistin bedankte.

»Ich hab gleich Feierabend. Schön, dass ich noch dabei sein durfte, wie Ihre Schwester Sie abgeholt hat. Es wird bestimmt alles gut«, erwiderte die junge Frau.

»Ich hoffe es so sehr«, meinte Abby und kam auf Vicky und Liam zu, bei dem sie sich auch gleich noch bedankte. Er holte eine Decke aus dem Kofferraum und legte sie Abby um die Schultern, dann ließ er sie hinten einsteigen. Sie legte sich auf die Rückbank und schloss sofort wieder die Augen.

»Sollen wir ehrlich jetzt noch den ganzen Weg zurückfahren?«, fragte Liam. »Wir wären nicht vor halb vier in der Früh zu Hause. Ich glaube nicht, dass ich noch so lange durchhalte.«

»Ich könnte dich ablösen«, bot sie an.

»Oder wir nehmen uns ein Hotelzimmer?«

Sie sah zu dem Motel hinüber, das nicht sehr ansprechend wirkte, und Liam lachte.

»Nicht hier. Wir sind in Vegas, hier wimmelt es doch nur so von Hotels.«

»Ehrlich gesagt finde ich, dass das eine gute Idee ist«, antwortete sie, denn ihr gefiel der Gedanke, mit Liam zusammen in einem bequemen großen Bett in einem schicken Hotelzimmer zu übernachten. Es wäre ihr erster gemeinsamer kleiner Urlaub, oder zumindest so etwas in der Art.

»Ja?«

»Ja.«

Liam fuhr also die paar Meilen bis zum Las Vegas Boulevard, und sie nahmen sich ein Zimmer in dem coolen Hotel mit dem riesigen erleuchteten Eifelturm, dem Paris Las Vegas. Vicky war begeistert! Sie entschieden sich für zwei Doppelzimmer mit Verbindungstür und brachten Abby in dem einen unter, in dem anderen würden sie selbst schlafen. Nachdem Vicky Abby im Bad geholfen hatte, sich das Gesicht zu säubern und die Wunden zu desinfizieren, brachte sie sie ins Bett.

»Wir wollen uns gleich noch was vom Zimmerservice bestellen«, sagte sie. »Willst du auch etwas?«

Abby schüttelte den Kopf. »Ich hab vorhin schon im Diner gegessen. Greta hat mir ein bisschen Geld geliehen, ich hab ihr versprochen, ich überweise es ihr zurück. Sie war wirklich nett. Ohne sie wäre ich immer noch mit Morris unterwegs, und er würde mir wehtun.«

»Oh Abby, mir tut das alles so leid. Wo ist Morris jetzt?«, fragte sie behutsam.

»Weitergefahren. Nach Kanada. Er ist weg, zum Glück.«

»Und willst du ihn denn nicht anzeigen?«

»Es war doch meine eigene Schuld«, gab ihre Schwester zurück.

Vicky sah sie eindringlich an. Es war nicht ihre Schuld, es war niemals die Schuld einer Frau, wenn ein Mann ihr so etwas antat. »Der Kerl gehört eingesperrt, Abby.«

»Ich will ihn einfach nur vergessen, Vicky.«

Sie mochte sich nicht einmal ansatzweise vorstellen, was Abby in den letzten Wochen alles widerfahren war. Alles, was sie fühlte, war Mitleid, unendlich viel Mitleid. Und deshalb nickte sie. »Okay, wie du willst.«

»Danke noch mal, Vicky. Dass ihr das für mich gemacht habt, werde ich euch nie vergessen.«

»Ich würde alles für dich tun, Abby. Du bist doch meine Schwester, und ich hab dich furchtbar lieb.«

Abby stiegen Tränen in die Augen. »Das hab ich gar nicht verdient. Nach allem, was ich getan habe.«

»Ach Abby ...« Sie hätte ihr jetzt jede Menge Vorwürfe machen können, tat sie aber nicht. Denn Abby machte sich selbst schon genügend Vorwürfe, und noch dazu hatte sie mehr gelitten, als ein Mensch ertragen konnte. Also war alles, was Vicky ihr jetzt sagte: »Ich verzeihe dir.«

Abby weinte, und sie weinte mit. Sie nahm sie in den Arm und wiegte sie sanft hin und her.

»Alles wird gut, ich verspreche es.«

»Ich bin so kaputt, Vicky«, schluchzte Abby.

»Weißt du, ich denke ja, die Walnussfarm ist genau der richtige Ort, um zu heilen.« Sie lächelte sie zuversichtlich an, und Abby lächelte zurück, mit ihrer kaputten Lippe, doch auch mit ein wenig Hoffnung in den Augen.

Ja, alles würde gut werden, da war Vicky sich sicher. Sie blieb noch bei Abby sitzen, bis sie eingeschlafen war, und ging dann zu Liam rüber, der bereits etwas zu essen aufs Zimmer bestellt hatte.

Er stand am Fenster und sah hinaus auf den Strip. »Sieh dir all die Lichter an. Irgendwann sollten wir mal nur zu zweit herkommen, für ein Wochenende vielleicht, und den Spaß unseres Lebens haben.«

Sie ging zu ihm und ließ sich von ihm umarmen. »Ja, das fände ich schön.«

Sie wussten, dass sie heute Nacht nicht da hinausgehen konnten, da sie Abby nicht allein lassen sollten. Und das war okay. Doch nachdem sie gegessen hatten, schlossen sie die Verbindungstür zu, ließen sich ein Bad in der irre großen Wanne ein und zündeten ein paar Kerzen an, die sogar bereitstanden.

Und dann ließen sie den Tag auf ihre ganz eigene Weise ausklingen.

Kapitel 41

Abigail

Als Abby in diesem wunderbar gemütlichen Hotelzimmer erwachte, wusste sie, dass die Dinge sich jetzt zum Besseren wenden würden. Denn sie hatte Vicky an ihrer Seite, und die machte keine leeren Versprechungen. Sie war nicht wie sie, auf ihr Wort konnte man etwas geben, ihr konnte man vertrauen – Abby beneidete sie sehr. Schon immer hatte sie ihre kleine Schwester bewundert, und nach letzter Nacht, nach dem, was sie für sie auf sich genommen hatte, hatte sie einen ganz besonderen Platz in ihrem Herzen. Vicky hatte ihr verziehen – das fühlte sich einfach nur gut an.

Wenn Vicky es konnte, vielleicht konnte Bella es dann ja auch?

Vorsichtig klopfte sie an die Verbindungstür, und ihre Schwester öffnete ihr mit einem Lächeln im Gesicht. Sie hatte das alles nicht geträumt, es war wahr. Vicky war da, und sie würde weiterhin für sie da sein, sie zurück zur Farm bringen, zu Bella und in ein neues Leben.

Die Sache mit Morris bereute Abby so sehr. Wenn sie sie rückgängig machen könnte, würde sie das sofort tun. In die Vergangenheit reisen und Morris an jenem Tag, an dem er zum ersten Mal in den Diner gekommen war, nicht bedienen. Nicht mit ihm flirten. Nicht mit ihm mitgehen. Er war der größte Fehler ihres Lebens gewesen, und jeder konnte ihr das ansehen. Der Blick in den Spiegel an diesem Morgen war schlimm gewesen. Ihr ganzes Gesicht war geschwollen. Vicky hatte recht damit, dass sie Morris anzeigen sollte. Doch dann müsste sie ihn wiedersehen, oder? Und das wollte sie auf keinen Fall. Sie wollte einfach nur mit ihm abschließen und von vorn beginnen, zusammen mit Bella.

»Hey, du bist ja schon wach. Wir wollten dich ausschlafen lassen«, sagte Vicky.

»Ich bin schon seit einer Weile wach, habe im Bett gelegen und nachgedacht.«

»Ja?«

»Ich möchte mich noch einmal bei euch entschuldigen, vor allem bei dir. Ich war so dumm, so dumm…« Schon wieder stiegen ihr Tränen in die Augen, sie konnte gar nichts dagegen tun.

Sofort hatte ihre Schwester ihren Arm um sie gelegt und sie an sich gezogen. »Jeder darf mal eine Dummheit begehen. Worauf es wirklich ankommt, ist, ob wir aus unseren Fehlern lernen.«

»Ich werde das nie wieder tun, ich schwöre es bei allem, was mir heilig ist.«

»Okay. Das ist gut, und ich glaube dir, Abby.« Vicky reichte ihr ein Taschentuch. »Wie geht es dir? Hast du Schmerzen? Sollen wir nicht doch zu einem Arzt?«

»Morgen, in Riverside, okay? Meine Rippen tun ziemlich weh, aber es geht schon.« Das kam sicher von Morris' Schlägen in die Magengegend. Oh Gott, was hatte sie die letzten Tage und Wochen nur durchgemacht? Sie schüttelte den Kopf. Nie wieder würde sie zulassen, dass ein Mann sie so behandelte.

Nie wieder!

Vicky sah sie plötzlich besorgt an. »Weiß dieser Morris eigentlich, wo wir wohnen? Weiß er von der Farm? Nicht dass er da auftaucht und …«

Schnell schüttelte sie den Kopf und beruhigte Vicky. »Nein, keine Sorge. Ich habe Riverside oder die Farm niemals auch nur mit einem Wort erwähnt.«

»Du musst mir unbedingt irgendwann mal genauer erzählen, was überhaupt geschehen ist, ja? Aber jetzt sollten wir vielleicht erst mal frühstücken gehen. Was haltet ihr davon? Liam?« Vicky drehte sich zu ihrem Freund um. »Frühstück?«

Er nickte. »Die sollen hier ein tolles Buffet haben.«

Sie gingen also gemeinsam runter in den Restaurantbereich. Abby versuchte, nicht auf die Blicke der Leute zu achten, und war froh, endlich mal etwas anderes zum Frühstück zu bekommen als fettige Würstchen, Speck oder Bratkartoffeln. Stattdessen genoss sie einen Kirschjoghurt, ein bisschen Obst und ein Croissant. Sie hatte in den letzten Wochen dank Morris deutlich zugelegt und fühlte sich überhaupt nicht mehr wohl in ihrer Haut. Doch nun hatte sie ihr Leben wieder selbst in der Hand. Mithilfe ihrer Familie würde sie bald wieder aufrecht gehen, da war sie sich ganz sicher.

Sie machten sich auf den Heimweg, und Abby war richtig aufgeregt, zurück nach Riverside zu kommen. Zurück zu Bella. Als sie durch Vegas fuhren, erinnerte sie sich an die erste Tour mit Morris zurück. Damals hatte sie sich so frei gefühlt, als ob ihr alle Möglichkeiten offenstünden. So konnte einen das eigene Gefühl trügen.

»Hast du zu Hause noch mein Glätteisen?«, fragte sie ihre Schwester. »Ich habe es damals vergessen.«

»Du hast so schöne Locken, Abby, wieso willst du sie dir glätten?«, erkundigte sich Liam, bevor Vicky antworten konnte, und betrachtete sie im Rückspiegel.

»Ha!«, machte Vicky. »Das sagt Mister ›Ich hasse meine Locken und schere mir deshalb eine Glatze‹?«

Liam grinste und stupste Vicky leicht an. Sie stupste zurück, und sie küssten sich, gerade so lang, wie es während der Autofahrt möglich war.

Abby musste schmunzeln. Vicky und Liam hatten einander gesucht und gefunden, sie waren wirklich toll zusammen. Sie hoffte ehrlich, eines Tages auch so eine Beziehung führen zu dürfen.

Sie war die Fahrt über sehr still. Musste nachdenken. Überlegen, wie ihr weiteres Leben aussehen sollte. Irgendwann erzählte Vicky ihr, dass sie Bella an einer Schule in Riverside angemeldet hatte, sie schon neue Freunde gefunden hatte und super zurechtkam. Und da fragte Abby sich, wieso sie sich überhaupt so viele Gedanken machte. Die Dinge würden sich ganz von selbst klären. Vicky hatte bereits für alles Wichtige gesorgt.

Als sie am frühen Nachmittag auf der Farm eintrafen, saßen ihr Dad, irgendein Fremder und Bella auf der Veranda. Neben Betty hatte sich noch ein anderer Hund dazugesellt, beide lagen faul auf den Stufen. Bella hielt ein Buch in der Hand – der schönste Anblick der Welt. Sobald sie aus dem Auto stieg, lief ihre Kleine zu ihr und fiel ihr in die Arme.

»Mommy!«, rief sie. »Du bist wieder zurückgekommen.«

»Aber natürlich, meine Süße.« Sie ging in die Knie, und Bella erschrak.

»Was ist mit deinem Gesicht passiert?«

»Ach, das war nur ein kleiner Autounfall. Nichts Schlimmes, keine Sorge.«

»Wo ist unser Auto jetzt?«, wollte Bella wissen.

»Das ist hinüber«, sagte sie, und das stimmte ja irgendwie sogar. Ihre alte Schrottkiste hätte bald den Geist aufgegeben, wer wusste, ob sie überhaupt noch an der Raststätte stand, wahrscheinlich war sie entweder ausgenommen oder abgeschleppt worden. »Wir legen uns einfach ein neues zu.«

»Okay, Mommy.« Ein wenig ängstlich sah sie sie an. »Bleibst du jetzt hier?«

»Oh, ich bleibe hier, das verspreche ich dir hoch und heilig. Es tut mir so schrecklich leid, dass ich so lange weggeblieben bin, und vor allem, dass ich mich gar nicht von dir verabschiedet habe. Das wird nie, nie wieder vorkommen.«

»Warum weinst du denn, Mommy?«, fragte Bella.

»Weil ich dich so vermisst hab.«

»Ich hab dich auch vermisst.« Ihre Tochter schloss sie in die Arme, und es hatte sich niemals etwas schöner angefühlt.

Sie hörte, wie Liam zu dem Fremden ging und sich bei ihm entschuldigte. Anscheinend war er ein Freund von ihm, und sie waren für heute verabredet gewesen.

»Es tut mir so leid, ich habe schlicht vergessen, dich zu informieren. Wir hatten da einen Notfall.«

»Das hat Anthony mir schon erzählt. Keine Sorge, wir haben uns gut unterhalten«, erwiderte der Mann. Er war blond wie Liam und ungefähr im gleichen Alter, doch ein ganzes Stück größer und auch muskulöser. Im Gegensatz zu Liam, der ja stets in Anzughose und Hemd herumlief, war er leger gekleidet.

»Ich mache es wieder gut, ja? Ich lade dich nachher in das beste Restaurant der Stadt ein.«

»Das ist wirklich nicht nötig«, hörte sie den Fremden sagen, als sie an ihm vorbeiging. Sie schämte sich ganz fürchterlich. Was musste sie für einen Anblick bieten?

Liam besaß so viel Taktgefühl, sie nicht jetzt schon einander vorzustellen. Sie ging zuerst mit Vicky in ihr Zimmer und zog sich etwas anderes an. Da sie selbst nun leider gar nichts mehr besaß, musste sie sich etwas von ihrer Schwester ausleihen.

»Ich kann dir ein paar alte Sachen von mir geben«, meinte Vicky. »Und morgen bringe ich dich erst mal zum Arzt, und dann gehen wir für dich einkaufen, okay?«

Sie nickte. »Danke, Vicky. Für alles.«

»Schon gut. Du brauchst dich nicht die ganze Zeit zu bedanken. Wir sind Schwestern, wozu sind wir denn da, wenn nicht hierfür?«

Sie griff nach Vickys Hand und hielt sie kurz, bevor sie sich umzog. Geduscht hatte sie schon im Hotel, eine schöne heiße Dusche, mit der sie alles abgewaschen hatte: Morris, ihre Scham und ihre Dummheit. Jetzt konnte es also eigentlich nur noch bergauf gehen.

»Glaubst du, wir können eine Weile hierbleiben, Bella und ich?«, fragte sie.

»Aber natürlich. Dad und ich würden uns freuen.«

»Hast du gesehen, wie Dad mich angeschaut hat?«

»Süße, er war erschrocken. Ich meine, stell dir mal vor, deine Tochter kehrt zurück nach Hause und ist grün und blau im Gesicht.«

»Ist er sehr sauer auf mich?«

»Niemand ist sauer, Abby. Wir sind alle nur froh, dass es dir gut geht.«

Na ja, gut war ein wenig übertrieben. Aber zum Glück war sie am Leben.

Wenn man vom Teufel sprach. Es klopfte an der Tür, und ihr Vater fragte, ob er eintreten dürfe. Er wolle sich erkundigen, wie es ihr gehe und ob er irgendetwas für sie tun könne. Er sah schwer mitgenommen aus, als er sie jetzt betrachtete.

»Das wird schon wieder, Dad«, erwiderte sie und versuchte, ihm ein kleines Lächeln zu schenken. »Ich brauche nichts, danke. Vicky hat mich bereits versorgt.«

»Dann ist gut.« Ihr Dad kam auf sie zu und berührte sie sachte am Arm. Er hatte wohl Angst, sie zu umarmen, weil er ihr nicht wehtun wollte. Vielleicht brauchte es aber auch ein wenig Zeit, und die wollte sie ihm gerne geben.

»Ich sehe mal nach Bella«, sagte er dann. »Liam ist mit Josh zu seiner Hütte gegangen.«

»Wer ist dieser Josh eigentlich?«, erkundigte sie sich, als ihr Dad das Zimmer verlassen hatte.

»Ein alter Studienfreund von Liam«, erzählte Vicky. »Er wohnt in Bakersfield und ist Tierarzt. Er arbeitet in einer Klinik für Wildtiere.«

»Oh, das ist toll.«

»Ja, finde ich auch.«

»Wollen wir uns ein bisschen auf die Veranda setzen?«, fragte Abby, und ihre Schwester nickte.

Die nächsten Stunden saßen sie draußen, und die Walnussfarm, die Abby ihr ganzes Leben hatte hinter sich lassen wollen, erschien ihr plötzlich als der schönste und vor allem sicherste Ort auf Erden.

Bella erzählte ihr alles, was sie in den letzten Wochen erlebt hatte, und Abby sog jedes Wort in sich auf. Zwischendurch ging Vicky ein paar Kekse und Tee holen, und später begab sie sich in die Küche, um das Abendessen zuzubereiten.

»Magst du kurz zu Tante Vicky reinlaufen und ihr sagen, dass ich mich über einen Salat sehr freuen würde? Mit extra vielen Gurkenscheiben?«, bat sie ihre Tochter, und die flitzte los.

Plötzlich standen Liam und Josh auf der Veranda.

»Wir wollen jetzt in die Stadt fahren«, ließ Liam sie wissen. »Ich geh nur eben Vicky Bescheid sagen.« Er trat also ebenfalls ins Haus, und Abby und Josh blieben zurück.

Josh hatte ein wirklich nettes und ehrliches Lächeln, wie ihr jetzt auffiel. Er setzte sich zu ihr.

»Was ich Ihnen gern sagen wollte … Ich weiß ja nicht, was genau Ihnen passiert ist – natürlich sagt das niemand einem alten Freund, der nach Jahren zum ersten Mal zu Besuch ist –, doch mir sieht das gar nicht nach einem Autounfall aus.«

»Ich …«, begann sie.

»Sie müssen nichts sagen. Ich möchte Sie nur wissen lassen, dass der Idiot, der Ihnen das angetan hat, es nicht verdient hat, auf Erden zu weilen.«

Sofort hatte sie wieder feuchte Augen. »Danke«, sagte sie.

»Ich komme jetzt wohl öfter mal vorbei. Vielleicht sehen wir uns ja bald wieder?«

Sie nickte zaghaft und sah Josh kurz darauf zu, wie er mit Liam zum Mustang ging und davonfuhr.

Trotz der Umstände musste sie lächeln. Dieser Josh war wirklich nett, und sie spürte sofort, dass er einer von den Guten war. Sie hatte zwar nicht vor, in nächster Zeit gleich wieder zu daten, denn sie musste erst einmal wieder lernen zu vertrauen, doch es war schön zu wissen, dass es auch diese andere Art von Männern gab.

»Weißt du?«, hörte sie auf einmal Vicky sagen. Sie hatte

gar nicht mitbekommen, dass sie auf die Veranda getreten war. »Josh soll wirklich gut darin sein, verletzten Lebewesen wieder auf die Beine zu helfen.«

Sie lächelte ihrer Schwester zu. »Ja, das Gefühl habe ich auch.«

»Das Essen ist fertig. Kommst du rein?«

Sie stand auf und konnte sich ehrlich nichts Schöneres vorstellen, als mit ihrer Familie zusammen am Tisch zu sitzen und den Abend mit ihr zu verbringen. Manchmal wusste man gar nicht zu schätzen, was man hatte. Und manchmal brauchte es einen heftigen Arschtritt, um aufzuwachen. Doch jetzt war sie wach. Sie war sowas von wach, und sie wusste, dass Vicky recht hatte. Die Walnussfarm war der beste Ort zum Heilen.

Epilog

Fünf Wochen später

Das jährliche Walnussfest war in vollem Gange. Alle waren zur Farm gekommen, die Mitarbeiter mit ihren Familien, Alex samt ihrer Mutter und ihr neuer Freund Keith mit seiner Tochter Lisa, Joe und Carl, George, Josh, Abbys Freundin Tiffany mit ihren Kindern und sogar Liams Mutter. Sie alle aßen die Unmengen an Walnusskuchen und Walnussplätzchen und all die anderen köstlichen Speisen, für die Vicky und Abby tagelang in der Küche gestanden hatten.

Vicky war ganz erstaunt, als sie Inès mit Thiago herumturteln sah. Die beiden hatten nach vielen Jahren der Zusammenarbeit anscheinend zueinandergefunden. Und nicht nur hier hatte sich ein Pärchen gebildet. Alex war zum ersten Mal so richtig verliebt, Abby und Josh hatten einander gern, und Betty und Sniffy waren unzertrennlich.

Vicky und Liam hatten in den letzten Wochen oft und lange darüber geredet, wie die Zukunft für sie aussehen konnte. Und sie waren sich einig, dass sie es mit einer Fernbeziehung versuchen wollten. Vicky könnte Liam in Seattle besuchen, und er könnte dann und wann zur Farm zurückkehren – mit Sniffy, versteht sich. Im nächsten Jahr wollte er ein weiteres Buch schreiben, das er *Orangentage* nennen wollte, und er hatte vor, Riverside mit seinen vielen Orangenplantagen und dem allerersten Navelorangenbaum und all der Historie, die dahintersteckte, zum Schauplatz seiner Geschichte zu machen. Das Ganze bedeutete, dass er erneut drei Monate in seiner Hütte verbringen würde, und zwar schon im Frühjahr, wenn Navelorangenzeit war. Sie freute sich schon sehr auf die erneute gemeinsame Zeit, wusste aber auch, dass sie Liam bis dahin schrecklich vermissen würde. Wenn es bis Mai gut mit ihnen lief, wollte sie ihm eventuell vorschlagen, ob er nicht nach Riverside ziehen wollte. Sie wäre ja nach Seattle gezogen, doch da waren die Farm, um die sie sich kümmern musste, ihr Dad und jetzt auch Abby und Bella.

Die beiden fühlten sich inzwischen richtig heimisch hier, was Vicky einfach wunderbar fand. Sie genoss die Zeit mit ihnen und holte mit ihrer Schwester nach, was sie die letzten zehn Jahre versäumt hatten. Zwar hatte sie immer noch Zweifel, aber sie gewährte Abby viel Vertrauensvorschuss, dass sie jetzt die Schwester, Tochter und vor allem Mutter sein würde, die sie sein wollte und sollte. Sie würde ihr dabei helfen, an jedem einzelnen Tag, und sie hatte es irgendwie im Gefühl, dass es dieses Mal ein gutes Ende nehmen würde.

Alvaro und seine schwangere Frau Maria kamen auf sie zu. Alvaro hatte den kleinen Ignacio auf seinen Schultern sitzen.

»Das Fest ist wie jedes Jahr ganz toll«, sagte Maria.

»Danke, Maria. Wie geht es Ihnen? Wann ist es denn so weit?«, erkundigte sie sich.

»Am dreißigsten Dezember.«

»Oh, wow, vielleicht wird es ja ein Neujahrsbaby«, sagte sie begeistert. »Wissen Sie schon, was es wird?«

»Es wird wieder ein Junge«, erzählte Alvaro. »Und wir wollen ihn gern Antonio nennen. Nach Ihrem Vater.«

Sie war ganz bewegt. »Oh, wie wundervoll! Da wird er sich aber geehrt fühlen.«

Alvaro und Maria lächelten und spazierten weiter.

Bella kam angerannt, natürlich mit Sniffy im Schlepptau, und erzählte ihr schockiert, dass einige der anwesenden mexikanischen Kinder *Frozen* nicht kannten.

»Süße, wir Menschen sind alle unterschiedlich und haben auch unterschiedliche Interessen. Da ist nichts Schlimmes dabei. Frag sie, ob sie *Dora* kennen.« Darin ging es doch um ein kleines mexikanisches Mädchen, das kannten sie bestimmt.

Bella nickte und lief los, und ihr Dad kam vorbei.

»Ich hab genug gefeiert«, sagte er. »Ich werde jetzt in meine Bibliothek gehen und lesen.«

Vicky wusste, dass Liam ihrem Dad sein Manuskript gegeben hatte, damit er es als Erster, noch vor seinem Agenten oder seiner Lektorin, lesen konnte. Ihrem Dad bedeutete das wirklich viel, das merkte sie ihm an. Und wenn er sogar lieber weiterlas, statt der Feier noch länger beizuwohnen, musste das Buch wirklich gut geworden sein.

Sie sah ihrem Dad lächelnd nach, und Liam gesellte sich zu ihr. Er deutete zu Ruth hinüber, die sich mit Alex' Mutter Marla unterhielt und sich sichtlich gut mit ihr verstand.

»Ich habe Mom übrigens vorgeschlagen, dass wir noch über Thanksgiving hierbleiben könnten, und sie hat eingewilligt«, teilte er ihr mit.

Sie blickte Liam glücklich an. Eigentlich wollten er und seine Mom am morgigen Sonntag abreisen. Die Ernte war vorbei, sein Buch war fertig geschrieben.

»Das ist ein fantastischer Vorschlag!«, rief sie aus und umarmte ihn. So hatten sie wenigstens noch eine Woche mehr miteinander, bevor sich ihre Wege für eine Weile trennen mussten.

»Ich weiß gar nicht, wie ich es ohne dich aushalten soll«, meinte er.

»Geht mir genauso. Aber wir haben das ja schon besprochen, wir werden einander ganz oft besuchen, ja?«

»Ja natürlich. So oft wie nur möglich.«

»Dann werden wir das schon durchstehen. Und wer weiß, was die Zukunft mit sich bringt.«

»Ja, wer weiß …« Er nahm ihre Hand, und sein Blick wanderte zu Abby und Josh, die beieinandersaßen und lachten. Josh war in letzter Zeit hin und wieder vorbeigekommen, und Vicky hatte das Gefühl, dass sich so langsam etwas zwischen ihm und ihrer Schwester entwickelte. Wünschen würde sie es ihr sehr, denn Josh schien wirklich nett und einfühlsam zu sein, und Abby hatte es verdient, endlich auch einmal von einem Mann gut behandelt zu werden.

»Er tut ihr gut«, sagte Vicky und betrachtete Abbys Haar, das sie jetzt wieder lockig trug wie früher, als sie noch ein kleines Kind gewesen war.

»Sie tun sich gegenseitig gut.«

»Ja, die Liebe ist schon was Schönes, oder?«

»Das ist sie. Und ich bin froh, dass du sie mir gezeigt hast.«

»Gern geschehen«, erwiderte sie und kuschelte sich an Liam.

Und so standen sie da und sahen zu all den Menschen und den Walnussbäumen, und sie waren dankbar, dass dieser Ort sie zusammengeführt hatte. Dieser Ort, der fast schon magisch war, wenn man bedachte, was sich hier bereits alles ereignet hatte und wie viele Liebende hier zueinandergefunden hatten.

Der perfekte Ort, um miteinander alt zu werden, dachte Vicky und schloss die Augen. Und sie war glückselig.

Rezepte von der Walnussfarm

Vickys Walnusskuchen

Zutaten für einen Kastenkuchen

150 g Walnüsse
150 g Mehl
150 g Zucker
175 g Margarine
4 gehäufte EL Apfelmus
1 Päckchen Backpulver
1 TL Natron
2 Päckchen Vanillinzucker
1/2 TL Zimt
1/2 TL gemahlener Koriander
1 Prise Salz
75 ml Hafermilch

Kuvertüre
6 Walnusshälften

Die Walnüsse in einem Universalzerkleinerer zermahlen (nicht zu fein) und in eine große Rührschüssel geben. Das Mehl, den Zucker, die weiche Margarine, das Apfelmus, das Backpulver, den Vanillinzucker, das Natron, den Zimt, den Koriander, die Prise Salz und die Hafermilch nach und nach hinzufügen und zu einem glatten Teig verrühren. In eine

Kastenform füllen. Den Backofen vorheizen und den Kuchen bei 160 Grad Umluft für circa 45–50 Minuten backen.

Den Kuchen auskühlen lassen und aus der Form nehmen. Die Kuvertüre im Wasserbad schmelzen und über dem Kuchen verteilen. Mit den Walnusshälften garnieren.

Katherines Walnussplätzchen

Zutaten für ca. 50 Plätzchen

200 g gemahlene Walnüsse
75 g Haferflocken
50 g Mehl
1 gehäufter TL Backpulver
1 Päckchen echten Vanillezucker
1 TL geriebene Orangenschale
125 g Zucker
125 g Pflanzenmargarine

Die gemahlenen Walnüsse mit den Haferflocken, dem Mehl, dem Zucker, dem Backpulver, dem Vanillezucker und der Orangenschale vermengen. Den Zucker und die Pflanzenmargarine in einer extra Schüssel schaumig schlagen und hinzufügen. Alles mit den Knethaken eines Handrührgeräts zu einem Teig verarbeiten. Mehrere Backbleche mit Backpapier auslegen und mit zwei Esslöffeln kleine Häufchen verteilen. Dabei genug Abstand zwischen den Klecksen lassen, da die Plätzchen im Ofen sehr auseinandergehen. In den vorgeheizten Backofen schieben und bei 170 Grad Ober- und Unterhitze für 10–12 Minuten (je nach gewünschter Knusprigkeit) backen. Die Walnussplätzchen halten sich in einer Keksdose gut zwei Wochen.

Walnusssalat

Zutaten für vier Personen

100 g Walnusshälften
200 g frische Champignons
Olivenöl
100 g Feldsalat
100 g Rucola
2 Avocados
12 Rote-Bete-Kugeln aus dem Glas

Für die Vinaigrette:
100 ml Olivenöl
Saft einer Zitrone
1 EL Agavensirup
Salz
Pfeffer
Cayennepfeffer

Die Walnusshälften auf ein Backblech legen und bei 180 Grad für zehn Minuten im Ofen rösten. Derweil die Champignons säubern und mit etwas Olivenöl im Ganzen in einer Pfanne für circa fünf Minuten braten. Den Feldsalat und den Rucola auf vier Teller verteilen, die Champignons und die Rote-Bete-Kugeln darübergeben. Die Avocados von der

Schale und dem Kern befreien, in Scheiben schneiden und ebenfalls auf den Salat geben. Das Ganze mit den gerösteten Walnusshälften garnieren.

Für die Vinaigrette das Olivenöl mit dem Zitronensaft und dem Agavensirup verrühren. Mit Salz, Pfeffer und Cayennepfeffer nach Belieben abschmecken. Die Vinaigrette über den Salat geben und servieren. Dazu Baguette- oder Ciabattascheiben reichen.

Danksagung

Von Herzen danke …

… meinen Agentinnen Anoukh Foerg und Maria Dürig für den ununterbrochenen Glauben an mich und meine Bücher.

… meiner Lektorin Lisa Hollerbach sowie dem gesamten Blanvalet-Team für die fabelhafte Zusammenarbeit.

… meinem Redakteur René Stein für den Feinschliff an diesem Buch, die vielen guten Vorschläge und die männliche Perspektive auf die Dinge.

… meinen lieben Buchbloggern für die jahrelange Unterstützung, die vielen tollen Beiträge, Rezensionen und Aktionen.

… meinen zauberhaften Lesern für die Treue, die vielen lieben Nachrichten, und dass sie in der Buchhandlung erneut nach meinem Roman gegriffen haben – ich weiß das wirklich zu schätzen.

… meiner Familie und meinen Freunden – für alles.

Leseprobe

MANUELA INUSA

Blaubeerjahre

Nach einem schweren Schicksalsschlag zogen die Schwestern Alison, Jillian und Delilah zu ihren Großeltern – auf die familieneigene Blaubeerfarm in Kalifornien. Die Jahre waren geprägt von Geborgenheit, Verständnis und Liebe, sie haben mit Grandma Fran gebacken, Marmelade gekocht und am Marktstand ihre Früchte verkauft. Doch heute leben die Schwestern weit voneinander entfernt und sehen sich nur selten. Bis Grandma Fran sie bittet, die Blaubeerfarm zusammen zu übernehmen, denn sie möchte nun zu Grandpa Cliff ins Seniorenheim ziehen. Die drei lassen sich darauf ein, und das ist erst der Beginn einer langen Reise mit vielen Hindernissen, aber auch voller Hoffnung …

Prolog

April 1999, Lodi, Kalifornien

»Nun esst doch nicht so viele Blaubeeren, sonst kriegt ihr noch Bauchschmerzen«, schimpfte Alison mit ihren beiden jüngeren Schwestern. Jillian, fast zehn, stopfte die Dinger nur so in sich hinein, und die fünfjährige Delilah tat es ihr gleich.

»Die sind aber sooo lecker!«, rief das Nesthäkchen strahlend und streckte sich erneut, um ganz oben an die prallsten Beeren heranzukommen.

»Ist doch alles egal«, maulte dagegen Jillian und stopfte sich eine weitere Handvoll der süßen Früchte in den Mund. Ihre Lippen waren bereits ganz blau, und ihre Augen verrieten ihr, wie wütend, verzweifelt und traurig sie war, genauso wie Alison selbst.

Als Älteste hatte sie aber dennoch die Aufgabe, dafür zu sorgen, dass es ihren kleinen Schwestern gut ging. Dass die Traurigkeit sie nicht übermannte und dass sie sich nicht die halbe Nacht vor Bauchweh im Bett krümmen würden.

Die Zwölfjährige nahm Jill in den Arm und drückte sie fest an sich. »Irgendwann wird es bestimmt besser werden. Ich kann mir nicht vorstellen, dass es für den Rest unseres Lebens so wehtun wird.«

»Ich glaub das aber schon«, erwiderte Jill und machte sich von ihr los, um noch mehr Blaubeeren zu pflücken.

»Wann kommen Mommy und Daddy wieder?«, erkundigte sich die kleine Delilah bei ihren großen Schwestern, die doch sonst alles wussten, zumindest so viel mehr als sie selbst.

»Hast du nicht gehört, was Granny und Gramps gesagt haben?«, blaffte Jill. »Sie kommen gar nicht wieder. Sie sind jetzt im Himmel. Oder sonst wo.«

Alison warf ihr einen bösen Blick zu. Sie verstand ja, dass Jill wütend war, aber sie musste der Kleinen ja nicht alles kaputtmachen. Sie ging in die Hocke und sah Delilah in die Augen. »Sie sind oben bei den Engeln, Süße. Der liebe Gott wollte sie so gerne wieder bei sich haben«, wiederholte sie die Worte, die Grandma Fran ihnen nach dem Unfall gesagt hatte. Es war schon eine Woche her, doch ihr kam es so vor, als wäre es erst gestern gewesen, dass sie ihre Mom ein letztes Mal umarmt hatte, bevor sie in das Boot gestiegen und für immer aus ihrem Leben gesegelt war.

Ihr traten Tränen in die Augen, und sie musste ihren Blick abwenden.

Ihre kleine Schwester sah sie mitleidig an. »Nicht weinen, Ally. Guck mal nach oben, da sind sie und lächeln zu uns runter.« Sie legte den Kopf in den Nacken und deutete mit dem kleinen Zeigefinger in Richtung Wolken.

Obwohl die Trauer ihr die Luft abschnürte, musste Alison doch lächeln. »Kannst du mich mal ganz fest drücken?«, bat sie, und die Kleine fiel ihr in die Arme.

Das tat so gut.

Wenigstens hatten sie noch einander. Und die Großeltern, die sich von nun an um sie kümmern würden. Noch am Tag des Unfalls waren Grandma Fran und Grandpa Cliff nach

San Francisco gekommen und hatten sie bei der Nachbarin eingesammelt, bei der sie voller Angst gewartet hatten. Nachdem sie an diesem stürmischen Tag nicht von der Schule abgeholt worden waren, hatte Alison sich ihre Schwestern geschnappt, und sie waren mit dem Bus nach Hause gefahren.

Fünf Tage harrten sie alle zusammen in dem Stadthaus in Laurel Heights aus, die Großeltern kümmerten sich um die Beerdigung und alles andere. Irgendwann sagte Grandma Fran, dass es Zeit für die Mädchen sei, ihre Sachen zu packen und mit nach Lodi zu kommen, auf die Blaubeerfarm, die die beiden seit vielen Jahrzehnten betrieben. Und auch wenn Alison nicht weg von San Francisco wollte, wusste sie doch, dass sie keine andere Wahl hatte.

Von nun an würde sich alles ändern, ihr Leben würde nie wieder dasselbe sein.

Lodi, das mit dem Auto etwa anderthalb Stunden von San Francisco entfernt lag, kannten die Schwestern natürlich schon von Wochenendbesuchen und Sommerferienaufenthalten, doch hier von nun an leben zu müssen, weckte in jeder von ihnen eine Mischung aus unterschiedlichen Gefühlen. Alison wollte ihre Geburtsstadt, die Straßen, die sie liebte, ihr Zimmer mit den Backstreet-Boys-Postern und die Benjamin Franklin Middle School, auf die sie erst seit diesem Schuljahr ging, nicht hinter sich lassen. Jillian wollte bei ihren Freundinnen bleiben und weiter in ihrer Fußballmannschaft spielen. Und die kleine Delilah wollte ihren Geburtstag nirgendwo anders feiern als zu Hause, dem einzigen Zuhause, das sie kannte.

»Ally? Krieg ich aber trotzdem noch meine Geburtstagstorte?«, fragte sie jetzt.

In zwei Tagen wurde Delilah sechs Jahre alt, es würde der

traurigste Geburtstag aller Zeiten werden, das wusste Alison jetzt schon. Doch sie sah ihre kleine Schwester an und zwang sich zu lächeln. »Ganz bestimmt.«

»Und wer backt sie für mich, wenn Mommy nicht da ist?«

»Grandma Fran kann das sicher auch.«

»Aber kann Granny auch eine Einhorn-Torte backen? Eine pinke?«

»Das bekommen wir bestimmt hin, ich helfe ihr.«

»Okay.« Delilah schien zufrieden. »Darf ich noch mehr Blaubeeren essen?«, fragte sie dann.

Alison zwinkerte ihr zu. »Ach, warum nicht?« Dann bekam die Kleine halt Bauchschmerzen, das würde sie wohl auch noch verkraften können.

Sie erhob sich und zog einen Ast herunter, an dem besonders viele blaue Beeren hingen, sodass Delilah sie besser erreichen konnte.

Auch Jill kam jetzt herbei und griff erneut nach den Beeren, den zuckersüßen blauen Beeren, die sie von nun an zur Genüge haben würden. Die jetzt Teil ihres Lebens sein sollten, so wie sie es seit jeher für ihre Großeltern waren.

»Wenigstens haben wir noch uns«, meinte Jill schließlich.

»Ja. Und wir werden immer zusammenhalten, das verspreche ich euch hoch und heilig«, sagte Alison und sah hinauf zum Himmel.

Und ihren Eltern versprach sie es ebenso.

Kapitel 1

Alison

»Zieh die dicke Jacke an, es ist kalt heute!«, rief Alison ihrer Tochter zu, die mal wieder eine Ewigkeit vor dem Flurspiegel stand und überlegte, welcher Schal am besten zu welcher Jacke und welche Mütze zu welchen Schuhen passen würde. Mit ihren elf Jahren war Misha bereits modebewusster, als Alison es jemals sein würde, und insgeheim musste sie oft darüber lächeln, auch wenn es sie manchmal fast in den Wahnsinn trieb. Besonders dann, wenn sie wieder einmal spät dran waren, wie auch an diesem Morgen.

»Es ist April, Mom!«, kam es genervt zurück.

Kurz zuckte Alison bei dem Wort April zusammen, weil es nach wie vor Erinnerungen an schlimme Zeiten hervorrief. Im April waren ihre Eltern gestorben, und im April hatte sie sich von Travis scheiden lassen, nachdem er sie zum wiederholten Mal betrogen hatte. Doch sie fegte diese Gedanken schnell beiseite, schnappte sich Handtasche und Autoschlüssel und stellte sich provokativ neben die Tür ihrer Zweieinhalbzimmerwohnung.

»Es sind für heute Regen und elf Grad vorhergesagt, zieh dich also warm an oder frier halt den ganzen Tag. Wir müssen jetzt aber los, sonst kommst du zu spät zu deinem Englischtest und ich zur Arbeit. Hopp, hopp!«

Misha sah sie nun noch genervter an. »Immer diese Eile!« Ihr Blick schweifte erneut über die verschiedenen Schals, die alle an einer Leine im Flur hingen.

Alison öffnete die Tür, verließ die Wohnung und wartete ungeduldig.

Dann kam endlich auch Misha herbeigeeilt, zog die Tür hinter sich zu und meckerte: »*Hopp, hopp* … bin ich ein Hase, oder was? Und warum ist es so kalt an einem Frühlingstag? Warum können wir nicht wie Granny und Gramps in Kalifornien wohnen oder wie Tante Jill in Arizona? Da sind jetzt bestimmt über dreißig Grad, und sie sonnt sich am Pool.«

»Es ist halb acht!«, erinnerte Alison ihre Tochter. Allerdings könnte sie recht haben damit, dass Jillian sich am Pool sonnte, wenn auch noch nicht jetzt, dann sicher doch im Laufe des Tages. Viel anderes hatte die Gute nämlich überhaupt nicht zu tun, seit sie mit Preston zusammen war, der mit einer hochriskanten Anlagestrategie so viel Geld gemacht hatte, dass die beiden sich den lieben langen Tag in der Sonne aalen, golfen oder shoppen konnten, oder wozu auch immer sie gerade Lust hatten.

»Ist doch alles unfair!«, meinte Misha und setzte sich auf den Beifahrersitz des alten Hondas.

»Ja, du hast es so schwer im Leben«, zischte Alison, jedoch so leise, dass sie sich nicht sicher war, ob ihre Tochter es überhaupt gehört hatte.

Doch das hatte sie. Das merkte sie daran, wie Misha jetzt den Kopf zu ihr drehte und sie mit dieser Mischung aus Mitleid und Bedauern ansah, wie sie es immer tat, wenn sie wusste, dass sie zu weit gegangen war. Alison nahm es ihr nicht übel, sie kam in die Pubertät, da war dieses Gezicke ganz normal. Sie konnte sich nur zu gut daran erinnern, wie Jill und DeeDee sich in dem Alter verhalten hatten. Sie selbst hatte dafür allerdings gar keine Zeit gehabt, viel zu sehr war sie damit beschäftigt gewesen, erwachsen zu werden, und zwar schneller, als es gesund gewesen war. Doch es hatte damals so viel Verantwortung auf ihr gelastet.

»Sorry, Mom«, sagte Misha jetzt.

»Ist schon gut, du hast nichts falsch gemacht.«

»Doch, ich hab mich über mein Leben beklagt, obwohl ich doch weiß, wie schwer du es in meinem Alter hattest.«

»Nun ja, ich war ein Jahr älter, aber … du hast recht, ich hatte es schwer. Das ist dennoch kein Grund, dass du dich nicht ab und zu mal über dein Leben beklagen darfst. Ich tue es die ganze Zeit, oder?« Sie zuckte mit den Schultern.

»Kann man wohl sagen.« Misha grinste sie an, während sie so schnell sie durfte durch die Straßen von Tacoma fuhr.

Sie war damals der Liebe wegen hergezogen, und auch wenn Washington State so ganz anders war als das wunderbare, immer sonnige Kalifornien, war sie doch glücklich gewesen. Hatte ihre Entscheidung nicht bereut, zumindest die ersten Jahre nicht. Mittlerweile wurden die Tage häufiger, an denen sie sich selbst nach Kalifornien zurückwünschte, besonders, wenn es wie aus Eimern schüttete, wie es zehn Minuten später der Fall war, als sie Misha an der Schule absetzte.

»Ich drück dir die Daumen für den Test!«, rief sie ihr durch den Regen nach, und Misha drehte sich unter ihrem Schirm noch einmal um, winkte und lächelte ihr zu.

Danach fuhr Alison direkt zum Supermarkt, wo sie an sechs Tagen in der Woche als Kassiererin arbeitete. Seit der Trennung von Travis vor dreieinhalb Jahren schlug sie sich auf diese Weise durch. Sie hatte ja nie etwas anderes gelernt, als Blaubeeren zu pflücken und Mutter zu sein. Die vier Jahre Studium am California Institute of the Arts brachten ihr heute nichts. Was konnte man schon damit anfangen, Klaviernoten lesen oder Harfe spielen zu können, außer vielleicht private Unterrichtsstunden zu geben? Doch das war ihr zu unsicher, sie brauchte einen festen Job mit einem geregelten Einkommen.

Die Musik gehörte längst der Vergangenheit an.

Das Einzige, was ihr die Musikakademie gebracht hatte, war Misha, denn dort hatte sie damals Travis kennengelernt. Der hielt sich heute tatsächlich mit Klavierunterricht über Wasser, und sie wusste, dass einige seiner Schülerinnen mehr von ihm bekamen als nur eine Klavierstunde.

Noch immer tat es weh, über ihre gescheiterte Ehe nachzudenken, und doch war sie keine dieser Frauen, die ihren Ex vor den gemeinsamen Kindern schlechtmachten. Misha hatte ein wunderbares Verhältnis zu Travis, und so sollte es auch bleiben. Wenn ihre Tochter schon einen Vater hatte, wie könnte Alison ihr den dann nehmen?

Im Regen eilte sie in den Walmart, wo ihr Boss Huell sie gleich angiftete, dass sie schon wieder zu spät sei. Sie entschuldigte sich, hängte im Mitarbeiterraum ihren nassen Mantel an den Haken und verstaute ihre Tasche in ihrem Spind. Dann machte sie sich auf zur Kasse, wo sie die nächsten acht Stunden stehen und gestressten, genervten und manchmal zum Glück auch freundlichen Kunden ein Lächeln schenken musste.

Wie geht es Ihnen heute, Sir?

Haben Sie eine Kundenkarte?

Sie haben Glück, auf die Zimtschnecken gibt es heute einen Dollar Rabatt.

Einen schönen Tag noch, Miss.

Beehren Sie uns bald wieder.

Nach fünf Minuten war sie so in ihrem monotonen Rhythmus, dass sie alles andere ausgeblendet hatte, auch dass April war, Kalifornien ganz weit weg und ihr Leben so ganz anders, als sie es sich erträumt hatte.

In ihrer Mittagspause ging Alison die Regale durch, nahm sich zwei Packungen Zimtschnecken und noch einige andere Lebensmittel, die im Angebot waren. Das war das Gute, wenn man in einem Supermarkt arbeitete. Man bekam immer gleich mit, wenn es gute Schnäppchen gab, und darauf war sie angewiesen, wenn sie für sich und ihre Tochter einigermaßen anständige Mahlzeiten auf den Tisch zaubern wollte. Sie brachte ihre Einkäufe zur Kasse und ließ sich von Jennifer den Mitarbeiterrabatt abziehen, bevor sie alles in den Aufenthaltsraum brachte.

Sie schenkte sich einen Kaffee ein, setzte sich an den langen Tisch und holte ihr Sandwich hervor, das sie sich wie jeden Morgen zubereitet hatte. Während sie hungrig hineinbiss, fischte sie ihr Handy aus der Gesäßtasche, um zu sehen, ob sie irgendwelche Nachrichten oder Anrufe in Abwesenheit hatte. Sofort breitete sich ein Lächeln auf ihrem Gesicht aus, als ihr drei Nachrichten von Delilah angezeigt wurden. Sie öffnete sie und las:

Hey, big sis, hoffe, es geht euch gut? Ich wollte dir nur mal zeigen, auf was ich mich wieder Dummes eingelassen hab. Ein neuer Job, diesen Sonntag fange ich an. Wie findest du, sehe ich aus? :D

Die nächsten beiden Nachrichten waren Bilder, die ihre Schwester geschickt hatte. Fotos, auf denen sie mit einer lila Glitzerweste, einem lila Zylinder und einem Zauberstab in der Hand zu sehen war.

Sie musste lachen. *Oh DeeDee*, dachte sie, *was du immer für Jobs an Land ziehst.*

Sie schrieb sofort zurück: *Sieht cool aus! Aber ich weiß nicht so genau, was du darstellen sollst. Bist du Zauberin bei einem Seniorentreff?*

Haha. Nein, keine Senioren, stattdessen Kinder. Ich wurde für eine Geburtstagsparty engagiert, Rachel hat mir den Job besorgt.

Rachel war Delilahs beste Freundin und Mitbewohnerin, und die Gute hatte ihrer Schwester schon einige verrückte Jobs vermittelt. Zuletzt hatte sie in einer Eisdiele gearbeitet, bei der sie ein Eiswaffel-Outfit tragen musste – und wo sie rausgeflogen war, weil sie den Kunden immer nur die drei Sorten Sorbet andrehen wollte. Als strikte Veganerin fand sie, es war ihre Pflicht, sie davon abzuhalten, das Milchspeiseeis zu kaufen. Ihre Chefin fand das weniger toll und feuerte sie bereits am dritten Tag ihrer Eisverkäuferkarriere.

Aber hatte Delilah dann nicht als Hundesitterin angefangen?

Was ist mit den Hunden?, wollte sie wissen.

Die führe ich nach wie vor aus, antwortete ihre Schwester gleich. *Würde ich auch niemals aufgeben, damit kann man nämlich gutes Geld machen und ist immer an der frischen Luft.*

Ja, und da es in San Francisco weit seltener regnete als in Tacoma, klang diese Tätigkeit tatsächlich ziemlich ansprechend.

Na gut, meine Mittagspause ist leider rum. Falls wir vorher nicht mehr voneinander hören, wünsche ich dir für Sonntag viel Erfolg!

Danke. Ally? Du hast meine Frage nicht beantwortet.

Welche Frage war das noch gleich? Sie scrollte ein paar Nachrichten zurück. Ah. Klar.

Uns geht es gut, schrieb sie.

Das wollte ich hören.

Alison schob sich das letzte Stück vom Sandwich in den Mund, ging sich die Hände waschen und zurück zur Kasse, wo sie für die nächsten dreieinhalb Stunden erneut ein Lächeln aufsetzte.

Sie war gerade zu Hause angekommen und hatte die Einkäufe ausgepackt, als sie einen Schlüssel im Schloss hörte. Sie warf einen Blick um die Ecke. »Du bist spät. Wenn ich gewusst hätte, dass du nach mir kommst, hätte ich dich auch abholen können.«

An den meisten Tagen kam Misha mit dem Schulbus nach Hause, weil Alison es einfach nicht rechtzeitig schaffte.

»Ich musste noch bleiben, weil wir das Frühlingsfest besprechen mussten. Ich bin doch im Komitee, schon vergessen?«

»Nein, natürlich nicht. Nur dass ihr heute ein Treffen hattet, war mir entfallen.« Sie war sich nicht einmal sicher, ob Misha ihr davon erzählt hatte. »Wie war der Test?«

»Ganz okay. Ich hab Hunger. Gibt es was zu essen?«

»Ich hab Zimtschnecken mitgebracht. Willst du eine haben, bis das Dinner fertig ist? Ich wollte Spaghetti machen, ist das okay?«

»Ja klar.« Misha öffnete die Pappschachtel und nahm sich eine Schnecke heraus. »Übrigens ist mein Rucksack jetzt völlig hinüber.« Sie zeigte ihr den abgerissenen Riemen des rosa Rucksacks, der eh schon bessere Zeiten gesehen hatte.

»Ich besorg dir einen neuen.« Sie notierte sich auf ihrer

gedanklichen To-do-Liste, dass sie morgen in der Mittagspause Ausschau nach einem neuen Rucksack halten musste. Sie glaubte, dass Walmart sogar gerade welche im Angebot hatte. Eastpak-Rucksäcke für nur vierundzwanzigfünfundneunzig, abzüglich ihres Mitarbeiterrabatts würde sie sich das wohl ausnahmsweise mal leisten können, auch wenn die Stromrechnung dringend bezahlt werden musste, wollten sie nicht bald ohne Licht, Fernsehen und Internet dastehen. Und ohne Kühlschrank, wo sie gerade die letzten Einkäufe einsortierte.

»Alles okay, Mom?«, fragte Misha und sah sie besorgt an.

»Ja natürlich. Wieso fragst du?«

»Du siehst irgendwie nachdenklich aus.«

»Ich hab nur an meine Schwester gedacht.« Sie musste wieder lachen. »Rate, was DeeDee jetzt für einen Job hat!«

»Touristenführerin? Zoowärterin? Oh! Oh! Straßenfegerin?«

»Knapp daneben.« Sie holte ihr Handy hervor und zeigte Misha die Fotos von Delilah im Magier-Outfit.

»Sie will Zauberin werden?«, fragte Misha lachend.

»Ganz genau.«

»Kann sie uns dann nicht ein bisschen Sonne herbeizaubern? Und wenn sie schon dabei ist, einen neuen Schulrucksack für mich und einen neuen Mann für dich?«

Alison fiel die Kinnlade herunter.

»Misha! Wie kommst du darauf, dass ich einen neuen Mann brauche?«

»Na, du bist seit drei Jahren Single, oder? Ich finde, es wird langsam mal Zeit.«

»Wer hat schon Zeit für einen Mann?«, fragte sie. Doch was sie eigentlich fragen wollte, war: Wo zum Teufel konnte man heutzutage noch einen Mann finden, der anständig war und seine Frau nicht von vorne bis hinten verarschte?

»Vielleicht melde ich dich einfach mal bei so einer Datingseite an«, meinte Misha grinsend, nahm den Rucksack in die eine, die Zimtschnecke in die andere Hand und machte sich auf in ihr Zimmer.

»Wehe, du wagst es!«, rief Alison ihr hinterher. Obwohl sie selbst sich schon bei mehreren dieser Seiten angemeldet hatte. Doch die Männer, die ihr eine Nachricht an ihr Profil schickten, wirkten allesamt wie Muttersöhnchen, Öko-Freaks oder Psychopathen, und so hatte sie es schnell wieder sein lassen.

Wenn irgendwo da draußen der Richtige auf sie wartete, dann würde sie ihn schon finden. Oder er sie. Bis dahin musste sie jetzt aber erst mal Spaghetti kochen. Sie holte eine Packung aus dem Schrank, dazu ein Glas Tomatensauce, und dann stand sie einfach da und seufzte schwer. Sie nahm sich selbst eine Zimtschnecke, die nicht einmal ansatzweise an das leckere Gebäck ihrer Grandma Fran heranreichte. Trotzdem biss sie hinein, und sie vermisste Kalifornien mehr denn je.

Kapitel 2

Jillian

Freitagnachmittag. Jill saß am Pool und schob sich den Sonnenhut ein wenig tiefer ins Gesicht. Es brachte rein gar nichts. Also erhob sie sich mühsam von der Sonnenliege und stellte den Schirm neu ein, damit er ihr Schatten spendete. Dann griff sie zur Sonnencreme und verteilte sie abermals auf ihrem perfekten Körper, in den sie viel Zeit und Arbeit investiert hatte.

Sie setzte sich wieder auf die Liege. Rutschte hin und her, bis sie die perfekte Position fand, setzte die Sonnenbrille auf und streckte sich, um an die Zeitschrift auf dem kleinen Beistelltisch zu gelangen. Es war eines dieser Klatschblätter, die über Promis und Möchtegernpromis berichteten; sie blätterte ein wenig darin, doch es langweilte sie, daher warf Jill sie zurück in Richtung Tisch. Die Zeitschrift fiel daneben und landete auf dem Boden, doch es war ihr egal. Statt sie aufzuheben, blickte Jill jetzt in die Sonne, die heiße Sonne, die hoch oben am Himmel stand an diesem wunderbaren heißen Tag in Scottsdale, Arizona, an dem das Thermometer um halb fünf an einem Aprilnachmittag noch achtundzwanzig Grad anzeigte.

Mitten in der Sonora-Wüste gelegen, gab es hier beinahe nur heiße Tage, Tage, an denen man sich in der Sonne aalen oder in einer der klimatisierten Malls shoppen gehen konnte. Zum Tennis verabredete man sich entweder gleich frühmorgens oder auch am Abend, wenn die Sonne nicht ganz so brutal auf einen niederschien, zumindest hielt Jillian das so. Preston hingegen machte die Hitze nichts aus, und er war oftmals sogar in der Mittagshitze auf dem Golfplatz anzufinden.

Preston war in Arizona aufgewachsen, in Phoenix, der an Scottsdale angrenzenden Hauptstadt des Sonnenstaates. Seine Familie war weder arm noch reich – seine Mom war als Lehrerin, sein Dad als Buchhalter tätig gewesen, doch Preston hatte von klein auf mehr gewollt, wie er gerne herumerzählte. Manchmal stellte Jill ihn sich vor, wie er als Zehnjähriger seinen Freunden mitteilte, dass er eines Tages in Aktien machen und Millionen scheffeln würde. Nun, er hatte es geschafft, lebte ein unbeschwertes Leben, von dem andere nur träumten, und Jill durfte es an seiner Seite genießen.

Sie hatten sich vor acht Jahren kennengelernt, als Preston auf der Suche nach einem neuen, größeren Eigenheim war und sie ihm als Immobilienmaklerin die Villen der Gegend zeigte. Es hatte sie an die University of Arizona in Tucson verschlagen, an der sie ein Sportstipendium erhalten hatte. Es war ihr allerdings von Anfang an klar, dass sie nicht in dem kleinen Nest Tucson bleiben würde, deshalb ging sie nach ihrem Abschluss nach Phoenix, wo sie bereits im Vorfeld einen Job als Maklerin ergattert hatte. Die Arbeit gefiel ihr, sie traf auf viele interessante Menschen, und eines Tages traf sie eben auf Preston, der sie vom ersten Augenblick an in seinen Bann zog.

Nie zuvor hatte sie jemanden wie Preston kennengelernt.

Er war unglaublich gutaussehend, ebenfalls sehr sportlich, kultiviert, intellektuell und gerade so arrogant, dass es noch nicht unangenehm auffiel.

Zu ihrer großen Überraschung faszinierte Jill ihn ebenfalls, sie, die vierundzwanzigjährige Hinterwäldlerin, die doch nicht viel mehr herumgekommen war als über die Blaubeerfarm und das langweilige Tucson hinaus. Doch er sah mehr in ihr, er sah Potenzial. Und er machte sie zu seinem Projekt, wie eine seiner Aktien, in die man erst einmal investieren musste, um am Ende abkassieren zu können.

Sie zogen zusammen in die Villa in Scottsdale, die Jill ihm vermittelte, ein riesiges Haus mit sieben Schafzimmern, fünf Bädern und einer Küche, die fünfmal so groß war wie die ihrer Grandma Fran und die mit den neuesten technischen Geräten und einer gläsernen Insel ausgestattet war. Es gab einen riesigen nierenförmigen Pool, Palmen, wohin man blickte, und sogar ein paar Zitrusbäume, von denen sie sich jeden Morgen Orangen, Zitronen und Grapefruits pflücken konnte, wenn sie Lust auf einen frischen Saft verspürte.

Jill war im Himmel.

Dass jemand wie sie, ein Landei aus Lodi, Kalifornien, es eines Tages ins luxuriöse Scottsdale schaffen sollte, war für sie bisher unvorstellbar gewesen. Und sich von nun an unter den Reichen und Schönen aufzuhalten, mit Frauen Tennis zu spielen, die Röckchen von Gucci und Schuhe von Prada trugen und sie nach dem Spiel zu Weinverkostungen oder in die elegantesten Restaurants einluden, in denen sie noch vor ein paar Jahren nie und nimmer einen Tisch bekommen hätte – das war manchmal mehr, als sie verkraften konnte. Dann saß sie sprachlos da und dankte dem Schicksal für all diese Möglichkeiten. Und dann dachte sie an Kalifornien zurück, an Lodi und die Blaubeeren, an ihre Großeltern und

Schwestern, und sie fühlte sich einen Moment lang schlecht, weil es ihr so viel besser ergangen war als ihnen.

Gerade Alison tat ihr leid. Von ihrem Mann betrogen, alleinerziehend, Kassiererin in einem Supermarkt. Wie oft hatte sie ihr schon angeboten, ihr finanziell unter die Arme zu greifen, doch Ally hatte es jedes Mal abgelehnt. Als älteste Schwester war sie wohl zu stolz, um Geld von ihr anzunehmen. Sie wollte es allein schaffen, was Jill natürlich nachvollziehen konnte, doch gerade mit Kind sollte man doch manchmal über seinen Schatten springen. Und da ihre Schwester ihr Geld nicht annahm, schickte sie ihr halt hin und wieder ein paar Dinge, großzügige Geschenke zu Geburtstagen und an Weihnachten, sogar am Valentins- und am Muttertag, einfach um sie zu unterstützen. Ob sie wollte oder nicht.

Sie wandte ihren Blick von der Sonne ab. Grandpa Cliff hatte ihr, wenn sie es als Kind getan hatte, immer gesagt, dass sie niemals direkt in die Sonne blicken durfte. Das sei nicht gut für die Augen, und die Augen brauche sie doch noch zum Lesen. Ja, sie war schon immer eine Leseratte gewesen, genau wie Grandpa Cliff, der Gute. Allerdings wusste sie nicht, ob er noch immer Bücher las oder ob Grandma Fran sie ihm inzwischen vorlesen musste.

Ihr Blick wanderte weiter zum Pool. Das Wasser glitzerte im Schein der Sonne. Sie überlegte, ob sie ein wenig schwimmen sollte, entschied sich aber dagegen. Stattdessen stand sie auf und ging ins Haus, um sich das Buch zu holen, das ihr Grandpa ihr bei ihrem letzten Besuch mitgegeben hatte. Das war an den Feiertagen gewesen, im Dezember, und sie hatte ihr Versprechen, es zu lesen, bisher nicht gehalten. Es wurde höchste Zeit, auch dafür, die Großeltern mal wieder zu besuchen. Vielleicht konnte sie dann auch gleich bei ihrer kleinen Schwester Delilah vorbeischauen. Die lebte gar nicht weit von Lodi in San Francisco, und auch DeeDee hatte sie seit Weihnachten nicht gesehen.

So oft hatte sie ihre Schwestern nach Scottsdale eingeladen, doch die waren beide mit anderen Dingen beschäftigt. Und irgendwie hatte Jill auch das Gefühl, dass es einen weiteren Grund gab, weshalb die beiden nicht herkommen wollten: Sie mochten Preston nicht. Konnten mit ihm nichts anfangen. Okay, zugegeben, er hatte eine ganz eigene Art, mit seinen Mitmenschen umzugehen, eine oftmals ein wenig überhebliche Art, doch ebendieses Selbstbewusstsein hatte sie damals von ihm überzeugt. Hatte sie sich in ihn verlieben lassen. Und damals hatte sie auch gehofft, dass eines Tages mehr aus ihnen werden würde als nur der reiche Kerl und seine hübsche Freundin. Sie hatte von einer Familie geträumt, das tat sie immer noch, auch wenn Preston ihr nun schon mehrmals gesagt hatte, Kinder würden nicht in ihr Luxusleben passen. Mit Anhängseln könne man nicht mehr spontan verreisen, Nächte durchfeiern oder im ganzen Haus Joints liegen lassen. Die rauchte Preston gerne zur Beruhigung, wie er ihr sagte, nur fragte sie sich, wovon er denn Beruhigung brauchte? Stress kannte der Mann nicht, sein Leben war ein Märchen, und selbst wenn er eine schlechte Investition machte und eine halbe Million verlor, so hatte er doch noch etliche weitere Millionen auf seinen Konten, die den Verlust wieder wettmachten.

Sie musste gestehen, so ganz hatte sie sich noch nicht damit abgefunden. Noch wollte sie nicht auf eine eigene Familie verzichten, noch immer hoffte sie darauf, dass Preston eines Tages aufwachen und seine Meinung ändern oder dass ihm irgendetwas Einschneidendes passieren würde, das ihm eine neue Sichtweise schenkte.

Sie ging nun also ins Haus, holte sich das Buch aus jenem Zimmer, das allein ihr zur Verfügung stand und in dem sie all ihre persönlichen Dinge aufbewahrte. In diesem Raum hingen die verrückten Fotos von ihrer Familie an den Wänden, die Preston im Rest des Hauses nicht haben wollte, wie zum Beispiel die, auf denen Jill und ihre Schwestern hässliche Grimassen zogen. Hier hatte sie die selbstgemalten Bilder von Misha an eine Pinnwand gehängt, und hier bewahrte sie die Leckereien auf, die Grandma Fran ihr hin und wieder schickte. Versteckt vor Preston, der es nicht gern sah, wenn sie Kuchen oder Süßigkeiten aß, die ihrer Figur schaden oder ihr über Nacht einen Pickel ins Gesicht zaubern konnten.

Preston war streng in dieser Hinsicht, und auch damit hatte sie zu leben gelernt, denn das war nun mal ein Teil von ihm. Und sie liebte halt das Gesamtpaket.

Sie fand den Roman *Dienstags bei Morrie* von Mitch Albom auf der Kommode neben dem mit Herzchen verzierten Bilderrahmen, der ein Foto von Alison und Misha zeigte und den ihre Nichte ihr zu Weihnachten geschickt hatte. Sie hatte die beiden viel zu lange nicht gesehen, seit beinahe einem Jahr schon nicht, und sie nahm sich fest vor, demnächst auch mal wieder nach Tacoma zu reisen.

Mit dem Buch in der Hand ging sie zurück zum Pool und begann zu lesen, doch um ihre Konzentration war es heute nicht gut bestellt. Sie dachte an Grandpa Cliff, der ihr so viel beigebracht hatte, vor allem, wie bedeutend das geschriebene Wort war. Wie wichtig es war, an sich selbst zu glauben und seine Träume zu verwirklichen. Und wie kostbar es war, den einen Menschen zu finden, der einen bedingungslos liebte.

Wenn Sie wissen möchten,
wie es weitergeht, lesen Sie

Manuela Inusa
Blaubeerjahre

ISBN: 978-3-7341-1061-0
ISBN: 978-3-641-27887-8 (E-Book)
Blanvalet Verlag

Die wahre Liebe ist ein Wunder, das dich nur einmal im Leben trifft …

416 Seiten. ISBN 978-3-7341-0351-3

Marianne wohnt mit ihrem Kater Johnny Depp in Hamburg. Nachdem ihr Freund Martin sie betrogen hat, tröstet sie sich mit romantischen Komödien – und mit Keksen, die sie in Hülle und Fülle bäckt. Einen Teil davon verkauft sie im Café Wallenstein, wo sie als Kellnerin arbeitet. Als sie eines Tages mit ihrer Freundin Tasha auf den Hamburger Dom geht, überredet Tasha sie, eine Wahrsagerin zu besuchen. Diese sieht sofort, dass Marianne mit einem gewissen Martin nicht glücklich werden konnte – schließlich dürfen nicht mehr als zwei Buchstaben der Vornamen zweier Liebender übereinstimmen. Und sie sieht Schottland: Dort wartet die Liebe auf sie.

Lesen Sie mehr unter: **www.blanvalet.de**

Willkommen in der *Valerie Lane*, der romantischsten Straße der Welt!

978-3-7341-0500-5 | 978-3-7341-0501-2 | 978-3-7341-0625-5

978-3-7341-0627-9 | 978-3-7341-0682-8 | 978-3-7341-0724-5

Lesen Sie mehr unter: **www.blanvalet.de**